U0476652

你的距离

DEINE DISTANZ

公子优·著

广东旅游出版社
GUANGDONG TRAVEL & TOURISM PRESS

中国·广州

天空像巨大的教堂穹顶包围了他们，
满天星子，繁密闪烁。

世界在寂静地流动。

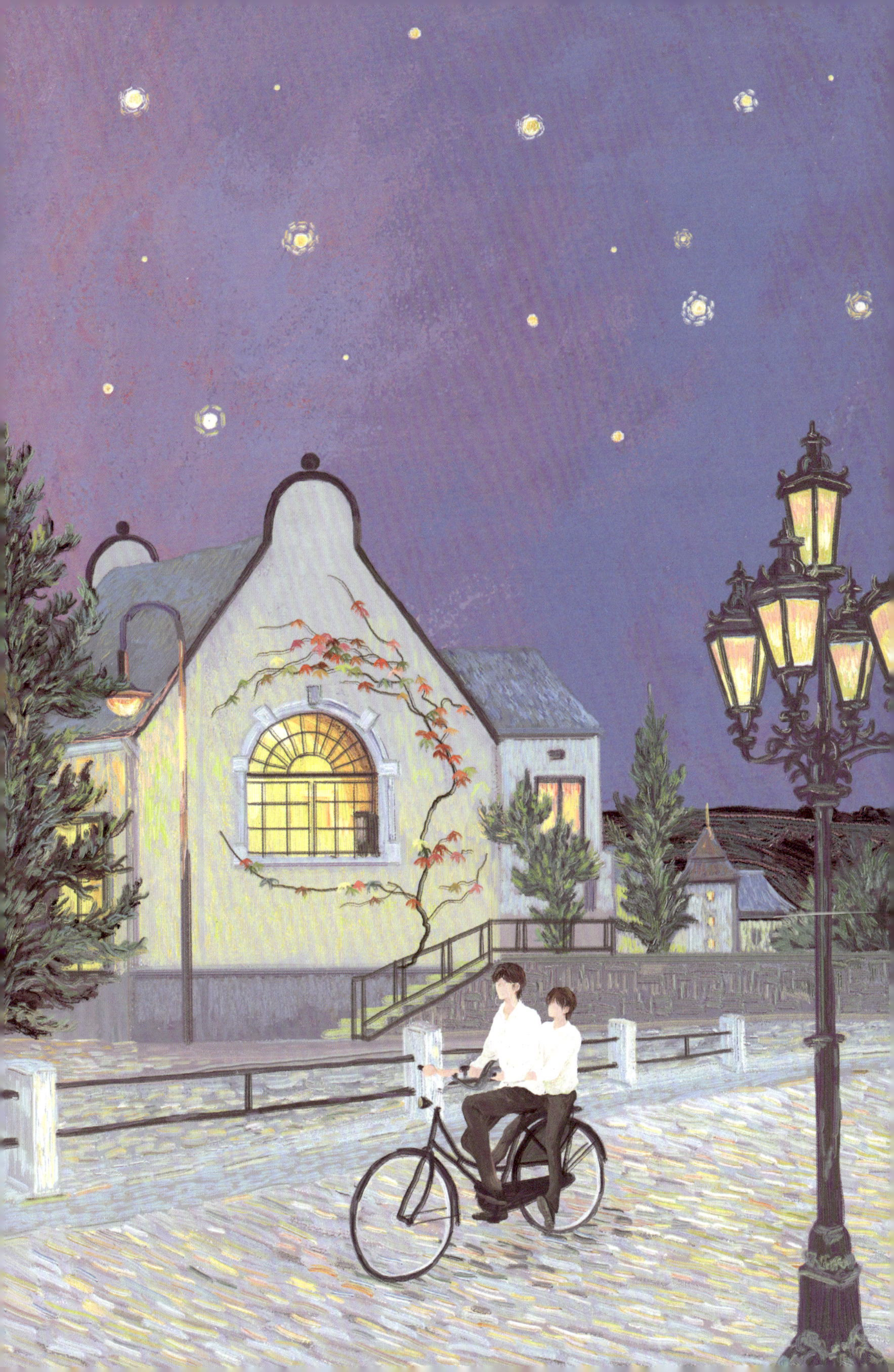

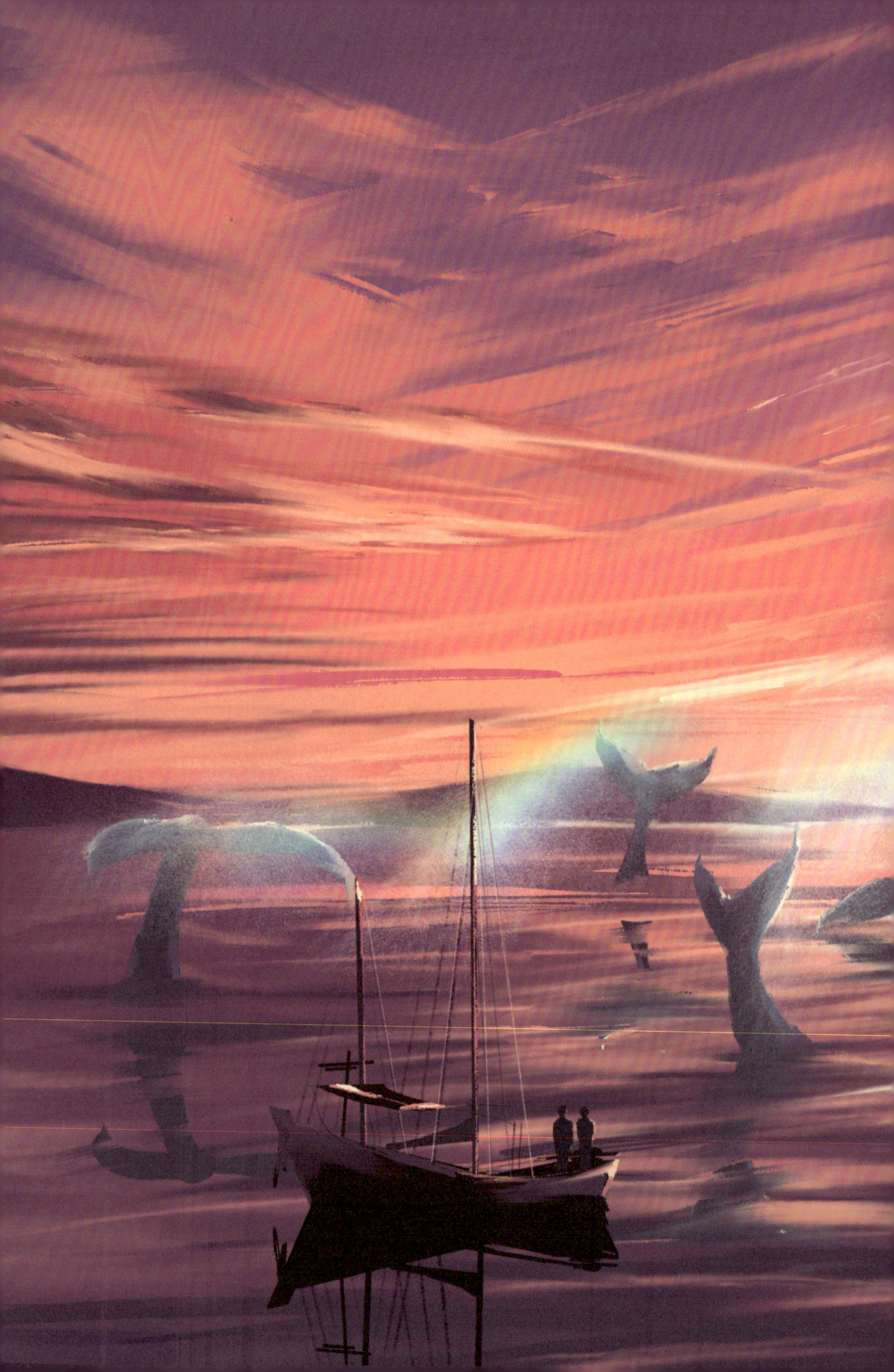

刚才海上的那一幕，
就是他们拥有的无数个瞬间中的一个。

151 人类先锋的距离

226 成长的距离

168 星河的距离

254 九千公里的距离

184 十二年光阴的距离

273 跨越一切距离

208 生与死的距离

目 录
Contents

001　二百八十七公里的距离

019　三米的距离

034　零距离

050　咖啡馆的距离

062　半米的距离

079　四百八十公里的距离

102　学生与教授的距离

128　文化的距离

目 录
Contents

/ 番外 /

294
庭之毕业

301
柏之生病

304
柏之社交圈

309
庭之建楼

/ 后记 /

/二百八十七公里的距离/

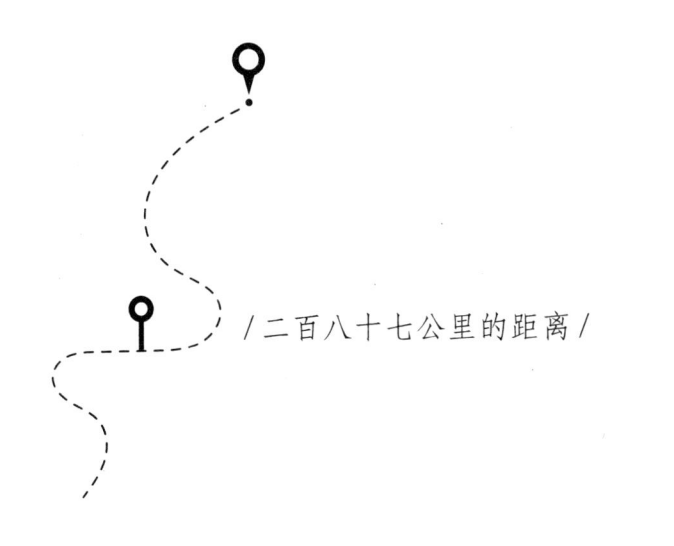

事情发生以后,庭霜就像一条被放了太久的臭鱼干,或者梅雨季节阳台上晒不干的海绵胸罩。

手机躺在地板上,振了一下,同时屏幕上钻出一条消息:哥,你请几天假到我这里来吧,我这边的朋友要是遇到了这种事,都会给自己放个假,出去散心。

庭霜喝多了,在睡觉,没有听见手机振动。

等他第二天中午醒来,从地上捡起手机,屏幕上的消息已经数不清了,最新的一条是同学宋歆发来的:庭霜,你死了?今天开学第一天,周一,Robotik①第一节课!这你都敢不来?快给教授发邮件说明情况,说不定还有救。

庭霜捂着欲裂的头,拨电话给宋歆。

"喂……"庭霜感觉嗓子在冒火,"我这里有点私事,所以上午没去。"

宋歆说:"你赶紧打电话给医生,开张病假条补给教授。"

庭霜说:"好。课上讲了什么重要的事吗?你把课件密码发我一下,我等会儿去下载。"

"没有课件。"宋歆一口气说明情况,近乎吐槽,"这个教授变态得很:第一,他不上传课件,必须去听课才知道他讲了什么;第二,他要求百分之百的出勤率,但是就算全勤也没有任何平时成绩,只是有资格参加期末考试而已,期末考试成绩就是这门课的最后成绩;第三,期末考试是口试,考生一个一个进去,让他单独考。今天的笔记我发你照片吧,不过感觉我也没记全。"

---

① 德语,专业名词,指机器人学。

庭霜按了按太阳穴，说："德国人事儿怎么这么多？"

宋歆沉默了一下，说："不，这位 Prof. Bai 是华人教授。好吧，其实我不知道他的国籍，反正看脸和名字都像中国人。"

庭霜说："……好吧。"

他没工夫关心这位教授的身世，挂了电话，先赶紧联系家庭医生开病假条，再去冲澡洗掉一身的酒气，然后去倒杯咖啡，好让自己彻底清醒。

咖啡机启动预热需要十二秒。

十二秒足够让他想起家里的咖啡机是谁买的。

"庭霜，你能不能别酗咖啡了？你一睡不着觉就来折腾我。我明天一早还有实验要做。"梁正宣把准备倒咖啡的庭霜按住。

"呵，咖啡机不是你买的吗？"庭霜用力推了一把梁正宣。

"喂。"梁正宣低骂，"你懂不懂'节制'两个字怎么写？"

庭霜摸到橱柜里的咖啡杯，挤了挤梁正宣，说："让不让？"

梁正宣投降："让让让。"

咖啡好了。

庭霜端着咖啡去书桌旁，打开笔记本电脑，上学校网站找教授的邮箱，给教授发邮件。

把教授这边的事处理完，他才去回其他人的消息。

"没事。"

"现在还好。"

"放心吧。"

"我还好。"

在回了一堆大同小异的话之后，他看到了梁正宣的消息：原谅我一次，和好行不行？

庭霜下意识地摸到书桌左上角放的烟灰缸，拖过来，再摸到打火机和烟盒。白绿色的烟盒上印着"Rauchen schädigt Ihre Lunge①"的字样，字的下方有图，图左是一个好肺，图右是一个烂肺。警告赫然。

去他的警告。庭霜从烟盒里抽出一支烟，点燃，深深吸了一口。

如果梁正宣在，就会从他手上抽走这根烟，说："庭霜，你的肺我负责，拜托你不要随便糟践行不行？"

---

① 德语，意为"吸烟有害您的肺部健康"。

除了肺，万宝路也印别的警告，比如"吸烟有害您的生殖器健康"。如果庭霜刚好买到这种的，梁正宣就会威胁说："你要是阳痿了，以后可就没人愿意跟你过了啊！"

庭霜狠狠地抽完手上那支烟，心想："我也没阳痿啊，怎么现在还是一个人？"他把烟头按灭，拿起手机，在输入框里打了几个字，又删了，最终回了一句：你错了一年，不是一次。

发完这条消息，庭霜还是觉得不真实。他们认识好多年，从高中开始就一起读书，到大学，再一起离开家，然后一起出国读研。所有朋友说起庭霜、梁正宣的关系，都要说一句"难得"。现在两人闹掰，跌破所有人的眼镜。

手机又振了起来，庭霜以为是梁正宣的回复，没想到是祝文嘉的视频电话。

庭霜接起来，说："祝文嘉。"

祝文嘉看见庭霜带血丝的眼睛，说："哥，你是喝酒了，还是哭了？"

庭霜说："哭倒不至于，没睡好。"

祝文嘉说："你请到假没有？来我这里玩。"

庭霜说："怎么，你要请我去夜店玩？我没那个爱好啊。"

祝文嘉说："你个孤家寡人，守身给谁看呢？你快到我这里来，我叫几个人陪你，个个好看。"

"你少来啊。"庭霜看了一眼邮箱，Prof. Bai 还没有回邮件，"就算你那里坐十个天仙我也没时间去，这学期有门杀手课。"

祝文嘉说："那我去看你吧。"

庭霜说："你什么时候跟我这么亲了？"

"哥，你就让我过去吧。我妈一直念叨着要我去看你，催了三四遍。"祝文嘉有点烦躁，"你知道我妈那个人，她特怕你哪天突然回心转意，听了爸的劝告，找个女的结婚生子，我爸就把公司给你了。"

"祝文嘉，你怎么这么傻啊！"庭霜笑了一下，"什么话都往我这儿说。"

"我实话实说啊。"祝文嘉一脸不在乎，"谁愿意给家里管公司啊？我巴不得你来赚钱，我来花钱。你要是管公司，你能舍得饿死我吗？可要是我管公司，我还不得把我们全家都给饿死……行了，朋友帮我订完机票了，我不跟你说了。"

晚上9点，门铃响起的时候，庭霜习惯性地拿起听筒，应道："Ja。①"

---

① 德语，打电话时代替通报姓名，示意对方往下说。

祝文嘉对着大门话筒说："别呀呀呀了，是我。"

庭霜说："你真来了啊。"

祝文嘉说："快开门。"

庭霜按了开门键。

祝文嘉几乎没有带行李，就背一个电脑包在身后，里面还塞了几条内裤。他进门先冲个澡，找了件庭霜的干净T恤穿上，然后随手从冰箱里搜出一瓶已经开了的威士忌，再从柜子里摸出两个玻璃杯，杯底加冰，倒满酒。他先自顾自喝一口，马上嫌弃道："哥，你买的什么破酒啊？早知道我给你带了。"

庭霜说："破酒，你别喝啊。"

祝文嘉撇嘴，说："是，您跟我不一样，您厉害，您从本科开始就没用过家里一分钱。现在好了，傻了吧？要我说，一开始你就不该跟家里闹翻，现在闹成这样，值？"说完，他端起两杯酒坐到窗台边，"来吧，聊聊？"

庭霜租的房子在郊区的居民区，窗外有一片花园，房东太太把花园料理得很好，四月已经草木繁茂，夜晚坐在窗边可以看见繁星，听到虫鸣。

祝文嘉欣赏不了这种地方，直抱怨有蚊子。

庭霜把窗子关上，坐到祝文嘉对面，也喝一口酒，说："聊什么？"

祝文嘉说："你在我面前装什么傻？喝酒、骂姓梁的、耍酒疯，还能干什么？"

庭霜说："不至于那么难看。"

祝文嘉说："你再多喝两口试试。"

等庭霜把那杯酒喝光，呆坐了一阵，突然就说："梁正宣是浑蛋。"

祝文嘉早知如此，举杯和庭霜的空杯子碰了碰，像说祝酒词似的附和道："没错，他是浑蛋。"

庭霜又喝了几杯，喝多了就扯起自己的领子，从领口往里看，说："是因为我性格有问题吗？梁正宣以前就说我脾气不好。"

祝文嘉说："哥，我说句实话啊。你性格一直都差，这也不是一天两天的事了。所以梁正宣这事吧，跟你性格没关系。你性格就那样，也别费力气改了。来来来，手机给我。"

庭霜说："干吗？"

祝文嘉说："就你那用了两年的破手机，我才不稀罕，快给我。"

庭霜把手机给祝文嘉。

祝文嘉接了手机，对着在窗边喝酒的庭霜拍了张照片。窗边的灯没开，夜色下，穿着白T恤和牛仔裤的庭霜坐在木制高脚椅上，拿一只威士忌浸了杯底的玻璃杯，看不清面容。

拍完以后，祝文嘉又下载了一个名为 Distance 的社交软件，再拿刚拍的照片作为头像，注册了一个账号。

姓名：Frost
年龄：24
身高：182cm
体重：70kg
职业：学生

"等着吧。"祝文嘉晃晃手机，说，"看今晚你能收到几个人的消息。"

庭霜还没搞清楚状况："什么啊？"

手机振了一下，祝文嘉低头一看，说："呦，挺快。距你 151 公里有一个人选择了'特别喜欢'你，并发消息问你在哪个城市。要不要回？"

庭霜过去看屏幕："你在帮我开启新生活？"

祝文嘉说："我在证明你的魅力。你别每次出了这种事都觉得是你自己的问题。从自己身上找原因这种狗屁话，就是爱甩锅给别人的人发明的……你看，你又收到了三个'喜欢'，有一个距离你还挺近的，才 18 公里。"

庭霜说："这些人的喜欢怎么这么容易？就凭一张连脸都看不清的照片？"

"这种软件上的'喜欢'，只是有聊几句的可能而已，你当什么真啊？比如你看，"祝文嘉在屏幕上点了几下，"这是速配界面，你可以看到对方的头像啊，年龄什么的，然后就可以选'无感''喜欢'，或者'特别喜欢'。"

庭霜看着速配界面上的那张照片，说："无感。"

祝文嘉按了一下，屏幕上马上就跳出了下一个人的照片和信息。

庭霜说："无感。"

祝文嘉继续操作，下一个。

庭霜说："无感。"

下一个。

"无感。"

再下一个。

"无感。"

祝文嘉一连帮庭霜按了几十个"无感"，终于受不了了，说："游戏不是这么玩的，你又不是复读机，我的手也不是缝纫机，'嗒嗒嗒'地给你猛按同一块地方。"

庭霜说："我确实都没有想聊的感觉。"

祝文嘉翻到一张，发现有个顺眼的，和庭霜差不多年纪，就说："这个你也没感觉？"

庭霜看了半天那照片，又看一眼那人的信息，说："这个距我才7公里，一个城市的吧，万一路上遇到多尴尬？"

祝文嘉说："你不喜欢距离近的啊？这个可以设置距离范围。我想想……选150公里到300公里之间的怎么样？这样对方应该也在德国，但跟你不是一个州，这样你们聊得好，想见面也不困难；没聊成，也没什么不小心撞上的可能，可以吧？"

庭霜"嗯"了一声，忽然觉得不对劲："哎，你怎么就开始帮我交友了？我又不是无聊到需要认识一堆人来打发时间——"

"谁帮你交友？我是帮你重建自信。"祝文嘉把手机屏幕举到庭霜面前，"来吧，选一个。"

庭霜又连点了几个"无感"，不想继续看下去："真的没意思。"

祝文嘉说："再看二十个，在接下来的二十个人里选一个出来。"

庭霜说："你别折腾我了行不行？"

祝文嘉说："不行。快选。否则我直接叫人到你家来了啊。"

祝文嘉这种作天作地的二世祖真什么都干得出来，庭霜只好继续往下看，一张一张翻下去，都是"无感"，祝文嘉不怀好意地提醒："快二十个了啊。"

庭霜点击"无感"的手指停下来，屏幕上刚好显示出下一张照片。

这人穿黑色西装，白色衬衣领，右手放在方向盘上，戴着表的左手正在扯领带，灰色的领带将松未松。照片应该是坐在副驾驶座的人抓拍的，没有拍出完整的侧脸，只能看到一部分下巴。

庭霜看不出对方具体的样子，但是气质有那么点吸引人，扯领带的手也长得修长匀称。

庭霜去看这个人的信息。

姓名：C★★★★

年龄：36

身高：187cm

体重：75kg

目前距离：287km

除了显示不全的姓名，其他信息也作为隐私保护都没有显示。

祝文嘉跟着端详了一阵，说："这个啊？看着挺有气质的……"他看到信息上的年龄，又说，"会不会太老了交流起来有代沟？"

庭霜说："老得没有力气吵架最好。"

"那就他了。"祝文嘉怕庭霜反悔，立马帮忙点了"特别喜欢"。

"喂。"庭霜无语，"你点个'喜欢'就行了，干吗要点'特别喜欢'？"

祝文嘉说："你前后看了得有一百多个人吧，就这一个多看了两眼，这不是百里挑一？百里挑一还不得点个'特别喜欢'？"

庭霜说："啧啧，百里挑一，你还会说成语。"

祝文嘉说："你少看不起我，我至少在国内上过两年高中。"

庭霜说："行吧。我去刷个牙准备睡觉了。你少用我的手机乱来。"

祝文嘉说："你放心吧。我用你手机给我妈发张照片，她就知道我来看你了。省得她继续念叨我。"

庭霜点点头，进了浴室。他刚刷了一会儿牙，还一嘴的泡沫，就听见祝文嘉在外面喊："哥，系统帮你完美匹配了——"

庭霜听不清，只能关了嗡嗡作响的电动牙刷，说："什么？"

祝文嘉得意地对庭霜摇了摇手机，口型夸张地说："Perfect Match，你和287公里外的C先生完美匹配了。他也点了'特别喜欢'。"

周一上午9点45分，柏昌意准时结束了Robotik的第一堂课，然后飞去莱比锡参加一场学术交流会。

和学界同人共进晚餐后，他在酒店花园里等孟雨融。

"嘿。"孟雨融从他背后走来，转过身，坐在他对面，"好久不见。"

柏昌意抬手向服务生示意，点两杯Cuba Libre[①]。

孟雨融打断他的话，要服务生把其中一杯Cuba Libre换成红茶。

柏昌意于是也不要Cuba Libre，改喝低因咖啡。

等服务生离开，柏昌意说："口味变了。"

---

① 指自由古巴鸡尾酒。

孟雨融说:"怀孕,不适合酒精饮料。"

柏昌意隔着金属细边无框眼镜瞥一眼孟雨融的尖头细跟高跟鞋,没有说话。

孟雨融说:"昌意,你的口味也变了。"

柏昌意说:"我一直都不喜欢酒或者含糖饮料。"

孟雨融微愣,接着便很快了然地笑了起来,说:"是你的作风。不喜欢的东西也可以喝一辈子。"

柏昌意说:"喜欢没有那么重要。"

"我知道,责任最重要,对吧?你还是那么固执。"孟雨融下意识地摸了摸无名指上崭新的婚戒,这个位置曾经属于另一枚戒指。如果她没有发现柏昌意买的成人杂志里印的人跟她根本不是一个类型,可能到现在柏昌意都还是她的完美丈夫。

"有对象了吗?"孟雨融问。

柏昌意略微皱了一下眉,似乎有点不适应这个说法。等服务生送来咖啡和红茶,他拿起杯子喝了一口咖啡,才说:"没有。"

"你知道吗……"孟雨融拿起托盘上的小奶壶,让鲜奶在红茶中打转晕开,"他外表不如你,头脑也不如你,甚至不如你那么体贴、那么对家庭负责任。但是,和他在一起,我才觉得一切都对了。很奇怪,你什么都好,但是我总觉得少了点什么,总觉得有哪里不对劲。"

柏昌意勾了一下唇角,只是一下,很快又放下来,说:"你觉得好就行。"

孟雨融说:"那你呢?"

柏昌意说:"我什么?"

孟雨融说:"你以后怎么打算?"

柏昌意说:"我不急。"

孟雨融说:"要是婚前你就发现你跟我这么不合适,还会跟我结婚吗?"

柏昌意没有说话,礼貌地沉默。

孟雨融也没有再说话,只端起茶杯喝了一口红茶。奶和茶沾在唇上,她却不自知。

柏昌意从上衣口袋里拿出手帕,递给她。

孟雨融接过手帕,看见墨蓝色手帕上绣着的白色花体的"Bai",眼泪突然掉了下来。柏昌意就是这样的人——约会提前到,随身带手帕,适度保持沉默,但你会知道他沉默的同时也在关注着你。

她这么想着,眼泪像一颗一颗珠子似的往下掉,随后便连成了水流,不住

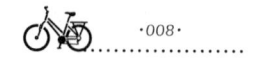

地淌了满脸。

"我——"孟雨融哽咽了，说不下去，只能不停地用手帕擦眼睛，擦得眼下发红。

柏昌意垂下眼帘，不去看她略显狼狈的面容，也不问怎么了，只说："激素影响，我理解。"

"……不是。"孟雨融摇头，声音很低，就算周围没有其他中国人，她也下意识地不想让任何人听到，因为这话她没法讲得好听，"他出轨了……我怀孕以后，他就出轨了。"

柏昌意没有说话，只略微前倾了身子，让孟雨融可以把声音放得更轻。

孟雨融一边流泪，一边低声地讲着前后经过。

花园里起了风，孟雨融打了个喷嚏，吸了吸鼻子。柏昌意脱下西装外套，披到她肩上。

孟雨融忍不住握了一下为她披衣服的那只手，转头看着柏昌意的眼睛，说："他什么都对劲，什么都不缺……可是，他为什么不能……为什么不能像你一样？你就算发现了自己跟我并不合适，都可以做到不出轨……为什么他不行？"

柏昌意沉默了一阵，说："人和人不同。除此之外，我也没有别的优点。"

"不，你不是……你很好。真的。我——"孟雨融勉强擦干了泪，"我要走了。再不走，我怕我说出什么不该说的话。那样，我就太不是人了。"

柏昌意明白她想说的是什么。她怕她一不小心，就会说想和柏昌意重新来过。

孟雨融撑着藤椅的扶手站起来，柏昌意扶了她一把，确定她不会因穿着的细高跟崴到脚才松手。

"我送你。"柏昌意说。

孟雨融红着眼睛笑了笑，把车钥匙递给柏昌意，说："还是这么体贴。"

柏昌意说："应该的。"

在车上的时候，孟雨融说："你该试试多交点新朋友，多参加些社交活动。"

柏昌意只说："如果有合适的机会。"

孟雨融说："忙起来，别给我再约你的机会。"

柏昌意开着车，不知道在想什么，直到遇见一个红灯，他停下车时，才说："好。"

孟雨融转过头，对着窗外，无声地落泪。

"昌意，人是不是选什么最后都会后悔？"

柏昌意说："大概是。"

他并不真的这样想,但是只能对孟雨融这样说。

孟雨融说:"那你后悔过吗?"

柏昌意难得地做出思考三秒的样子,说:"嗯,后悔那天买了那本成人杂志。其实里面的人也不太好看。"

孟雨融破涕为笑。她知道柏昌意在逗她开心。

"快照我说的做吧。"她又摸了摸无名指上的婚戒,"现在社交网络这么发达,很容易的。"

"我知道很容易。"又是一个红灯,柏昌意觉得有点闷,伸手松了一下领带。

孟雨融拿起柏昌意的手机拍了张照片。她有点惊讶,柏昌意的手机没有改锁屏密码,回过头一想,也是,柏昌意不是在意这些小事的人。

柏昌意也没注意孟雨融在拿他手机干什么,就专心开车,先把她送到家,再打电话给出租车公司,叫车来接自己回酒店。

回到酒店时已经比较晚,他洗了个澡,换上浴袍,戴上眼镜,开始处理未读邮件。学校的邮件,论文期刊的邮件,学术支持机构的邮件,学生的邮件……

现在的学生怎么写个病假邮件都有语法错误?

柏昌意点开附件里扫描的病假条,扫了一眼——感冒、头晕,是家庭医生最喜欢开的病假理由。他再看一眼学生姓名,"TING,Shuang",是今天早上唯一缺席的那个中国学生。

柏昌意曾经也是学生,当然知道学生最喜欢玩什么把戏,于是回复了一封客气的邮件,表示没有听过第一节课的学生将没有能力听懂接下来的课程,所以还请明年四月份重修,最后希望对方早日康复。

处理完邮件,头发还没干,柏昌意准备吹干头发去睡觉。

这时候,手机突然振了一下,屏幕上冒出一条消息提醒——

【Distance】刚才有9个人对你表示了"喜欢",快来看看他们都是谁吧!

柏昌意微微皱眉,点了一下这条消息,屏幕跳转到了Distance的应用界面。

这是什么时候下载的软件?柏昌意查了一下软件购买记录,是今天下载安装的。他又花两分钟研究了一下这个应用,是交友软件,进入个人主页界面,显示已经注册了。头像应该是孟雨融刚刚在车上拍的照片,名字是Cycle,为什么是Cycle?

他想起从前,孟雨融拿着手机给他看,撒娇说:"昌意你看,我打了太多次你的名字,现在我只要输'cy',我的输入法就自动联想到昌意了。"

想到这里,柏昌意试了一下,在手机键盘上打"cy",可能他平时很少输自己的中文名，所以输入法自动联想到的是"Cycle"。

柏昌意觉得有点好笑。

他又想起今天在车上答应了孟雨融，要多去社交，于是随意浏览了一下这个应用，然后发现了速配界面。

一张张照片看过去，他觉得都是些奇装异服的妖魔鬼怪。

就在他决定退出软件的时候，看到了一张非常正常的照片。照片里的人只穿简单的白T恤、牛仔裤，面容并不清晰，看不出来好不好看，不过坐姿有那么点吸引人。

柏昌意去看这个人的信息。

姓名：F★★★★

年龄：24

身高：182cm

体重：70kg

目前距离：287km

24岁，好像年龄差得太多了。

柏昌意既不打算点"无感"，也不打算点"喜欢"，他想直接退出，然后吹干头发去睡觉。

没想到，就在他要退出界面的时候，还湿着的发梢恰好滴落了一滴水。

"啪"的一声，那滴还带着余温的水正好打在手机屏幕上"特别喜欢"的位置。

柏昌意还来不及进行更多操作，Distance的界面就变了，两个硕大的红色单词伴随着无数星星冒了出来——Perfect Match。

接着屏幕上又蹦出一行字：Cycle，恭喜你，你和Frost完美匹配了！

多年不尝试拓展交际圈，社交能力会退化。比如现在，庭霜根本不知道要对这位Cycle先生说什么。

祝文嘉还在一边催促："你快给他发消息啊。"

庭霜想了半天，发了两个字：您好。

祝文嘉："……"

"哥，你这业务能力也太差了吧。"祝文嘉一把抢过手机，点进Cycle的主页,"你要从对方的基本信息、发的状态里找到聊天的点……哎?他主页里怎么什么都没有?"

庭霜说:"可能人家没花那么多时间和精力在网上吧。"

祝文嘉返回和 Cycle 的聊天界面,一看,惊了,对方也回了干巴巴的两个字:您好。

"……你们真不愧是'Perfect Match'。"祝文嘉把手机丢还给庭霜,默默走开,"您二位聊吧。"

庭霜不知道该聊什么,打了字,又删了,删完又打,十分钟也没能再发一个字。他看一眼手机顶部的时间,想到明天一早还有课,于是发了一句:不好意思我得睡了,明天还有课。

过了几分钟,Cycle 回了一个字:嗯。

庭霜准备睡觉了,而这个点对于祝文嘉来说夜生活才刚开始。祝文嘉从庭霜的衣柜里翻出一件粉色衬衣敞开披着,里面只穿 T 恤和不到膝盖的短裤,然后找庭霜要了自行车钥匙,就一个人骑车去市中心找夜店放松了。

祝文嘉刚出门,门铃就响了起来。庭霜以为是祝文嘉落了东西没带,于是直接按了这栋楼大门的开锁键,又把自己的公寓门打开,一边往卧室走一边对外面喊:"祝文嘉,你能不能自己带把钥匙?门边碗里还有一串,你走的时候带上,回来自己开门,别老按门铃吵我,还有,走的时候把门关好,听见没有?"

"……庭霜。"一道熟悉的声音在门外响起。

庭霜关卧室门的动作一滞,走出来,看见门口站着已经搬走的梁正宣。

庭霜用手撑了一下额头,说:"有东西忘了拿?"

梁正宣说:"你过得怎么样?"

庭霜说:"还行。"

梁正宣说:"好好吃饭了吗?"

庭霜说:"嗯。"

梁正宣说:"又抽烟了?"

庭霜说:"嗯。"

梁正宣说:"别抽了。"

庭霜说:"看吧。"

梁正宣想进去,庭霜说:"什么东西没带?我帮你拿。"

于是梁正宣只能站在原地。

"我明天还有课,真得睡了。"庭霜说着,就要关门。

梁正宣用手挡了一下门，上前用力抓住庭霜的胳膊，说："和好好不好？"

这个行为好像在说：什么都没有发生，情谊一如当年。

这一刻，庭霜几乎有种错觉，好像他和梁正宣之间连架都没吵过，梁正宣只是出去旅了个游，或者回了趟国，现在又回来了。

"梁正宣。"庭霜把手抽开，"别这样。这件事已经够难看了。"

梁正宣说："你怕难看？我不怕。你想要我怎么道歉？"

庭霜说："我知道我性格差。就这样吧，这件事我真的不想谈了。"

梁正宣还想说什么，庭霜抢先道："我已经准备找新室友了，你不能再住回来了。"

梁正宣不相信，盯了一会儿庭霜，又扫了一圈房间，说："我知道现在住在你家的是你弟。别糊弄我。"

庭霜说："我不是说他。"

梁正宣说："那是谁？"

庭霜也不知道是谁，他现在只想赶紧把梁正宣给打发走。

梁正宣了解庭霜，他知道庭霜根本不可能在这么短的时间内找一个人住到家里来。他也相信，只要他肯花时间多跟庭霜沟通，就能把现在的裂痕修补好。所以他今晚一定要留下来。

他确实了解庭霜，可是了解得还不够彻底。庭霜脾气很差，会在小事上找麻烦，得理不饶人，要梁正宣向他道歉，但是原则上的大事，他不争对错，不要道歉，不稀罕追究责任，他只需要对方离开。

他也看出了梁正宣的意图，如果他不做点什么，梁正宣就不会走。于是他拿起手机，故意当着梁正宣的面给 Cycle 发了一条语音消息："你今晚不回来住了？那晚安。"

梁正宣无奈道："庭霜，你演给谁看呢？"

庭霜盯着手机，祈祷：大哥快回我，等梁正宣一走我立马感谢你。

"我没演给谁看，这都是事实。"庭霜说。

梁正宣说："不就是刚认识两天的人吗？"

庭霜没有说话，手上给 Cycle 打字：睡了吗？拜托回我一条语音，就当帮个忙。我之前的室友赖在我家不肯走。

Cycle 终于回复了。两个字：报警。

庭霜飞快地回：报警会吵到邻居，还费时间。我明天还要上课，我们专业课很难，一定要去。

过了一会儿，Cycle 才回：语音说什么？

庭霜心里一松，继续打字：说"嗯，好，你也晚安"，或者你自由发挥一下。

Cycle 半天都没发语音过来。梁正宣喊："庭霜。"

庭霜抬起头，说："我在跟他聊天。"

梁正宣说："你聊，我等着。"

两分钟以后，Cycle 传来一条语音，庭霜点开。

大概 Cycle 讲话的时候离手机收音筒很近，房间里也寂静，所以他的声音显得又低又沉："晚安。"

梁正宣的脸色难看起来。

庭霜装作没有看到，又给 Cycle 发了一条语音："对了，昨晚我在家里地上捡到了你的领带。"

没过多久，Cycle 回了一条语音。庭霜没敢点开，他担心 Cycle 会拆穿他瞎编的话，坏了他的事。

梁正宣盯着庭霜，说："领带在哪里？"

庭霜说："弄脏了，今天送去干洗了。"

梁正宣的面色越来越不好，可嘴上还是说："我不信。"

庭霜给 Cycle 打字：你刚才的语音说了什么？没揭穿我吧？

Cycle 回：点开听。

庭霜不知怎的就觉得这三个字无比可靠，于是点开了那条语音，Cycle 的声音传出来："你先帮我收着吧。"

庭霜对梁正宣说："你看，我没骗你。"

梁正宣看了庭霜很久，一言不发的。

"我关门了。"庭霜不想再跟对方多说，"如果我看见你的东西，会寄给你，不麻烦你往这里跑。"

等梁正宣走了，庭霜躺到床上，这才感觉积累了很久的疲惫一瞬间袭了上来。他给 Cycle 发了条消息说人走了，今晚谢谢。

Cycle 没有再回复。

一整晚，庭霜睡睡醒醒，怎么都睡不踏实。早上 6 点多，没带钥匙的祝文嘉又狂按门铃把他吵醒。

庭霜一边给祝文嘉开门，一边骂他。

祝文嘉把一个纸袋子丢在桌上，说："亏我还给你买了早饭，早知道就不给你买了,狼心狗肺你。"

"我狼心狗肺?你快收拾收拾东西走,别住狗窝狼穴里。"庭霜睡不着了,只能起床洗漱。一直到他洗漱完,祝文嘉都没还嘴。他觉得奇怪,出浴室一看,祝文嘉趴在沙发上,一条腿在沙发靠背上搭着,小呼噜打着,睡得别提有多香。

庭霜把自己的被子扔到祝文嘉身上,然后拿着笔记本电脑去餐桌,一边吃桌上祝文嘉买的早餐,一边查邮件。

除了学校群发的邮件,邮箱里只有一封未读邮件,发件人"BAI,Changyi"。

庭霜看到这个名字,提心吊胆地点开邮件。

完了。从第一行字开始就完了。

死亡课程的变态教授叫他重修这门死亡课程,而且不是下个学期重修,是明年重修,因为这门课只在夏季学期开课。

明年,重修——就因为他第一节课没去。

庭霜没有胃口再吃早饭。他发消息问了几个同学遇到这种事怎么处理,同学的意见基本都是德国教授的自主权大得很,这事儿学校也管不了,除了去求教授,没有别的办法。

庭霜一边在心里骂教授,一边回邮件,请教授给他一次机会,他保证会通过同学的笔记认真自学第一节课的内容,如果有不懂的地方一定会预约教授的Sprechstunde[①],前去请教。

接下来的一整天,他课间有事没事就看一眼邮箱。一天过去了,他抽完了一整包烟,而Prof. Bai还是没有回复。

本来上了一天的课就已经很疲惫,他回到家,又看见祝文嘉外放音乐打游戏,被吵得更头大。

"祝文嘉,你戴个耳机行不行?"庭霜说。

祝文嘉眼不离屏幕,手不离键盘,说:"耳机没电。"

"没电你不会充啊?"庭霜说完,进了卧室,关门,把噪声挡在外面。

他心烦意乱。

庭霜玩了会儿手机,不知怎的就点开了Distance,聊天栏里只有一个人,Cycle。

他点进Cycle的主页,还是一片空白,没有发布任何状态。返回聊天框,翻了翻不多的聊天记录,他又点开了那四条语音来听。

Cycle的声音确实好听。庭霜又点了几遍Cycle的那句"你先帮我收着吧",

---

① 德语,指教授开放给学生交流与答疑的时间。

边听边想象对方的长相，想象不出来。Cycle 的声音让人觉得可靠、可信、有说服力，那声音应该属于一个永远不会失态的人。想到这样一个人昨晚竟然陪自己演戏，庭霜觉得想笑。

这么想着，他就突然有点想找 Cycle 讲话。

庭霜斟酌了一下，打字过去：下班了吗？

Cycle 没有回消息。

庭霜继续打字：我今天上了一天的课，晚上有时间聊聊吗？

他把消息发过去，等了一阵子，Cycle 还是没有回复，于是他把手机放到一边，出去喊祝文嘉吃晚饭。

到晚上 10 点多庭霜再看手机时，屏幕上已经有了 Cycle 的消息提醒。

Cycle：开了一天会。

Cycle：刚到家。

庭霜点开消息提醒，正要回复 Cycle，突然惊觉 Cycle 名字下方的目前距离从 287 公里变成了 4.8 公里。

4.8 公里？庭霜先是擦了擦手机屏幕，又揉了一下眼睛。

屏幕上显示的目前距离还是 4.8 公里。

怎么回事？程序出了漏洞？

庭霜打字问 Cycle：我们之间的距离怎么变成 4.8 公里了？

过了一阵，Cycle 回复：我这两天在外地开会。

庭霜：？

外地开会？？？

所以 287 公里外的 C 先生变成了开车十分钟就能过来的 C 先生？

Frost：那你岂不是真的可以来我家拿领带了？

这句话庭霜刚一发出去就后悔了，可是发出的消息不能撤回。他看着聊天框中 Cycle 的头像，有点紧张。

十分钟以后，屏幕上终于出现了新回复。

Cycle：如果你确实帮我把领带收起来了的话。

柏昌意坐在书房里，检查第二天讲课的手稿。前沿的理论和技术都在不断更新，所以教学的知识点和实例也都需要随之更新。柏昌意习惯在讲课的前一天把讲稿再浏览一遍。

他的手机放在一边，静音。

等他确认完讲稿，看见手机上有新消息。

Frost：你是不是总把领带落在别人那儿？

柏昌意有点想笑，回复四个字：从没有过。

Frost：你发一条语音过来吧。

柏昌意发了一条语音过去："说什么？"

Frost也回了条语音："说……你在干什么。"

柏昌意说："擦眼镜。"

Frost说："你戴眼镜啊。擦完眼镜之后呢？"

柏昌意打开笔记本电脑，说："看一眼邮件。"

Frost说："这么晚还回邮件？"

柏昌意说："习惯。"

Frost说："敬业。哎，我跟你说，我这学期修了一个变态教授的课，我一大早给他发了邮件，他到现在都还没回我。"

柏昌意进入邮箱，处理了两封邮件，才回Frost的语音："教授比较忙，一周之内回复都是正常的。"

Frost回了一条很长的语音："主要那门课吧，是周一和周三上午的课，明天就是第二节课了，他要是今天不回我，我明早都不知道该不该去上那节课。你说怎么会有这么变态的教授？就因为我第一节课没上，他就让我明年重修。我都给他病假条了。要不是我们专业必修那门课，估计没有一个人愿意选他的课，事儿巨多，挂科率又巨高，谁愿意上啊。"

柏昌意听完那条语音的同时，正好看见了一封发件人为"TING,Shuang"的未读邮件。

邮件言辞恳切，全程都在表示：教授求求您再给我一次学习的机会吧，我真的很想上您的课。

柏昌意看了一眼邮件的发送时间和落款，又看了一眼手机屏幕上的Frost，Frost的中文意思是"霜"，所以Frost和这位"TING,Shuang"……柏昌意把Frost刚才发来的语音重新点开听了一遍。

"……你说怎么会有这么变态的教授？"

"……估计没有一个人愿意选他的课，事儿巨多，挂科率又巨高，谁愿意上啊。"

这么变态的教授……变态的教授……没有一个人愿意选他的课……事儿巨多……事儿……巨多……

柏昌意点击 Frost 的头像，进入主页，然后点击主页右上角的三个点，选择删除联系人并屏蔽该用户。

屏幕上弹出一个白框——

对方是你的 Perfect Match[爱心] 哦~

确定删除你的配对对象并屏蔽该用户发来的消息吗？删除的同时，聊天记录也会消失哦。

柏昌意刚要按下"确定"，又突然改了主意。

他返回和 Frost 的聊天页面，第三次点开那段长语音，然后摘下眼镜，拿起眼镜布，一边听着那段话，一边重新将眼镜仔细擦拭了一遍。

等他再次戴上眼镜的时候，唇角勾了一下。

他给 Frost 回语音："昨天请病假，那你现在好点了吗？"

Frost 说："哦，我没生病，是之前喝多了，所以昨天睡过头了。"

紧接着，Frost 又发了一条语音过来："你说，要是变态教授不回我邮件，我明早去教室当面跟他求情，有用吗？"

柏昌意唇角微勾，说："你试试吧。"

/ 三米的距离 /

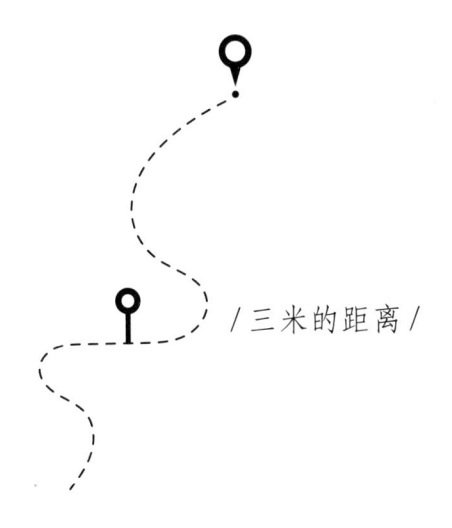

庭霜起床的时候，祝文嘉正在咖啡机旁边等咖啡。

庭霜说："起这么早？难得。"

祝文嘉说："喝完咖啡就睡。"

"你打了一晚上游戏？"庭霜走过去把属于祝文嘉的咖啡端走，"别喝了，快去睡觉。"

祝文嘉又接了一杯，说："你又去上课？"

庭霜说："什么叫又去上课？我天天上课。"

祝文嘉对上课不感兴趣，喝了两口咖啡就开始挤眉弄眼，问："C 先生怎么样？"

庭霜说："什么怎么样？"

祝文嘉说："哎，你又跟我装傻。聊得怎么样呗。"

庭霜说："也没聊几句，反正感觉人挺沉稳的。"

祝文嘉说："人都一大把年纪了能不沉稳吗？沉稳没用，你是通过交友重拾信心，又不是找爹。他是干什么的？"

庭霜说："我没问，不想瞎打听人家隐私。不跟你讲了，我去查个邮件。你快去睡觉。"

他把邮箱页面刷新十来遍，Prof. Bai 还是没有回邮件。庭霜只能收拾收拾骑车去学校，照他昨天跟 Cycle 讲的那样，当面求情。

也不知道是不是因为 Cycle 的头像是穿西装的，在骑车去学校的路上，庭霜但凡看见穿西装的男人，都会放慢速度多看两眼。他们住的地方之间只有 4.8

公里的距离，早上上班的时间段他们完全有可能在路上遇到。看了几个人之后，他想起那张头像是在车上拍的，Cycle 很有可能开车上班，还是别看路上的人了，提早到教室等教授要紧。

Robotik 的上课时间是 8:15，教室是 S17。

庭霜到 S17 的时候才 7:45，教室里一个人都没有。等到 8:02 的时候，宋歆来了，坐他旁边，问："后来教授回你没有？"

庭霜摇头。

宋歆在心里为庭霜掬一把同情的泪水：这哥们儿多半凉了。

8:10，教室里都快坐满了，教授还没来。庭霜紧张得不行，心想上课前怕是跟教授说不上话了，就对旁边的宋歆说："借过一下，我出去抽根烟。"

宋歆看一眼教室里的挂钟，说："你快点。"

庭霜跑到教学楼门口，站在垃圾桶旁边点了根烟，边抽边盯着手机上的时间。当屏幕上的时间跳到 8:14 的时候，他将没抽完的烟按熄在石米上，飞速赶回教室。

教室的门关着，庭霜握上门把手，把门向里一推，一股阻力袭来——

不好！撞到人了。

庭霜赶紧把门往后拉了一点，用德语说"抱歉"。

撞上人之后的那两秒就像被无限拉长了似的，庭霜首先看到了被撞的人的背影，从下往上，皮鞋后部，西裤裤脚，裤管笔直，西服上衣，腰身两侧不明显地收进去，给人一种余裕感，宽肩，浅蓝色的衬衣领子从灰色的西服领内延伸出来一截，脖子上部连接后脑处的头发修剪得很干净，边缘整齐。

庭霜还注意到，这个人后颈上挂着一根泛着金属光泽的链子，他只看到背影的时候还以为那是条项链，等那人转身的时候，他才发现那是一根悬在眼镜架下方的眼镜链。

那人戴了一副无框眼镜，镜片挡在偏长的眼睛前方。眼镜上方，双眉笔直地向两鬓延展开去，没有杂毛，眉毛和头发一样显出干净整齐的样子。镜架之下，鼻梁高挺，鼻子下的嘴唇颜色略浅，没有留胡子，下巴轮廓给人一种温文的感觉。

一张东方脸。

庭霜怔怔地看着对方，下意识地说了句中文："不好意思。"

教室里传来一片不具恶意的笑声。

被撞到的人视线向下，看着庭霜，笑了一下，幽默地用德语调侃："我以为我永远是最后一个到教室的。"

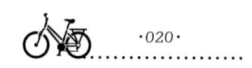

底下又发出一阵笑声。

庭霜赶紧低下头，在众人的目光中奔向自己的座位，坐下来的时候才发现自己出了一手心的汗。

宋歆低声对他说："你不会没认出来那是教授吧？"

"怎么可能？那也太蠢了。"庭霜若无其事地拿出钢笔，转了两下，心想：他刚才居然蠢到没反应过来那是教授！

庭霜深呼吸了两下平复紧张的情绪，去看讲台。

教授在欢迎完女士们先生们来上课之后，已经开始写板书讲课了。

在真正见识到这位 Prof. Bai 上课前，在庭霜的想象中，这门课应该非常无聊，教授不苟言笑，和学生全无互动，教授一个人沉闷地讲完九十分钟，而教室里的学生全是冲着学分来的。

可没有想到，Prof. Bai 的课竟非常吸引人。

首先，他讲标准德语，语速适中，突出重点；其次，他属于边写边讲型的教授，重点在黑板上基本上可以找到，画图手法完美；最后，他会关注学生的反应，和学生讨论实例，并在适当的时候开恰如其分的玩笑。

庭霜越听课越觉得，这教授也没那么变态啊……说不定等下课了去跟他好好讲两句，就没事了……

课上到后半段，庭霜压低声音对宋歆说："我感觉，这门课也没传说中那么'杀手'啊，我能听懂一大半。课后再复习复习，应该能过吧。"

宋歆说："你以为他教你一加一等于二，然后考你二加二等于几？"

庭霜说："难道他考我四加四等于几？"

宋歆说："呵呵，他教你一加一等于二，然后考你五万八千四百六十七乘以十六万九千三百二十四等于几。"

庭霜蒙了。

宋歆又说："我上回说笔记没记全，你以为我连抄板书都抄不全？这门课，板书就好比骨架，你得掌握骨架才能继续去理解皮肉，但是吧，教授从不直接考骨架。"

庭霜说："……那就去理解皮肉。"

宋歆说："他也不考皮肉。他考头发丝儿，考指甲缝儿，考一切你没有复习到的东西。"

柏昌意往这边看了一眼，宋歆立马闭嘴，埋头做笔记。

庭霜又紧张起来。

9:40，离下课还有五分钟，柏昌意洗干净手上的粉笔灰，拿出花名册，开始点名。

教室里大多是德国学生，但也有不少其他国家的留学生，柏昌意难得地不像其他许多教授那样念不好留学生的名字，他会按照留学生母语的发音去念那些名字。如果有不确定的，他就会请那位学生再教他念一次。

庭霜等了半天，一直等到教授点完其他所有人的名字，宣布下课，他还是没等到教授念自己的名字。

大家都收拾完东西，开始陆陆续续出教室了。柏昌意解答完了两个学生的问题，在收桌上的讲稿。

宋歆说："你打算怎么办？"

庭霜看着讲台上的人，说："你先走吧。"

宋歆同情道："Viel Glück[①]。"

庭霜心不在焉地"嗯"了一声。

宋歆也走了。

教室里只剩下准备离开的柏昌意，还有感觉自己就要上刑场的庭霜。眼看着柏昌意出了教室，庭霜把包往身后一背，大步追上去，喊："Professor[②]。"

柏昌意停下脚步，在教室门口等庭霜。

庭霜赶紧过去，很忐忑地用德语说："教授……您刚才点名的时候，好像没有叫到我……我没有听到我的名字。"

柏昌意说："您叫什么名字？"

庭霜说："庭霜。Ting 是姓。"

柏昌意说："OK。Ting，您没有出席周一上午的第一节课。"

庭霜说："是的，我生病了，我给您发送了邮件。"

柏昌意隔着眼镜俯视庭霜，说："我相信您也收到了我的回复。"

庭霜在一瞬间感受到了巨大的压力。

教授不给他求情的余地。

可是真要等到明年重修的话，毕业时间势必就要推后。庭霜出国留学的钱一部分是读本科的时候存的，一部分是在德国打工攒的。他拿着留学生签证，一周最多合法打工 20 小时，赚的钱没办法负担他的所有开支。延期毕业最大的

---

① 德语，意为"祝你好运"。
② 德语，意为"教授"。下文不再标注，特此说明。

问题就是等到下一次延签的时候,他的银行账户里很可能凑不齐留学保证金,那他就拿不到签证了。

短短几秒间,庭霜已经列出了一个送命等式——

"重修=被遣返。"

说什么都不能重修。

庭霜吞了一口唾沫,微微仰头看着柏昌意,不太流利地说:"您让我重修的理由是……缺席了第一节课,我将无法理解接下来的课程。但是我并不认为……我没有能力理解您今天的课程。"

柏昌意依旧俯视着庭霜,耐心地听他把话说完,然后说:"那么请您阐述一下您对课程的理解。"说罢,他比了一个"开始"的手势。

"今天……这门课……"庭霜的大脑突然一片空白。

他以为求情就是求情,全然没想到,跟教授求了半天竟然求来了一场提前一个学期的期末考试,现在他连复习的时间都没有。

柏昌意等了一分钟,才说:"Ting?"

"我……"庭霜磕磕巴巴地说了几个专业词,可怎么都想不出对课程的理解,加上他又急,紧张得连今天上课的重点都忘了,脑中一堆相关概念在中、英、德三种语言中胡乱打转,他挣扎了半天也没能说出一句合适的回答。

"对不起……"庭霜垂下头,没有再敢对上柏昌意的眼睛。

柏昌意的声音从上方传来:"对于您的第二封邮件,我想我们都已经有了答复。"

脚步声响起了,继而远去,只剩庭霜一个人站在原地。

这回他不怪教授变态了,是他自己无能。

他站了很久,才慢慢往咖啡吧走。他还没吃早饭。到了咖啡吧,看着那些红的白的香肠、猪排、火鸡肉排、面包……他才发现其实也没什么胃口,于是只买了一杯咖啡,坐到外面的草地上,有些茫然地晒太阳。

他跟梁正宣闹掰都没这么难受。

接受自己的无能大概是最难的,比跟人闹掰、外界否定、缺乏支持都来得难受。

越来越烈的太阳晒得人头晕目眩。可就在这种眩晕中,庭霜的大脑还在不受控制地想该怎么回答教授的问题。人的脑子就是这样,交卷时间都过了,脑子还在不肯放弃地回答已经毫无用处的问题。

裤子口袋忽然振了一下,庭霜的思考被打断。他摸出手机,上面有一条消息提示。

【Distance】刚才有 7 个人对你表示了"喜欢",快来看看他们都是谁吧!

庭霜不想知道这七个人是谁,他觉得没意思极了。不过……他突然想到了 Cycle。Cycle 上学的时候也经历过这种事吗,还是只有他一个人这么废物?

他打开 Distance,给 Cycle 发了条语音:"你是不是在上班?要是没时间就不用回我了……我今天……唉,我怎么这么废啊?连几句人话都说不好……教授都给我机会了……"

这条消息发出去以后,庭霜盯着 Cycle 的头像看了一会儿,忽然注意到了他和 Cycle 的目前距离——

506 米。

506……

米!

他和 Cycle 之间的距离已经不是以公里为单位了。

庭霜突然觉得惊悚。他立马站了起来,放眼四顾周围的教学楼、实验室、图书馆、餐厅、广场、绿地……Cycle 就在附近。

Cycle 就在他们学校里。

LRM[①]系所。

柏昌意跟研究生开完组会,从会议室回到自己的办公室。

他的手机上有两条 Frost 的消息,第一条是语音,第二条是文字:你现在在哪里?

当柏昌意看到这条消息的时候,屏幕上 Frost 的目前距离是 219 米。这个数字还在不断减小,两分钟以后,219 米已经变成了 103 米。

82 米。

57 米。

22 米。

23 米。

22 米。

数字固定不动了。

应该是因为庭霜没有 LRM 系所大楼的门禁权限,所以没有办法再继续靠近。

[①] 德语 Lehrstuhl für Robotik und Mechatronik 的缩写,意为"机器人及机电一体化教研所"。

胆子还挺大。柏昌意打字给 Frost：你在找我？

Frost 回得很快：我在 LRM 系所门口。

Frost：你在里面工作？

柏昌意回：嗯。

Frost：吓死我了。

Frost：之前我看到目前距离 500 多米还以为你在跟踪我。

Frost：你是研究生、教授，还是……

系所里有两个华人研究员。柏昌意回：研究员。

Frost：也太巧了。

Frost：我之前跟你说的教授，就是你们这个系所的负责人。

Frost：今天我按昨天跟你说的去求情了，他把我问得一句话都说不出来。

Frost：他平时对你们也这样？

Frost：在他手底下干活儿是不是压力巨大？

Frost：啊，对了，我是不是不该在你面前说你们老板坏话？

柏昌意嘴角微勾，回：你不先担心一下你自己？

Frost：担心没用啊。

Frost：我不知道还能做什么。

Frost：能做的都做了。

Frost：实在要重修也没办法。

Frost：硬着头皮毕业吧。

Frost：没钱了就先贷款，毕业再还。

柏昌意看了"贷款"二字几秒，回想起今天上课前，他转身第一眼看到庭霜的光景——紧张、青涩、明亮礼貌。

柏昌意稍微心软了一下，回：靠自己留学？

Frost：嗯。

Frost：唉，不说这个了。

Frost：那个……你中午去食堂吃饭吗？

柏昌意回：你在约我一起？

Frost：我都这么惨了，你还不陪我吃个饭？

柏昌意回：今天中午有工作。

发完这一句，柏昌意想了一下，还是决定管一下庭霜，于是继续打字：其实即便这个学期教授不给你考试资格，你也可以继续去听课，这样一来，你提前积累好了前期知识，明年就可以一边写毕业论文一边准备考试，压力会小一些，也不影响毕业。

停留在输入框里的一大段话还没发出去，柏昌意就看到了 Frost 的新回复。

Frost：你们老板连研究员的午休时间都压榨？

Frost：人性缺失。

人性……缺失……

柏昌意的手指离开了消息发送键。

Frost：现在回过头一想，哪有他那种才上两节课就问人对课程的理解的教授啊？正常人都要复习一下才答得上来吧？

Frost：我真的越想越气。

Frost：他怎么不问别人光问我？

Frost：不是我废，他就是故意刁难我。

Frost：就因为我第一节课没去。

Frost：表面很有风度，实际心眼巨小。

柏昌意被气笑了。

他把输入框里的那一长段话全删了，回：你遇到问题，都把责任推到别人身上？

过了一会儿，Frost 才回：怎么突然这么严肃……

柏昌意没有回。

几分钟后，Frost 又连着发来几条消息。

Frost：唉，其实我知道是我自己的问题。

Frost：我就是……觉得你会站在我这边，所以对你抱怨了几句。

Frost：最近很多糟心事。

Frost：我不知道还能对谁讲。

Frost：我不说了。

Frost：你忙吧。

柏昌意把手机放到一边。

看完一篇论文，柏昌意看了一眼聊天界面，Frost 和他的距离还是 22 米。他又看回 Frost 最后发来的几行字。

我就是……觉得你会站在我这边。

我不知道还能对谁讲。

你忙吧。

你忙吧……

他怎么莫名有种欺负了小孩的感觉？

他也没欺负庭霜啊……

他不知怎么回事还有一种失责感。

柏昌意摘下眼镜，捏了捏鼻梁——到底哪里来的责任……

他重新戴上眼镜，拿起手机，给 Frost 发了一条语音："下周继续去听课。"

Frost：啊？

柏昌意说："这个学期认真学，明年毕业论文和考试同时准备，也不是没有这样毕业的学生。"

Frost：真的？！

柏昌意回：嗯。

对面没了动静。

柏昌意正要放下手机，突然手机持续振动起来，屏幕上出现了语音通话请求。

柏昌意的手指在桌上叩了几下，才按下接通键。

年轻的声音撞进柏昌意的耳朵里："你……我能请你吃饭吗？晚上，或者周末……选你有空的时间。"

庭霜等着手机听筒那边的回答，既紧张又期待。

过了几秒，他才听到 Cycle 说："最近比较忙。"

庭霜说："那……你有空的时候告诉我。"

Cycle 说："看情况。"

庭霜说："吃早饭也行。"

Cycle 说："嗯。"

庭霜说："嗯……提前一天告诉我，我准备一下。"

从 Cycle 的声音里好像可以听出一点笑意："嗯。"

庭霜说："那我不打扰你工作了，我去图书馆。"

从那天开始，庭霜就时不时地旁敲侧击，提醒 Cycle 他们有一顿饭要吃。

比如中午在学校的时候，他就会问 Cycle：吃午饭了没？

或者下午离开学校的时候，他会给 Cycle 发消息：你下班了吗？我还没吃晚饭。

Cycle 的回复不是"吃过了"就是"还有事"，而且庭霜发现他并不是每个工作日都在学校，有时候 Distance 上显示他们之间的距离是几百米，有时候又变成十几公里。

周日的时候祝文嘉已经走了,庭霜一个人在家。他看见 Cycle 的目前距离是 4.8 公里,就发消息问:你今天没出门?

看 Cycle 没有回,庭霜又拍了张自己做的菜发过去,诱惑:我做了蘑菇烤鱼,你要不要来吃?

很久之后,Cycle 才回:我做了糖醋排骨。

庭霜回:来个图?

Cycle:[图片]

庭霜请求了语音通话,说:"要不我打包烤鱼去你家?"

Cycle 说:"我已经在吃了。"

庭霜说:"你是不是怕见面啊?我又不嫌你……喀,老。"

Cycle 像是笑了一下,说:"你在急什么?"

庭霜说:"想知道你到底是谁啊。要不……我们开视频吧?"

Cycle 说:"不开。"

庭霜说:"你老这么拒绝我,小心我去你们 LRM 系所门口蹲你。"

Cycle 说:"你可以试试。"

庭霜说:"算了,我怕遇到你们老板,而且我又不知道你长什么样。"

Cycle 说:"你不是还要上他的课吗?"

庭霜说:"一周见他两次就是我的极限了。我现在一想到明天要见他,就感觉今天晚上要做噩梦。唉,不说他了。我到底什么时候才能请到您老人家吃饭啊?"

Cycle 说:"最近比较忙。"

庭霜说:"忙到自己在家做糖醋排骨吃。"

这回 Cycle 确确实实是笑了一下,说:"怨气挺大。"

怨气?挺大???

庭霜不承认,回嘴说:"我说的是事实。"

Cycle 说:"嗯,事实。"

庭霜突然发现,从通话开始,Cycle 那边就没有传来过任何吃东西的声音。Cycle 一直在跟他讲话,还没吃饭。

"你先吃饭……"庭霜的声音低下去,"我不吵你了。"

挂了语音电话之后,庭霜还在回味 Cycle 的声音,回味到这段对话的时候……

——你老这么拒绝我,小心我去你们 LRM 系所门口蹲你。

——你可以试试。

试试……

去 LRM 系所网站查所里研究员的照片是不是不太道德？

——你可以试试。

去他的道德。

庭霜打开笔记本电脑，从学校网站里找到 LRM 系所的网站，再找到系所人员那一栏，点进去。

他首先瞥到的就是 Prof. Bai 的照片，不敢多看，赶紧把页面往下翻。

华人……男性……研究员……

庭霜找了两个从名字上看是华人的男研究员，其中一个没有照片，还有一个有照片的，但是照片上的人吧……庭霜也不是看脸，可就是感觉那张脸和 Cycle 的声音、气质都不配。

难道是那个没照片的？

庭霜盯了那个没配照片的名字一会儿。

Jianguo Huang。

建国……黄……

Cycle 叫黄建国……

黄……建……国……

感觉也不太对。

庭霜把 Cycle 的头像图片放大，返回去和那个有照片的研究员对比。两个人的下巴和脖子根本不像啊……研究员明显要胖一些，看上半身的照片也不像 Cycle 资料里写的 187……

187 的话，应该比他高。

蓦然间，一张需要仰视的脸出现在庭霜的脑海里——

无框眼镜，细金属镜架，两颊边垂下和镜架同色的细眼镜链，镜片后一双俯视着他的眼睛。

庭霜的后颈一寒。

可能是留下了阴影，当晚洗澡的时候，庭霜还能回想起那双镜片后的眼睛。

第二天一早，庭霜骑车去学校，8:01 到了 S17 教室。这时候人还不算多，他找了个离讲台不远不近的位置坐下，希望不要引起教授额外的注意。

过了几分钟，宋歆来了，坐过来，说："求情成功了？"

庭霜说："跟他求情是自取其辱。"

宋歆来了兴趣，说："怎么辱的？"

庭霜看宋歆一眼，说："你就这么想听我受辱？"

宋歆的语气饱含义气，说："怎么会？"脸上却写着：快说快说。

庭霜不欲多介绍细节，只说："反正我以后都来上课。"

8:14 的时候，教授还没来，庭霜想要不先发条消息给 Cycle，问他中午有没有时间。

还是先看一下 Distance 上的距离吧，也不知道 Cycle 今天来不来学校……

打开 Distance，庭霜向 Cycle 下方的目前距离看去——

"教授来了。"宋歆用胳膊撞了庭霜一下，低声说，"快把手机收了。"

"……噢。"庭霜愣愣地把手机收到桌子下方，抬头去看讲台。

看错了吧……

3 米……

庭霜忍不住又低头看了一眼目前距离——还是 3 米。

3 米！

3 米的意思……岂不是 Cycle 现在就在教室里？！

难道 Cycle 悄悄跑过来看他了？

庭霜偷偷环视四周的同学，男性，华人，三十来岁……

教室里的中国留学生本来就是少数，而且都是熟面孔，即便喊不上名字，庭霜也至少打过照面。系所官网上那个有照片的研究员也不在教室里，庭霜一个一个人地看过去，感觉都不像是 Cycle。他甚至盯着宋歆的侧脸看了一会儿。

宋歆转头，对上庭霜的眼神，说："庭霜，你那什么眼神？让人毛骨悚然的。"

庭霜移开视线，说："Cycle 是什么意思？"

宋歆说："什么？你说英文那个 Cycle 啊？周期啊。你问这个干吗？教授刚讲这个词了吗？"

"没有。"庭霜把手机塞进口袋里，先集中注意力去听课。

到了这节课的最后五分钟，柏昌意按惯例点名，然后宣布下课。

四周响起拍桌子的声音①，庭霜象征性地跟着拍了两下，趁着还没人离开教室，赶紧拿出手机，看 Cycle 的目前距离——还是 3 米。

宋歆一边收拾东西一边问没有动作的庭霜："你不走？"

庭霜盯着手机屏幕，说："嗯，你先走吧。"

---

① 在德国，下课的时候学生拍桌子，等同于鼓掌。

四周的同学接连地出了教室，剩下的人越来越少，3米这个数据还是没有任何变动。

现在教室里只有五个人了。

教室后方有一个白人学生还在抄板书，讲台上还有三个学生在问问题，也都是白人，然后就只剩下庭霜自己还坐在座位上。

可是Distance上显示的目前距离竟然还是3米！

庭霜怀疑这个应用出了毛病。

他给Cycle打字：你那里显示的目前距离是多少啊？我这里显示是3米，我半径3米内根本没有中国人。

不，不对。

中国人……

半径3米内其实有中国人。

只是庭霜一直没把他当人，所以根本没算进去。

庭霜猛地抬头向讲台上望去，问问题的学生已经走了，讲台上只有一个人在收讲稿。

庭霜回过头，抄板书的学生也走了。

现在教室里真正只剩下了两个人，他自己，还有讲台上的教授。

华人、男性、36岁、187厘米、戴眼镜。

庭霜的腿瞬间软了。

他整个人都是蒙的。

不……会……吧……

庭霜拼命地回忆两个声音，Prof. Bai和Cycle。这时候他才发现，别说是当面讲话和隔着手机的区别，连他自己讲中文和讲德语都是两种声音。他没听过Prof. Bai讲中文，也没听过Cycle讲德语，两种语言的巨大差异让人根本就察觉不到那是同一个人。

这时候，他还心存一丝侥幸，说不定是定位有误。

他低着头，用余光看着教授，等人走出了教室，再去看Distance上显示的目前距离——

12米。

简直等同于死亡现场。

他居然真的在没大没小地跟Prof. Bai开玩笑？？？

他都说了些什么啊……

"你今晚不回来住了？"

"昨晚我在家里地上捡到了你的领带。"

"你是不是总把领带落在别人那儿？"

天哪。

不，庭霜突然意识到，这还不是重点……

开玩笑还不是重点，他好像还说了更可怕的话……

人性缺失……

心眼巨小……

我现在一想到明天要见他，就感觉今天晚上要做噩梦……

不，这些好像也不是最可怕的。

最可怕的是他找教授当面求情的前一天晚上……

你说怎么会有这么变态的教授……要不是我们专业必修那门课，估计没有一个人愿意选他的课……事儿巨多，挂科率又巨高，谁愿意上啊……

哦，我没生病，是之前喝多了，所以昨天睡过头了……

庭霜眼前一黑。

柏昌意回到办公室才看到 Frost 的消息：你那里显示的目前距离是多少啊？我这里显示是 3 米，我半径 3 米内根本没有中国人。

柏昌意在教室里就已经注意到庭霜的异样。他勾起唇角，想象着庭霜收到消息时的表情，回了一句：我今天中午有空。

屏幕上显示 Frost 正在输入。

柏昌意把手机放到一边，过了一阵再看，还是显示 Frost 正在输入，可一条新消息也没有发过来。

半个小时以后——

Frost 正在输入。

柏昌意忽然笑出声来。他笑着笑着瞥见门外的秘书 Marie，又恢复了平时的表情，坐到书桌后，开始工作。

一个小时以后，Frost 终于回了消息：我觉得，那个，吃饭的事要不还是算了。

柏昌意回：为什么？

Frost 正在输入。

过了好几分钟，Frost：我挺穷的，最近没钱请你吃饭。

Frost：真的。

Frost：不是不想跟你吃。

Frost：主要是穷学生没钱。

柏昌意回：我请你吃。

Frost 正在输入。

二十分钟后，Frost 正在输入。

柏昌意不想等了，走出办公室，直接拨了语音通话过去。

过了半天，对面终于接了起来，声音干巴巴的："那个……您好……"

柏昌意说："12 点了，去吃饭。"

庭霜支支吾吾地说："我……那个……有事回家了……"

柏昌意看了一眼目前距离，说："710 米，不是还在学校吗？"

庭霜噎了一下，连忙改口说："说错了……是有课……"

柏昌意说："什么课？"

庭霜试探说："Regelungstechnik①……"

柏昌意说："Prof. Gutenberg 的？那不是周二的课吗？"

庭霜：……

柏昌意说："过来，带你去吃饭。"

庭霜说："过、过去哪里……"

柏昌意说："你不是说要蹲我吗？不知道在哪里蹲？"

庭霜说："……知道。"

柏昌意低低地笑一声，说："跑步过来。"

---

① 德语，专业名词，指控制技术。

/零距离/

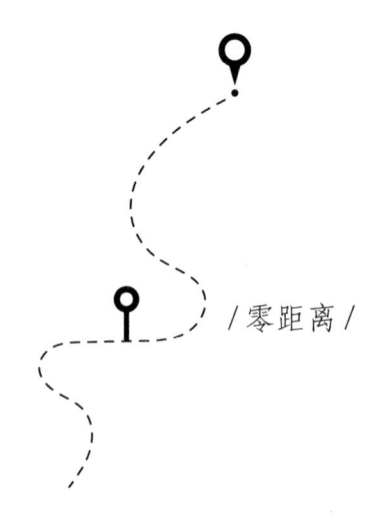

人生总有些必须去送的死。

庭霜一边往 LRM 系所门口跑,一边在想,等会儿见到 Cycle,到底是把他当作 Cycle,还是当作……

想到柏昌意那张脸,庭霜又开始腿软。

他根本想不通,对方早就知道 Frost 和 Ting 是同一个人,为什么还每天跟他聊天?为什么还要跟他吃饭啊?

"带你去吃饭。"

吃饭。这"断头饭"谁吃得下?

不知怎的,祝文嘉那句话突然在庭霜脑子里响起来:你是通过交友重拾信心,又不是找爹。

现在的情况跟和网友相约见面却发现对象是亲爹有什么区别?

710米实在很短,短到 LRM 系所的大门已经近在眼前。

门口没人。

庭霜开始祈祷今天上午发生的所有事都是幻觉:3米的距离是幻觉,Cycle 说吃饭也是幻觉。

没错,幻觉。

他就在 LRM 系所的门口站五分钟,五分钟人还没来他就走。不,两分钟,两分钟人还没来他就走。这么一想,他又感觉自己站在大门口太显眼了,四面环视几秒,快速挪到了一棵树后面。

紧张。

门里还是没有人出来，庭霜不自觉地从口袋里摸出烟盒。

"你在干什么？"电话里的声音在身后响起。

庭霜喉头一紧，下意识地把烟盒塞回口袋里，迟缓地转过身——

柏昌意站在离他一米远的地方。

"那个……"庭霜动作僵硬地抬起手，指向LRM系所的大门，"我在等……嗯……"

柏昌意说："上车。"

庭霜跟随柏昌意的目光转头看去，马路对面停着一辆车。

刚才柏昌意一直就在马路对面看着他？？？

窒息了。

过了马路，庭霜磨磨蹭蹭地去拉车后门，刚一拉开，就听见柏昌意说："坐前面。"

庭霜如上断头台般坐上了副驾驶座，双手无处安放。

柏昌意说："安全带。"

庭霜赶紧把安全带系上。

柏昌意说："想吃什么？"

吃什么……大脑一片空白……

就想个吃的有什么想不出来的……又不是要你谈对课程的理解……快想个吃的……快想……快想……

为什么回答个想吃什么他都有种怕答错了的感觉……

柏昌意等了一会儿，没等到回答，就说："有没有不吃的？"

不吃的……这道题就容易多了。

庭霜说："我不吃动物的皮、内脏……不吃红枣、西红柿、山楂、彩椒、苦瓜……"

停停停，庭霜，你在说什么？？？

人家应该是在问你不吃哪一类餐馆吧？

庭霜正要补救，就听见柏昌意说："嗯，记住了。"

记、记住了？？？

"这个不用记住……"庭霜话一出口就感觉自己蠢得要命，还是闭嘴吧，别说话了，安静缩着。

车开出了学校。

窗外晴空万里，庭霜心里凄风苦雨。

柏昌意说："想听歌自己连蓝牙。"

庭霜没懂："……什么蓝牙？"

柏昌意说："手机蓝牙连车上的音响。"

"哦哦，我来吧……"庭霜想柏昌意开车确实不方便操作手机，就拿起放在驾驶座和副驾驶座中间的手机，准备帮柏昌意连蓝牙，"怎么连？要密码……"

柏昌意瞥了一眼庭霜，说："你在干什么？"

干什么？不是你叫我连蓝牙吗？

庭霜说："连蓝牙啊。"

"我的意思是——"柏昌意用很慢的语速，温和地、宛如教育低龄儿童般说，"如果你想听歌，那么，你用你自己的手机，连上车上音响的蓝牙，然后放你想听的歌。这回我表达清楚了吗？"

庭霜的脸一瞬间爆红，用最快的手速把柏昌意的手机放回原位。

"清楚了清楚了……"庭霜下意识地应答，"Professor。"

他说完"Professor"这个词以后，明显听见柏昌意低低地笑了一声。笑什么啊？被蠢学生逗乐了吗……

庭霜为了缓解自己的尴尬，马上拿出手机，连上蓝牙音响，开始在播放器里找歌。

选大众歌曲会不会被嫌弃品位低下啊……

放小众歌曲，万一人家觉得你装呢……

庭霜瞄一眼柏昌意的侧脸，选了 Sinéad O'Connor 的 *A Perfect Indian*（《一位完美的印第安人》）。

歌响了起来，庭霜又悄悄观察了一下柏昌意，看不出他是喜欢还是不喜欢，只感觉他在认真开车。

不过车里有了空灵缓慢的歌声，配着安静的钢琴伴奏，庭霜感觉确实没那么尴尬了。

4 分钟 22 秒后，*A Perfect Indian* 播放结束，音乐播放器自动播放下一首。

突然，车载音响里传出了庭霜好像在哪儿听过的电子音。他刚要去看是什么歌，歌声就紧接着响起来了，一声接着一声。

啊……

啊……

啊……

庭霜看到了屏幕上的字——

威……风……堂……堂……

还是男版。

柏昌意转头看了庭霜一眼。

庭霜根本不敢去看柏昌意的眼神。他随便找了首钢琴曲换上，并把播放器上的随机播放改成单曲循环。

"那个……"他低着头，解释说，"喀，那是一首日文歌……嗯……感觉有点吵……我换掉了。"

柏昌意说："还好，你喜欢就放。"

庭霜说："不不不，我不喜欢。"

柏昌意说："没事的。"

没事的？"没事的"是什么意思？

柏昌意难道以为他喜欢《威风堂堂》但又不敢承认？

庭霜试图挽救一下："我真的不喜欢……前几天我弟住在我家……他老乱用我手机……"

他还在想方设法地解释，柏昌意已经停好车，说："到了。"

庭霜跟着柏昌意下车，看见不远处有一家餐厅。

进店坐下之后，庭霜想去卫生间，就说："那个……我——"

"'那个'，是在叫我？"柏昌意看向庭霜。

庭霜说："呃……不是。"

柏昌意于是低下头继续看菜单。

庭霜憋了一会儿，说："……教授。"

柏昌意翻了一页菜单，说："现在不是在上课。"

不叫教授，那叫什么？叫 Cycle？

庭霜在心里叫了两声，感觉叫不出口。

"那……"庭霜虚心请教，"那该叫什么？"

柏昌意瞥了庭霜一眼，说："平时不是叫得挺顺口的吗？"

平时……叫得……挺顺口……平时庭霜一直叫 Prof. Bai"变态教授"，确实叫得很顺口，现在庭霜简直想找条地缝钻进去。

他不敢再继续讨论称呼问题，只能直奔主题："我要去一下洗手间。"说完以后，他仍坐在原位，一时不敢擅自起身。

过了几秒，柏昌意抬起头，不太理解地看着庭霜："这也需要我批准？"

"没有。"庭霜赶紧埋头去了卫生间。

解皮带，拉拉链，放水，完毕，洗手，他看着镜子里的自己：庭霜，这就是你自己造的孽。让你背后骂人一时爽，现在好了，直接火葬场。

庭霜回到餐桌上时，柏昌意已经合上了菜单。

庭霜赶忙去看自己那份菜单，快速决定好了吃什么。他今天已经掉了一路的链子，不想连点菜都点出什么幺蛾子来。

"我好了。"他对柏昌意说。

柏昌意点点头，抬了下手示意服务生过来点餐。

庭霜忽然注意到，柏昌意的左手无名指上有一圈戒指痕。直到点完餐之后，庭霜还忍不住地去瞟柏昌意的左手。

柏昌意注意到庭霜的目光，坦然道："我结过婚。"

察觉到庭霜的不自然，柏昌意问："介意？"

庭霜说："介意什么……"

现在这个社会，难道还不许人离婚了吗？

这时，服务生开始上前菜了。

柏昌意看了一眼庭霜的蔬菜沙拉，伸手端走，把自己的浓汤换到庭霜面前。

庭霜看见蔬菜沙拉里有一些西红柿和彩椒，原来柏昌意说记住了就是真的记住了……

餐桌上的气氛有了一点变化。

吃过饭，庭霜正要去洗手间，柏昌意也同时站了起来。

庭霜说："你去哪儿？"

柏昌意说："洗手间。"

庭霜说："哦，我也去。"

柏昌意点头，往卫生间走。

庭霜跟在柏昌意后面，忍不住解释说："我喝了很多冰茶。"因为紧张。

柏昌意说："嗯。"

庭霜又说："我还喝了你的汤。"

柏昌意说："我知道。"

庭霜说："我还——"

柏昌意转过身，说："你想说什么？"

庭霜说："……没想说什么。"只是想暗示一下他连去两次洗手间不是因为肾有毛病。

男卫生间一排共有六个小便池，目前只有从左数第六个小便池前站了一个德国人。

柏昌意用了第二个。

庭霜本着离柏昌意越远越好的想法，向第五个小便池走去。在快要走到时，他就听见柏昌意说："跑那么远干什么？"

庭霜后背一僵，脚底来了个大转弯，回到柏昌意右边的那个小便池前，说："没干什么。"

柏昌意那边传来解拉链声。

庭霜一边也跟着解拉链，一边若无其事地把头转向了右边，留给柏昌意一个后脑勺。

柏昌意说："你在看什么？"

"没看什么啊。"庭霜刚说完，就看见了最右边那个德国人。

男洗手间嘛，本来也没什么，但是好巧不巧地那德国人注意到了庭霜的视线。庭霜突然心虚，好像故意偷看人家被抓了现行似的，立马把头转向左边——

正对上柏昌意略显怀疑的目光。

心更虚了，庭霜连忙低下头。

这下更惨，他一垂眼就看到了柏昌意。

柏昌意说："原来你是在比较这个。"

这个？哪个？？？

庭霜对上柏昌意了然的眼神。

这下说什么都解释不清了。

柏昌意在走之前意味深长地看了他一眼。

很快，庭霜听见身后传来了柏昌意的一声低笑。

柏昌意竟然笑他？

庭霜平生第一次产生了一种名为羞愤的感觉。

回到餐桌，柏昌意叫服务生来结账，服务生问是分开付还是一起付，柏昌意说："一起。"

庭霜还在不爽，于是故意说："分开。"

服务生无奈地看看柏昌意，又看看庭霜。

庭霜坚持说："分开付。"

柏昌意看向庭霜，用中文说："你在闹什么？"

庭霜一脸的"我就是要闹"，嘴上却硬说："我没闹。"

柏昌意点点头，像在纵容小孩胡闹一般，对服务生说："听他的。"

服务生把两份账单分开放进两个皮夹里，分别放在柏昌意和庭霜面前。

庭霜打开皮夹看了一眼，简直要吐血。刚刚点菜的时候他只想尽快点完，也就没仔细看价格，现在一看账单竟然要 60 多欧元。

心疼归心疼，可对于此时此刻的庭霜来说，没有什么比尊严来得更重要。于是他掏出钱包，加上小费凑了个 70 欧元整放在皮夹里。

付了钱以后，庭霜感觉腰杆更直了。他很有底气地对柏昌意说："我要回家了。"

柏昌意说："嗯，我送你。"

庭霜说："不用。"

柏昌意说："那你怎么回去？"

庭霜想起来自行车还停在学校里，就说："我坐公交。"

柏昌意说："最近的公交车站在两公里外。"

庭霜说："我可以自己走过去。"

庭霜的语气并不好，柏昌意微微皱眉，改用德语说："Ting，我不能理解你现在的态度。"

庭霜猛地醒悟过来，他这是在跟谁闹脾气呢？对面又不是可以让他随便发脾气的人。

他僵了一会儿，才对柏昌意说："对不起。"

柏昌意说："你需要给我一个理由。"

理由……他总不能说感觉因为那什么被嘲笑所以生气了吧？

他也没什么好气的。

其实庭霜自己也不是不清楚，他就是习惯性地发脾气，对普通朋友什么的都还好，就越是亲近的人，他越是控制不住……

庭霜一怔。

亲近的人？

"我……"庭霜低着头，不知道该给柏昌意一个什么理由。

柏昌意很耐心地等着。

庭霜想了半天，索性说了实话："我不知道我这么说你接不接受，但我就是……脾气很差。"

柏昌意说："脾气很差？"

庭霜说："嗯。"

柏昌意说:"没有缘由?"

庭霜说:"嗯,差不多。"

柏昌意说:"不是因为我有不恰当的言行?"

庭霜说:"不算吧……就,我平时就是……关系越好,脾气越差……"

柏昌意想起那次 Frost 骂他的时候,他训 Frost 说:你遇到问题,都把责任推到别人身上?

那时候 Frost 就说:我就是……觉得你会站在我这边,所以对你抱怨了几句。

这么一想,柏昌意懂了。

庭霜习惯对关系好的人不讲理、闹脾气,这不就是小孩子撒娇吗?

于是柏昌意点点头,说:"嗯,我知道了。"

庭霜说:"知道什么了……"

柏昌意说:"知道你脾气差了。上车吧,送你回去。"

庭霜说:"噢……"

上车以后,柏昌意提醒庭霜系安全带,又问了他家的地址,然后就一直在开车,没有主动说话。

过了几分钟,庭霜忍不住往柏昌意那边瞟了一眼,可是看不出柏昌意的情绪。

不会生气了吧……

"喀。"庭霜清了清嗓子,搭讪着说,"我发现……你的眼镜链还挺好看的。"

柏昌意说:"嗯。"

庭霜说:"挺……那什么……喀,配得上你的。"

柏昌意几不可见地勾了一下唇,说:"嗯。"

"嗯……"庭霜眼看用眼镜链搭话不太成功,又说,"刚才的牛肉挺好吃的。"

柏昌意说:"那下次再去。"

这应该就是没生气了……太好了……

庭霜有点高兴,说:"下次是什么时候?"

柏昌意说:"看你的课表。"

庭霜从手机里找出课表,说:"周一上完你的课之后就没课了。周五下午没课,周六白天我要去咖啡馆打工,晚上才有空,周日全天都有空。"

柏昌意说:"嗯,记住了。"

车快要开到庭霜住处所在的那条街时,柏昌意问:"可以开进去吗?"

庭霜说:"啊?为什么不能开进去?"

柏昌意说:"被人看到,你可能需要跟人解释。"

庭霜懂了:"你是怕给我惹麻烦啊。没事,我之前跟你说了嘛,我一个人住,就房东太太偶尔给我送点蛋糕什么的,没人瞎问。德国人嘛,谁管你的私事啊。"

柏昌意低笑一声。

庭霜侧头看了柏昌意一眼,又转头看向窗外,不太自然地说:"……你,嗯,要不一会儿跟我下车,去我家喝杯咖啡……什么的。"

他说完,就赶紧下了车。

几秒后,他听见柏昌意也下了车,忍不住嘴角上扬。

"这边。"庭霜打开院子的门,领柏昌意进去。

两人刚走进去,就遇上了准备出门遛狗的房东太太。三人打了招呼,房东太太对庭霜说:"Ting,Liang 过来了,但是他进不去您的公寓。他现在不住在这里了吗?"

"他不住这里了,我之前忘记告诉您了。"庭霜有点尴尬。

房东太太点点头,牵着狗出去了。

庭霜跟柏昌意解释:"……Liang 就是我之前让你帮我赶的人。"

柏昌意说:"猜到了。"

庭霜有点抱歉地说:"不好意思啊,我得先把他打发走。"

柏昌意说:"需要我去车里等吗?"

庭霜说:"不用……我尽快。"

楼门一开,梁正宣果然站在庭霜家门口,手里还提着一袋食材。

庭霜说:"你来干什么?"

梁正宣说:"给你拿了些吃的。"

庭霜说:"我吃过了。"

梁正宣看了一眼柏昌意,说:"新室友?"

庭霜说:"没有其他事,你就回去吧。"

梁正宣说:"我们谈谈。"

庭霜说:"上次不都说清楚了吗?"

梁正宣说:"我知道你不想再跟我多说,但是我们认识这么多年——"

庭霜说:"能不能别说了?"

"抱歉。"柏昌意比了个手势,"我不想打扰你们之间的对话。Ting,我能先进去拿一下你帮我收起来的领带吗?"

领带？明明刚才还有点烦躁，这一下庭霜差点没绷住笑出来。他勉强稳定住表情，给柏昌意开了门。

庭霜把门关上后，对梁正宣说："你要说什么就说吧，一次性说完。但是什么'都认识好多年了'这种话就别翻来覆去地说了。你老这么跑过来，我真的觉得烦。"

梁正宣忍了忍，低声下气地说："我知道是我错了。我保证，只要你原谅我——"

庭霜不耐烦地打断道："梁正宣，我这么跟你说吧，我十七岁跟你认识，到现在七年，我要是因为这七年原谅你，之后再过个二十年，要是你再给我来这么一出，我不是更得原谅你了？那时候我得窝囊成什么样啊？"

梁正宣有点烦躁地说："你不要因为一次争执，就把我这个人全部否定了行不行？之后二十年还没到，能不能不想没发生过的事？"

庭霜嗤笑，说："狗改不了吃屎。怎么，你现在还不让我提了？我告诉你，在我这儿，这事翻不了篇。"

"庭霜，就你这个脾气，谁受得了？"梁正宣指了一下庭霜家的门，说，"我是习惯了，别人呢？别人受得了？今天受得了，过俩月你再看看？今天我话放在这儿，换谁都一样，跟你熟了后，不可能什么事没有。"

"说完了？"庭霜用下巴指了一下大门，"说完了滚。"

"动不动叫人滚这个习惯你能不能——"梁正宣闭了闭眼，把怒气压了再压，放缓声音说，"小霜，你冷静一段时间，多考虑一下，好不好？"

小霜。

一瞬间庭霜想起了很多以前的事。

他沉默地站了一会儿，才说："我也不想把事情弄成这样。正宣，我知道我脾气差，你一直包容我，但是我吧……你知道我这人心眼特小，记仇。就算和好了，我也会老翻旧账，找你麻烦……朋友间没必要那样，太累了。"

梁正宣刚想说什么，庭霜摆了一下手，说："你听我说完。"

他从口袋里摸出烟盒，却没点上，而是微微眯了眼，同时轻轻吐出几句话："扪心自问，我没有包容你，或者任何一个朋友到愿意忍受这么多的地步。

"我还……挺爱我自己的。

"往后的日子，我也没打算忍受着谁去过。"

听到最后，梁正宣张了张嘴，感觉哑口无言，好像说什么都没用了。良久，他才说了一句："……你是这么想的。"

庭霜说："这些话本来早就该说，但我也是突然想明白的。"

可能就是今天才明白的，他突然就开始期待新生活了。

梁正宣走了，庭霜从烟盒里拿出一支烟准备点上，火还没打着，食指和中指间的烟就被人从后面拿走了。

他转过身，看见柏昌意拿走了他的烟。

庭霜的视线不自觉地跟着柏昌意指尖的那根烟走，之后忍不住从柏昌意手中拿回来，盯着白色的滤嘴看了几秒，又将烟递了回去。

两人站在门外，就这样因为一根烟僵持着。

"没有等很久吧？"庭霜问柏昌意。

柏昌意说："没有。"

庭霜说："那就好。不然怕你无聊。"

柏昌意把烟扔进垃圾桶说："不无聊，我把你桌上的作业改完了。"

我把你桌上的作业改完了。

柏昌意这句话说得太自然，自然到庭霜几乎以为他在说：我刚顺手帮你把垃圾给倒了。

庭霜简直觉得柏昌意是魔鬼：不请自来，亲临家中……把他的作业给改了。这爱岗敬业的程度，搞不好最后他还得给柏昌意送面锦旗。

"你干吗不经我允许……"庭霜想质问，可是一对上柏昌意的脸，他突然就虚了，不仅虚，还慌，"作业我是写了，但是还没检查……最后期限不是下周一吗……你就不能等我交上去再改……而且作业不都是助教改吗……"

柏昌意说："我看不下去，顺手改的。作业不计入总成绩，你紧张什么？"

看不下去？那得错成什么样啊？？？

庭霜心虚地小声嘟囔："有些人连考试资格都没给我，我还在乎总成绩？我作业写得再好也没成绩。"

柏昌意说："那你紧张什么？"

"我……"庭霜哽了一下，觑柏昌意一眼，"我还不就是怕……怕你看了我作业之后，觉得我特蠢，嫌我学习差，烂泥扶不上墙……"他的声音越来越小，"本来还想给你留点好印象。"

柏昌意听了，用请教的口吻问："那你觉得，在我看你作业之前，你给我留下了哪些好印象？"

庭霜陷入了思考……

第一节课没去。

背后骂人。

开假病假条。

问问题答不上来。

对人发脾气。

行吧。

柏昌意说:"进去看看错题。"

"噢……"庭霜垂头丧气。

走到书桌那里之前,庭霜已经想象出了A4纸上都是红叉的画面,可是真看到作业的时候,却发现不是那么回事。柏昌意并没有动他的作业,而只是在一张空白A4纸上写明了错处和修改意见,字体和上课板书一样。

满满一整页。

庭霜坐在书桌前面,拿着那张纸,不太敢回头看站在身后的柏昌意:"有这么多要改的啊……一整页……"

柏昌意提醒:"背面。"

背面?背面还有???

庭霜绝望地把A4纸翻过来——还是满满一整页。

柏昌意说:"你看一下,不懂的就问。"

庭霜举手,说:"Professor,我现在就有个问题不懂。"

柏昌意说:"什么问题?"

庭霜转过身来,抱着椅子背,一脸不平地仰视着柏昌意:"我真的不懂,为什么突然变成了答疑啊?"

柏昌意俯视庭霜,说:"那你想干什么?"

"我想……我想……"庭霜左顾右盼了半天,最后又对上柏昌意镜片后俯视的双眼。

"我想学习。真的,Professor,我想学习。"庭霜生无可恋地说。

真学习起来也没那么难。

首先,镇定下来,忘记站在身后的教授。

其次……

怎么可能忘记柏昌意现在就站在后面盯着啊!

写一个单词就要检查有没有拼写错误,写一句话反复读三遍怕有语法问题,更别提专业理论了……

庭霜受不了地转身说:"你能不能不盯着我啊——"

咦?柏昌意没在后面?

柏昌意正在七米外的沙发上看书?

对上柏昌意抬起的眼睛,庭霜讪讪道:"在看书啊……看的什么……"

柏昌意说:"沙发上放的漫画,你的。"

漫画?

柏昌意看了眼封面,说:"Attack on Titan(《进击的巨人》)。"

"啊……这个,这个还有动画。"庭霜"噌"的一下蹭到沙发边,极期待地说,"要不我们一起看动画吧?我陪你补前三季,然后我们就可以一起追第四季了,怎么样?"

柏昌意抬眼,说:"学完了?"

庭霜一僵,说:"……还没。"

柏昌意低下头继续看漫画。

庭霜灰溜溜地返回书桌,愤愤不平地继续学习。

哼,让我学习,自己看漫画!

学了一个小时之后,庭霜偷偷转头看了一眼——柏昌意还在看漫画。

庭霜忍不住问:"周一下午你都不用上班的吗?"

柏昌意头也不抬地说:"不上。"

庭霜很小声地说:"自己不上班还让我学习……"

柏昌意说:"嗯,人性缺失,知道了。"

庭霜再不敢说话了,缩回去老老实实学习。

又过了一个多小时,庭霜终于把作业上的问题都给弄懂了。其实他本来早就可以结束学习,但有一个地方一直想不明白,他又死要面子不肯去问柏昌意,非要硬撑着自己想通,所以才拖到现在。

自己解决了问题的人,腰杆很硬,觉得沙发上的教授就是纸老虎。

既然是纸老虎,那么个别不老实的人就会想去戳戳看。

庭霜走过去,嚣张地抽走柏昌意手里的漫画。

柏昌意抬眼,说:"干什么?"

庭霜居高临下地看着柏昌意,说:"我学完了。"

柏昌意的视线落到他的脸上:"所以?"

所以?

"所以——"庭霜本来还气势汹汹,忽然注意到柏昌意的眼神,"所以你要不要喝杯咖啡……我说请你进来喝咖啡，之前忘了给你倒——"

柏昌意说："拉链没拉。"

庭霜一边拉上拉链，一边恼道："你怎么不早告诉我？"

柏昌意说："我才看见。"

因为过于丢脸，庭霜还在生气："从餐厅洗手间出来到吃完饭回家，这得有多少人看见了啊？你一直在我旁边，这都没看见？"

柏昌意有点想笑，嘴上却说："嗯，我以后多注意。"

见柏昌意是这种态度，庭霜也不好意思继续闹了，他当然知道这事不能怪柏昌意没注意到，只是心里还有点因为刚才学习了太久的不爽，就抱怨道："第一次来我家就让我一个人自习一下午……"

"我问了你想干什么。"柏昌意提醒道，"你说想学习。"

想学习？在你面前我敢说不想学习吗？？？

庭霜忍住打自己脸的冲动，说："那我现在都学完了，我们总能聊点别的了吧？"

柏昌意看了一眼手表，说："我晚上约了人吃饭。"

"你就要走了？"庭霜极度失望，感觉平白浪费了一下午。

柏昌意说："嗯。"

庭霜说："好吧……"

他把柏昌意送到门口，刚要开门，门铃突然响了起来，是外面楼大门的门铃声。

对讲筒就在墙边，庭霜下意识地接起来，说："Ja？"

"庭霜，你在家啊，太好了，你是不是没看手机？我给你发消息了，你没回我，我就直接来了。我想着你要是没在家我就把东西放门口，不过我感觉都要到吃晚饭的点了你肯定也没出门。你给我开个门，我把东西给你送进去。"

是宋歆的声音。

庭霜转头看向衣冠楚楚的柏昌意，感觉大事不妙。

要是宋歆看见 Prof. Bai 从他家出去……庭霜的心跳一下子剧烈起来。

"喂？听得见吗？"宋歆还在继续说，"你给我开下门，我手上拎了好多东西，沉死了。"

庭霜说："……什么东西？"

宋歆说："上次朋友来了我不是借了你的锅煮火锅吗？我还锅来了啊。朋友给我带了好多特产，我顺便给你拎了两袋过来。你别问了，快给我开个门，一会儿看了你就知道了。"

庭霜刚想要宋歆把东西放在大门口，没想到正好有人从楼里出去，帮宋歆把门开了。

宋歆说："哎，门开了，庭霜，我直接上来了啊。"

直接上来了？

"你赶紧去一下洗手间。"庭霜把对讲筒一挂，就要把柏昌意藏起来，好像他是什么见不得人的东西。

"等等。"柏昌意还从来没有遭受过这种待遇，"为什么要躲？"

门外响起了敲门声。

"那是我同学，他也上你的课。要是让他看见，我不知道怎么解释。"情况紧急，庭霜一边解释一边把柏昌意推进了洗手间，"别出来啊。"

庭霜粗略检查了一遍客厅，没发现什么明显不对劲的痕迹，才给宋歆开了门。

"怎么这么久啊？"宋歆脱了鞋，进门，忽然注意到门外的皮鞋，"欸？庭霜，你有客人啊？"

庭霜解释说："我买的，之前想着找实习工作面试什么的可能要用……"

宋歆也没多想那皮鞋鞋码为什么比旁边的运动鞋大，把锅放下，就跟庭霜介绍起特产来。

庭霜一个劲地点头"嗯嗯嗯"，希望宋歆快点走。

宋歆讲了半天，想起什么，说："Robotik 的作业你做了吗？我有好多不会。"

庭霜说："噢，做了，我拿给你。"

宋歆跟在庭霜后面，吐槽说："那作业也太难了，那教授真他——嗯——庭霜，你踩我干吗？"

踩你干吗？哥们儿刚救你一命你就感恩吧。

"哦，不好意思没看到。"庭霜松开脚，把自己改完的作业递给宋歆，"你拿回去看吧。"

"哇，你什么时候这么厉害了？"宋歆干脆在书桌前坐了下来，"我看看哈，看不懂还能问你。"

庭霜知道把作业弄懂要几个小时，宋歆估计短时间内不会走了。

那柏昌意怎么办……

而且，万一宋歆要用洗手间怎么办……

庭霜后悔没把柏昌意藏进卧室了。

怎么办……

"那个……你先看吧,我把你送的东西收一下。"庭霜不动声色地说。

宋歆头也没回地说:"噢,行。"

庭霜悄悄开门,拿起柏昌意的皮鞋,藏在身后,往卫生间那边走——一步。两步。

"哎,庭霜,这里你跟我说一下——"宋歆喊。

庭霜脚步一顿,若无其事道:"我、我那个,先上个厕所,你等一下。"

宋歆应了一声,说:"那我先看看别的。"

庭霜好不容易溜进了洗手间,感觉心脏都快要从胸腔里跳出来了。

他把皮鞋放到地上,用气声说:"他一时半会儿估计不肯走……"

柏昌意看一眼自己的皮鞋,再垂眼看着庭霜,说:"你要我翻窗?"

窗户外面是花园,连着院子,可以直接出去。

庭霜艰难地说:"嗯……"

柏大教授一世英名,要藏在洗手间已经是奇耻大辱,现在竟然还躲不过翻窗的命运。

问题是柏教授干什么了吗?

他看学生写了一下午作业罢了……

柏昌意说:"我到底干了什么见不得人的事,值得翻窗离开?"

/ 咖啡馆的距离 /

庭霜猛地往后退了一步，没想到"咚"的一声撞在洗手间的门把手上。

"庭霜，你怎么了？"宋歆喊。

"没——"庭霜蓦然发现自己的声音沙哑无力，怎么听怎么有鬼，"没事……磕了一下。"

他说完，去看柏昌意，却在转头的瞬间看见了镜子里的自己——因为丢人和紧张，他的整张脸都泛着不正常的红晕。

这要是现在出去，宋歆能信他是去上厕所了？

"我这样一会儿怎么出去啊？"庭霜小声抱怨道。

柏昌意微微一笑，说："自己想办法。"

庭霜说："我以前没遇到过这种事，没什么经验……"

柏昌意瞥了一眼窗户，垂眼看庭霜，反问："我看起来就很有经验？"

"没有没有……"庭霜一想到要柏昌意翻窗，就有点……嗯，十分愧疚，并且绝不敢想象（或见证）那画面，"那，我先出去了，你……注意安全。毕竟老胳膊老腿的……咯，别摔着了。"

柏昌意说："嗯，知道了。"

庭霜作势要转身出去，却在最后一刻对柏昌意恶作剧般地眨了一下眼，然后飞快地溜出了洗手间。

"你哪里不懂啊？"庭霜一副闲庭信步的样子，向宋歆走去。

"噢，刚那个我自己想明白了。"宋歆回头对庭霜说。

宋歆根本没问起庭霜，庭霜却主动解释道："我刚磕的那一下惨绝人寰……"

"我说怎么那么大声。"宋歆不关心庭霜磕到的事,拿起一张 A4 纸问,"哎,你这个哪儿来的啊?你找教授改作业了?"

庭霜心里一紧,面上泰然自若:"噢,是啊……我约了他的 Sprechstunde,答了个疑。"

宋歆大为惊讶:"这教授这么好,还一题一题给你改啊?"

庭霜说:"可能因为给我答疑的时候没什么其他人吧……就我一个。他就嗯……"

宋歆说:"那我下次也预约一个,没想到他人还挺好。我还以为他根本不管学生死活,全丢给助教呢。"

庭霜说:"呵呵……人挺好……可能是我运气好吧……"

第二天,宋歆也打算去网上预约一个答疑,却发现 Prof. Bai 的时间早就被约满了,不禁想:庭霜运气果然挺好啊……

很多天以后,宋歆好不容易预约到了 Prof. Bai,他把自己的作业恭恭敬敬双手奉上,却只得到 Prof. Bai 一句话的回复:"作业问题由助教解答。"

宋歆不禁再次想:庭霜的运气真是好啊……

那天,等宋歆走时已经是晚上 9 点多,庭霜打开 Distance 看了一眼 Cycle 的目前距离:4.8 公里。

他发消息过去:回家挺早啊。

过了十来分钟,Cycle:刚到家。

庭霜想了想,申明:我可不是闲的啊,我是担心你。

Cycle:担心什么?

庭霜开始瞎扯:你看德国难民问题也挺严重的……

Cycle:所以?

庭霜回:我怕有人打劫你。

Cycle:先担心你自己。

"先担心你自己。"

这根本是一条语音消息,庭霜完全想象得出柏昌意说这句话的语气。

庭霜回:要不咱们……语个音?

柏昌意直接拨了语音电话过来,庭霜清了清嗓子,立马接了,可接了又突然不知道说什么,只好非常鸡肋地问:"听得见吗……"

柏昌意说:"嗯。"

·051·

"嗯……"庭霜搜寻话题,"你在干什么?"

柏昌意说:"看新闻。"

庭霜说:"什么新闻?"

柏昌意说:"*Der Spiegel*[①]。"

庭霜说:"上面说什么?"

柏昌意说:"体育新闻。英超,切尔西平伯恩利。"

"你看球啊?你记不记得去年世界杯德国被韩国淘汰的那场?当时我和……"庭霜顿了一下,"嗯……那个 Liang,本来在酒吧里看球,结果球踢成那样,旁边的德国人都特愤怒,回家的时候我们怕跟德国人打起来,差点在脸上写'我不是韩国人'。"

庭霜本意是想开玩笑,却发现说起以前的事,一不小心就容易提到梁正宣,以后还是少说为妙。

柏昌意笑了一下,感觉并没有在意。

庭霜赶忙转移话题:"那……你晚饭吃得怎么样?"

柏昌意说:"还行,跟以前的导师吃的。"

"啊?导师……"庭霜突然想起了柏昌意是在什么情况下去见的导师。

柏昌意说:"嗯,他退休以后搬去西班牙住了,难得回来一次。"

庭霜有点忐忑:"都退休了,那他应该年纪挺大了……对了,你没跟他说吧……"

柏昌意说:"说什么?"

庭霜支支吾吾地说:"就你从学生家里翻窗……"

柏昌意说:"那倒没说。"

庭霜松了口气:"那就好……"

那口气还没完全松完,就听见柏昌意的后半句:"他就问我为什么衣裤上沾了灰。"

周五。

庭霜早上出门前收拾了一番,就等着上完上午的课,下午跟柏昌意出去——主要是想找机会扳回一下自己之前给柏教授留的印象。

没想到,中午的时候柏昌意跟他说没时间。

[①] 指德国《明镜》周刊。

柏大教授最大的缺点就是没时间。

除了上课能见到，庭霜就只有晚上的时候能跟柏昌意在 Distance 上聊几句，再说个"晚安"什么的。

庭霜打字问：那什么时候有时间啊？

Cycle：明天。

明天？

庭霜回：明天什么时候？

Cycle：上午。

庭霜回：明天是周六。

Cycle：我知道。

你知道？

庭霜有点不高兴。

之前还说什么"嗯，记住了"，明明说了他周六白天要去咖啡馆打工，现在转眼就忘了。

还教授呢，记性不如一条鱼。

庭霜把手机往口袋里一塞，骑自行车回家。

到了晚上 11 点，庭霜自欺欺人地摆出一副毫不在意的姿态，随意瞥了一眼手机——没有任何新消息。

他盯着 Cycle 的头像腹诽，腹诽完以后又觉得自己太矫情，打算直接睡觉。

正当他准备把手机调成勿扰模式的时候，屏幕上出现了一条新消息。

【Distance】Cycle：晚安。

庭霜抱着手机从床上坐了起来，十分矜持地回：嗯，晚安。

睡着前，他想……他周六要打工的事柏昌意忘了就忘了吧，教授都比较忙，为这种小事，犯不着，他下次再说一遍就行了。

第二天起床的时候庭霜心情大好。

出了卧室，阳光正好从窗外照进来，带着花园植物摇曳的影子，洒在客厅的木地板上。他打开窗户，深吸两口，然后用手机外放一首郭顶的《凄美地》，一边哼一边跟着节奏跳舞，边跳边对着镜子洗漱，边跳边去倒咖啡，边跳边收拾东西准备出门去咖啡馆。

他打工的咖啡馆开在离市中心不远的地方，名叫 Freesia[①]，对面是一个玩

[①] 德语（英语同），指小苍兰（花卉）。

具博物馆。

庭霜锁好自行车，进去跟同事 Stephie 打了个招呼，然后就去员工休息间换工作服：黑长裤，白衬衣，浅咖啡色围裙。

9 点，咖啡馆开始营业。

Stephie 负责做咖啡和拿点心，庭霜负责点单，也做咖啡。

点单台前面立了一个玻璃罐，罐子里有一些硬币，顾客可以把找的零钱放进去，算小费，庭霜和 Stephie 平分。

庭霜帮一位顾客点完一单，转身去做冰激凌咖啡。

Stephie 一边做前一位客人的抹茶拿铁，一边用很低的声音对庭霜说："噢，4.99 欧元的冰激凌咖啡。"

庭霜笑了一下，知道她是在抱怨那位顾客连找回去的 1 分钱都不肯丢进小费罐里。

Stephie 把做好的抹茶拿铁递给上一位顾客，转过身的时候激动地对庭霜说："我的天，刚才进来了一个帅哥。"

"帅哥？"庭霜把冰激凌咖啡递给顾客，朝门口看去——

休闲长裤，灰色高领薄毛衣，无框眼镜，细眼镜链。

四目相对，柏昌意微微勾了一下唇。

庭霜眼里闪过一丝惊喜。

原来柏昌意没有忘记他要打工。

Stephie 看看柏昌意，又看看庭霜，在两人的视线中感觉到了某种默契。她拍了一下庭霜，说："嘿，年轻人，别忘了你正在工作。"

庭霜于是努力让表情看起来正经一点。

等柏昌意走到点单台，庭霜故意用服务员的标配口气说："早上好，请问您需要什么？"

柏昌意看了一眼菜单，说："Espresso[①]。"

庭霜在点单机上按了几下，问："请问您还要吃些什么吗？"

柏昌意说："不用，谢谢。"

庭霜说："那么，一共 2.99 欧元，谢谢。"

柏昌意付了钱，然后把找回的零钱放进了小费罐里。

庭霜做好咖啡，递给柏昌意的时候忍不住说："您好像是第一次来……我可

[①] 德语，意为"意式浓缩咖啡"。下文不再标注。

可以问一下您是怎么找到 Freesia 的吗？"

柏昌意看着庭霜："我约的人没有告诉我见面地址，我只好查了一下，很幸运，距我家 4.0 公里的咖啡馆只有这一家。我今天在这里等他。"

庭霜克制住要上翘的嘴角，假模假式地点点头，说："原来如此，祝您有美好的一天。"

柏昌意笑了笑，说："您也是。"

然后他便端着咖啡，找了个距离点单台只有两米的座位，面对着点单台坐了下来，一边看报纸，一边喝咖啡。

等到没客人的时候，庭霜看了一眼正在看报的柏昌意，忍不住低声对 Stephie 说："我能送他点什么吗？我来付钱。"

Stephie 也盯着柏昌意，说："Ting，我支持你。他一直是一个人，大概是被人放了鸽子，真可怜，你可以安慰他一下。你想送他什么？黑森林蛋糕、提拉米苏，还是草莓乳酪蛋糕？"

庭霜说："我想送他……"

Stephie 说："什么？"

庭霜说："咳，我的意思是，我不知道他喜欢吃什么，他可能不喜欢甜食……啊，他的咖啡好像喝完了。"

说着，庭霜就再做了一杯 Espresso，端到柏昌意面前。

柏昌意抬起眼。

庭霜弯腰放下咖啡，说："感觉您等了他很久……这是送给您的。"

柏昌意的视线转向那杯 Espresso，启唇低语："我希望这是杯低因咖啡。"

庭霜正想问为什么时来了新客人，他只好又开始忙着点单、做咖啡，没工夫继续想那句话。

上班期间，他偶尔会看一眼柏昌意。

柏昌意带了两本书来，看完报纸以后就一直在看书。

折好的报纸、干涸的咖啡杯、一本半旧的书放在他面前的桌子上，他向后靠在椅背上，左手拿一本姜黄色封面的书，镜片后的视线垂落在纸张上，沉静，不容打扰。像无风时的深色海水，没有一丝汹涌味道；像电影里的人，惊鸿一瞥你就会知道他有很多故事，但你也会知道那些故事他从不与人提起。

他已经过了夸夸其谈的年纪。

庭霜发现，柏昌意比他之前以为的还要有人格魅力。

偶尔会有胆大的人前去搭讪，留下写着电话号码的字条，但那些人显然都不是柏昌意的菜,庭霜在为柏昌意收拾桌子、收走咖啡杯的时候若无其事地把那几张字条也作为垃圾一起收走了。他收完以后,悄悄地去看柏昌意,见柏昌意一副还没发现的样子,依然看着书。

等到庭霜下班换完衣服出来,柏昌意的第二本书也快要看完了。

庭霜在员工休息间门口站了一会儿,没有直接去找柏昌意,而是走另外一扇较远的门出了咖啡馆,去隔壁花店买了一束小苍兰。

庭霜拿着那束小苍兰,走到咖啡馆外面柏昌意靠着的那扇窗户边,敲了两下窗边框。

柏昌意抬眼看过去。

庭霜别过脸,看着马路,用快递员的口气说:"……喀,先生您的花——本店的贵客优待服务。"

柏昌意把书合上,勾唇说:"嗯,谢谢。"

等柏昌意走出来,庭霜才问道:"我们……现在去哪儿?"

柏昌意说:"上车。"

庭霜抱着花上车,再一次问道:"那个……我们现在是去……?"

柏昌意说:"先去超市。"他瞥一眼庭霜,提醒,"安全带。"

"哦、哦……"庭霜赶忙系上安全带,"去超市干什么?"

柏昌意说:"你上次不是说想吃糖醋排骨吗?去买排骨。"

两个人关系还没有很熟,柏昌意本来没打算亲自下厨,也没打算把人往家里带,但一想到小孩是自己打工赚生活费,万一吃完饭又非要分开结账,那他打一天工的工资吃两顿饭就没了,所以出于为学生考虑,还是决定回家做。

"你要做饭?"庭霜有点期待了,"我们一起啊,我做的蘑菇烤鱼特别好吃。"

到了超市,柏昌意才知道庭霜做的蘑菇烤鱼是个什么东西:一种冷冻的鱼,已经配好了蘑菇和调料,装在锡纸盒子里,买回去以后连着盒子一起塞进烤箱,烤四十分钟就能直接吃。

这种蘑菇烤鱼谁做都好吃。

庭霜厚脸皮地往推车里丢了两盒。

经过一排冰柜的时候,庭霜忽然瞥到一种冰激凌,下意识地就停下脚步拿了一盒,拿完才反应过来,有点后悔,想放回去。他想起了以前的事。这种冰激凌一盒六个,他特别喜欢吃,但又觉得冰激凌是小孩吃的东西,所以每次都叫梁正宣陪他吃,买一盒回去,他吃四个,梁正宣吃两个。

看见庭霜在犹豫,柏昌意说:"怎么了?"

庭霜在柏昌意面前晃了一下那盒冰激凌，问："你吃不吃？"

柏昌意说："你想吃就买。"

庭霜说："那你呢？"

柏昌意说："我不吃冰激凌。"

庭霜于是把冰激凌放回了冰柜里。

柏昌意重新把那盒冰激凌拿出来，放进推车里。

庭霜说："你不是不吃吗？"

柏昌意说："你不是想吃吗？"

庭霜说："但是一盒有六个……"

柏昌意说："六个怎么了？"

庭霜说："一个人吃不完。"

柏昌意说："吃不完放着。"

在之后的很长一段时间里，庭霜每次翻柏昌意家的冰箱，都会发现里面放着这种冰激凌。

结账，回家。

柏昌意的家也在郊区，四周安静。一栋两层加阁楼的房子，带一个院子，院墙的灌木修剪得方方正正。以前院子里有很多花木，但是自孟雨融离开后，院子里就只剩下和灌木院墙一样定期请人修剪整齐的草坪。

庭霜进屋以后想把小苍兰插起来，却连一个花瓶都没看见。

柏昌意家的每一样东西好像都有实际用处，沙发就是沙发，桌子就是桌子，壁炉就是壁炉，地毯就是地毯，书架就是书架，没有什么摆设。

"没有花瓶吗？"庭霜站在厨房门口问。

柏昌意正在处理排骨，闻声看了一眼一扇柜门，说："里面找。"

庭霜把柜门打开，搜寻半天，找到一个近似花瓶的醒酒器，装水，把花插上，说："放哪里？"

柏昌意没抬头，说："你看着办。"

庭霜欣赏了一会儿柏昌意忙碌于料理的侧影，突然心生歹念，跑过去在柏昌意背上狠狠拍了一把，然后抱着醒酒器飞速溜出厨房。

庭霜还没窃喜两秒，就听见柏昌意低沉的声音从厨房里传出来："Ting，回来。"

庭霜假装没有听到，加速开溜，溜到沙发边回头看，发现柏昌意并没有出来逮人，就像上课开小差时老师只警告了一句而没有给出实质性惩罚一般。庭霜以为刚才的事就被那声"Ting，回来"轻轻揭过了。

他四处打量了一圈，把小苍兰放到餐桌上，然后返回厨房。

厨房里看起来一切正常：焯完水的小排被腌在生抽、老抽、香醋和料酒里；土豆在锅里煮着，等待捞出削皮；半成品蘑菇烤鱼正在烤箱里烤；柏昌意拿着刀，正在一个一个地给虾去虾线。

庭霜一副游手好闲的姿态，打开冰箱，拆开冰激凌盒子，一口气吃了两个——好吃。

正要吃第三个，他突然听见处理完了虾的柏昌意一边洗手一边不紧不慢地说："Ting，我说话你听不见吗？"

庭霜一个激灵，动作迟缓地把冰激凌塞回冰箱里，转头："嗯？我在听啊。"

柏昌意擦干手，说："把土豆捞出来。"

"哦哦，好。"庭霜关了火，把土豆都捞了出来，然后挥舞了一下漏勺，比画着问，"下一步干什么？削皮？"

柏昌意从庭霜身后把漏勺拿走，说："记得刚才干什么了吗？"

庭霜感觉到气氛发生了变化："……捞、捞土豆啊。"

柏昌意说："之前。"

庭霜说："……就，就吃了俩冰激凌。"

柏昌意说："再之前。"

庭霜说："那个……摆花啊……"

柏昌意说："嗯，再之前。"

再之前。

再之前……

不就打了你一下吗？

庭霜转过身，强做理直气壮状："我就，打了你一下啊，怎么了？"

柏昌意俯视着庭霜，说："你还挺有理。"

庭霜被看得有点发虚："我、我又没说错……"

柏昌意说："那你跑什么？"

跑什么……

打完就跑才爽啊。

庭霜正想找个正当理由，就看到柏昌意正在盯着他。

庭霜还以为柏昌意要打回来，下意识地捂住了头，然而等他回过神来，却发现柏昌意已经在旁边十分优雅地炸腌制完毕的排骨了。

注意到庭霜的目光，柏昌意还摸了一下他的脑袋，说："好了，不闹了。"

庭霜突然就被这一下弄得再也闹不起来了。

他在柏昌意身边站了一会儿，一边看柏昌意炸完排骨，一边安静地吃完了一个冰激凌，才低声说了句"我饭前先去冲一下"，然后径直往浴室走。

冲澡——温热的水流从头顶上打下来，流遍庭霜的全身。

庭霜低下头，摸了一下自己的左胸。

这个澡冲得比平时久，他看着水流汩汩地流过他的皮肤，带走看不见的灰尘。

冲完澡，关水，庭霜发现找不到浴巾擦干。

他想喊柏昌意，问毛巾在哪儿，但是又不知道该喊什么。

Professor，你给我送条浴巾来？

不行，Professor 没有这么个用法。

直接喊名字？他又不敢。

而且庭霜其实从来没有问过"Bai Changyi"到底是哪三个中文字。

庭霜纠结了半天，索性朝厨房的方向大声喊："我没有浴巾——"

一分钟以后，柏昌意出现在浴室门口，敲了敲紧闭的浴室门："准备吃饭。"

庭霜把浴室门开一条缝，不敢看柏昌意的表情，就伸一只手出来在空中摸索了一下，摸到浴巾，拿好，然后光速缩回浴室里。

庭霜上面披着白色衬衣，下面穿着短裤，脚上随意趿着拖鞋，一边扣衬衣扣子一边走去厨房。

柏昌意正端着两盘菜从厨房里出来，刚好看见了往这边走的庭霜。

庭霜也察觉到了柏昌意的视线，说："……干什么？"

柏昌意说："去端菜。"

"哦……来了。"庭霜把剩下的菜一起端到餐厅。

不像以前觉得离得越远越好，这回他紧挨着柏昌意坐下，小腿一动就可以碰到柏昌意的裤腿。

过了一会儿，柏昌意放下筷子，说："Ting。"

庭霜把头靠过去："嗯？"

柏昌意用教育小孩的口吻说："吃饭的时候不要抖腿。"

吃饭的时候不要抖腿。

不要抖腿。

抖腿。

行。不抖腿就不抖腿。

庭霜把腿一收,干巴巴地说:"不好意思,没注意。"

吃完饭以后柏昌意要出门散步。

"饭后散步?"庭霜"啧啧"两声,"您这……离养生的年纪还差那么点啊,怎么就开始步入老年生活了?"

柏昌意说:"以前养狗,习惯了。"

庭霜说:"那现在狗呢?"

柏昌意说:"前妻带走了。"

庭霜听了,摆出一脸"你也太惨了吧"的表情。

柏昌意有点好笑,说:"你那是什么表情?"

"就……嗯……"庭霜看了看四周,再一次感觉到了一种过分的空旷,"你家以前是不是不长这样?"

柏昌意也看了一眼周围,说:"嗯,少了一些东西。"

也就说到这里,没有更多。说完,他上楼拿了一条长裤下来,递给只穿着短裤坐在地毯上的庭霜,说:"把裤子穿上准备走了。"

庭霜套上裤子,感觉大了一圈,好在有皮带,系上了裤子也不至于往下掉。就是长了点总是踩到裤脚……于是他弯腰去卷裤脚边。

庭霜卷完一边的裤脚,转到另一边。

另一边的裤脚还没卷完,庭霜就听见身后的柏昌意说:"散步改天。"

"嗯?"

"改室内锻炼吧。"

"……"这不是整人吗?

锻炼完已经很晚,庭霜冲了澡出来,全身上下只有一条短裤。

剧烈运动让人饥肠辘辘。

他看见柏昌意已经洗了澡换上浴袍坐在沙发上看书,就过去说:"我要吃夜宵。饿死我了,冰箱里还有吃的吗?"

柏昌意起身:"想吃什么?"

"荤的。"庭霜想了一下,"哎,有馄饨吗?肉的,皮薄馅儿大的那种。"

柏昌意笑了一下,说:"你以为你在哪儿?"

也是。又不是在国内,半夜还能吃个馄饨。

柏昌意打开冰箱看了一眼,说:"煎牛排吃吗?"

"吃啊，怎么不吃？"庭霜赶紧把围裙拿过来，示意柏昌意低头，然后把围裙套在柏昌意脖子上，"快点煎，我监工。"

柏昌意把围裙系好，去冰箱里拿食材，黄油切好，放在煎锅里化开，薄牛排放进锅里，小火煎一分钟，翻面。

庭霜站在旁边盯着锅里的牛排，看着它一点一点变熟，颜色变得诱人，闻到黄油和肉散发出来的香味……垂涎欲滴。

"那个……"庭霜不想再叫柏昌意"那个"了，"嗯……Bai Changyi 是哪三个字？"

柏昌意反问："没查过？"

庭霜去拿了手机，上网一查，竟然可以查到几种不同语言的百科介绍，德语版的后面也附注了中文名：柏昌意。

庭霜突然发现，即便查到了这三个字，他还是不知道该叫柏昌意什么。

柏昌意、昌意、意——过于亲昵，叫起来像同辈，他怎么都叫不出口。

柏老师、柏教授、柏先生——又过于疏远……

庭霜想来想去，脑子里突然出现了一个不那么亲昵，又不那么疏远，近乎调侃，又不乏尊重的称呼。

柏老板。

这称呼比较像国内研究生对导师的称呼，也过得去。

柏昌意瞥了庭霜一眼，说："查到了？"

庭霜说："柏老板，失敬。"

柏昌意眉毛都没抬一下，自然而然地接受了这个称呼。

牛排要好了，柏昌意说："去洗手。"

庭霜一边洗手，一边低着头看着自己的手，故意像开玩笑似的说："柏老板……你对我这人的印象怎么样？"

柏昌意不易察觉地笑了笑："什么怎么样？"

/ 半米的距离 /

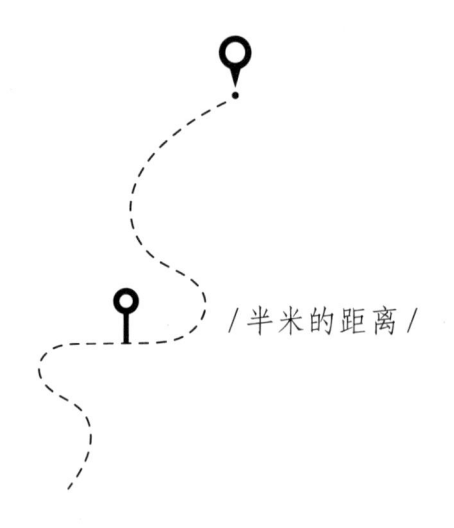

"我的意思是……"庭霜特别仔细地洗着手,半天也没洗完,"那个……"

柏昌意把牛排装进盘子里,往餐厅走:"洗完手过来吃。"

庭霜听了,立马把水龙头一关,手都没擦就跟上去:"喀,那个,我的意思是……"

柏昌意说:"慢慢来吧。"

庭霜若无其事地缩回自己的手,用一种很散漫的口气说:"喀,行啊,慢慢来就慢慢来。"

柏昌意唇角微勾,放下牛排,解围裙。

庭霜坐下来,边切牛排边说:"你不吃?要不我再去拿把叉子?"

"我不吃,你吃完刷牙。"柏昌意刚想上楼,又停下脚步,"哦,你没有牙刷。你等一下。"

"行。"

庭霜以为柏昌意是去拿家里多备的新牙刷,没想到等他吃完牛排,柏昌意已经换了衣服,对他说:"我出趟门,十五分钟。"

庭霜站起来,跟过去:"你要出去买牙刷啊?现在都大半夜了,哪还有超市开门?"

柏昌意说:"开车五分钟有个加油站。"

加油站,哦,24小时便利店。

"等等,我跟你一起去。"

庭霜换好衣服,出门的时候感觉到一丝凉意,抬头,夜空深邃,满天繁星。

"要不……咱们走路去吧？"他忍不住说。

"嗯。"柏昌意拿了一件外套出来给庭霜，"走。"

道路两侧有盛开的杏花和玉兰，风吟花摇，时而有杏花花瓣落下，如雨如烟。

庭霜呼吸着夜里凉寂的空气，说："我总觉得这个时候……应该聊个什么……"

柏昌意说："比如？"

庭霜有点不好意思地说："嗯……比如……人生……什么的……"

说这种话本来就难为情，庭霜说着说着又听见柏昌意的低笑，就感觉被嘲笑了。

庭霜没好气地说："不聊就不聊，你笑我干吗？"

柏昌意说："没笑你。"

庭霜说："还说没笑？我都听到了。"

柏昌意说："为什么读现在这个专业？"

被问到这个，庭霜就没揪着柏昌意笑他的事不放了："这是个挺长的故事。"

柏昌意点点头，煞有介事地说："嗯，我们现在赶时间。"

庭霜被逗笑了，说："也是，现在不就聊嘛，长点就长点呗。就，我们家是做工业机器人的，所以我学机器人很正常。但是其实我没什么天赋，对机器人学也实在没兴趣——呃……"

一瞬间，空气好像冻结了。

完了。他忘了是在跟谁聊天。

庭霜缓缓扭头去看柏昌意的侧脸。

柏昌意挑眉："嗯，没兴趣，继续说。"

"呃……"庭霜的脸有点僵，"那个……就，我的意思是，除了你的课之外。真的，我刚才说的其实是上你的课之前的情况。自从上了你的课之后，我对机器人学兴趣大增，对学习也充满了热情。柏老板，我感觉你是那种传道授业解惑、能激发学生兴趣、专业过硬、师德优秀、学术水平极高的教授。"

柏昌意瞥了庭霜一眼，说："说实话。"

"呃……实话啊……"庭霜咽了一口口水，艰难地组织了一下语言，"实话就是……你的课我只能听懂一半……嗯……一半多一点点点点点……"

柏昌意："嗯。"

庭霜："一想到你可能点我起来回答问题，我就一整节课都在担惊受怕……"

柏昌意勾唇："嗯。"

庭霜："呃……其实你的论文我一篇也没看过……不知道你学术水平到底怎

么样……但凭我个人的感觉……应该比较高？"

柏昌意的笑意越发明显："嗯。"

庭霜侧头看着柏昌意的笑容，不禁也跟着笑了。

两人相对而立，在繁星与花树下相视而笑。

"谈人生"这事也挺让人难为情的。

人嘛，年少时羞于袒露身体，成熟后羞于袒露内心。虽然庭霜感觉好像还没完全到同柏昌意袒露内心的那一步，但他还是挺开心的。

柏昌意说慢慢来，那就慢慢来吧。

老人言确实要听，嗯。

之后，两人就隔着半步远，继续并排往加油站走。

庭霜继续说："喀，你问我为什么要学这个专业……其实就是为了帮家里。我还有个同父异母的弟弟，但是我们都不想管家里这摊事，可我弟吧，他太……嗯，就比我还学渣。当初本科填志愿的时候我根本不知道自己到底喜欢干什么，而且我觉得吧，到头来真能干自己喜欢干的事的人其实也很少，所以我就想着，那不如先干我该干的事……就，挺现实的。"

柏昌意说："那你现在知道自己喜欢干什么了吗？"

庭霜用不太在乎的语气说："嗯……就，喜欢上你的课呗。"

柏昌意说："不是刚还说上课担惊受怕吗？"

庭霜说："……那、那也喜欢啊。"

柏昌意说："总害怕也不行，得想个办法。"

庭霜想了想，试探道："要不……咱们打个商量？你以后上课……就别点我起来回答问题了呗，那我肯定就不怕了……你看怎么样？"

柏昌意说："或者我每节课都点你起来，点到你习惯为止。"

庭霜语塞。

柏昌意看了一眼庭霜，说："你看怎么样？"

庭霜说："我看？我看不怎么样，很不怎么样！"

柏昌意点点头，说："嗯，那就这样。"

那就这样？

行吧。

到了加油站的 24 小时便利店，拿了牙刷去结账，庭霜还想顺便买包烟，万宝路，薄荷味。

店员要庭霜出示证件，查年龄。

庭霜一摸裤子口袋才想起没带证件出来，就对柏昌意说："柏老板，你带证件了吗？"

柏昌意拿出驾照，买了那包烟。

庭霜伸着脑袋想看柏昌意的证件照，因为证件照上肯定没戴眼镜。

柏昌意说："看什么？"

庭霜说："看你照片，不给看啊？"

柏昌意随手把驾照递给庭霜，说："以后想看什么直说。"

庭霜接过一看，驾驶证上的照片不仅没戴眼镜还嫩到吓人，再看证件颁发日期——

1999年11月8日。

1999年……1999年庭霜还在上幼儿园……

他又看了一眼柏昌意的出生日期，1983年7月27日。

他悄悄记住了柏老板的生日。

"给。"两个人往回走着，庭霜把驾驶证还给柏昌意，"柏老板，你年轻的时候应该很多人追吧？"

柏昌意说："没有。"

庭霜不相信："怎么可能？"

柏昌意说："我一直有稳定关系。"

庭霜说："一直？从什么时候开始？"

柏昌意想了一下，说："十四岁吧。"

庭霜说："这么早？！之后就没单身过？"

柏昌意说："比较少。"

庭霜说："啧啧。"

普通人确实比不上。

回到家以后，两人站在二楼的露天阳台上聊天。

庭霜想抽烟，说："柏老板，你这里没烟灰缸。"

柏昌意指了指阳台上仅有的植物——一盆仙人掌——的泥土表面。

庭霜看了一眼，突然不想抽了。

阳台上没开灯，只有身后的卧室里隐约透出一点亮光，夜风吹来，那点光亮在黑暗中明明灭灭。

"对了。"庭霜忽然想起什么,"等我一下。"说完他就下楼去了。

等再回来的时候,他从刚才去楼下拿的钱包里数出 40 欧元来,递给柏昌意。

柏昌意瞥了一眼那 40 欧元,没接:"干什么?"

柏大教授总觉得那看起来像是课时费。

40 欧元。

2019 年德国法定最低小时工资:9.19 欧元。这么一算,柏老板每小时工资肯定远低于这个水平。

这绝对是柏老板干过的工资最低的活儿,低到根本不合法。

庭霜完全没往那方面想,又把钱往柏昌意那边递了递,说:"今天在超市和刚在便利店买东西的钱不都是你付的吗?我们 AA 啊。"

柏昌意把烟掐灭,说:"你就一定要现在给我?"

庭霜解释说:"我怕明天睡醒就忘了……"他说着说着,突然想到一个自认为很优秀的主意,"哎,要不我们这样吧,这事我怕我容易给忘了,要不我买个存钱罐放在你这儿吧?每次我看见那个存钱罐,就记起要给你钱了。"

柏昌意说:"放一个存钱罐在我这里。"

庭霜点头:"对。"

柏昌意说:"你每次过来,就把钱放在里面。"

庭霜继续点头:"对对,就是这个意思。哦,其实不一定非要存钱罐,一个装钱的容器就行……"

说着他又下了趟楼,从厨房柜子里找到一个收口玻璃缸,拿上来放在柏昌意的房间,把 40 欧元放进去,然后挺高兴地对柏昌意说:"这样是不是很好?"

柏昌意摘下眼镜,一边拿眼镜布擦拭眼镜,一边说:"……很好。"

庭霜一觉醒来,起床拉开窗帘,一瞬间极灿烂的阳光侵略过来,他瞳孔一缩,半天才适应,眼前白得温暖。

柏昌意正坐在阳台一侧,面前的木桌上摆着一个文件夹和一些纸张,像是在工作。

庭霜挺惬意地靠在阳台门边。

"早啊。"他看着柏昌意说。

柏昌意看了一眼手表,说:"嗯,早。"

庭霜说:"几点了?"

柏昌意说:"下午 2 点。"

"怪不得。"庭霜走到柏昌意身后，"我饿死了，前胸贴后背，柏老板你给我做饭吧。"

"想吃什么？"柏昌意开始收桌上的纸张。

庭霜说："红烧鸡腿。昨晚那种牛排还有吗？"

柏昌意笑着说："有。"

他回答的时候侧过头，庭霜一抬眼，恰好瞥见他手上的纸张，觉得上面的内容很眼熟："这是什么？"

柏昌意说："明天的讲稿。"

"讲稿？"庭霜闻言拿起最上面的一张纸，这是……

Prof. Bai 的讲稿……

因为版权保护而禁止课堂摄像与录音的 Prof. Bai 的课程讲稿……

学生永远做不全笔记的 Robotik 讲稿……

挂科率 90% 的 Robotik 讲稿……

无数学生的血泪……

无数学生的黑暗岁月……

庭霜突然有种拿到了藏宝图的感觉。

谁拥有了讲稿，谁就拥有了全世界……

他想起前一晚柏昌意说"以后想看什么直说"，于是用商量的口气说："柏老板，你这个讲稿……要不……借我看看？"

柏昌意说："明天上课直接听。"

庭霜说："我也想直接听……但是你又不是不知道，上课直接听我没法全听懂……"

说到这里，庭霜已经做好了被柏昌意拒绝的准备，没想到柏昌意点点头，说："那你拿去复印一份，复印机在书房。"

"真的？！"庭霜一脸惊喜。

柏昌意随意地揉了一下庭霜的头发，说："嗯。"

庭霜正想拿着讲稿去书房复印，可忽然感觉到了什么，迟疑起来，手上的动作也停了。

柏昌意说："怎么了？"

庭霜想了想，犹豫道："……这样对你的其他学生是不是不太公平？"

他沉默了一会儿，才继续对柏昌意说："算了，我还是不复印了，我不想把我们关系搞成那样，好像我跟你认识就是为了过一门考试……之前想跟你

AA 也是，我不想把关系搞得那么复杂……"他的声音低下去，几乎听不到了，"嗯，你只是你，我只是我，两个独立平等的人格，对吧？跟别的东西没关系。"

柏昌意听了，视线转向卧室床头的玻璃缸，心里叹了口气——像课时费就像课时费吧。

小孩想独立点，做老师的还能拦着？

他又捋了一把庭霜的头毛，说："嗯，知道了。"

吃过饭，两人出去散步，路过一家甜品店，庭霜进去吃了个 2.5 欧元的冰激凌。他没带钱包，是柏昌意付的钱。

晚上，庭霜看见柏老板房间的玻璃缸，就想起了冰激凌的事，于是往里面扔下了 2 枚硬币——一枚 2 欧元，一枚 50 欧分。

硬币碰在玻璃缸上，"叮当"作响。

第二天早上 7 点。

柏昌意站在卧室门口，对庭霜说："起来吃早饭。"

庭霜被叫醒，在床上挣扎了一会儿，还是起床失败了，就嘟囔着求情说："再让我睡一会儿……再睡一个小时……我真的起不来……"

柏昌意说："你 8 点 15 分有课。"

庭霜翻了个身，一边用被子蒙住自己的头，一边迷迷糊糊地说："嗯……有课吗……翘了吧……我不去上课了……"

柏昌意走到床边，改用德语说："Ting，你 8 点 15 分上哪位教授的课？"

被子里传出来闷闷的声音："嗯……让我想想……是 Prof……B——"

声音戛然而止。

被子动了一下，然后又立马变成一动不动的样子。

5 秒钟后，两只手从被子里伸出来，抓住了被子的边缘，被子往下拉，一点头发露了出来，额头，然后是眉毛。

过了半天，眼睛终于露了出来——四目相对。

彻底清醒过来的庭霜僵硬地对正俯视着他的柏昌意挥了一下手，说："……早、早上好，Professor。"

庭霜洗漱完下楼到餐厅的时候，柏昌意已经换了出门的衣服，正在看报纸。

餐桌上放着烤好的可颂、煎蛋、新鲜的橙子果酱、Nutella[①]以及黄油，还

[①] 能多益，意大利榛子酱品牌名。

有一矮玻璃壶热咖啡。

庭霜发现，桌上的东西都还没有动过。

柏昌意在等他。

那架势很像等着送小孩上学的家长。

庭霜低头看了一眼自己：只穿了睡衣。

这样他没法去上课。

"那个……我之前的衣服在哪儿？牛仔裤和衬衣。"庭霜问。

柏昌意眼皮微抬，视线从报纸转到庭霜身上："你脱在哪儿了？"

脱在哪儿？庭霜开始回忆，衬衣昨天好像扔在二楼阳台了……

那他一开始穿过来的牛仔裤扔在哪儿了……

难道他的脏裤子现在都还扔在一楼的浴室里没洗？

"你之前怎么都不提醒我啊？"庭霜丢下一句埋怨给柏昌意，然后冲去浴室一看，果然，周六脱下的裤子还在里面。

欸，不对。他的牛仔裤是干净的，整整齐齐地搭在架子上。

这么说……

庭霜突然觉得惊悚，比脏裤子没洗还要可怕得多的是……

柏昌意帮他洗了裤子？

那个……应该不是手洗的吧？应该是直接扔进洗衣机里了吧？

庭霜拿着牛仔裤回餐厅，结巴着问："你、你趁我不注意偷偷摸摸把我裤子给洗了？"

柏昌意放下报纸，说："我没动你裤子，换好衣服过来吃早饭。"

柏昌意说没动，那就肯定没动。

庭霜一想觉得也是，柏大教授犯不着给人洗裤子。

庭霜有点不好意思，默默上楼找到自己的衬衣，穿好衣服下楼，坐到柏昌意身边给两人倒了咖啡，然后才问："那，我裤子是谁洗的？"

柏昌意说："周日上午有人打扫卫生。"

周日上午？

庭霜想了想，哦，那时候他还在睡觉。

"不好意思哈，我不知道有人来打扫过卫生。"庭霜偷觑了一会儿柏昌意，见柏昌意没说话，也没什么表情，就厚着脸皮说，"Professor……"

柏昌意专心切煎蛋。

庭霜说："柏老板……"

柏昌意专心喝咖啡。

庭霜说:"尊敬的柏老板……"

柏昌意专心切黄油。

庭霜大声喊:"柏昌意!"

柏昌意拿餐刀的手一顿,瞥了庭霜一眼,说:"干什么?"

庭霜缩回去,小声说:"那个……柏老板……我觉得你……嗯……比以前更帅了……"

见柏昌意没有不高兴,庭霜又继续说:"那个……你今天是不是换了眼镜和眼镜链啊,我发现金色和银色都挺适合你的……"

柏昌意笑了一下,说:"好了,专心吃饭。"

"……嗯。"

专心吃饭。

吃着吃着,庭霜突然想到一个问题:"一会儿我们一起去上课?"

柏昌意说:"不然?"

庭霜说:"这一大早的,大家都去学校上课,被人看见我从你车上下来没事吗?"

柏昌意说:"你怎么说?"

庭霜想了想,说:"要不离学校还有几百米的时候把我放下来?我走着去教室。"

柏昌意说:"那今天早点出门。"

是得早点,Prof. Bai 永远 8:15 踏进 S17 教室,但学生不能踩着最后一分钟到,何况庭霜还有一段路要走。

这一天,从没有早到过的 Prof. Bai 在 7:58 就到了教室,所有在那之后到的学生都怀疑自己迟到了,甚至包括 8:05 到教室的庭霜。

庭霜没想到柏昌意会直接来教室,他以为柏昌意就算先到了学校,也会等到 8:15 再过来。如果柏昌意还没来,庭霜就能抓紧时间选一个不起眼的位置坐下,避免柏昌意一看见他就想起要点他回答问题点到他习惯的事来。

但是现在,他顶着柏昌意"慈祥"的目光,双腿只能别无选择地自动行走到了教室的第一排,正中间,然后规规矩矩地坐下。

庭霜同学准备从背包里拿笔记本和钢笔出来。

嗯,上课态度要端正,提前做好准备。

等等。背包？

周六打完工就直接去柏昌意家过了一个周末，又直接来学校上课的庭霜……根……本……没……带……背……包。

没有笔记本，没有钢笔，庭霜两手空空。

这下完了，本来庭霜就听不全懂，现在连笔记都做不成了……

庭霜左顾右盼地想找宋歆借支笔再借几张草稿纸。

宋歆怎么还没来……

要不问旁边的德国同学借一下算了……

就在庭霜要开口借纸笔的时候，头顶突然被一块阴影笼罩了。他缓缓抬起头，看见了皮带、衣扣、领带、衣领、脖子、下颚、嘴巴、鼻子、眼镜、镜片后的眼睛……

那双眼睛正看着他。

庭霜紧张地舔了一下发干的嘴唇。

柏昌意很快就收回了目光，转而看向教室的中后方，对全体同学说："我最近得知，一些学生在记录课程笔记时遇到了困难。为了帮助在座的各位提高本课程的学习效率，今后每节课上课前，我们勤劳的助教会为大家分发当日的课程讲稿。"

说罢，他看了一眼坐在靠门边座位上的助教。

助教点点头，从一个纸袋子里取出昨天 Prof. Bai 发邮件要他提前复印好的一百来份课程讲稿，一一下发给所有学生。

柏昌意的目光跟随着分发讲稿的助教移动，手却不着痕迹地从自己的上衣口袋里取出一支钢笔，轻轻放在第一排正中间的桌面上。

那是一支 Souverän[①]系列蓝黑钢笔，黑色与深蓝的竖条纹笔身，银色的笔头，金色的笔尖与鹈鹕的标志。

庭霜越看越觉得这支钢笔像柏昌意本人变的，乍一眼看过去挺深沉，细节上全是优雅。

钢笔精。

助教还没发完讲稿，有个德国学生开玩笑说："Professor 发讲稿？我出门前没看日历，今天是圣诞节吗？"

讲台下一片笑声，有几个学生跟着起哄，直接高呼："圣诞快乐！"

[①] 德语，指帝王，此处指百利金牌帝王系列钢笔。

庭霜抬头去看柏昌意。

什么为了提高大家的学习效率……

柏大教授当教授这么多年，就从没管过学生的学习效率，今天突然行善，大家可不都当过节吗？

柏昌意的视线掠过庭霜，看着那几个喊圣诞快乐的学生，笑着调侃道："女士们，先生们，你们可以把我的讲稿当作圣诞礼物，但请不要把这份礼物留到圣诞节再'打开'，否则九月底你们会哭的。"

底下的一片笑声变成了一片哀号——

Robotik 的考试在 9 月底。

庭霜也象征性地跟着大家一起哀号起来。

可是他看着柏昌意的眼睛是笑着的，甚至带着一点揶揄，那眼神好像在说：你看看，这就是民意，考试有多难，你自己心里没点数？

柏昌意嘴唇微勾，双手撑到第一排的桌面上，低头俯视着庭霜，隔着半米之距，半是询问半是戏谑："这位先生，您对我的考试安排有什么意见吗？"

唉声叹气顿时卡在了嗓子眼里，教室里瞬间安静了，两秒后大家又开始哄笑。

"我……"庭霜万万没想到柏昌意突发的这个操作，霎时涨红了脸。

柏昌意绝对是故意的，又整他……

不能怂。庭霜心想，这个时候要是怂了，以后柏昌意还不每次上课都点他？必须正面硬"刚"。

"我相信……"庭霜迎着柏昌意的目光，索性把柏昌意的戏谑当作一个认真的问题来回答，"我的同学们，和我，都认为 Robotik 的考试难度太大……根据过去的情况来说。"

柏昌意边听边点头，听完，扫视了一圈底下的学生，微笑说："是这样吗？"

底下沉寂了一会儿。

众人蠢蠢欲动，又屈于教授淫威。

众人继续蠢蠢欲动。

"是！"突然有人大声回答。

革命的号角。

"是！"

"是！"

"噩梦！"

"灾难！"

"地狱！"

……………

舆情泛滥，愈演愈烈。

柏昌意总觉得他还听到了两个不太友好的词。

柏大教授深受学生爱戴，怎么会跟这两个词扯上关系……

嗯，应该是幻听。

年纪大了听力有点衰退，嗯。

柏昌意任学生们喊了一会儿，才比了一个"安静"的手势，在一双双年轻眼睛的注视中，说："我会考虑各位的意见——将考试难度适当降低。"

"降低"这个单词一出，教室里陷入了短暂的由于难以置信而产生的死寂，然后爆发出巨大的喝彩声，几乎掀掉天花板，盛况堪比2014年德国赢得世界杯冠军。

柏昌意放任学生们狂欢了一分钟，在这一分钟里，每个人都沉浸在自己的喜悦里，他们笑、喊，和周围的人讲话、击掌，在社交账号上发消息庆祝这场没有流血和牺牲的Robotik考试革命的成功。

一分钟以后，柏昌意才在一片还未停歇的欢呼中再次比了一个"安静"的手势。

"女士们，先生们，我们现在开始上课。"他拿起粉笔，在黑板上写下本次课程的章节名，写完后优雅地转过身，勾唇说，"这是一次民主的胜利，不是吗？"

那节课下课以后，柏昌意是被几个问问题的学生围着走出教室的，庭霜没有找到还钢笔的机会。

宋歆走到第一排桌子前面，问："庭霜，你去图书馆吗？"

庭霜说："噢，不去了，我忘带书包出门了。"

宋歆说："你怎么回事啊？上课连书包都能忘。"

庭霜说："就，出门太急呗。"

"行，那我先去图书馆了。"宋歆想起什么，又说，"哥们儿你今天可以啊。"

庭霜说："可以什么？"

宋歆往门口瞟一眼，确认教授真的走了，才低声说："你还真敢为民请命啊，这么刚，当着教授的面抱怨考试太难。"

庭霜心说：那我要是告诉你，我还对着教授本人骂过他，你现在不得吓死？

"还行吧。"庭霜随口应了一句。

其实从柏昌意宣布适当降低考试难度开始，他心里就有点慌。考试难度大是事实，也是他提出来的，但是他没想到柏昌意竟然真的考虑了这个意见。

这个行为像是继让助教复印讲稿之后，柏昌意又为他开的一次先例，那根本不是什么民主的胜利，而是……徇私。

他之前才跟柏昌意说了，不想把两个人的关系搞得那么复杂，现在来这么一出……

他不知道要用什么来还。

之后没课，庭霜坐了趟公交车去周六打工的Freesia，把在咖啡馆门口停了一个周末的自行车骑回家。到家以后，他整理了一下今天的讲稿和之前的笔记，然后懒懒地往椅背上一靠，把脚跷到书桌上。

他忽然瞥到了放在书桌上的那支钢笔——黑蓝的笔身，金银的笔头。

他把它拿起来，打量了一会儿后，百无聊赖地把它放到上嘴唇上方，夹在鼻子和上嘴唇中间，然后就保持着那个姿势，拿手机给柏昌意发消息。

Frost：柏老板。

Frost：今天有时间见面吗？

Frost：我有事跟你说。

庭霜看了一眼手机顶端的时间，12:17。

等了一会儿，没等到柏昌意的回复，庭霜和钢笔一起自拍了一张，发过去。

Frost：[图片]

Frost：柏老板，你的钢笔还在我这里。

Frost：你还要不要了？

Frost：我在用你的钢笔玩杂技。

Frost：它有生命危险。

Frost：你快来救它。

过了一个多小时，快下午2点了，柏昌意才回：今天没时间。

只有一句话，没有其他说明。

冷酷无情柏昌意。

庭霜腹诽了一句，又仔细回想了一下今天下课时的情景，以往有学生问问题，柏昌意都会待在教室里解答完毕再走，不紧不慢，但是今天是边往外走边回答学生问题的，一副时间不多的样子。

他应该是真的有事要忙。

Frost：那你忙。

回完之后，庭霜伸了个懒腰，起来给自己做午饭。

晚上9点多，庭霜看见Distance上显示的他和Cycle的目前距离又变成了4.8公里，才发了一条消息问：回家了？

柏昌意拨了视频电话过来，一边解领带一边说："嗯，你说。"

庭霜望着手机屏幕："……说什么？"

柏昌意说："白天你说有事跟我说。"

"哦哦……"庭霜反应过来，他白天是想找柏昌意询私那事来着，但是现在一接电话就直接提那事好像又太突兀，"就是……嗯……要不我们还是当面说吧？"

柏昌意从屏幕那边看着庭霜，说："现在不就是当面吗？"

庭霜犹豫了一下，说："我现在能去你那里吗？我骑车过去挺快的。"

这么坚持，应该不是无关紧要的事。

柏昌意看了一眼时间，说："我过去。"

"不不……其实……"庭霜一想到柏昌意忙了一天还要开车过来，就觉得太麻烦他了，"要不还是算了，我明天也有课，之后……我再跟你说吧。"

"Ting，我不喜欢把问题拖到第二天。"几句话间，柏昌意已经开了车库门，"我去开车，等我十分钟。"他说罢就挂了视频。

庭霜穿着人字拖出去，撑一下院门旁边的矮墙，跳着坐上去等柏昌意。

柏昌意在车里就远远看见了路灯下坐在墙头上的庭霜。

年轻的男孩在夜风里晃着腿，一只拖鞋掉到了地上也不在意，就一个劲儿地跟他招手，好像生怕自己的笑颜还不够让人瞩目。

柏昌意停好车，走过去，把掉在地上的那只拖鞋捡了起来，递给庭霜。

庭霜有些发怔地接过那只拖鞋，穿好，从墙上跳下来。

"我们……散个步？边走边说？"庭霜说。

"嗯。"柏昌意应了一声。

"往那边走七八分钟，有一条河。河的一边有草地和树林，那片树都很高很直，早晨和傍晚有阳光的时候还挺好看的。"庭霜说，"不过我没这么晚去过。"

柏昌意说："嗯，我知道。那边还有个皮划艇俱乐部。"

庭霜说："欸？你来过这边啊？"

柏昌意说:"嗯。"

两人从马路上了一座桥,过桥,再下到河边只供行人和自行车通行的寂静小路上。这条路上没有路灯,只有皮划艇俱乐部对外的橱窗还亮着。河对面的车道上,金橙色的路灯稀稀落落地摇荡在河水里。天空蓝得发亮,如宝石、如绸缎,是高纬度地区春末夏初特有的入夜天光。

河上弯垂的芦苇下浮着几只绿头鸭,树林和草丛里有蹦蹿的松鼠和小刺猬。

四周没有人,连住房也没有,万家灯火在对岸,在远方。

夜色动人,庭霜不太想破坏气氛。

"对了……这个。"他摸到口袋里的钢笔,递给柏昌意,"谢谢。"

柏昌意接过,放回口袋里,说:"不用。"

庭霜说:"这支笔……你是不是用了很久?"

柏昌意说:"嗯,上大学的时候买的。"

庭霜说:"那都十好几年了……你还挺长情的。"

柏昌意笑了笑:"你就是要对我说这个?"

"不是……"庭霜不知道该怎么开口,"就是今天上课的时候你说的那个……嗯……"

这话听起来像是课上有什么知识点没听懂,课下要找教授开小灶似的,柏昌意看了一眼手表,低声笑着说:"我今天不工作了啊,都快10点了不许把我当教授用,听到没有?"

庭霜的唇角也翘起来,说:"我没把你当教授用,这个时候把你当教授用也太没人性了……来。"

说着,他就把柏昌意拉到旁边一片覆盖着草地的小山坡上坐下,然后自己坐在柏昌意旁边。

庭霜说:"你是……嗯……怎么想我的……"

刚一问完,他立马又改口说:"不,我不是要问这个……"

"想说什么就直接说。"柏昌意的手放在庭霜的背上,鼓励似的拍了一下。

"我……"庭霜犹豫着说道,"嗯……我是想问……你要助教给全班复印讲稿……是不是因为我?"

柏昌意的手停下来,说:"……是。"

庭霜说:"可是……"

柏昌意说:"公平起见。"

庭霜说:"我知道你是为了公平,但是……"

但他总觉得那并不是真的公平……

"我……"也不知是夜里变冷了还是他太紧张，庭霜的手越来越凉，胸腹的肌肉也渐渐绷紧起来，"我是说……不是说我们熟了，你就降低考试难度，好让我得一个 1.0[①]……"

"你到底是怎么想的？"柏昌意拍了一下庭霜，"起来。"

庭霜赶忙起来，站到一边。

柏昌意也站起来，俯视着庭霜，说："降低考试难度的决定，有多方面的考量。而且，这学期降低考试难度跟你有关系吗？"

庭霜想了一下，没想通："为什么跟我没关系？"

柏昌意提醒："Ting，你需要重修。"

需要重修。

重修……

重……修……

庭霜发现他上柏昌意的课上得太真情实感，完全把明年重修这回事给忘了。

这人之前绝对是故意要他……

庭霜气呼呼地说："那，复印讲稿的事，又怎么说？你就一点都没有徇私？"

柏昌意说："有学生跟我反映做笔记困难，所以我让助教为所有学生复印讲稿，有问题吗？"

庭霜说："那，要是反映有困难的不是我，是别人，你也会像现在这样吗？"

柏昌意看了庭霜一会儿，没有回答，转过身往回走。

庭霜跟上去，在柏昌意身后不依不饶地追问："要是那个人不是我，你也会像现在这样吗？"

柏昌意觉得头痛。

这小孩的问题怎么这么多？

今天，柏昌意已经因为几分钟的昏头而在学校工作到了晚上，就为了研究怎么在保持以往出题水平的前提下合理降低一点考试难度。

这班加得，他后悔至极。

他什么时候干过这种荒唐事？

一天之内，英明神武的柏老板跌下神坛，一个跟头栽进凡人堆里。

柏大教授非常不想承认这个事实。

---

① 德国大学 1.0 为满分，4.0 及格，最低分为 5.0。

偏偏现在，庭霜还毫无察觉地在他身后一遍又一遍地提醒他这件事。

柏昌意停下脚步，对庭霜说："你安静两分钟。"

庭霜闭上嘴，在柏昌意身边安静地走了一段，才低声说："我只是不想你——"

柏昌意打断道："这种程度的偏心也不行吗？"

"……啊？"庭霜一怔。

柏昌意看着庭霜说："你对我要求太高了。现在这样和完全一碗水端平，要哪个？你自己选。"

/四百八十公里的距离/

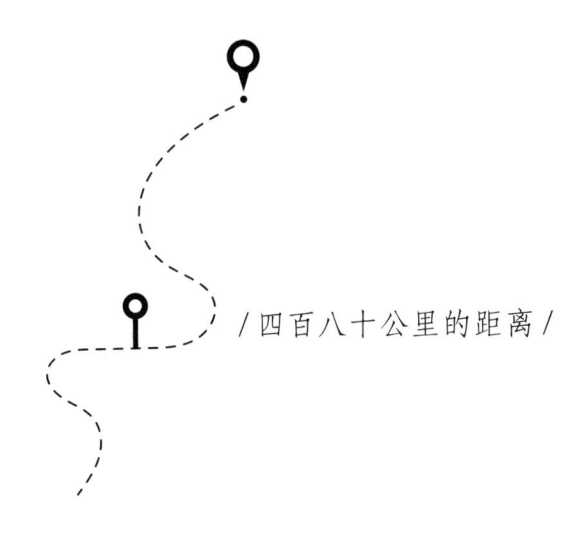

"我……"庭霜注视着柏昌意的双眼，有点磕巴地说，"你……你们中年人都是这么说话的？你、你这是坦白，还是考试啊？就这么喜欢给人考试？"

柏昌意眼里染上了笑："怎么，这题不会？"

庭霜的眼睛亮晶晶的，脸上有着一点小小的张扬："这有什么不会的？这题我做过，选A！"

不管B选项是什么，反正选A就对了。

柏昌意看着庭霜，低笑："不讨伐我了？"

讨伐……

庭霜想，承认了吧，他本身并没那么在意公不公平，他只是怕他们之间的关系变得不纯粹。

"那，你稍微控制一下程度……就行了……"庭霜说。

柏昌意的声音带着一点笑意："嗯，知道了。"

庭霜忽然头脑发热地提议："咱们出去玩吧？"

柏昌意觉得好笑："我们现在就在外面。"

"不是。来，这边。"庭霜拉着柏昌意走到他们院子里的自行车棚前面，拿出钥匙开他的自行车锁，"咱们骑车去市中心玩吧，我从来没在这个点去过。"

这个时候庭霜忽然深深地理解了深夜跑出去玩的祝文嘉，晚上10点多，正是出去玩的好时候，怎么能用来睡觉？

柏昌意说："只有一辆车，怎么骑？"

庭霜豪爽道："我载你啊。"

柏昌意说:"这边自行车不能载人上路,你不知道?"

"啊……"庭霜也想起来了,"那……我们还是开车去吧……"

柏昌意看庭霜的样子略显失望,就说:"要不赌一把?"

庭霜说:"赌什么?"

"赌这个点交警不上班。"柏昌意跨上庭霜的自行车,把出门前重新系好的领带再次解下来,就那么随手挂在自行车把手上,再一边解衬衫的上两粒扣子,一边对庭霜笑着说,"上来。"

坐到车后座上,庭霜思忖着说:"柏老板,你这是……老来狂?"

柏昌意回头低声笑:"怎么,不许?"

庭霜也笑得灿烂:"许啊,怎么不许?"

载着两人的自行车骑出院子,沿着自行车道向市中心出发。

晚上10点多,街道上几乎没有行人,马路上也很久才有一辆飞驰而过的汽车,不少红绿灯都停止了工作。

道路两旁的草木因为春夏的温暖而越发茂盛,沉甸甸地垂向路中间。

"哎,减个速——"庭霜在风中喊。

柏昌意依言放慢了速度,经过前方一棵樱桃树的时候,庭霜伸长了手,摘下一小串半熟的樱桃——不大,青涩的红,不像超市里买的那样饱满发黑。

他扯下一颗,随便擦了擦,递到身前的人嘴边。

"脏不脏啊?"柏昌意低声笑着嫌弃,却张嘴吃了那颗樱桃。

庭霜问:"甜吗?"

柏昌意说:"甜。"

庭霜这才又扯下一颗,放心地塞入口中——

"呦——这么酸?!酸死我了!"

柏昌意勾唇说:"是吗?我吃的那颗挺甜。"

"那都给你吃。"庭霜说着就把剩下的樱桃全递到柏昌意嘴边,"快吃。你骑车辛苦了,都给你吃。"

柏昌意笑说:"不吃,我这是义务劳动。"

"吃一颗,再吃一颗。"庭霜坚持不懈地把樱桃往柏昌意嘴里塞。

柏昌意吃了那颗酸掉牙的樱桃,说:"你就闹我吧。"

"谁闹了?"庭霜翘着嘴角,双手抓紧了柏昌意的衣服。

柏昌意低头看了一眼庭霜的手,说:"小朋友,你把樱桃汁往哪儿擦呢?"

庭霜说:"……我没带餐巾纸。"

柏昌意从口袋里拿出手帕，往后递。

庭霜接了，擦完手，把手帕塞进自己的口袋里："洗干净再还你哈。"

自行车从马路驶进一小片草场，草场中央有一条机动车禁行的小路，是通向市中心的近道。小路两侧没有路灯，四周也没有任何建筑，视野极为开阔，亮蓝色的天空像巨大的教堂穹顶包围了他们，满天星子，繁密闪烁。

世界在寂静地流动。

庭霜跟着自行车的摇摆，在柏昌意身后轻轻哼起歌来。

> Du bist das Beste, was mir je passiert is
> Es tut so gut, wie du mich liebst
> Vergess den Rest der Welt，
> wenn du bei mir bist...①

这首 *Das Beste*（《最好》）是他刚学德语的时候学的，除了副歌这四句，其他部分他都已经不记得了。

唱完以后，他仔细想了想歌词的意思，说："这歌词是不是太酸了……"

柏昌意低声笑着说："是有点。"

庭霜说那话是想要柏昌意反驳，没想到柏昌意不仅不反驳还肯定了这个事实，就羞怒起来："那你唱一个不酸的来听听啊。"

柏昌意说："嗯……我想想。"

庭霜心说：看你能唱出什么来。

柏昌意想了一会儿，清了清嗓子，特别正经地、发音浑厚地唱：

"Wacht auf, Verdammte dieser Erde,

"Die stets man noch zum Hungern zwingt！"

庭霜本来准备无论柏昌意唱什么流行歌曲，他都要挑刺批评，但是当听到第一句的时候，就已经忍不住笑喷出来。

老教授到底是哪个年代出生的人啊？

居然在这种时候唱德语版的《国际歌》：起来，地球上的受难者，起来，饥肠辘辘的苦役！

---

① 歌词大意：你是我经历过的一切中最好的，就像你爱我一样好……当你在我身边，我就忘记了这个世界上的一切其他东西……

这关心全世界受压迫无产阶级的博大胸怀，谁有？

庭霜在车后座上笑得浑身颤抖。

柏昌意继续唱了两句，也忍不住笑了出来："不唱了、不唱了。"

庭霜一边笑一边撺掇说："别呀，继续唱继续唱，我录个音当起床铃声。"说着他就从口袋里拿出手机，"我准备开始录了啊。"

柏昌意说："起床铃声？"

庭霜把手机伸到柏昌意嘴边："对，我设成闹铃，肯定每天笑醒。我按开始键了啊，三、二、一——"

柏昌意对着手机收音筒慢条斯理地用德语说了三遍："Ting，我很遗憾地通知你，你没有通过本次考试。"

庭霜眼中出现一个巨大的问号，颤抖的手按下结束录音键，屏幕上显示出一行字：是否保存本次录音？

大拇指点击：否。

自行车穿过无人的星空与草地，进入市中心的老城区。

几百年前的石板路仅仅一车宽，自行车自由穿行其中，视线两侧五颜六色的小房子上攀了不少深绿的爬山虎，所有商店都已经打烊，只有橱窗还亮着，这个点还在营业的大多是酒吧，幽暗的灯光给一切蒙上了一抹醉意。

远处的教堂在层层叠叠的房顶中露出一个钟楼的顶来，巨大的月亮就悬在钟楼旁边。

教堂还是18世纪的那座教堂，月亮也是18世纪的那个月亮。

庭霜在车后座上张开双臂，迎着风说："出来玩真好啊。"

柏昌意笑着问："去哪儿？"

庭霜看着道路两侧酒吧的灯光与招牌，说："找家热闹的吧。"说完他又故作体贴大方，"那个……柏老板，你们中年人是不是不太蹦得起来啊？咱们不勉强哈……毕竟年纪大了嘛，骨质疏松。要不咱们找个安静地方喝杯枸杞菊花茶？回去再泡个脚什么的，是吧……"一副给中老年人送温暖的口气，特别讨打。

柏老板在社交圈里一向被称为青年才俊，现在到了庭霜嘴里，俨然变成连过马路都需要人扶的高龄人士。

柏昌意在心里骂了一句"小浑蛋"。

庭霜说这话的时候都已经做好了挨打的准备，没想到柏昌意没什么反应，依着他把自行车停在了一家热闹的酒吧门外。

他们进去,到吧台点酒。

庭霜点了一杯 Gin and tonic[①]。

跟上次买烟的时候一样,人种有别,酒保看不出他的年龄,只觉得很年轻,看起来跟德国高中生差不多,就要他出示一下证件。

这次出来玩是临时决定的,庭霜一摸口袋,钱包、手机倒是记着带了,但是护照和居留卡都没带。他看向柏昌意,求救:"你能不能告诉他?你知道我二十四了啊……"

柏昌意瞥了庭霜一眼,笑说:"你不是年轻得很吗?哪里有二十四?"

……老教授记仇。

"那你至少告诉他我成年了吧……我想喝酒……"庭霜特别乖地喊,"柏老板……"

柏昌意十分受用地应了庭霜,转头就对酒保微笑着说:"他才十五岁,请给他一杯可乐。"

庭霜立马转头跟酒保反驳:"他在说谎!"

酒保一边拿可乐和冰块,一边好笑地看着庭霜,不相信地问:"真的吗?"

显而易见,比起庭霜,成熟稳重、举止得体、发音完美且一副监护人姿态的柏昌意讲出来的话有说服力得多。

庭霜郁愤难平:"我二十四了!我不要喝可乐!我要喝酒!"

柏昌意优雅地耸了一下肩,用略带无奈的口吻对酒保说:"青春期的小孩总是这样。"

酒保深有同感地点点头,说:"没错,我侄子也经常这样。"说着就把插上吸管的冰可乐递给庭霜,又问柏昌意,"那么,您要喝什么呢?"

柏昌意瞥了一眼闷闷不乐咬吸管的庭霜,语气意味深长:"Chrysanthemen-Tee[②]。"

庭霜没听懂第一个词,只听出来是什么茶。

柏昌意接着说:"Mit Chinesische Bocksdorn[③]。"

酒保表示没有,只有 Chrysanthemen-Tee。

柏昌意点点头。

---

① 指琴汤尼鸡尾酒。
② 德语,指菊花茶。
③ 德语,指加枸杞。

庭霜摸不着头脑："你点了什么啊？"

柏昌意淡淡道："菊花茶，加枸杞。"

庭霜一呆，笑得停不下来："你还真点啊？"

柏昌意说："嗯，毕竟年纪大了。可惜这里没有枸杞，下次出门用保温杯自己带吧。"

庭霜笑得差点从高脚凳上掉下去。

酒保泡好茶过来，看见刚还在生气的庭霜现在高兴成这样，就笑着问："我不在的时候发生了什么有趣的事吗？"

柏昌意看了一眼庭霜，微笑着说："我们永远不知道这些年轻的小男孩在想什么，不是吗？"

庭霜喝完可乐，要去舞池跳舞。他靠在高脚椅上，把穿着衬衣、西裤、皮鞋的柏昌意从头打量到脚，说："啧啧……柏老板，您要不就坐在这儿看我跳吧？估计您也没蹦过……万一闪着腰崴了脚什么的，也不合适，是吧？"

笑话。柏老板当年蹦迪的时候，庭霜这小崽子连九九乘法表都还背不全。

只不过他后来收了心，十几年没蹦了而已。

庭霜还在言语挑衅，喋喋不休。

不跳不是年轻人。

不跳就是老年人。

"走吧。"柏昌意站起来，一边解袖扣、挽起衬衣袖子，一边往舞池走去。

庭霜立马跟上去，在一片昏暗中拍了一下柏昌意，然后飞快地跑到柏昌意前面去了。

他先一步到了舞池，摇着腰胯在灯光下扭，一时惹得不少人吹口哨。

离得最近的一个穿吊带的女孩一边跳舞一边贴上了庭霜。

那女孩的身材特别好，长得也漂亮，还主动，庭霜的眼睛都不知道该往哪里放，只能用视线去找柏昌意，想让人赶紧过来帮忙解围。

没想到柏昌意根本没过来，就在一边看着他笑。

庭霜瞪了柏昌意半天，柏昌意才过去，不动声色地帮他把衣服往下拽了拽。

"你怎么来这么慢？"庭霜一边跳舞一边继续瞪柏昌意。

柏昌意说："不是你说的吗？我年纪大了腿脚不便。"

庭霜有点想笑，但是忍住了。他站在柏昌意身前，凶巴巴地命令道："你下次来快点！"

柏昌意低声笑："好。"

两人在舞池里跳了半个多小时，庭霜拉着柏昌意出来的时候已经一背的汗。

"热死我了——"庭霜抓着自己的衣摆扇了两下风，"我们回去吧？玩够了。"

柏昌意摸了一把庭霜脑门上的汗，说："我去买两瓶水。"

庭霜点点头，跟着柏昌意往吧台走。

"等等——"

庭霜看见前方迎面走来的人，脚步一顿，低声说："那是……"

柏昌意也看见了。

对面的三个人看见了柏昌意，也停下了脚步。

"Professor。"

"Professor。"

"……Professor。"

三道打招呼的声音分别来自柏大教授手下的三个博士，其中一个是庭霜他们的助教。平时一般都穿着普通衬衣牛仔裤去 LRM 系所的三个男生现在穿得……一言难尽。

相比之下，刚蹦完迪的教授十分淡定。

柏昌意说："晚上好。"

"晚上好。"

"晚上好。"

"……晚上好。"

柏昌意对他们三人微微颔首："周三组会见。Viel Spaß。①"

周三上课的时候，柏教授宣布下周一停课一次。

庭霜上完下午的课以后回家一查邮箱，果然也收到了助教群发的正式停课通知。

但是邮件里没有讲停课原因，柏昌意上课的时候也没讲。

柏昌意如此秘而不宣，难道原因是……

庭霜拿出手机，给柏昌意发消息：周一君王不早朝？

消息刚发出去，庭霜猛然注意到他们之间的目前距离：480 公里。

480 公里？？？

---

① 德语，等于英文的 Have fun，柏老板特别喜欢在口试出完特别难的考题以后对学生说这句话，或者丢给博士生特别难的课题之后说这句话。

柏老板这是去长征了？

庭霜没想通，又发一条消息过去：柏老板，你人在哪儿？

到了晚上9点多，柏昌意才回：汉诺威。

庭霜刚准备打字，柏昌意的视频电话就过来了，说："这边有个机器人工业展会。"

庭霜瞧着柏昌意身后的背景应该是酒店，问："所以你下午去看展了？"

柏昌意说："没有，展会下周一才开始。我五点到汉诺威，刚跟中德两家合作的参展企业代表吃了个饭。"

庭霜说："噢……咱们下周一停课就是因为这个展会啊？"

柏昌意说："嗯，我周一在展厅有个现场报告，周二晚上回去。"

庭霜说："那你怎么今天就去了？今天才周三。"

柏昌意说："这次是三方联合参展，LRM系所和那两家企业有几个合作项目，周四、周五在酒店开会，周末他们布置展位，我去盯一下。"

庭霜心里开始盘算了。

周四、周五他都有课，周六要打工，周日有空，周一唯一的一节课也停了，要是周六下午打完工坐火车去汉诺威，周一晚上回来，那他就可以在那里过两天两夜，也算和柏昌意搭伴儿旅了个游。

"你在傻笑什么？"手机屏幕上的柏昌意问。

傻笑？

庭霜拍了一下自己的脸，说："谁、谁傻笑了？我高兴不行吗？"

柏昌意说："高兴什么？"

庭霜说："高兴……高兴下周一上午可以睡懒觉呗。哎，我不跟你说了，我、我那个……得赶紧去写实验报告了。"

他得赶紧去订火车票了。

柏昌意说："嗯，别睡太晚。"

庭霜说："好好好……"

刚把电话一挂，庭霜就意识到了一个问题——

柏老板住在哪个酒店来着？

不管了，先订张火车票，之后几天再慢慢套柏老板的话吧。

可能是因为有工业展，这几天往返汉诺威的火车票比平时贵了很多，庭霜订完票以后查了一下这个月的消费记录，犹豫要不要再打一份工。

再这么下去，他连门都快出不起了。

之后三天——

星期四。

庭霜："柏老板……你住的酒店离会展中心近不近啊？会展中心离市中心有段距离，跑来跑去会不会很辛苦？嗯？"

柏昌意："没事，有人接送。"

第一轮套话：失败。

星期五。

庭霜："柏老板，这么晚了你饿不饿啊？我在吃夜宵，你看，烤鸡翅，要不我给你叫个外卖吧？"

柏昌意："我准备睡觉了，你吃完早点睡。"

第二轮套话：失败。

星期六。

庭霜一早就把家里断了水电气，带着行李箱去了咖啡馆打工，等到下班，便直接拎着行李箱去火车站。

候车的时候，他再一次发消息开启第三轮套话：柏老板，我看到新闻说汉诺威这几天的酒店价格暴涨，好多平时一两百欧元的酒店涨到六七百欧元一晚，就这样还爆满。你住在哪家啊？我帮你看看它有没有趁火打劫你，怎么样？

过了很长一段时间，柏昌意回：酒店是合作企业订的。

庭霜正在想怎么继续套话，柏昌意问：你在火车上？

庭霜：没有啊，我在家里。

柏昌意：你想清楚再回答我的问题。

想清楚……

不妙。

目前距离：399 公里。

十几秒后：398 公里。

庭霜：是的，我在火车上。

柏昌意：去哪儿？

庭霜含蓄地回复：嗯……去瞻仰一下微积分的奠基人莱布尼茨。

莱布尼茨逝世于汉诺威。

柏昌意：把车次发过来。

晚上 10 点 52 分，列车驶入汉诺威中央火车站 6 站台，庭霜拎着行李箱下车，在人群中一眼看到了柏昌意。

在一个陌生的城市，他们穿越汹涌人潮，伫立相视。

"吃晚饭了吗？"柏昌意顺了一把庭霜在火车上睡得有点乱的头毛。

"啊，在车上忘吃了。"庭霜张望了一下，看见火车站里的咖啡店，"我进去买个三明治吧，你要吃什么吗？还是喝什么？"

柏昌意想到什么，镜片微微反光："咖啡。"

"好嘞。"庭霜点点头，买了两杯咖啡一个三明治出来，把其中一杯咖啡递给柏昌意。

这个点已经很晚了，柏昌意没有麻烦这几天负责接送他的司机，打车带庭霜回了酒店。

"哎，柏老板，你说酒店是合作企业订的，那他们也住在这里？"庭霜在只有他们两人的电梯里问，"你多带一个人没事儿吧？"

柏昌意说："多一个人又怎么样？你是陪同的研究生。"

庭霜说："你没带手下的研究生来？"

柏昌意说："带了两个，不住这一层。"

出了电梯走到房门口，庭霜还在问："那——"

"哪儿那么多问题。"柏昌意打断了他，开了房门，带着庭霜进了房间。

坐了好几个小时的车，庭霜觉得口渴，去冰箱里找饮料喝。

是喝啤酒还是喝汽水呢……嗯，冰的黑啤应该不错……

他随手拿了两瓶黑啤，找开瓶器开了，递给柏昌意一瓶，然后一边喝酒一边走到落地窗旁边，靠在栏杆上看城市夜景。

柏昌意站在他身边，有一口没一口地喝那瓶啤酒。

"柏老板……你是不是不喜欢喝啤酒啊？"庭霜转头说，"我好像从没见过你喝酒。你不喝给我吧。"说着就从柏昌意手里拿走了那瓶啤酒。

他不喜欢喝啤酒……挺少有人注意到这一点。

柏昌意不喜欢喝酒，但是以前孟雨融喜欢喝，所以他也会陪着喝。他更习惯照顾别人，而不是被照顾，所以喜欢什么，不喜欢什么，都不太表现出来。

他也不知道小孩怎么就看出来了。

柏昌意看着庭霜看向窗外的侧脸，想到刚才在火车站的时候，他要庭霜去给他买咖啡，就是打算现在给庭霜3欧元的硬币，让经常不分场合乱给钱的小浑蛋认识到错误，给小朋友上一课。

但是现在他不想那么干了。

庭霜"咕嘟咕嘟"喝掉了大半瓶啤酒，说："我想吃肘子……肘子配啤酒。"

"明天起来再吃。"柏昌意把庭霜手上的酒瓶子拿走,"去洗澡睡觉。"

第二天庭霜睡到中午醒来,房里没人,他给柏昌意打电话,说:"柏老板你在哪儿啊?不是说去吃肘子吗?"

柏昌意说:"到十八层来吃饭。"

庭霜说:"就我们俩?"

柏昌意说:"还有中方企业的人。"

庭霜说:"哦哦,那我收拾整齐点。我想着明天去看你的现场报告,所以还带了正装……"

他洗漱完换好衣服下楼,在餐厅门口跟服务员报了名字,被领着往柏昌意他们那边去。

老远,他就看见了正对他坐着的柏昌意,忍不住嘴角上扬,朝柏昌意招了一下手。

柏昌意对他点了一下头,然后对中方企业的人说了几句。

中方企业的几个人听了,转过头来。

庭霜本来想笑着点头打个招呼,可是在看清那几张脸之后,脚步一滞,笑也僵在了脸上。

中方企业正中间坐着的中年男人是祝敖——

祝文嘉和他共同的爹。

仔细算算,庭霜已经快四年没有见过祝敖了。

应该是在大二的时候,他第一次出去"体验成年人的快乐",就和平时买东西一样,什么都没多想,直接刷了他惯用的卡。消费记录在那里,他的身份证记录也在那里,要查实在是太容易了。

祝敖叫人查了,但查完之后什么都没说。

直到庭霜暑假回家,祝敖才把他叫到书房,将一份打印好的表格放到他面前:消费日期、地点、刷的哪张卡……都一清二楚。

"这是出去改善生活了?怎么,学校宿舍住得不舒服?"祝敖抬眼问他。

这是给台阶下了,只要庭霜不认,只要庭霜没把这种事情当真,祝敖也就睁一只眼闭一只眼过去了。

年轻的时候,谁不干点混账事?

但是庭霜没把那事当混账事,他是认真的。

"你监视我?连这种东西都查?"他用力捏着那张纸,"这是我自己的事,跟你有什么关系？"

"跟我有什么关系？"祝敖气笑了，"想让我不管你的事，行啊，卡放桌上，从这里出去。"

庭霜盯着祝敖，从口袋里拿出钱包，抽出身份证，然后把装着他所有卡和现金的钱包扔到了桌子上。

手表是祝敖给他买的……他摘下来，扔到桌子上。

皮带也是用祝敖的钱买的……他解下来，扔到桌子上。

脚上的拖鞋是家里的，虽然不知道是谁买回来的，但肯定也是用祝敖的钱买的……他用力踢到一边。

庭霜低头打量了一下，幸好身上穿的衣服裤子是他妈给他买的，否则就要光着出去了。

他转身，赤着脚出门。

祝敖在他身后喝道："庭霜，你想气死你老子？把鞋给我穿上！"

"谁要你的破鞋！"庭霜一边往外面冲一边怒吼，一抬眼正好看见了祝文嘉他妈，有点尴尬，"那个……阿姨，不好意思……不是说您，我说鞋，那个，拖鞋。"

翁韵宜噎了一下，扯了扯嘴角，说："今天在家里吃饭吧？小嘉一会儿也回来，你们兄弟俩一起吃个饭。"

"谢谢阿姨，我就不吃了。"庭霜对翁韵宜客气地点了一下头，回头朝书房的方向大声说，"我没交伙食费，吃不起这儿的饭。"

说完以后他就从家里滚出去了。

从那之后，如果有什么不得不回家拿的东西，比如高中毕业证什么的，他都让祝文嘉帮他拿。从那以后，他真的就没再踏进过家里一步了，也没再用过祝敖一分钱。

第一个年，他没在家里过，也没给家里打电话。

到第二个年的时候，他回想起当时在书房的行为，觉得幼稚，还觉得有点好笑，所以在那个除夕的晚上打了电话给祝敖拜年。

父子俩聊了几句，谁都没提起之前那场争吵，庭霜只说起学业，说要留学，准备得差不多了。

祝敖问他读什么专业，他说，还是机器人。

这个决定就是庭霜的表态：是他的责任他就会承担。

祝敖听了，问他出国的钱够吗，他说，够。

这个字也是庭霜的表态：但是他的个人生活不容别人插手，他老子也不行。

虽然那个时候他已经过了一年半每天打工打到吐血的生活。

后来的两个年，庭霜也都主动给祝敖打了电话，父子俩聊的多是行业现状，再互相说句新年好，相安无事。但是从某个角度来说，他们也都没让步，就那么僵持着。父子俩挺像，吃软不吃硬，一提之前吵架的事，两人的脾气就都下不去，索性不提。

现在庭霜站在离祝敖几米远的地方，觉得他爸好像老了点，胖了点，白头发多了点，好在没有谢顶。

他觉得稍微有点心酸。

柏昌意看见他僵在原地，以为他怯场，就出言提醒："Ting？"

庭霜深呼吸一下，换上得体的表情，走过去。

柏昌意再次为中方企业的人介绍："这是我的学生，庭霜。"然后他对庭霜说："Ting，这是 RoboRun 的创始人，祝敖先生。"

庭霜缓缓转头，看向柏昌意，眼神有种说不出的意味。

这小孩什么眼神，还没睡醒？

柏昌意用眼神示意：打招呼。

嗯……打招呼……

这招呼好像也只有一个打法了……

庭霜把头缓缓转回去，看向祝敖："……爸。"

爸？

柏昌意看向庭霜，第一反应是——

虽说祝敖是 RoboRun 的创始人……可叫"爸"，也太过了。

第二反应才是——

庭霜提过他们家是做工业机器人的。

柏昌意没想到庭霜的父亲姓祝。

这时候，只听见祝敖对庭霜说："你当了柏教授的学生，也不跟我说一声？柏教授可不轻易收学生。"

这话半是心里话，半是场面话。一年打一次电话的父子，根本聊不了太多，话题转三轮也转不到学校教授头上去。不过，祝敖想要庭霜多打两个电话回去倒是真的。

庭霜说："现在只是修了柏教授的一门课而已……"

祝敖旁边的一位中年女士亲热道："原来是小霜啊，这么巧，好久没见都长这么大了。"

庭霜客气地说："王阿姨好，阿姨还是那么年轻……"

另一位年轻男士向庭霜伸出手："你好，我是研发部的窦杰。早就听说老板的儿子在德国留学，没想到是柏大教授的学生，果然年轻有为啊……"

"呵呵，窦哥过奖了……"庭霜发出不失礼貌的笑声，并在坐到柏昌意身边后，在桌子下方戳了戳柏昌意，有那么点求救的意思。

他本来以为是来学习的，结果变成认亲现场。

柏昌意看了庭霜一眼，一边打开菜单，一边对祝敖他们微笑着转移话题："猪肘是德国特色，各位要不要试试？"

庭霜在心里高喊：柏老板万岁。

大家纷纷接受柏大教授的建议，各来一只肘子，配当地啤酒。

可能是因为有了庭霜，这次餐桌上的气氛不同于以前，以前这样一顿饭就是合作方的会餐，聊一聊当前的项目，互相客气客气，再探讨一下未来合作的可能性。而现在，对 RoboRun 的人来说，柏昌意从合作方升级成老板儿子的恩师，那就是半个自己人了。

"柏教授，庭霜平时上课怎么样啊？"祝敖笑着问，"没给您添麻烦吧？"

平时上课怎么样……

除了第一堂课翘了、问问题总答不上来、做作业错误一堆、有时候上课不带书包、某次翘课未遂，其他一切都挺好。

于是柏昌意回答："挺不错。"

祝敖脸上露出意外的表情，但是同时眼睛里有那么点骄傲："是吗？我记得他以前在国内可不怎么爱学习。"

庭霜心说：唉，我的亲爹啊，您儿子什么德行您还不明白？一直就没变过。人家这是跟您客气呢，您还当真了？

王阿姨反驳道："哪儿有？我记得小霜小时候放学以后经常来公司写作业呢……一写就写到晚上八九点……"

庭霜心说：那还不是因为做不出来题吗？人家学霸课间就把作业写完了，哪还能留到晚上……

"是呀，我记得小霜写作业写到很晚，都不敢一个人去上公司的厕所，一定要叫人陪着去，说怕鬼……"

"没错，我记得……"

由王女士带头，饭桌气氛渐入佳境，众人开始了对庭霜童年往事的追忆。

庭霜顶不住了，再次在暗地里戳柏昌意，那意思很明显：柏老板救救我，让他们聊点别的行不行？

柏昌意无动于衷，并对庭霜童年的不堪往事表示出浓厚的兴趣。

庭霜只能边埋头切肘子边腹诽。

众人又讲了几桩庭霜的"事迹"，饭桌上的气氛越来越热烈，大家不约而同地发现，庭霜宛如一个吉祥物，是打开聊天话题、增进中德友谊、强化 RoboRun 与 LRM 系所合作、加深双方人员感情的必备品。

酒过三巡，大家喝了个微醺，没有了一开始的拘谨与客气，祝敖朝柏昌意举杯，说："柏老弟啊，我也就比你大个十来岁，你要是不嫌弃，就叫我一声祝哥吧。"

"噗——"庭霜一口啤酒喷出来，差点呛死，"喀、喀……"

柏昌意拿起餐巾，准备帮庭霜擦一下，可拿起来之后只是擦了一下自己的手。

毕竟对面还坐着祝敖。

柏老板活了 36 年，还没遇到过这么突然的状况：一直被他视为朋友的学生的父亲想跟他做兄弟。

"不好意思、不好意思……"庭霜拿餐巾把面前被弄湿的地方擦干，"爸……别为难我教授了……人家在德国生活好多年了，不习惯称兄道弟那一套……你看这么一弄以后我都得叫人叔了……我教授这么年轻……"

庭霜同学常备两副面孔。

只有他和柏昌意两个人的时候：老教授，老男人。

他在其他人面前：我教授可年轻了。

祝敖听了，也不在意，摆摆手说："唐突了、唐突了……"

柏昌意拿起酒杯，喝了一口，说："展位那边我们上午看过了没有问题，下午各位可以到 Herrenhäuser Gärten①走走，其中的核心是一座巴洛克风格的大花园，始建于 17 世纪。"

大家很给面子地询问起大花园的建造历史，好让柏老弟和祝哥那事赶紧过去。

庭霜想笑，但是忍住了。他叫来服务生，低声说，请给旁边这位先生上一杯气泡水。

之前突然认亲，他太紧张，没注意到柏昌意也点了跟大家一样的啤酒。

---

① 德语，指汉诺威大花园。

点完之后，他才察觉给柏昌意单独点水的行为太过突兀。幸好 RoboRun 为展会聘的德语翻译明天才来，桌上没有人懂德语，所以也没人知道他刚才说了什么。他要服务生等一下，又问其他人要不要再喝点别的什么，问完之后，帮每个人都点好，才放下心来。

一圈下来，很周到，唯独忘了给他自己再点一杯。

庭霜习惯饭后喝咖啡。

服务生要走的时候，柏昌意低声帮庭霜点了一杯白咖啡。

"请给我的 Freund①一杯白咖啡。"

柏昌意说的时候面无表情，没有特别指出是谁。

服务生听的时候看了庭霜一眼，确认对象。

庭霜听见以后才意识到他把自个儿落下了，拿起酒杯猛喝啤酒掩饰，酒气很快将脸醺红了。

祝敖一转头，正好看见，就问："庭霜，你脸怎么这么红？"

"嗯……我好像喝多了……"庭霜解释说。

祝敖说："你什么时候喝酒上脸了？我记得你以前喝酒不上脸。"

"可能是德国啤酒劲儿大吧……"庭霜低下头看着杯底的白色泡沫，好像真的有点喝多了，要不然为什么感觉有些轻飘飘的呢？

饭后，RoboRun 一行人准备回房间休息，午休过后再出发去看汉诺威大花园。

庭霜被祝敖叫过去单独谈了一个多小时的话，才回柏昌意房间。

"柏叔，我回来了……"庭霜说。

正在沙发上看书的柏昌意抬起眼："跟祝哥谈完了？"

庭霜跑过去，往柏昌意身旁一坐，说："嗯……谈完了……我又跟我爸吵架了。以前我就老跟他吵架，吵完又后悔……"

"吵什么？"柏昌意问。

"以前他看我干的事不顺眼，我看他干的事也不顺眼，就吵……现在还能吵什么……还是那档子事儿……我跟他说不想按他说的做，然后就吵起来了……"庭霜嘟囔了几句，想起来应该跟柏昌意说明一下他的家庭关系，"你也没想到祝敖是我爸吧……我跟我妈姓。倒不是因为他们离婚改的姓，是我爸我妈结婚的

---

① 德语，指朋友、志同道合者。

时候就说好了要生俩小孩，不管男女，大的跟我妈姓，小的跟我爸姓……结果在我妈怀二胎的时候，我爸……就，嗯……跟别人好上了，对方还怀孕了，我妈发现之后一气之下把孩子打了，她那时候其实没工作，但还是挺硬气地跟我爸离了婚……那时候我还没上小学。我爸后来就跟那个阿姨结了婚，有了我弟。我小时候老骂我爸和阿姨，骂得特难听，也不愿意带我弟玩……可能等到上了初中我才对他们好一点。其实我妈早都放下了，过得特别开心。她跟我说，他们上一辈的事我其实也没那么清楚，让我别乱掺和。"

说到这里，庭霜特别认真地说："但是我觉得吧……一个人要是想法变了，那得告诉另一方，不能瞒着，这是最基本的……没人能保证永远，但是保证坦诚总可以做到吧……"

柏昌意说："你要求还挺低。"

庭霜机灵地说："柏老板，这叫……坦诚保底，力争永远。"

柏昌意的笑意漫上眼角："嗯。"

庭霜"嘿嘿"笑了一会儿，又苦恼起来："以后我怎么跟我爸相处啊……我妈倒是早就不干涉我了，但是我爸要看我本性不改，估计又得吵一次大的……"

柏昌意说："你问过他为什么吗？"

庭霜一愣，说："好像没有……吵架嘛，只顾得上吼了……"

一提那事父子俩就吵架，庭霜对亲爹又控制不住脾气，一张嘴就骂，满嘴都是"管得着吗你"，哪还顾得上问为什么。

"架不是这么吵的。"柏昌意循循善诱，"吵架是为了什么？"

"为了什么……"庭霜说，"我也不知道为了什么，反正一言不合就吵起来了。"

柏昌意说："不许不知道，不知道就现在想。"

"嗯……"庭霜想了想，"为了……吵赢？"

柏昌意说："错了，再想。"

"嗯……"庭霜冥思苦想，"就……反正我就是不想让他管我的事……但他非要管……我想说服他来着……"他说着说着，突然灵光一现，"达成共识，吵架是为了达成共识。"

柏昌意说："嗯，那你们刚才达成共识了吗？"

"没有……"庭霜感觉他的问题根本无解，"不是我不想达成共识，我也想达成共识啊，可我的事吧，矛盾太尖锐，他就是接受不了，可我就是生来如此，这，哪儿有共识？"

小孩越说越暴躁。

柏昌意耐心指点："这一层没有共识就去底下一层找共识，如果还是没有，就继续一层一层地往下找。只要是人，最底层永远有共识。"

庭霜想了一会儿，说："我和我爸的底层共识……是，我们是有一个基本共识，他想要我过得好，我也想要我过得好，他肯定不能想着让我过得坏……但是为什么他偏偏觉得我按我想的过就不行？"

柏昌意说："那你为什么不问他？"

"我……"庭霜的毛慢慢软下来，"我也不知道……可能……可能是一吵架，我就只顾着发脾气了，也不给他说话的机会……我确实应该问问他到底是怎么想的……下次不吵了，有话好好说……"

柏昌意说："这会儿挺懂事，怎么一扭头就不懂了？"

庭霜把头埋着，说："都是因为你刚才教导得好……"

埋了一会儿，抬起头，庭霜瞥见沙发上柏昌意刚刚在看的书，拿起来，说："你看的什么书？我们一起看啊。"

他让柏昌意靠在沙发扶手上，自己靠着柏昌意坐在旁边，四条长腿一起伸到沙发的另一边扶手外面。

窗外灿烂的阳光从他们背后照进来，刚好打在书的封面上。

"*How Democracies Die*……嗯，《民主是如何死亡的》……好严肃……"庭霜把书塞到柏昌意手里，"估计我看不懂……你看吧，我睡会儿……"

于是他找了个舒服的姿势，靠着沙发闭上了眼睛。

柏昌意翻开书的第一页，只见扉页写着的真正书名并不是包在外封上的 *How Democracies Die*，而是 *How to Handle a Much Younger Man Correctly*（《如何对待一个年轻许多的人》）。

包书皮是个好习惯。嗯。

柏昌意在庭霜睡醒前翻完了那本书，觉得一般。

嗯，有空亲自写一本更好的。

——写了不少教材的柏老板内心如是说。

庭霜睡到傍晚醒来的时候，发现柏昌意已经在看另一本书了，就睡眼蒙眬地坐起身来，说："嗯……刚才那本你就看完了？"

"嗯。"柏昌意回答。

"那本书讲了什么啊？"庭霜问。

柏老板内心极其不严肃：讲中年人怎么招架你这种小朋友，而嘴上十分严肃："讲民主制度在世界范围内的发展与衰落。"

"噢……"庭霜说,"你看书好快啊……我看书特别慢……"

柏昌意说:"看书不图快。"

"我感觉我德语和英语都好差……看自己的专业还行,想看点别的就特别费劲……"庭霜丧气地感叹,"我好废……柏老板,我要怎么跟上你的步伐啊……"

"费劲?你看的什么?"柏昌意问。

庭霜回忆了一下,说:"我记得我在书店买过一本打折的《尼采全集》……巨厚的一大本……我试着看了一下 Der Wille zur Macht,中文是怎么翻译的来着?《权力意志》?反正就看得很艰难,基本看不懂……"

柏昌意说:"尼采别说你不懂,相当多一部分德国人都不懂。"

"这样啊。"庭霜问,"那我应该看点什么?"

"来。"柏昌意拍拍庭霜,让他起来,"今天有时间,我们去书店给你挑两本书。"

庭霜赖着不动:"可是今天周日。"

周日上帝不工作嘛,商店基本也都不开门。

柏昌意说:"火车站有书店开门。"

"那我马上。"发现可以出门去逛的庭霜兴奋地起身,去行李箱里找衣服来换。

"这件怎么样?"他左手拿着一件粉色衬衣,右手拿着一件蓝色宽松连帽衫,在柏昌意面前来回摆弄,"还是这件?"

柏昌意看着庭霜:"别磨蹭了,你今天还想不想出门?"

庭霜连忙把连帽衫套上,又迅速找了条不到膝盖的休闲短裤穿上:"我好了。"

两人下楼,没坐车,走路去。

日落前的街头,庭霜走在前面,东看看西看看,时不时回过头。他很少穿短裤,这天偶尔穿一次,两条笔直的长腿在阳光下便显得更引人注意。

青春、生动、鲜活。

柏昌意走在后面,时而出言提醒一句,以免走路不看路的小孩撞到什么。

走出一段路,已经看不到酒店,庭霜才转过身,朝柏昌意招手:"柏老板。"

两人听到不远处红色砖墙的教堂里传来的钟声——

傍晚 6 点。

夏天就是在这一刻正式开始的。

周日的火车站依然很热闹。

咖啡店、花店、书店、药店、纪念品店……人来人往。

两人进了书店，柏昌意给庭霜挑了两本剧情类小说、一本带图的月球知识科普读物、一本带图的德国地理知识普及读物。

"哎，柏老板你看——"庭霜注意到那本地理书旁边的架子上放着一摞很大的欧洲立体地图，地图旁边还配了很多小旗子。

他拿起一面小旗子插在汉诺威的位置："我们在这里。"

要是他们像这次来汉诺威一样，以后每去一个城市，都插一面小旗子就好了……

"我们买一张这种地图吧？"庭霜提议，"以后看着地图就能想起来……去过哪里。"

"嗯。"柏昌意在欧洲地图旁边找到世界地图，拿了一张，让庭霜抱着，"这个。"

于是柏昌意拿着四本书，庭霜抱着一张硕大的立体地图并一盒小旗子，一道结账出书店。

"晚上想吃什么？"柏昌意问。

"嗯……"庭霜正在思考，忽然被旁边一家眼镜店橱窗里的太阳镜吸引了注意，"我们再去看看眼镜吧？"

夏天太阳刺眼，他们确实应该买一副太阳镜。

进店以后，庭霜一眼就看中了一款金色细边浅蓝色镜片的太阳镜——

此款堪称太阳镜中的柏昌意。

庭霜内心蠢蠢欲动："柏老板，你试试这个。"

他戴上一定很适合。

柏昌意看了一眼那太阳镜，说："没度数，戴不了。"

庭霜说："你眼睛多少度啊？"

见柏昌意没回答，庭霜又说："没度数就没度数，你就戴一下试试看什么效果嘛，我想看。"

于是柏昌意摘下眼镜，放到一边的玻璃柜台上，去换那副太阳镜。

庭霜趁机把柏昌意的眼镜拿起来，戴上瞧了瞧，感觉眼前的物体一片模糊："天哪，柏老板，你戴的是老视镜啊？"

老花镜？柏老板风华正茂，怎么可能老视？

柏老板不过是稍有远视罢了。稍有。

"Ting。"柏昌意以教学时讲重点概念的口气纠正道，"这叫——远，视，眼，镜。"

庭霜一看柏昌意的脸色，就感觉回去要挨打，连忙从善如流："哦哦哦……

远视眼镜、远视眼镜。那……柏老板劳烦您低个头，我给您把您的老——哦不，远视眼镜戴回去？"

他忍不住在挨打的边缘反复试探。刺激。

"不过柏老板，我现在离你这么近，你看得清我的脸吗？"庭霜惹祸的嘴根本停不下来，"要不然我往后退一点？比如……千里之外？"

他在挨打的边缘旋转跳跃闭着眼。刺激。

柏昌意戴上眼镜，扫庭霜一眼，那眼神轻描淡写，但意思很明确：你就闹吧，等回去之后你就知道什么叫成年人需要为自己的言行负责。

仍不知死活的庭霜还在高高兴兴地挑太阳镜。他发现刚才那款太阳镜还有一副同系列的太阳镜夹，也是金色细边，也是浅蓝色镜片，可以夹在柏昌意的眼镜上。

"试一下这个。"庭霜把太阳镜夹给柏昌意，自己再戴上刚才那副太阳镜。

两人并肩站到镜子面前——

一个穿连帽衫和短裤的年轻男孩，一个穿衬衣和西裤还系着领带的成熟男人，戴着同系列的太阳镜。

好像有哪里不对。

"柏老板……"庭霜陷入了沉思，沉思了一会儿以后，拷问道，"为什么这个系列的太阳镜看起来像是亲子款啊……"

嗯……这可能不是太阳镜的问题。

到底是谁的问题，柏教授不打算细究。

买就行了。

第二天早上7点，柏昌意叫庭霜起床，他们需要和所有参展人员共进早餐，再一同前往展会现场。

庭霜闭着眼睛，皱了皱眉，很是艰难地发出一点微弱的声音："嗯……我要睡觉……起不来……"

其实不去也没事，小孩想睡就让他多睡会儿吧。

柏昌意低声说："嗯，那我走了。"

走吧、走吧，庭霜睡眼蒙眬地想，老教授赶紧走……

不过……老教授走去干什么来着？

嗯……好像是上午有个现场报告……

现场报告应该也没什么好看的，也就是衣冠楚楚的老教授站在展厅的聚光灯下，对着话筒，用他顶尖的学术水平、低沉优雅的声音、举手投足间的风范，稍微散发一下个人魅力罢了，有什么可看的……

哼，谁爱看谁看去……反正他庭霜……

"柏老板带上我——"

庭霜从床上一跃而起。

正要出门的柏昌意闻声勾唇，看了一眼手表，说："给你十分钟。"说罢就去沙发上边看报纸边等。

"我马上。"庭霜飞奔进浴室冲了个澡。

时间不多，他冲完澡，把浴巾一围，发现可能要来不及了，就一边挤牙膏一边喊："我十分钟搞不定了——需要二十分钟。"

折腾人。

柏昌意说："嗯，知道了。"

一行人吃过早饭，坐车去会展中心。

到了他们所在的展馆以后，德方企业的代表找柏昌意去谈事情，庭霜就一个人在展馆里逛，等着十点的现场报告。

这一周的展览都围绕机器人展开，而他们这栋展馆的主题是工业机器人，参展的大多是制造企业，还有一些工科院校和研究所。展馆正中央的一个科技感十足的空间，就是 LRM 系所、中国 RoboRun 以及德国 HAAS 的联合展位。

展位分为三个区域。A 区是一个整体的智能工厂，展示了在物联网技术下的智能制造。从收到订单，到检查库存，到采购物料和自动排产，再到各个智能制造单元间的合作，最后到产品出库，全部实现无人化。而这其中，工业机器人起到了不可替代的作用，比如物料的运输就是 RoboRun 的 T 字系列运输机器人自动完成的，产品的最后装配是由 RoboRun 的 A 字系列装配机器人自动完成的。

展位的 B 区是各系列工业机器人的展示，可以非常清楚地看到每一个机器人是如何快速而准确地工作的。

C 区是一个开放式的交流区，用于报告、讨论和会餐。

庭霜站在 B 区的一个并联机器人前面，看它是怎么以极高的速度把混在一起的三种不同颜色的药丸准确无误地分拣进三个不同的瓶子里的。

"看出什么来了？"祝敫的声音在身后响起。

"并联式的比平面关节式的速度快不少。"虽然昨天才吵过一架，但庭霜就事论事,"视觉系统的识别速度也很高。我记得我大一的时候去公司看,比现在差远了。"

祝敖说:"五年了,也该有点进步。"

这话好像不只在说机器人。但有些事,就是改不了啊。

"爸……"庭霜不喜欢拐弯抹角,干脆直接问祝敖,"我想问问,为什么我就一定要听你的啊?为什么我选择的生活方式就不行啊?为什么啊?不行总要有个理由吧。"

祝敖刚要说话,柏昌意的声音在两人身后响起:"祝先生。"

祝敖转过身,神色有一瞬的尴尬。

刚才的话,不知道柏教授听到了多少,也不知道会不会破坏他对庭霜这傻小子的印象。

"HAAS 那边还有一些事要跟 RoboRun 谈。"柏昌意的表情看起来和平时没有区别,"我刚好路过,就过来说一声。"

"好,我现在过去。"祝敖朝柏昌意点点头,又嘱咐庭霜:"你认真看展,别往外乱跑。"

说完,他就跟柏昌意一起去 HAAS 那边了。

柏昌意说:"刚才——"

"刚才小孩就是乱讲话,柏教授你不用管他。"祝敖笑着摆摆手。

柏昌意闻言低笑一声,说:"我是说,刚才 HAAS 那边表示智能工厂与智能制造的项目进展不错。"

那笑里的意思明显就是听见了庭霜的话,只是不提罢了,好像也没怎么介意。

祝敖沉默一阵,叹了口气,说:"柏教授,当爹不容易啊。我拿你当自己兄弟,也就不避讳那些了。你说这要是你儿子,你怎么办?"

/ 学生与教授的距离 /

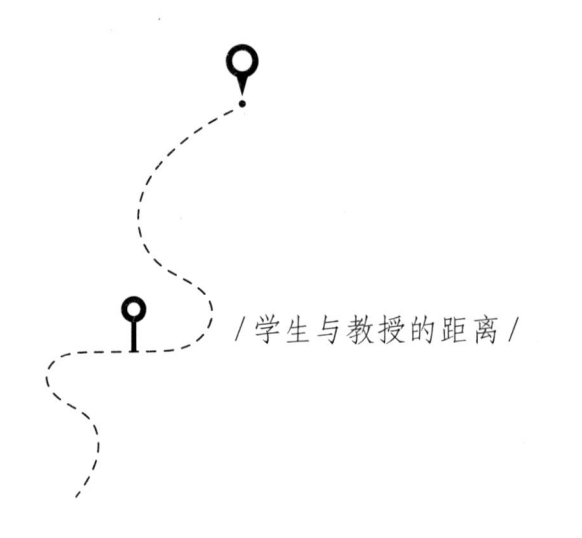

这要是我儿子……

柏老板心想，这还真不能是我儿子。

"做父亲的确不容易。"柏昌意笑说，"我有个朋友也有类似的经历，好一番波折。我理解。"

"哦？"祝敖问，"那他最后解决了问题没有？应该也不好办吧。"

柏昌意说："是不好办，大概花了半年才解决。"

祝敖说："半年？那挺快。怎么解决的？我倒想跟那位老兄取取经。"

两人讲到这里，正好途经展馆的一扇侧门，柏昌意看了一眼手表，说："还有时间，不如我们出去聊两句？"

展馆里随时可能遇到公司员工和合作伙伴，确实不是谈这种话题的好地方，祝敖点点头，跟柏昌意一起出了馆门。刚好不远处有会展中心设置的吸烟区，祝敖说："咱们哥儿俩一块儿抽一根？"

哥儿俩。

柏老板的心情略复杂。

两人坐在吸烟区的沙发上，中间隔一张方几。

柏昌意左手指尖夹着烟，却没点燃。

"那位朋友跟我是忘年交，遇上这个难题的时候，他儿子已经三十多岁了。"柏昌意说。

祝敖抽了口烟，说："他儿子三十多了还没结婚，还会因为这方面问题跟父母闹矛盾？"

"结了。"柏昌意笑了笑,"后来有一天,他儿子突然打电话跟他说,爸,我刚离完婚,现在坐在车里,不知道该去哪儿,感觉没地方可去。"说到这里,柏昌意瞥了祝敖一眼。

祝敖像是想起了什么,在缭绕的烟雾后微微眯起了眼,半响才说:"是他前妻主动要离的?"

柏昌意说:"是。"

祝敖笑了一下,眼角的细纹深了些:"男人嘛,年轻时候不懂事,总会犯点错。有些女人……眼里揉不下沙子,说走就走。你那忘年交呢?也没劝劝他儿媳,让小两口再考虑考虑?"

柏昌意说:"离婚已成定局。我那忘年交深受打击,一时接受不了他儿子'家庭破裂'。"

祝敖说:"你看,不光是我吧?是个爹都接受不了自己儿子不成家,不稳定下来,一味按照自己的脾气行事……后来是怎么解决的?"

柏昌意说:"我这朋友崇尚科学,所以他去找了一位心理医生来解决问题。"

祝敖听了,若有所思地抽了一会儿烟,说:"找个心理医生……有这个必要吗……而且,有用吗?"

柏昌意说:"效果不错。虽然花了半年时间,但终归是解决了问题。"

祝敖点点头,说:"我以前怎么就没想到这事儿应该找医生呢?有道理,我也是崇尚科学的人,这种问题就应该找医生。哎,柏教授,你朋友找的那位医生是中国人还是德国人?方便的话,介绍给我如何?你朋友的儿子花了半年时间来治疗……那你说,我儿子得花多久时间才能解决问题?"

柏昌意微微皱眉,像是不太理解祝敖的话。他思考了两秒,才看向祝敖说:"祝先生,你可能对我的话有一些误解。"

祝敖也不懂柏昌意了:"什么误解?"

柏昌意说:"心理医生是为我那位忘年交请的,不是为他儿子请的。"

祝敖一头雾水:"这……什么意思?不是给他儿子看病吗?"

"当然不是。"柏昌意笑了一下,用讲述一个显而易见的简单知识点的教学口吻说,"在了解相关研究后,我那位忘年交认识到,他儿子没有问题,问题在于他自己控制欲太强。他深受一种不健康的心理状态的困扰,这种困扰已经影响了他的正常生活,同时也影响了他和儿子的父子关系,所以才请心理医生来解决问题。"

说到这里,柏昌意十分体谅地看向祝敖:"祝先生,我非常理解你,做父亲已经很辛苦,还要面对自己的心理问题,有一些压力是正常的。也不用太担心,我认识几个不错的心理医生,可以介绍给你,有心理问题,我们就解决问题。我们都是学工科的,不讳疾忌医,也不相信有解决不了的问题,不是吗?"

C区,离柏昌意的现场报告开始还有五分钟。

庭霜坐在祝敖旁边,第一次感觉到祝敖从内而外散发着一股……怀疑人生的沧桑味道。

短短几十分钟没见,他爸怎么这么大变化……

"爸……"庭霜头稍微往祝敖那边侧了一些,压低声音说,"是公司出什么问题了吗?"

"公司能出什么事?"祝敖随手翻开展会的杂志,一副不想搭理庭霜的模样。

"哦……"庭霜想了想,说,"爸,我坐下午5点多的火车回学校,要不吃完午饭咱们再聊会儿?"

跟他爸的共识还没达成,他可不能就这么走了。

祝敖头也不抬地说:"一年也不见给家里多打个电话,现在人要走了倒想起来要聊了?有什么好聊的?"

庭霜昨天才被柏教授教育过要好好沟通,以解决问题为目标,所以此时态度比以前好得多:"爸,以前是我不懂事,今天咱们好好谈谈,一起解决问题。刚才我教授不是来了嘛,就没继续往下说了,咱们之前本来在说——"

"行了。"祝敖摆摆手,声音里压着的全是不耐烦,"我不想听。"

祝敖现在最不想讨论的,就是他儿子的问题;最不想听到的四个字,就是"解决问题"。

解决问题……

活了五十年,祝敖头一回意识到,他可能有心理问题。

搞了半天,儿子没啥要解决的,该解决的是老子。他回国以后,那几个心理医生,到底是联系还是不联系……

祝敖的视线落在杂志上,却根本看不进去。

庭霜还要再说什么,祝敖压着嗓子烦躁道:"庭霜,你消停会儿行不行?你的事儿……我再想想。"

再想想,这已经是庭霜从祝敖那里听过的最接近认可的话了。

见好就收,他告诫自己,见好就收,慢慢来,稳住。

看来柏老板说得还挺对,好好沟通,多问问人家为什么,多问问人家是怎么想的……说不定人家就愿意再想想了呢？

柏老板果然英明神武，千秋万岁。

10 点，柏昌意的现场报告会正式开始。

虽然现场的人数远远超过平时上课的人数，观众席以及外围站着的人也不是学生，但庭霜还是感觉到了柏昌意对全场的掌控——内容、眼光、格局、气度，一样不少。

引人思考，引人折腰。

时间流逝得猝不及防，不知不觉，现场报告会到了尾声。

庭霜心里下意识地产生了一种恐惧感：令人窒息的时刻到了，课讲完了，Prof. Bai 又要点我回答问题了……

哦，不对。这次是柏老板做报告，应该是下面听报告的人提问……

庭霜的恐惧感有增无减：令人窒息的时刻到了，Prof. Bai 又要点我起来让我提出有意义的问题了……

庭霜低下头，唯恐和柏昌意四目相对。等其他人的提问声响起，他才抬起头。这时他才发现，前面是虚惊一场，现场要提问交流的人太多，根本轮不上他。

他在下面认真听了一会儿柏昌意和观众的互动，忽然感觉口袋里的手机振了起来。

他拿出来一看，屏幕上显示出来电人姓名：梁正宣的妈妈。

手机振个不停，动静不小。

祝敖朝他那边瞥一眼，看见了屏幕上的字，低声斥道："要么挂了，要么出去接。"

庭霜犹豫两秒，还是弓着身子快步离开 C 区，跑出展馆去接了这个电话。

梁正宣的父母跟他一直都没什么联系，包括之前他还没和梁正宣闹掰的时候。他们不喜欢庭霜，觉得他生活上总要靠梁正宣照顾。庭霜知道自己不招人喜欢，所以也不主动去烦人家，只在逢年过节的时候发条文字消息问候。

这应该是他出国以来，梁正宣的母亲给他打的第一通电话。

如果不是有什么紧急情况，对方肯定不至于在他跟梁正宣闹掰以后还打这样的越洋电话过来。

而且不止一通电话，庭霜从 C 区出来用了几分钟，对方看他没有接，就一直在反复拨打电话。

终于，庭霜出了展馆，接起电话。

"阿姨。"

"庭霜，你终于接电话了——"对方的声音听起来很焦急，"正宣出车祸了，你快去医院看看他。"

"阿姨，您慢点说。"庭霜态度冷静，"他在哪家医院？具体情况您知道吗？"

"他早上骑车去学校的时候被一辆小轿车撞了，现在人是醒的，但是动不了，我怕他在医院出什么事……他现在连个照应的人都没有，没人给他挂号，没人给他交钱，他一个人怎么办啊……"梁母催促道，"你赶紧去医院看看，就是你们大学的附属医院。他刚刚来过一个电话，是护士帮着打的，之后就不接我们的电话了。你到了医院以后，回电话告诉我正宣的情况。"

梁正宣还能讲电话，那就是意识清醒，情况应该不算严重。

"阿姨，我现在在汉诺威，立即动身回去也要四个小时才能赶到医院。"庭霜安慰梁母，"不过您放心，医院不需要挂号缴费，我们学生都是有医疗保险的，账单会由医院直接寄给保险公司，不会耽误治疗。"

梁母听了，又叮嘱庭霜几句"一定要看到正宣""阿姨也不认识别人了只能麻烦你了"云云，才挂了电话。

庭霜一边往会展中心园区的出口走，一边打了个电话给祝敖，把事情简略一讲，麻烦祝敖请司机把车从停车场开出来，到园区门口接他，送他去火车站。

祝敖本来就瞧不上梁正宣，听了就说："梁正宣就没个其他朋友？非得你去？再说他现在跟你有什么关系？"

庭霜无奈说："他妈都把电话打到我这儿来了，我能不去看一眼吗？如果我不去，他妈肯定一直给我打电话。而且这事儿，就算不是梁正宣，是我任何认识的同学，我也会去医院看的。反正我下午也要走了，没差几个小时，就当是提前半天回家了。"

车从会展中心开往中央火车站，到市中心的时候，庭霜隔着车窗陆陆续续看见了新市政厅的尖顶、不同的几个博物馆、集市教堂的钟楼……

昨天柏昌意跟他说，今天下午送他去火车站的时候，他们可以一起在老城区逛逛。

有点可惜。

下了车，他一边往火车站里走，一边给柏昌意发消息：柏老板，你那边结束没有？

很快柏昌意的电话就打了过来，说："刚结束，你人呢？"

"我到火车站了。"庭霜的话音一顿。

"火车站？"柏昌意说，"不是下午5点36分的火车吗？"

"我得提前回去……"庭霜踟蹰了一秒，决定不提梁正宣的名字，"我有个同学出车祸进医院了，他妈妈在国内不放心，打电话叫我去医院看一眼。"

柏昌意说："嗯，那你到了告诉我。路上注意安全。"

"好……"庭霜说，"我的行李箱还在房间里，你帮我拿着吧，我不回酒店了。"

柏昌意说："好。"

挂了电话，柏昌意准备去和两个合作企业的代表共进午餐。

祝敖正好从展馆里走出来，柏昌意不知道庭霜有没有跟祝敖知会行程，就提了一句："庭霜提前回去了。"

祝敖点着头叹气，说："我知道，我刚叫司机送他去火车站的。这小子，这么好的学习机会，也不珍惜，不留在这儿看展，非要去医院看什么——唉，我懒得管他，都跟人闹掰了还操这份心。"

庭霜到医院的时候，梁正宣正躺在病床上挂水。

双人病房，另一张床位是空的，此时病房里没有其他人。

"你怎么来了？"梁正宣艰难地把头抬起来一点。

庭霜说："阿姨给我打了电话。她说你不接电话，不知道什么情况，你给她回个电话。"

梁正宣说："我手机没电了，出门没带充电器。"

庭霜问："你手现在能动吗？"

梁正宣尝试着抬了一下手，立马"嘶"了一声："能，就是有点痛。"

庭霜有点不耐烦："算了，你别动了。"

他拿出自己的手机，拨号，开免提，放到梁正宣的枕头边上："我出去等，20分钟以后回来。"

他不想听梁正宣讲电话。

走到病房外，庭霜比刚才更烦躁了一点。

梁正宣也没什么大事，车撞上他的时候时速已经减到30公里，所以他骨头一根没断，只是软组织损伤，静卧休养就行，情况远不如他妈在电话里说的那么紧急。

他妈搞得一惊一乍的，庭霜还以为梁正宣生活多不能自理……

这事儿要是放庭霜自己身上，根本就不会给家里打电话，家人都远在国内，知道了也是徒增担心，帮不上忙。

还有二十分钟，他怎么打发……

庭霜看了一眼手表，决定下楼随便走走。

走了一会儿，他才想起来，下火车以后急着坐车来医院，忘了跟柏昌意说他已经到了，手机现在又在病房里……

算了，估计梁正宣还在讲电话，二十分钟以后他再给柏老板发消息吧。

另一边，柏昌意看了一眼手机，没有未接来电，没有未读消息。

小孩答应到了就跟他报平安，这个点，应该早就下火车了。

虽然知道应该不会有意外，但柏昌意还是拨了个电话过去。

电话响了三声以后，接通了，柏昌意说："到了吗？"

对方迟疑了一下，说："庭霜出去了……请问您是？"

年轻的男声，他以前听过，应该就是之前在庭霜家门口遇到过的那个Liang。

柏昌意说："屏幕上没有显示吗？"

庭霜存了柏昌意的手机号码，备注了联系人姓名。

柏昌意还记得，当时存号码的时候，庭霜备注的是"敬爱的柏老板"。

梁正宣一字一顿念出屏幕上显示的正在通话的备注名："老，教，授。"

柏昌意："……"

柏昌意："等庭霜回来，麻烦转告他回我电话，谢谢。"

挂电话没两分钟，庭霜回了病房。

"打完电话了？"庭霜拿回手机，"要是没什么事我就准备走了。"

"……小霜。"梁正宣犹豫了一会儿，"你能不能帮我个忙？"

庭霜脚步一顿，转过身："说。"

其实他不想帮，但对方偏是个病号，拒绝了就跟欺负弱者似的。

"……你能不能帮我去我家拿一趟东西？"梁正宣开口叫庭霜帮忙也有点不好意思，"我还得住几天院，没有换的衣服……还有充电器……门钥匙在我包里。"

庭霜想了一下，说："这忙我帮不了。拿了你家钥匙，万一你家丢了点什么，我说不清楚。衣服和充电器，医院应该能提供，你跟管这个病房的护士说一声就行了。"

说完，他就准备走了，这时，手机一振，屏幕上显示出一条梁正宣妈妈的消息：庭霜，谢谢你去看正宣。

庭霜正准备回一句"不用谢"，就看见了下一条消息：正宣在医院需要用的洗漱用品和换洗的衣物麻烦你也帮他准备一下，阿姨谢谢你。还有，医院的饭正宣可能吃不惯，你看看这些食谱。

随之而来的还有一条适合伤员休养的食谱链接。

庭霜差点气笑出来，食谱？这是想让他给梁正宣做病号饭？

"我说梁正宣——"庭霜转过身，"你到底跟没跟你爸妈说我们已经绝交，也没有再在一起合租了？那时候你不是说，不要我去跟他们说，你要自己说吗？今天阿姨给我打电话，我以为她是太担心又实在联系不上别人才找的我，现在都知道你没什么事了，怎么还让我给你做饭啊？"

"我……"梁正宣不知道该怎么开口。

他还没跟父母说，因为说就要说到他和庭霜绝交的原因。

虽然确实错在他，但他一直是父母眼里正直善良的好儿子，他不能告诉他们实情，让他们失望，可他又不想把错推在庭霜身上。

就这样，梁正宣就一直拖着没跟他父母说。

"你还没跟他们说？"庭霜看梁正宣那神色就明白了，顿时无奈，"这都多久了？你不说，那我说。两句话就能说清楚的事。"

"别！你别说，我来说……"梁正宣为难道，"我……我能不跟他们说是因为什么吗？"

不愿意说？简直好笑。

"你爱怎么说就怎么说。"庭霜没想到梁正宣能懦弱成这样，做了还不敢认，"反正不是我爸妈，跟我没关系。"

"……谢谢。"梁正宣说完，忽然想起什么来，"对了，刚有人打电话过来，你还没回来，我就帮你接了，他要我转告你回他电话。"

庭霜点进通话记录一看——

柏老板打电话过来了，梁正宣还接了，通话时间19秒。

"谁让你乱接我电话的？"之前庭霜一直都忍着没对梁正宣发脾气，这时候终于忍不住了，"你跟他说什么了？"

梁正宣皱了皱眉，说："我就问了句他是谁，至于吗？"

"你连他是谁都不知道，就敢接电话？"庭霜没好气地爆了句粗口，"19秒的通话时间，就问了句他是谁？"

"我不是怕你错过电话吗？"梁正宣解释说，"19秒根本说不了几句话。我接了电话，问他是谁，他要我看你给他的备注。我看了，告诉他，你备注的是'老教授'——没了。就这么几句话，我还能说什么？"

还就这么几句话？你知不知道这几句话传到老教授耳朵里会是什么后

果？我马上就要被揍了！

"我……我真是有病才会把手机留给你。"骂完，庭霜再不想跟梁正宣多说一句话，果断地出了病房。

果然人道主义要不得，他应该任由这种人自生自灭。

还有，他得赶紧回电话，万一柏老板生气他就惨了……

庭霜走出医院大楼就给柏昌意打电话，等了一会儿，电话接通了，对面却没有讲话。

"柏老板……"庭霜不自觉地换上小心翼翼的口气，"我……到了。嗯……到了有一会儿了。"

柏昌意说："嗯，我知道。"

知道……

庭霜听不出柏昌意的情绪，心里有点发虚："你吃晚饭了吗？"

柏昌意说："还没有。"

还没有……就不能多说几个字吗……

庭霜继续找话题："是不是等会儿跟我爸他们一起吃啊？"

柏昌意说："嗯。"

完了，柏老板肯定不高兴了……

"柏老板……"庭霜的语气更软了，"明天我去火车站接你吧，好不好？咱们一起吃晚饭。"

柏昌意说："我明晚9点才到。"

庭霜说："那我也想等你一起吃晚饭……"

说了好一会儿话，庭霜才鼓起勇气："柏老板，我想跟你解释个事……"

柏昌意说："嗯。"

庭霜说："那个……你别生气啊……刚才你打电话过来，接电话的那个人……其实是你见过的那个……Liang，就是闹得很僵的那个朋友。"

柏昌意说："我知道。"

知道？也是……柏老板英明神武，一早就发现了也不奇怪。

"上午我跟你说去医院看同学……其实是去看他。"庭霜连忙解释说，"我不是故意想瞒着你……我是觉得之前几次都搞得很尴尬，怕你不高兴，所以才说是同学。"

柏昌意说："我为什么会不高兴？"

庭霜说："因为之前……"

柏昌意说："Ting，一件事，如果我担心你会不高兴，那么我有两个处理方法：一、不做那件事；二、询问你是否会不高兴，再判断该不该做那件事。"

庭霜一怔，想了一会儿，也感觉他之前的那些理由其实都没有道理。

如果他怕柏昌意不高兴，其实就不应该去，而不是瞒着柏昌意去……

这件事根本无关他怎么想，而在于柏昌意怎么想。

"那……你生气了吗？"庭霜有点忐忑地问。

柏昌意说："这个问题我们明天当面讨论，连同你给我的备注问题一起。"

这个世界上有许多东西都名不副实。

比如柏大教授所说的"讨论"——

言字旁的两个字，"闻"起来却有一股很浓郁的提手旁的味道。

此时是周一下午6点多，按照计划，庭霜同学将在明晚9点到火车站接柏老板。

死亡倒计时：不到27个小时。

确实是他的错，死也是应该的，死在柏老板手里更是不冤。

待宰的庭霜拖着坐了几个小时火车还在医院受了一肚子鸟气的疲惫身躯走到医院外的公交车站牌边，等车。

斜阳下道路上的车辆川流不息，一辆满载的公交车停在前方，上车的人潮奔涌着，一个穿西装的男人站在公交车门口，面带一丝疲惫，笑着对司机摆摆手，说他等下一辆就好。

不知道为什么，只是一个毫无关系的人，这种姿态却让庭霜心里微微动了一下。

他想到了柏昌意。

虽然柏老板并没有直接说，也没有真的表现出不满，但是估计可能确实被他的行为气到了吧。

好像认识之后他也没为柏老板做过什么……还总添乱……

这么想着，庭霜觉得其实形象一直庄严肃穆的柏大教授其实也需要学生的关怀。

于是庭霜在回家前先去了一趟宋歆家，借吉他。

吉他是庭霜在高中时学的，当时就是为了耍帅，上大学以后他也经常在学校里弹，直到后来开始打工，没时间，就彻底不弹了。

宋歆也没什么时间练，琴包上都落了一层灰。他把吉他给庭霜，说："怎突然想起来弹吉他?"

庭霜心说:跟老教授赔罪啊。哥们儿你是不会懂的。

庭霜背着吉他,从宋欹家出来,坐车回家。

公交车颠簸着,摇晃着,庭霜看着车窗外,某一瞬间,整座城市的路灯全部亮了起来。

满城的温暖。

到家。

庭霜拿钥匙,开门,家里一片昏暗,按下门边的开关,电灯没有反应。

他这才想起来,因为要出远门,虽然就离开两天,但他怕出安全事故,所以周六早上出门前还是顺手把家里的电总闸给关了。

他放下吉他,摸黑找到电闸箱门,把总闸往上一扳,客厅的灯这才亮起来。

饥肠辘辘。

他准备随便做点简单的吃的,稍微练一会儿吉他,再提前看一下第二天上课的内容,然后就睡觉吧……

他一拉冰箱门——

刺鼻的恶臭味扑面而来,黏稠的不知名液体"滴答滴答"地往外流,很快就流了一地,甚至滴在了他的脚上。

……关电闸的时候忘了,不能直接关总闸,这下好了,连冰箱的闸一起关了。

现在这个天气,冷冻柜里的肉类在室温下根本待不了几个小时,现在不仅冰箱惨不忍睹,而且开了冰箱门之后,满屋子都飘荡着腐烂的味道,不马上处理的话,等味道散到屋子外面,估计这两天没见到他人的邻居都要以为中国留学生庭某死在家里了。

清理冰箱是个体力活儿,他要扔掉里面所有生物的遗体,把所有可以拆卸的内置架子、抽屉、盒子全部拆卸下来,一件一件洗刷晾干。

庭霜劳动完毕的时候已经10点多了,他连出去找点吃的都懒得,冲个澡就倒头睡了。

本以为电闸事件已经结束,但他第二天早上起来时绝望地发现,电闸事件带来的影响远不止前一晚的苦累——

冰箱附近已经蚂蚁成灾了,很可能是昨天冰箱里流出来的液体引来的。他家本身又挨着花园,生态环境对于各类不招人待见的小生物的繁衍一直过于友好。

现在蚁多势众,蜿蜒密布,移动速度极快,屋子里唯一的人类头皮发麻。

庭霜这一天都有课，直到下午6点，他才拎着从超市买回来的杀虫剂对付起那些蚂蚁。

半个小时以后，蚂蚁尸横遍野，庭霜也被杀虫剂的味道熏得只剩下半条命。

他正准备出去透个气，手机振了起来，屏幕上亮起来电显示：柏老板今天又下凡了。

这是昨天庭霜新改的备注，堪称痛改前非。

庭霜接起电话："柏老板，你在火车上了吧？我过一会儿就出发去接你。"

柏昌意说："我在你家门口，刚停车。"

庭霜说："你怎么提前回来了？"

柏昌意声音里有笑意："不行吗？"

"行行行，当然行……"庭霜心想：难道是他说要一起吃晚饭，所以柏老板就提前回来了？

他准备去给柏昌意开门，但又想到家里这一地狼藉兼一股刺鼻味儿，就说："你别进来了，我家刚喷完杀虫剂，味道太大，根本待不了人，我开个窗通风就出来找你……"说到这里，他忽然瞥见靠在墙边的吉他，"哎，这样吧柏老板，你先进院子，去花园里等我。"

柏昌意说："干什么？"

"哎呀，你就去嘛。"庭霜一边拉琴包的拉链，一边催促。

柏昌意"嗯"了一声，没有挂电话，庭霜也没有挂电话，电话那头传来对方的呼吸声，还有渐起的脚步声。

庭霜拿起吉他，推开面向花园的窗户，坐到了窗台上。面前，黄色的郁金香、粉色的蔷薇，还有白色的越橘花在随风摇曳。

柏昌意走进花园的时候就看到了这一幕。

穿着简单白T恤和浅色牛仔裤的男孩屈着腿，抱着一把木吉他，眼里、嘴角都是笑意。

"喀喀。"庭霜响亮地清了清嗓子，调了一下弦，说，"我唱歌给你听啊。"

柏昌意笑着说："好。"

太久不练，庭霜还能弹唱的歌没有几首，但是有一首歌，因为他以前很喜欢所以练得很多，已经形成了肌肉记忆，现在抱起吉他就可以开始弹。

指尖轻轻拨动，木吉他明亮的声音在风中响起，还有低低的哼唱声。

"当你老了，头发白了……"

庭霜一边弹唱，一边不时抬头对着柏昌意笑。

"当你老了，走不动了……"

嗯？柏老板怎么不笑了……

嗯？柏老板为什么朝这边走过来了？？？

嗯？柏老板为什么又转身走了？？？

一分钟以后，门铃声响起，庭霜跑去开门。

"你怎么——"

柏昌意微笑："老教授，嗯？"

庭霜："没有没有……"

屋子里杀虫剂味扑鼻，柏昌意关门说："你家现在没法住人，把东西收拾一下，去我家住吧。"

庭霜瞪着柏昌意："我不去！谁要跟你住啊！那样太不自由了！你这个——"

柏昌意瞥庭霜一眼："我这个什么？"

"你这个……你这个……"庭霜缩了缩，声音越来越小，"年轻的……教授。"

和教授住在一起是一种怎么样的体验？

入住柏老板家第一天的庭霜表示：和自己的教授同住一个屋檐下是对人性的残酷考验。

事情发生在庭霜刚踏入柏昌意家的第二十分钟，当时柏昌意在厨房做饭，庭霜在安置他带过来的各种物品。

"柏老板，我可以用你的书房吗？"庭霜拿着几本漫画，从厨房外伸头进去，"在你书柜里放点书。"

柏昌意正在处理鱼肉，闻言头也不抬地说："家里的东西随便用，不用问我。"

进了书房，庭霜把漫画放好，正准备去拿别的书，忽然被书柜上一排文件夹中某一个巨厚的文件夹吸引了注意。

那个文件夹的脊上赫然写着：Robotik 历年考试题（2012—2018）。

考验人性的时刻到了。

四下无人，庭霜站在书柜前，凝视了那个文件夹许久，却并没有对它出手。

历年考试题什么的……有尊严的人是不会看的。

毕竟他就算看了也不会做……

庭霜缓缓将魔爪伸向了紧挨在"Robotik 历年考试题（2012—2018）"文件夹旁边的另一个文件夹——

Robotik 历年考试题（2012—2018）（附答案）。

这哪里只是考题的答案？

这根本就是人生的答案。

如果掌握了这个文件夹里的东西，他将心怀天下，普度众生，教班上的所有同学做题，带领大家一起通过考试。

庭霜怀着如普罗米修斯盗火般的心情翻开了这个文件夹——

第一页就是2018年的一道考题。那是一道设计题，光题目就占了一张A4纸。庭霜花了十几分钟才把题目看完，果然，不会做。

他翻到背面，看答案——

只有一行字：无标准答案。

就这？这居然也好意思在文件夹外面写"附答案"？

老教授还要不要脸了？简直欺骗感情。

被遛了一趟的庭霜同学愤愤地继续往后看，这回是一道计算题，这总不至于没有标准答案了吧？

他又花了好几分钟读完题，行吧，还是不会做。

他翻到背面，看答案——

答案倒是有：一个复杂到占了半页纸面积、恨不得用光所有希腊字母的矩阵。

没有任何解题过程，除了矩阵上方的一个孤零零的单词：显然。

显然？？？

庭霜来来回回地翻那一页纸，看了问题看答案，看完答案又看问题，看到他都怀疑人生了也没想出来到底哪里"显然"。

这时候，书房外传来一阵脚步声，庭霜赶紧把文件夹合上，放回原位。

庭霜感觉自己放文件夹的手还没来得及完全缩回来，柏昌意的声音就在身后响起了："过来吃饭。"

"噢噢……"庭霜心虚地应道，"来了。"

心跳速率一百八，一后背的冷汗，他就记住了两行字，一行"无标准答案"，一行"显然"，相当于跑去故宫偷文物，最后在故宫厕所里偷了半卷用剩的卫生纸。

窝囊至极。

庭霜转过身，看见柏昌意的目光在那排文件夹上扫了一下。

庭霜顺着柏昌意的眼神看过去，故做惊叹状："柏老板，你书房里有Robotik的历年考题啊……"

柏昌意说:"那些都是今后不考了的。"

庭霜:"……"

不考了的东西你还放书房里干什么?

"垃圾桶"三个字不知道怎么写?

是不是上了年纪的人都舍不得扔家里没用的旧东西?

上了年纪的人还有一些其他习惯,比如随手把马桶圈放下来。

某天清早,庭霜带着起床气急急忙忙跳下床,奔向卫生间,眼睛还没完全睁开就准备放水,发现差点尿在马桶圈上。他骂了句脏话,赶紧把马桶圈翻起来,朝外面喊:"柏老板,你干吗每次都把马桶圈放下来?老要翻上去,不嫌麻烦吗?"

柏昌意走到卫生间门边,说:"我之前身边一直有女士,随手把马桶圈放下来是基本道德。"

庭霜一边放水一边转过脑袋,不满:"那我现在告诉你:随手把马桶圈放下来是恶习,臭毛病,赶紧改了。"

柏昌意从后面走上前,什么都没说,就往下看了一眼,低笑了一声。

又笑!

庭霜脸一红,说:"本来就是,我又没说错。这不是我……那什么……准头问题,也不是那……那什么频什么急什么不尽的问题……就,这房子里就咱们俩男的,把马桶圈掀起来不是方便多了嘛……"

柏昌意还在笑。

笑什么笑!

不过,自那天早上以后,家里各个卫生间的马桶圈就常年保持竖立状态了。

上了年纪的人还有一个习惯:东西用完,放回原位。

庭霜就没有这个习惯。

之前庭霜一个人住的时候,事故发生的版本通常是这样——

某个要去学校上课的日子,庭霜同学起床,忽然发现找不到手机(或钥匙、学生卡、实验报告、钢笔、剃须刀……)。

现在庭霜搬过来之后,事故发生的版本变得非常可怕——

某个要去学校上课的日子,柏大教授起床,忽然发现找不到眼镜。

床头,木制眼镜放置架茕茕孑立。

昨晚他睡前眼镜还安安稳稳地放在上面。

自打小朋友住进来以后，家里就偶尔会有东西从原本的地方失踪，再在奇怪的地方出现。每次柏昌意看见了，就随手把东西放回原位，也没跟庭霜说过什么。

但他这次不说不行了。

柏昌意走到正在酣睡的庭霜旁边："Ting."

庭霜在半睡半醒中艰难挣扎："再让我睡一会儿……我没有想翘课……我知道今天上谁的课……我昨晚追了个番睡太晚了……"

柏昌意说："Ting，我的眼镜在哪里？"

庭霜往被子里缩了缩，一脸抗拒："敬礼……什么敬礼……我不要敬礼……"

柏昌意："……"

柏昌意："我七点过来喊你。"

等人醒了再问。

幸而柏教授有备用眼镜，他戴上备用眼镜去洗漱，进浴室第一眼就看到失踪的眼镜出现在洗手台上。

第二眼，他瞥见马桶水箱上随意放着两本书。

Ting 的厕所读物？

柏昌意仔细一看——

上面那本，是一本漫画。

柏昌意视线往下——

垫在漫画下面的是一本包着书皮的厚书，书脊上没有字。

柏昌意走过去，翻开那本书——

那是一本教材，署名：Changyi Bai。

7点一刻。

庭霜洗漱完毕，随便套一件休闲衬衣，配条牛仔裤，在镜子前照了照，觉得自己特帅，于是心情也特美，哼着歌下楼去吃早餐。

他进餐厅的时候，柏昌意正在看报纸等他。

怎么他总感觉柏老板那边气压有点低……

"柏老板……"庭霜坐到柏昌意旁边，殷勤地倒咖啡，"久等了久等了。"

柏昌意折好报纸，放到旁边，说："Ting，有一个问题我必须跟你说。"

庭霜立马放下咖啡壶，挺直腰杆，双手放在大腿上，做恭敬状。

柏昌意说："上周一傍晚，我在冰箱冷冻柜里看到了我的车钥匙。"

"啊……"庭霜回忆了一阵，非常不好意思地解释说，"你当时让我去后备厢里拿那个无人机……我拿回来以后觉得很热……就……嗯……去吃了个冰激凌……"

柏昌意:"今天早上,我在浴室里看到了我的眼镜。"

"你的眼镜……"庭霜从口袋里摸出手机,试图转移话题,"我昨天戴着你的眼镜自拍来着……你看,是不是拍得挺好?"

柏昌意:"还有,今天早上,我还在浴室里看到了两本书。"

"哦哦,那个啊……"时间点也很近,庭霜一下子就想起来了,"我昨晚一边泡澡一边看书来着……然后泡完澡好像顺手就把书放浴室里哪个地方了……"

泡澡时看的书——

那就不算厕所读物。嗯。

柏昌意给庭霜夹了一个杂粮面包,说:"书怎么样?"

庭霜感觉柏老板的心情好像稍微转好了的样子,就一边吃早饭一边介绍起来:"那本漫画特别好看,我昨晚追的番就是它的动画版……"

柏昌意耐心地听完,才轻描淡写地问:"另一本怎么样?"

"另一本?"庭霜想了一下,想不起来,"另一本是什么书?我随便拿的。我怕泡澡的时候把漫画给打湿了,所以就随便拿了本厚点的书垫在漫画下面。"

怕把漫画给打湿了——就随便拿了本厚点的书垫在漫画下面。

……很好。

"Ting,那两本书现在还在楼上浴室里。"柏昌意摘下眼镜,一边擦拭一边说,"吃完早餐以后把它们放回原位。"

"噢噢……我马上……"庭霜擦了一下嘴就往楼上跑,"我以后肯定注意,不会再随手乱放东西了……"

到了浴室,庭霜才发现他把书给放在马桶水箱上了。

天哪,他的漫画,如此神作,怎么能放在马桶水箱上?

那不成厕所读物了吗?

庭霜洗净双手,擦干,一只手敬若神明地执起他的漫画,另一只手则非常随便地抓起垫在下面的那本厚书,下楼。

柏老板刚还问这本厚书怎么样来着……

什么书啊……包了书皮也看不出来……

到了书房,他先把漫画妥善安放好,才随意地翻开那本厚书——

大标题:*Grundlagen der Robotik*。

嗯,《机器人学基础》,原来是本教材啊……用专业教材垫漫画好像不太好……

不过柏老板书房里为什么会有机器人学的基础教材？

柏老板还需要看教材？谁写的教材这么牛？

下一瞬间，庭霜就看到了作者名。

Changyi Bai……

Changyi……Bai……

Bai……

B……a……i……

"柏、柏老板，那个……"庭霜抱着那本厚教材一步一步挪到餐厅门口，"我最近有一本非常想看的书……你想知道它的作者是谁吗……"

柏昌意看一眼手表："书包拿上，去学校。"

庭霜背上背包，跟在柏昌意身后，喋喋不休，试图挽救："柏老板，你看你，这么优秀的书，包什么书皮啊……这不，小生眼拙，没认出来……"

上了车，庭霜还在继续抢救："那个……其实您这个书皮也特好，当时我一摸这个书皮吧，就觉得它能防水……这个……柏老板，咱们发生这个误会吧，主要就是书皮导致的，跟书本身没有关系……我要是早知道这本书的内容，那我肯定早就背诵并默写全文了……您说是吧……"

柏昌意开车，看着前方，说："是吗？"

庭霜点头如捣蒜："那必须的。"

柏昌意："那我等你背诵并默写全文。"

当天上课的时候，庭霜再次被点起来回答难度很大的问题。

下课出教室的时候，宋歆就调侃说："哎，庭霜你说，这教授不会是想收你做关门弟子吧？"

庭霜正拿着瓶子喝水，闻言差点被呛到："……你脑子里有坑吧。"

宋歆说："这话不是我说的，上次我旁边俩女生也说，这教授肯定是赏识你，一到难题就点你，你回答问题的时候他全程看你那眼神……你说要是你答特好的时候他么看你吧，也行，关键是你答不上来的时候，他也那么看着你，跟看儿子似的。"

庭霜直接一口水喷出来："……你说他看我，跟看儿子似的？"

宋歆一边往旁边躲一边继续开庭霜的玩笑："你就没从他看你的眼神里感觉到那么点……父爱如山？"

父爱？还如山？

庭霜无奈："你们看个眼神就把亲子鉴定给做了，给我找爹？可真把你们给厉害坏了。"

"庭霜，我给你模仿一下啊。"宋歆凑近庭霜，双眼对上庭霜的双眼，自以为惟妙惟肖，"看，Prof. Bai 看你的眼神，就是我现在看你的这种眼神，有没有从里面看出点父爱来？"

宋歆那什么眼神啊？

柏老板什么时候这么看过人？

庭霜笑骂："滚滚滚，别离我这么近，恶不恶心啊？"

刚说完，庭霜突然发现隔着几步远，收完讲稿从教室里出来的柏老板正在看着他们，顿时全身一紧。

正在模仿 Prof. Bai 的宋歆看见柏昌意本人，后背一凉，表情立马正经起来，非常礼貌地打招呼："……Professor。"

柏昌意对两人点点头，往教学楼外走去。

"……我突然想起来刚才上课有个地方没懂，我去问一下，你先走吧。"庭霜对宋歆说完，赶忙追上柏昌意，用德语说："Professor，我有一个问题。"

柏昌意脚步没停："说。"

庭霜没说话，只是非常规矩地走在柏昌意旁边，走了一小段。他看四周没有亚洲面孔了，就摆上一脸讨论学术问题的严肃表情，用中文说："柏老板，中午一起吃饭吗？"

柏昌意目视前方，表情同样严肃："一点前有空。"

庭霜用特工接头的口吻说："那还是那个时间，老地方见？"

柏昌意把一张带 LRM 系所门禁权限的备用学生卡给庭霜。

庭霜自知有前科，于是用一种小心翼翼的姿态把卡放进衬衣口袋里，并拍了拍胸口，保证道："我不会乱扔的。卡在人在，卡亡——"

"卡亡你就不用毕业了。"柏昌意淡淡道。

于是庭霜押上学业，带着柏老板的卡去图书馆自习了。

庭霜在图书馆自习了一会儿，就又忍不住把前一晚的自拍拿出来看。

他正盯着深感拍得不错的自己照片看时，手机屏幕上方忽然出现一条微信群消息。

他点进去一看，发现不知道谁拉了一个 Robotik 课程的微信群，群名叫"Robotik 必过"，群里都是这学期修这门课的中国留学生，目前有五个人。

宋歆：欢迎大佬。

刚进群的庭霜：？

宋歆：刚进来这位就是经常坐在第一排正中间的答题小王子，大家欢迎。

何乐：答题小王子，辛苦了。

庭霜：？

郭凭：每节课都承受着变态教授的针对，辛苦了。

庭霜：……

庭霜：……大家好。

3 秒后。

何乐：各位大腿好。

宋歆：各位大腿好。

郭凭：各位大腿好。

优优：各位大腿好？

何乐：这个群就是用于交流 Robotik 课程的，可以互相发个笔记问个题目什么的，还可以交流一下怎么准备考试。

何乐：希望各位大腿多在群里发光发热。[可爱]

郭凭：希望各位大腿多在群里发光发热。[可爱]

宋歆：希望各位大腿多在群里发光发热。[可爱]

何乐：[动画表情]

何乐：[动画表情]

本来庭霜看见几个人都在刷屏，就关了群消息提醒，打算先不看手机，没想到紧接着何乐就连发了两个神奇的搞笑表情包。

第一张是柏昌意站在讲台上看讲台下，配文：死神俯视众生。

第二张是柏昌意拿着花名册点名，配文：天凉了，是时候把这个学生的名字从上面划掉了。

宋歆：[瑟瑟发抖.jpg]

郭凭：[瑟瑟发抖.jpg]

庭霜抱着手机，在图书馆里拼命忍笑，也跟着队形回了一个：[瑟瑟发抖.jpg]

没想到柏老板也有被做成表情包的一天，庭霜赶紧把表情包给保存了，一会儿给柏老板看……

不知道柏老板看了会是什么表情……

等等，既然别的学生都能做柏老板的表情包，那他为什么不能做一款柏老板的壁纸发到群里？

小爷真机智。

庭霜去相册里翻了半天，翻到那张柏昌意写完板书后洗手的照片，想了想，下载了一个修图软件，给照片加上文字：金盆洗手，再不挂人。

换上新壁纸，庭霜对着锁屏笑了半天，才截了图发到群里：毕业前我就用这张做屏保了，希望永不挂科。

郭凭：求壁纸。

宋歆：求壁纸。

何乐：求把壁纸做成表情包。

庭霜乐颠颠地把图发到群里，发出去的一瞬间，又突然觉得有点不是滋味。

上午自习完，庭霜去咖啡吧买了两份鸡胸肉三明治带去 LRM 系所大楼的楼顶。这个点很多人去吃午饭了，大楼里人比较少，楼顶更是平时就没人去的地方。

庭霜刷卡，上楼，熟门熟路，畅通无阻。

柏昌意站在攀着爬山虎的楼顶围栏前，围栏的台子上放着两杯咖啡。这面围栏所面向的地方没有其他建筑，人站在这里不容易被人看到。

正午的阳光从天上落下来，把楼顶的颜色洗得明丽极了。

柏昌意戴着在汉诺威买的太阳镜夹，目光隐在浅蓝色的镜片后，金色的细边框和眼镜链在他身上有一种含蓄而高级的味道。

一个显眼而又隐秘的地点。

一个显眼而又隐秘的指引者。

45 分钟的见面，两人站在楼顶，一起吃三明治，一起喝咖啡，柏昌意听庭霜讲刚才群里的事，两人一起看着庭霜的新壁纸和收藏的表情包笑，一起眺望远方的青空。

薄荷的味道，太阳晒出的植物味道。

风吹过皮肤的感觉，阳光包裹皮肤的感觉，指尖触及皮肤的感觉。

"柏老板……"庭霜转过头看着柏昌意的侧脸，"我能不能问你一个问题？"

"说。"

"刚才我也给你看了他们做的表情包……虽然我觉得是挺搞笑的吧，虽然你看了确实也不生气，也跟我一起笑，但是我觉得这些表情包还是反映了一点……嗯……学生的一点不满吧……"庭霜接过柏昌意指间的烟，吸了一口，又把烟递还给柏昌意，"柏老板，你不在意学生的不满吗？那么高的挂科率……我听说有90%……其实我也不是想说挂科率高这件事，我知道是因为考试难。我就是想问……为什么你出的考试题，比上课讲的难那么多？我觉得，考试难点可以理解，但跟上课讲的差那么多，就……老师不是都希望把自己会的东西全部教给学生吗？"

柏昌意说："45分钟，吃个午饭抽根烟的时间，你也没打算让我歇一会儿。"

"那，你不想回答就不回答，我也没有非要你回答……"庭霜转过身来，背靠在围栏上，"我就是……柏老板，虽然我之前也骂过你，但是我今天看见其他人叫你变态教授的时候，我……生气倒说不上，但是那一瞬间，我觉得那俩字有那么点……刺眼。"

庭霜声音更低了："……因为我知道你不是那样的。说真的，我不觉得你事儿多，也不觉得你心眼小，我毛病一大堆，也没见你嫌弃，你什么都肯教我……其实你比谁都好。"

柏昌意弹了弹烟灰，笑了一下，说："说了半天，你就是不高兴有人骂我。我看你整天叫我'老教授'也叫得挺顺口，怎么，就许你一个人骂？"

庭霜说："不是啊。别人骂你，那是对你有误解，我叫你……那是……我……就是想知道你是怎么想的。"

每个成年人的行事方式背后都有一套已经形成的道理。在害怕被人误解、需要被人认同的年纪，人总会不断去谈论自己的那套道理，以解释自己的行为。

柏昌意早过了谈那套道理的年纪。

而庭霜还小。

小孩嘛，当然喜欢谈。

那就谈吧。

直到很多年以后，庭霜都还是记得，那天中午在LRM系所楼顶，晴空万里，夏日繁盛，柏昌意很平淡地问他："Ting，你认为大学是什么？"

"大学……我没有想过。你让我想想。"

庭霜背靠着围栏，双肘撑在围栏的台子上，头抬起来，看着天空，微微眯起了眼。

阳光在他年轻的脸上、喉结上、手臂上镀上一层金蜜色，顶楼清爽的风拂过他的短发，让宽大衬衣的前襟贴上他的胸膛。

大学……

对庭霜来说，上大学这件事太过理所当然，理所当然到根本不需要思考它到底是个什么。

现在乍一想，他倒觉出一种惊愕来。为什么在他上大学前，没有人问过他这个问题？

庭霜想了一会儿，说："柏老板，如果你问我现在这个阶段的想法，我想得还是挺……现实的。之前我也听人说过，大学是个培养独立之思想，自由之精神的地方……但是后来吧，我就觉得这说法其实挺酸的。也不是说它不好，这个口号好听是好听，就是……不现实。你看啊，这么多大学，这么多大学生，有几个有独立之思想，自由之精神？大家想的还是出路问题。保研考研出国找工作，很多人光想这些实际的，都焦虑得不行了……"

庭霜瞥了一眼柏昌意，有点不确定："柏老板，可能因为我这几年打工吧，有些看起来很对的说法，我都感觉只是纸上谈兵……嗯……要是说错了，你告诉我。"

"我们在聊天，没有对错。"柏昌意笑了一下，"你继续说。"

也是，这是个没有标准答案的问题。

柏老板就喜欢提些没有标准答案的问题。

"那我就随便说了啊。"庭霜之前还有点被提问时习惯性的心里发虚，现在心态一下子放松了，"如果说我上大学，读研，只想学习，不想拿学位证，那是假的……这两件事也不矛盾，对吧？现实就是很多工作都有学历要求，我爸他们招研发岗位的员工，都不招硕士以下学历的。还有就是学专业上的东西吧，有解决专业问题的能力，我也不想以后进自己家公司，他们觉得我就是个什么都不懂的空降兵……我想解决实际问题。我记得我的本科学校有个教授提到过一个特别尴尬的情况：在大学生找不到工作的同时，其实企业也招不到人。

"因为大学培养出来的大学生跟企业的需求是脱节的……说到这，你看，绝大多数工作，人家招你都是要你去干活儿的，人家才不需要什么独立之思想，自由之精神……"

柏昌意等庭霜讲完，才说："我不认为提供符合企业需求的劳动力是大学的职责所在，那是职业教育学校需要完成的任务。职业教育体系不够完善，才导致提供职业教育的责任被推给大学。"

庭霜想了半天，想不通："所以……柏老板你觉得我这么上大学，上错了？但是现实就是成片的大学生需要找工作，他们就在大学里学东西，认识志同道合的人，把握各种大学里提供的机会……"

"我说了，不谈对错。我不想告诉你什么答案、什么道理，我们站的位置不同，看到的东西也不同。怎么度过这个阶段，是需要你自己思考的问题。"柏昌意转头看向另一个方向，眼镜链因为他的动作在阳光下流淌出细碎的光芒，"看。"

庭霜顺着柏昌意的目光看过去，不远处坐落着学校的图书馆、教学楼、实验室、广场……

巴洛克式外观的图书馆是几百年前建的，后来修复过多次；教学楼、实验室和各个系所的大楼都是新建的，二战前的面貌已然不能重现；广场上有不少晒太阳的学生，或躺着看书，或三五成群地坐着，端着咖啡杯聊着天。

"Ting，你看到了什么？"柏昌意低沉的声音在庭霜耳边停了一会儿，然后散在风里。

看到了什么……

"我看到了……我们学校……的各种设施。"庭霜的目光落在图书馆顶部的一角，那里立着智慧女神弥涅尔瓦的大理石雕塑，"……我知道我应该珍惜这些资源，尽量多学点东西。"

"因为你知道你只会在这里待个两三年。"柏昌意俯瞰着学校里的道路，不断有行人或车辆经过，有来有往，"所以想从这里带走点什么。但其实大学这个地方……比你认为的要浪漫。"

浪漫……

庭霜不禁侧头去看柏昌意的神情。

柏老板一把年纪了，嘴里居然会跑出这个词。

就这么一眼看过去，庭霜竟然在柏昌意的眼底看到了一丝罕见的、不同寻常的温柔。

明明他们站在同一个楼顶，看的是同样的景色……

庭霜盯着柏昌意的侧脸，问："那你……看到的是什么？"

柏昌意没有回答庭霜的问题，而是说："你之前问我，是否不在意学生的不满。你知道，每到期末，教授就要面临学生的评价，就像你们也要面临教授的考试。"

"对，我就想说这个……我上个学期也给几个教授评了分。"庭霜说，"这个对你们有影响吧？有没有……考核什么的？"

"当然。"柏昌意，"差评太多的教授可能无法继续任教，如果学校选择不续聘的话。"

庭霜顿时有点担心："那你——"

柏昌意唇角微勾，用上课开玩笑时的幽默口气说："但我是终身教授。"

终身教授？

终身教授就可以为所欲为了吗？

听到这话的一瞬间，庭霜简直想为民除害，终身教授好像真的可以为所欲为……

但是下一刻，柏昌意便收起了玩笑语气，眉目间刻上一种硬的、深邃的东西，仿佛一眼经年："终身教授的意思就是我会一直站在这里，看着这个地方。"

一直站在这里……

一直看着这个地方……

不知缘由地，庭霜就在这句话里平静了几分，感觉有什么东西在心里沉淀了下来。

"你问我看到的是什么，我告诉你我看到的。"柏昌意看向更远处的医学院实验室，"Ting，你相不相信，就在我们说话的时候，那栋楼里诞生了一种新型纳米机器人，让某种人类疾病从此成为历史？"

柏昌意的声音听起来太可靠，庭霜一愣，不由得看着那栋实验室出了神："……什么纳米机器人？"

柏昌意低声笑起来，庭霜一下子反应过来，炸毛："你逗我？"

"没有。"柏昌意笑着，又随手指了一下那群在广场上晒太阳的学生，"你相不相信，在这么一个跟平时没两样的中午，这群小孩里有一个天才，晒着太阳，喝着冷掉的咖啡，突然灵光一现，就能让整个人类的知识边界跟着往前进一步？"

庭霜很想说不相信，想说"你又逗我玩"，但在这一刻他说不出口。

"……我信。"庭霜觉得匪夷所思，"我真信。我都不知道为什么我会信。"

"因为你知道这样的事正在不断发生。"柏昌意低头看了一眼楼顶的地面，"你脚下的这栋楼，就正在改变很多人的生活方式。"

庭霜也跟着低下头，看着脚下的 LRM 系所。

他好像有点懂了。

柏昌意说他们站的位置不同，看到的东西也不一样。

确实。

他站在一个只看得见自己的地方，也就只看见了自己。

他听到"你认为大学是什么"这个问题的第一反应就只是"你认为大学对你来说是什么"，大学对他来说是一段时间、一个阶段、一个终将离开的地方。

就像柏昌意说的,他知道他只会在这里待个几年,所以急着带走点什么,急着让这几年给他一点改变,把他雕刻成他想成为的那个人。

但大学这个地方……其实还有别的意义。

流水的学生,铁打的教授,对一直站在这里的人来说,大学是另一种存在。

楼顶的风继续吹着,好像吹了很多年。

半晌,庭霜才问:"柏老板,那你认为大学是什么?"

柏昌意嘴唇轻启:"人类先锋。"

可能是楼顶的风太大,庭霜的手臂上忽然激起了一层鸡皮疙瘩,后背跟着发麻。

人类先锋……

"Ting,我只向你们提出最难的问题,因为我从不低估你们。"柏昌意转过头,看着庭霜,"迟早有一天,你们中的某些人会走到我前面,哪怕只有一个。"

/ 文化的距离 /

　　庭霜久久说不出话来，他不知道该说些什么，胳膊上的鸡皮疙瘩消了，留下一阵淡淡的心悸。
　　风还在吹。
　　太阳稍斜，远处一栋教学楼墙上的爬山虎被阳光染亮了一角，呈现一种金绿色。
　　柏昌意看了一眼表，说："我该走了。"
　　时间过得太快，庭霜有点舍不得："……就不能再待5分钟？"
　　"我很想，但可惜不能。"柏昌意笑着，眼底也有一丝遗憾的味道，"最近有一个教授招聘工作，下午教授搜索和考核委员会①开会。"
　　"……好吧。"庭霜从衬衣口袋里掏出柏昌意的备用学生卡，物归原主。
　　柏昌意在庭霜头上摸了一下，说："走了。"
　　庭霜看着柏昌意的背影傻愣了一会儿，然后一个人在楼顶的围栏边站了很久。
　　现在他看着四周，好像都有了一种不同的感觉。
　　巍然屹立的建筑，来来去去的人们。
　　潮水摇摆，青山不动。
　　这几年他总觉得，要现实点，但是现实……好像又没他认为的那么现实，那么没有想象力。
　　这么想了一阵，他忍不住拿出手机，在"Robotik 必过"群里发了一句：其

---

① 教授搜索和考核委员会，专门来招聘（包括寻找教授，面试等）学校需要的教授。

实我觉得我们教授还是挺不错的。

宋歆：？

郭凭：？

何乐：？

庭霜：我想问一下，咱们教授的课除了不容易过，还有其他缺点吗？

宋歆：有。

郭凭：有。

何乐：有。

庭霜：？

队形竟然如此整齐。

庭霜：什么缺点……

宋歆：你们有人答过疑吗？但凡你去过一次……但凡你单独跟他交流一下……你就会莫名其妙地开始怀疑自己智商有问题……

何乐：没错，我预约了一次以后就再也不敢去了，因为他说他听不懂我对问题的描述，让我重新组织语言，当时我感觉下一秒他就要送我一本德语词典。

郭凭：而且，无论你问他多难的问题，他都会在解答前告诉你，这是一个简单的问题。

庭霜：那你们有没有想过……有一种可能……就是他不想低估我们……

群内寂静了三秒。

何乐：求他低估我。

宋歆：求他低估我。

郭凭：求他低估我。

庭霜不死心地打字：其实想想……要是上课讲什么，下课就练什么，考试就考什么，那不是跟高中一样吗？那有什么意思？

郭凭：你觉得没意思？

郭凭：我告诉你什么叫没意思。

郭凭：毕不了业才没意思呢。

此话一出，没有人再跟队形了，也没有人再回复。

群内陷入了一片死寂。

庭霜盯着屏幕上的那句"毕不了业才没意思呢"，瞬间从柏大教授的高维空间掉回现实世界的低维空间。

那一刻，庭霜又记起了被重修支配的恐惧。

他再次意识到，群里的兄弟姐妹才是同胞，而柏昌意是墙外面伫立着的另一种生物。

柏老板说，他们对同一件事物的不同看法、不同态度，不是对错问题，而是角度问题。站在柏老板的角度，大学是人类先锋没错……但是换个角度来说，柏老板是不是也可以稍微关怀一下他们这些人类后腿？

比如……先锋带动后腿，实现全面进步？

庭霜决定等晚上回家继续跟柏昌意严肃地讨论一下这个问题。

等等，回家……

想到"家"这个概念，庭霜觉得他该处理一下他租的那间公寓了。

当时租那间公寓，合同上写的是租期不限，按照租房规定，他有权利一直租下去，但要是不准备继续租了，就需要提前三个月告知房东，以便给房东留出充足的时间来寻找下一位租客。

对于生活没有波澜的人而言，三个月不是多长的时间。

三个月以前，庭霜会觉得，就算他的生活不是平坦得一眼能看到头，至少也能顺顺利利地看到三个月以后。这里可是约人半年后吃饭，对方都可能要查日历看是不是已经安排了行程的德国。

三个月以前，他也不知道，生活这个东西，其实从来都比较突兀，突兀之前所有的平静无波也是为了让突兀到来的时候显得更突兀。

一不小心，他就跟教授成为室友了。

生活就是这么刺激，计划永远赶不上变化。

提前三个月告知房东要退租是不可能了，只能自己帮房东找好下一任租客，无缝对接。

庭霜先跟房东太太打了一个电话，交代退租事宜。

房东太太问："您是要毕业回中国了吗？"

毕业……

遥遥无期。

"不，我决定搬去和我的朋友……"庭霜本来想说名字，但又觉得没必要，毕竟这是私人的事，"一起住。"

房东太太却会错了意："噢，是Liang吗？我很久没有见到他了，请代我向他问好。"

"不，不是Liang。"其实也没必要解释，但庭霜一听到这个说法就下意识地

·130·

反驳了，但又不想多说，于是赶紧为这通电话做结束语，"那么，我准备开始寻找下一任租客了，带租客看房之前我会再给您打电话。"

下午庭霜在图书馆自习，顺便在租房网站上发布了一条招租信息，还留了邮箱和电话，方便有意向的租客跟他联系。

学到五点半，他给柏昌意发消息：柏老板，准备溜吗？

柏昌意回：等一下，还有事要处理。

庭霜以为还要等一阵，就继续看书。

没想到还不到5分钟，手机屏幕一亮，柏昌意就发来一个字：溜。

庭霜赶紧收拾东西，一边往图书馆外走一边回：不是刚刚还有事要处理吗？

柏昌意回：处理完了。

庭霜：这么快？

柏昌意：交代了一个项目给 Elias。

庭霜：Elias？

柏昌意：我的一个博士。

庭霜：？

庭霜：说好的人类先锋呢？

庭霜：你就让人家一个人当先锋给你加班？

庭霜：然后你自己开溜？

柏昌意：现在本来就是下班时间，我只是交代他去做一个为期一年的项目，没有让他加班。

柏昌意：我没有权力让我们所的任何人为我加班，除了我自己。让其他人加班是违法的。

庭霜：噢噢，原来是这样……

庭霜：那看来柏老板您还是挺先锋的。

庭霜：身先士卒。

庭霜：劳动模范。

庭霜：万民表率。

庭霜正在输入……

柏昌意：你怎么还在跟我聊天？

柏昌意：赶紧过来。

柏昌意：[动画表情]

这是柏昌意第一次发表情包，用的是庭霜中午发给他的那张"天凉了，是时候把这个学生的名字从上面划掉了"。

庭霜嘴角控制不住地咧得老高。

居然用自己的表情包，柏老板也太可爱了。

庭霜一路跑到学校外、早上柏昌意放他下车的地方，自然而熟练地打开车门，坐到副驾驶座上。

"咯。"庭霜调整了一下坐姿，特别矜持地瞥了一眼柏昌意，"是先去超市还是先回家？"

柏昌意说："超市八点关门，先去超市。"

"我要吃蒜蓉蒸扇贝。"庭霜马上开始点菜以犒劳自己今天的认真学习，"还要红烧肉。"

柏昌意先开车去了普通超市，买了需要的食材，庭霜以为这就准备回家了，没想到车又停在了一家中国人开的亚洲超市门口。

"嗯？"庭霜跟着柏昌意下车，"还缺什么没买吗？咱们是没酱油了还是没醋了？"

柏昌意回头看庭霜一眼，觉得有点好笑。

庭霜略微不好意思地承认："我确实不知道厨房里各种调料的使用情况……但是这也不能说明我什么事都不干对吧……还不是因为柏老板您厨艺高超嘛……我这种水平就只配打打下手、完全不配掌勺……"

"哎，您来啦。"亚洲超市的店员看见了柏昌意，就一边打招呼，一边从冰箱里拿出一袋子东西来，"正好到了，特别准时。"

庭霜好奇地去看那个袋子："这是什么啊？"

"柏先生之前订的手工馄饨皮，特薄的那种。"店员冲庭霜笑，"这年头没多少人还自个儿包馄饨了，都是买冷冻柜里的速冻馄饨。馄饨皮都是有人提前订了才进一批到店里来。"

"你——"庭霜倏地转头，扬起脸，去看柏昌意，一双深色的眼睛里映着店里暖黄的点点灯火，像良夜中的星辰，闪烁着。

他又惊又喜。

"……你记得啊。"庭霜一时有点高兴得不知如何是好，"今天……今天是什么日子啊。"

不是谁的生日，也不是特殊节日。

一个非常普通的星期一。

"不是什么日子。"柏昌意拎起那袋馄饨皮,"经过的时候刚好想起来你上次说想吃。"

柏昌意的饮食习惯属于中西兼容稍微偏西的那一类,但论起厨艺,他料理中西餐都不在话下,可包馄饨这事,平生也是头一回。

凉拌个黄瓜都嫌麻烦的庭小爷就更没有包过馄饨了。

此时他坐在料理台上,一条腿屈着,一条腿悠闲地晃来晃去,抱着手机,照着上面的食谱指挥柏昌意做馄饨馅儿:"葱、姜、虾米全部切碎……还要放个鸡蛋……"

柏昌意切着食材,说:"拿个鸡蛋出来。"怕庭霜连鸡蛋放在哪儿都不知道,他补充,"冰箱里。"

"好嘞。"庭霜从料理台下来,去冰箱里拿了个鸡蛋,随手放在料理台边缘,然后继续念食谱,"把切好的葱、姜、虾米一起拌进猪肉馅儿里……然后放盐、鸡——"

"蛋"字还没出口,鸡蛋已然滚出了料理台,只听"啪"的一声,摔到了地上,粉身碎骨,惨不忍睹。

柏昌意先看了一眼地上碎掉的蛋壳里流出来的蛋清和蛋黄,然后抬眼看了一眼庭霜。

庭霜从柏昌意的眼神里缓缓读出了一个问号,单纯地疑惑与不解,又好像隐约包含着一丝不易察觉的震惊。

"那个,牛顿说得好……鸡蛋……是会滚动的哈……"庭霜完全不知道自己在说什么。

鸡蛋当然是会滚动的,庭霜骂自己,这事还需要当场做实验才能知道吗?

"……嗯。"

庭霜总觉得柏昌意的这个"嗯"含义成谜。

但随即,他突然理解了柏昌意眼神中的那丝震惊,那是对人类后腿智商的震惊……

"我最近在想……"庭霜一边去拿厨房用纸处理地板,一边试图转移话题,"要不要换个兼职……换个专业对口的……我租的那间公寓租金挺高的,从下个月开始——"

手机振了起来,陌生的号码。

"我接个电话。"庭霜来不及洗手,用一根干净的手指按了接听和免提,方便边说话边处理手上的事，"Ting."

一个德国人的声音从扬声器里传出来："您好，请问是您在招租吗，Ting？Brahms 街 16 号的公寓？"

"是，我在找我的下一任租客，从下个月开始。我现在已经不住在那里了，只是还有一些个人物品没有搬走。如果您需要的话，我可以提前处理我的物品，让您这个月搬进去。"庭霜把手上的鸡蛋和纸扔进垃圾桶里，"您方便的话，我们可以约一个时间看房……请问怎么称呼？"

"Jonas。"电话对面听说可以提前搬进去，显得很高兴，"明天或后天的下午 6 点半，您方便吗？"

"明天可以，Brahms 街 16 号见。"定好时间，庭霜挂了电话，去洗手。

水流汩汩地从手背上与指缝间流过，冲开皮肤表面一层层的洗手液泡沫。

"你要换公寓。"柏昌意随口问，"换到哪里？"

换公寓？

庭霜准备关水龙头的手一顿，一时没有反应过来柏昌意在说什么。

水不断地从水龙头里流出来，把水池里堆积的泡沫也冲散。

"换到哪里？"庭霜背对着柏昌意，不明所以地重复。

"我总应该知道你的地址。"柏昌意拌好了馄饨馅儿，笑着说，"你上次说要皮薄馅儿大的，过来看这么多肉够不够？"

"噢……"庭霜关了水龙头，擦干手，走到柏昌意身边。

薄薄的馄饨皮躺在柏昌意的左掌心，一团饱满的馅儿被筷子夹着，晶莹的肉馅儿裹着蛋液的膜，葱姜末儿点缀其中，一看就很好吃。

柏昌意的指尖沾着一点面粉。

庭霜去看柏昌意的侧脸，在厨房的灯光下，那张脸显得格外柔和而平易近人。

他的目光落回馄饨馅儿上："肉够了……这么多正好。"

柏昌意点头，就按这个分量包起馄饨来。

"我……"庭霜去拿了双筷子，学着一起包，"公寓那个事……"

他不知道怎么开口，手上包馄饨的动作很慢，嘴里的话出来得就更慢。

他想不通是哪里出了问题。

他要退租，柏老板就以为他是要换公寓……还问他换到哪里……

柏昌意的意思是他得从这里搬走？

可明明是柏昌意叫他过来住的……

他住了差不多也有两个星期了。

他想起来柏昌意当时说的话："你家现在没法住人，把东西收拾一下，去我家住吧。"

你家现在没法住人……

现……在……

柏昌意的意思就是等他家能住人了以后，就让他搬回去？

难道柏昌意心里默认的是……让他来住几天？

想到这里，庭霜的灵魂深处不禁发出了三重拷问——

如果只是让他住几天，那柏昌意为什么要跟他说家里的东西随便用啊？

如果只是让他住几天，那柏昌意为什么要配合他的种种生活习惯啊？

如果只是让他住几天，那柏昌意为什么要给大门的指纹加密码锁添加他的指纹、告诉他密码，让他可以随意进出啊？

……不，不对。

庭霜冷静下来一想，发觉这些好像并不能代表什么……以前有朋友去他家玩，他也会让朋友随便吃、随便玩，如果有特别好的朋友要住一段时间，他也会迁就朋友的生活习惯，甚至把备用钥匙给朋友，方便朋友进出……

这些都不代表他想和朋友一直住在一起。

何况柏昌意和他还认识没多久……

对，重点是，他们才认识没多久。

谁给他的自信可以默认柏昌意要他过来住就是能长期住啊？

柏昌意没说让他住多久，他还就真心安理得地住下来了？

柏老板只是大方好不好？

他是柏老板叫来的，柏老板总不好意思直接开口叫他滚蛋吧？

但是人得有点基本自觉，是吧？

真尴尬。

唉。小爷的自尊。

庭霜瞬间联想到了滚到地上碎裂的那枚鸡蛋。

他们之间是该坦诚，但这种因为一头热闹了误会的事，说出来也太没面子了……

庭小爷内心惊涛骇浪了一把，而外表看起来仿佛只是在为手上的馄饨皮困扰。

柏昌意见他没了下文，就说："公寓怎么了？"

"公寓啊……"庭霜笨拙地捏了一个难看的馄饨，好像因为心思全在馄饨上，而导致嘴上讷讷的，"嗯……之前那个不是太贵了嘛……蚊虫也多……我打算换一个……哎，你说我包个馄饨怎么就这么费劲……"

"这样。"柏昌意把庭霜手上的馄饨接过去，演示正确操作，"这样卷一下，再折过来。换到哪里？"

"我学习一下……"庭霜又拿了一块馄饨皮，放上馅儿，低头研究，"换到……我还在看……有两个中意的……"

"可以等新公寓确定之后再退租，比较保险。"柏昌意给出建议。

等新公寓确定之后？

庭霜郁郁。

小爷现在还不知道新公寓在哪儿呢。

"……哦。"庭霜生着闷气包了几个奇丑无比的馄饨，然后悄悄把手上的面粉全擦在柏昌意的后背上。

柏老板这两天的日子不太好过，小朋友似乎进入了逆反期，具体表现为：对柏昌意做的饭菜挑三拣四；对柏昌意的著作不屑一顾；对柏昌意的审美表示怀疑；还有，不配合参与任何活动。

绝对是哪里出了问题。

"Ting，到底怎么回事？"某天晚上，在莫名其妙被庭霜找碴儿后，柏昌意问。

庭霜嘴硬说："什么怎么回事？"

柏昌意有点无奈，说："到底出了什么问题？告诉我。"

关于到底出了什么问题，庭霜不想说。

周二看完房以后，Jonas当场就决定要租庭霜的公寓，房东太太也没有意见。当时看房的不止Jonas，还有Jonas的爱人，两人毫不避讳，甜甜蜜蜜，一边看房一边商量着住进去以后房内各处应该如何重新布置，还不时相视一笑，俨然一副就要同居的样子。

眼看就要流离失所了，庭霜深受打击。

这些他都不打算告诉柏昌意，想自己默默解决。

毕竟房子没了可以再找，那点仅有的自尊没了……就不知道还能上哪儿找了。

这件事情吧，理智上他也知道柏昌意没做错什么，但情绪上到底没那么容易过去，所以只能在其他事情上表达一下不满。

所谓借题发挥就是这么个意思。

"跟你待在一个地方我就觉得不舒服。"庭霜站在柏昌意面前，硬邦邦地说。

柏昌意看着庭霜，脑内出现四个字：寻衅滋事。

庭霜有这方面的前科，论在柏昌意面前没事找事、乱发脾气，谁也不是他的对手。

"真的是这个原因？"柏昌意抬眼，问。

那眼神把庭霜看得发毛。

此时柏昌意坐在沙发上，庭霜站着，对他来说这明明是个居高临下的位置，现在却生生站出了一种被老师叫去办公室问话的感觉。

"……嗯。"庭霜好久才挤出一个音。

柏昌意看了庭霜一会儿，说："好，那按你的意思来。"

"……什么意思？"庭霜说。

"你想怎么样，你告诉我。"柏昌意说。

想怎么样……

他答不上来。

庭霜不去看柏昌意的眼睛，也不说话，一副不配合的姿态。

柏昌意等了好几分钟，决定换个问法："那我哪里惹到你了？"

哪里被惹到了……他也答不上来。

庭霜在原地站了半天，站得有点脚疼。

"凭什么我非得回答你的问题啊？"庭霜觉得特别不平衡。

凭什么啊？凭什么他要一直站在这种位置啊？

永远是柏昌意说了算，永远是柏昌意占主导权，让他来他就乐颠颠地来了，让他走他就得一声不吭地走。

突然间他的火气就上来了："我就不能不想说吗？你凭什么这么审我啊？"

"Ting，我在试图解决问题。"柏昌意放低了声音，"如果你不愿意现在谈，我们也可以换个时间。"

柏昌意的语气非常克制，通常这样比较容易使对方也跟着冷静下来，可庭霜偏偏不吃这套，这种似乎完全不受情绪影响的姿态更加激怒了庭霜。

凭什么柏昌意就能这么游刃有余啊？

"谈啊，怎么不能谈？你问你哪里惹到我了，好，我告诉你，你哪里都让我不舒服。"庭霜越想越气，这两天装作若无其事，把他给憋坏了，"现在我就不舒服，这几天我都不舒服，只要跟你待在一起我就不舒服。"

这话没法往下谈。

庭霜还在发泄情绪，他气昏了头，口无遮拦，专拣难听的说。

柏昌意一直安静听着，没有打断。

等到情绪发泄得差不多了，渐渐消了气，停下嘴，庭霜才意识到不对。

柏昌意的脸上看不出表情，倒也不像生气了。

"我刚刚……"庭霜想说，刚才说的那些话他都没过脑子，可又拉不下脸。

柏昌意等了一分钟，见庭霜没有要继续说话的意思，才说："现在我们能谈具体问题了吗？"

许久，庭霜闷声说："……没有问题。"

"没有问题。"柏昌意说，"那我们今晚在干什么？"

庭霜不说话。

他也不知道今晚是在干什么，如果要装没事，就应该装到底，索性一点不满都别表现出来，如果实在憋不住，就应该放下那点狗屁自尊，和盘托出。

可两种他都做不到。

终于，他在柏昌意的眼底看到了一丝疲色。

"Ting，我明天要出差。"柏昌意看了一眼表，站起身，"今晚我住酒店。"

柏昌意的疲惫把庭霜狠狠扎了一下。

忽然，一段话像蛇一样再次钻进他耳朵里。

"庭霜，就你这个脾气，谁受得了？我是习惯了，别人呢？别人受得了？今天受得了，过俩月你再看看？"

那条蛇吐着芯子，重复着这段话。

庭霜木然地站在沙发边，听着开、关门声逐一地响起，然后一个人在地板上蜷缩起来。

柏昌意站在院门口，正准备打电话叫一辆出租车，屏幕上就出现了一个来电：Elena。

柏昌意接起电话："等我叫个出租车再回你电话。"

"猜猜谁正好在开车？"Elena笑了，"我来接你，你在哪儿？"

柏昌意："我家门口。"

Elena："5分钟。"

她和柏昌意有同样的习惯，报上预计的时间，然后准时到达。

"送你去哪儿？"车窗降下来，美人和柏昌意一般年纪，一头金棕色卷发，背心下胸部丰满、腰肢纤细，肌肉线条优美的手臂上有大片的文身，有一边一直从肩膀延伸至锁骨。

"不知道。"柏昌意坐到副驾驶座上,"随便找个酒店吧。"

"老天,你无家可归了?我记得你的房子可是婚前财产。"Elena看了一眼房子里的灯光,然后随手播放了一张鼓点强到能把人心脏震出来的专辑,"你不是只把婚后财产全部送给了前妻吗?"

"我们好像约定过,不谈前妻。"柏昌意说。

"OK,"Elena踩油门,她想起打电话的目的,问柏昌意:"你最近到底怎么了?如果你想让我找一个新球友的话,至少应该提前3个月告诉我。"

他们本该每周二、四、六清晨打一个小时网球,这个习惯已经保持了好几年,但是从几周前开始,柏昌意就经常无故缺席,最近两周更是直接跟她说整周都没空。

Elena尝试找过几个新球友,奈何水平都不够,比较来比较去,副驾驶座上这位确实是最佳球友。

如果这位球友能够不缺席就更好了。

"抱歉。"柏昌意说,"最近不太方便。"

"不太方便?我知道什么时候方便,如果我没记错的话,我们是在早上六点开始……等等,"Elena看柏昌意一眼,"你最近是有什么麻烦事缠身了?"

柏昌意摇头苦笑:"是我的一个学生。"

Elena觉得不可思议,她忽然想到了刚才柏昌意家里的灯光:"不会现在就在你家里吧?"

柏昌意沉默不语。

"你的学生在你家长住?"Elena问。

"怎么可能?"柏昌意说,"他是一个二十几岁的小男孩,你想想我们二十几岁的时候,谁会愿意跟别人一起住?"

Elena点点头,深有同感:"我二十几岁的时候根本不知道每天早上会从谁家床上醒来。"

"何况……"柏昌意没有把后半句话说出口,何况小孩现在跟他待一起就已经觉得不舒服了。

"他竟然没有嫌你老。"Elena开玩笑。

"他每天都在嫌我老。"柏昌意也笑了笑,惯有的幽默,却更像是自嘲,"我总不能跟他说,再过几年我就要四十岁了,想过安定且有活力的生活,所以我愿意下班以后看到你和你的同学在客厅里喝酒跳舞乱扔枕头互相用水枪射对方。"

Elena大笑起来,笑着笑着去看柏昌意,却发现柏昌意脸上已经一点笑容也没有了。

"你刚才说的，不会是真的吧？"Elena 关掉了音响，车内一下寂静无比，"你真的想让一个二十多岁闹哄哄的小男孩搬过来……"

"这件事，在你提起之前我还从来没有想过。"柏昌意转头看向窗外。

原本订的周六晚上的返程航班，柏昌意改签到了清晨。

飞机正点降落，他放下杂志，看了一眼手表，应该可以在 8 点前到家，这样他就能和多半还没起床的庭霜一起吃早餐。吃早餐的时候两人可以好好谈谈。吃完早餐，送庭霜去咖啡馆打工，他就自己坐在咖啡馆的老位置，看看书。

这么想着，柏昌意开门的时候眼底不自觉地带上一点笑意。

等门开了，眼前的景象却让那点笑意消失了。

家里空旷整洁得不像话。

沙发上没有翻了几页、呈趴着姿势的漫画书。茶几上没有喝了半瓶、已经在夏日的空气中变温的啤酒。地毯上没有乱扔的抱枕。椅背上没有换下来待洗的牛仔裤和 T 恤。

柏昌意继续往里面走。

餐桌上没有插了花的醒酒器。料理台上没有用勺子挖走了正中几口的西瓜。冰箱被各种食材摆得满满当当，像是刚补充过一次，冷冻柜里的冰激凌一个也没有动，连垃圾桶都干干净净。

书房里，书架上没有漫画和各种课程笔记。书桌上没有乱七八糟的草稿纸和贴着动漫人物外壳贴的笔记本电脑。

上楼。

卧室里，床铺得整整齐齐，好像从没人睡过。

阳台上，花盆里的烟灰被清理掉了，仙人掌在阳光下生机勃勃。

浴室里，洗手台上的牙刷和杯子都只剩下一个。毛巾架上只有一套白色的毛巾。浴缸边和马桶水箱上都空空如也，没有放任何东西。

而且，马桶圈被放了下来。

"随手把马桶圈放下来是恶习，臭毛病，赶紧改了。"不久前的清晨，庭霜扭过头，跟他抱怨。

柏昌意再去看其他浴室，不是偶然，现在所有浴室的马桶圈都被放下来了。

一切都恢复到了 3 个月前的样子，整个家宛如酒店。

和 3 个月前略微不同的，只有床头那个装钱的玻璃缸和那幅插着一面小旗子的立体世界地图。

现在玻璃缸里多了 10 张 50 欧元的纸币。

柏昌意走到地图边，拿起那面小旗子，端详了一会儿。

"我们在这里。"不久前的傍晚，庭霜把这面小旗子插到了地图中的汉诺威上，"以后看着地图就能想起来……去过哪里。"

柏昌意把小旗子插回原处。

出差前一晚的事，本来在他看来连吵架都算不上，小孩闹脾气不愿意沟通，他总不能强迫，所以打算出差回来再好好谈谈。

但是现在……

这种"退房走人"的糟糕感觉是怎么回事？

同一时间，4.8 公里外的庭霜已经起床了。

新公寓虽然还没有着落，但至少旧公寓这个月还是他的。

他刮完胡子，看着镜子里的自己。阳光从他身后的窗子外照进来，给镜子里的脸和锁骨打上一道明丽的光。

他现在心情复杂。

换言之，他现在内心戏非常足。

一只 Ting 表情邪恶：哼，老教授，叫你住酒店，叫你出差，等你今天晚上到家，就知道什么叫作南柯一梦。

一只 Ting 难过地缩在一边：可是……就算柏老板发现他搬走了，也根本不会觉得有什么吧……

柏老板本来就没打算让他长期住下，他搬走不是很正常吗……

邪恶的那只 Ting 得意地一笑：哼，搬走是很正常，但是走之前把马桶圈全部放下来这种天才级的气人行为，可不是谁都能想到的。

难过的那只 Ting 更难过了：喂，你气柏老板有什么用啊……

气到他了，他不高兴……

气不到他，你自己不高兴……

你一个成年人，能不能成熟点？

庭霜骑车去咖啡馆，一路上都在预测今晚柏昌意到家以后的反应。

没想到等快到咖啡馆的时候，他竟远远地看见柏昌意站在 Freesia 的招牌下面。

庭霜吓了一跳，立马一个急刹。

柏老板怎么在这里？！

柏老板已经回过家了吗……还是直接从机场过来的……

柏老板手上没有行李，应该已经回过家了……

现在这阵仗……柏老板不会是气到跑来揍他吧？

就在他心如擂鼓的时候，柏昌意也看到了他。

两人目光交接，刚才在庭霜脑子里的一切复杂情绪——紧张、担忧、难过、赌气……全部消失不见了。

庭霜扶着自行车，走向咖啡馆门口。

就快要走到对方面前时，他竟然有种近乡情怯的感觉。

不知道该说什么。

"……早。"庭霜干巴巴地说。

"早。"柏昌意说。

这糟糕的气氛。

这尴尬的寒暄。

这转角的咖啡店。

庭霜觉得窒息。

"那个……"庭霜一边锁车一边说，"你怎么就回来了啊……我快要上班了……嗯……不能跟你聊太久……"

"我不是来跟你聊天的。"柏昌意说。

庭霜的心往上一提——来了。

"家里怎么回事？解释一下。"柏昌意说。

"我、我搬走了……"眼看着真把柏昌意给气到了，庭霜心里有点发虚，还有点暗爽，"不可以吗……"

不可以吗？当然不可以。

柏昌意想到刚才回家见到的那种场景，简直难以忍受。

这种难以忍受本不应该出现，因为在以往的社交场合里，他最讲究独立、尊重，最需要保证足够的私人空间和私人时间。

庭霜见柏昌意脸色发沉，就用小心翼翼的姿态做不知死活的解释："我还……我走之前还帮你收拾了……你不是总让我把东西放回原位吗……这回……这回我都给你放回原位了……"

收拾？就是把马桶圈一个不落地放下来？

柏昌意的脸色更难看了："你还很骄傲？"

"没有没有……"庭霜连忙谦虚道,"都是我应该做的……我以后继续努力、继续努力……"

还继续努力?柏昌意被气得不轻。

他习惯的是另一套社交方式,接受什么,不接受什么,什么样的状态舒服,什么样的状态不舒服,双方都一二三四五地列出来摆在明面上。

可面前的这个小浑蛋,不高兴挂在脸上,问为什么却又不说。过了两天,他想着人应该冷静了,结果,人直接给他一个"拜拜了您嘞"现场。

到头来,柏昌意连他哪儿得罪了这个小浑蛋都没搞清楚。

"过来。"柏昌意沉着脸说。

"你、你要干吗?"庭霜本来离柏昌意就有两步远,现在直接躲到自行车后面去了。

他躲完,自己也意识到这举动十分幼稚,于是又从自行车后面绕回来,挪到柏昌意跟前,仰视:"……过来就过来,我怎么啦?"一副无辜相。

"我到底哪儿招你了?你给我弄这么一出。"柏昌意压着声音说。

"没哪儿啊……我干什么啦?"庭霜眨巴眨巴眼,没心没肺的模样极其气人。

柏昌意看了庭霜半天,竟觉得拿跟前这位小祖宗没办法。

沟通吗?小祖宗不配合。

打一顿吗?法律不允许。

再放两天吧,柏昌意不知道这位小祖宗还能折腾出什么事来。

"算了,你进去吧。"柏昌意说,"8点40分了。"

庭霜瞧着柏昌意的脸色,问:"那你呢?"

"随便走走。"柏昌意说。

"……嗯。"庭霜摸不准柏昌意现在是不气了,还是气到根本懒得跟他说话了,"那我就……进去准备了?"

柏昌意点点头,在他头上揉了一把:"去吧。"

庭霜心里一软,忍不住说:"你不是来跟我聊天的,你是……"

你是来找我搬回去的,是吧?

只要你开口,我就搬回去。

他想这么问,可是怕被拒绝,所以顿了一下,改口说:"你是来干什么的?不会是专程跑来摸乱我头发的吧?"

柏昌意说:"我是来吃早餐的。"

吃早餐?

"早餐在哪里不能吃？"庭霜指了一下咖啡馆门上的营业时间，9点开门，"这儿都没开始营业。"

"我知道。"柏昌意说，"我9点再过来。"

员工休息间。

庭霜一边换工作服一边骂柏昌意：哼，来吃早餐？一会儿拿个最难吃的给你。

庭霜换完衣服，正准备关储物柜，忽然手机振了起来，屏幕上写着：Stephie。

他这位同事一向到得不晚，今天还没到，不知道怎么回事。

他按下接通键。

"Ting，对不起，我生病了，今天不能来。"Stephie说，"我已经跟店长请过假了。"

请假？离营业只有十五分钟了才打电话过来？

人家都生病了，庭霜也不能说这种话，只能问候几句，说："我这边没有问题，放心吧。早日康复。"

挂了电话，放好手机，庭霜才忽然想到，现在不过是早上8点45分，柏昌意之前还回了一次家，那他是什么时候下飞机的？不，应该问，他是什么时候去赶飞机的？

庭霜算了算时间，应该不到凌晨4点，他就为了跑过来吃个早餐？

不对，柏昌意应该是为了早点回来见他，结果期待落空。

他们之前还在闹矛盾……

"Ting？"休息间的门开了，上早班的烘焙师招呼庭霜，招呼完庭霜他就准备下班了，"东西都烤好了。"

"马上过来。"庭霜赶紧锁好储物柜，过去开咖啡机，将烘焙品上架。

今天只有他一个服务员，做准备工作都做得有点手忙脚乱，没工夫再想别的。

好在到9点的时候只有两个客人进来：一个年轻女孩，一个不怎么年轻的柏昌意。

女孩点餐的时候，庭霜的态度特别好，人家要三明治，他问要不要切好、要不要加热，人家要卡布奇诺，他又问想要什么拉花图案。

最后三明治热好、切好，纸巾折得漂漂亮亮地压在精致的银色刀叉下面，一并放在白色瓷盘上，旁边的卡布奇诺上勾勒了一颗完美的奶白色爱心。

柏昌意盯着那杯卡布奇诺，直到前面的女孩把她点的东西端离吧台。

"早上好，请问您要什么？"庭霜的态度非常公事公办。

"我要跟她一样的。"柏昌意说。

"好的。"这回庭霜什么问题也没有问，直接热了三明治放到盘子上，然后弄了一杯没有拉花的普通卡布奇诺。

柏昌意看着托盘里的两样东西，描述客观事实："这跟她点的不一样。"

"是一样的。"庭霜比着专业的手势礼貌地一一介绍，仿佛柏昌意不认识那两样东西，"这是鸡蛋培根三明治，这是大杯的卡布奇诺。"

"三明治没有切。"柏昌意说，"也没有餐具。"

庭霜指了一下放餐具的地方："那边有刀，您可以自己去取。"

"卡布奇诺没有拉花。"柏昌意说，"我也没法自己拉花。"

"是这样的。"庭霜微笑，露出一排小白牙，"服务员心情好的时候才会有拉花。"

柏昌意又好气又好笑，今天算是彻底领教了年轻小孩的脾气。

暂时没有新客人，庭霜就去后厨把一些还没来得及放进玻璃柜的烘焙品拿出来摆好。

这么来来回回也要花点时间。

正当他把一排草莓乳酪蛋糕放进玻璃柜的时候，不远处突然传来一声杯盘碎裂的声音，紧接着又是一声什么重物倒地的巨响。

庭霜立即抬头循声看去，只见刚才在柏昌意之前点单的女孩扶着桌子边缘，而她的椅子倒了，她的咖啡杯也摔在地上，没喝完的卡布奇诺洒了一地。

庭霜第一眼还以为是那女孩不小心打碎了杯子，正要去拿清扫工具，可很快就发现那女孩本身的不正常。

女孩面色青白，嘴唇也没有血色，甚至还有点发紫，眼睛失神地盯着某一点，她扶着桌子的手既像是在发抖，又像是单纯地在不停地摇晃着她面前的那张桌子。

庭霜立马朝女孩跑去："发生什么事了？您需要帮助吗？"

女孩对庭霜的言语一点反应都没有，连眼珠都没有动一下，明明她人是站着的，眼睛也一直睁着，却像是失去了意识。

"您可以告诉我发生什么事了吗？"庭霜拿手在女孩的一双蓝眼珠前晃了一下，可依然没有得到任何反应。

这是什么情况？

庭霜急得不行，正想伸手去拍拍那女孩，手却被从后面抓住了。

他回过头，柏昌意左手抓着他的手腕，神色冷静："不要碰她。"而同时右手已经拨通了急救电话。

庭霜转过头想去再看看那女孩，却瞥到了桌上吃了一半的三明治。

她刚才吃了三明治。

这个不是他做的，他只负责切、热、装盘，但是……

他不禁又看向泼在地上的卡布奇诺——这个是他做的。

庭霜脸上还算镇定，手心却一直冒冷汗。

他在一遍一遍地回想从女孩点单开始他的每一个操作。

他知道他更应该担心那女孩的安危，但是实际上他更担心现在的情况是他导致的，更怕一会儿说不清楚。

忽然，肩上一紧，就这么一个小动静，庭霜却像只惊弓之鸟似的吓了一跳，察觉是柏昌意扶住了他的肩，他才慢慢安定下来。

柏昌意一边向电话那边的急救人员描述现在遇到的状况，一边捏了捏庭霜的肩。

挂了电话，柏昌意说："别怕，救护车几分钟就到。"

庭霜点点头，从鼻子里发出浅浅的声音："嗯。"

这时，有顾客推门进来，柏昌意说："抱歉，这里有紧急情况，暂停营业。"

"有暂停营业的牌子吗？"柏昌意低声问庭霜。

"我想想……有。"庭霜去休息间找到那块牌子，挂到门外。

他回来的时候不自觉地握住柏昌意的手臂，也不讲话。

柏昌意拍了拍庭霜的脑袋，低声问："为什么这么怕？"

庭霜的呼吸先是停了一下，然后才渐渐恢复均匀。

"……我不知道。"庭霜说。

"不知道还怕？"柏昌意安慰他，"不怕。"

庭霜闷闷地应了一声："……嗯。"

咖啡馆就在市中心，救护车来得很快，鸣笛声远远响起。

庭霜突然说："我怕……我有问题。"

柏昌意说："你有什么问题？"

庭霜咬了一下唇，说："……我不知道。"

"又不知道？不要怕你不知道的东西。"柏昌意拍了拍庭霜的背脊，走向从救护车上下来的急救员。

急救员一男一女，都人高马大，穿深色制服，乍一眼看上去有点像警察。

庭霜都已经准备好要被责问一番了，肚子里刚刚写好一篇德语作文，没想到两个急救员什么也没问他，看了那女孩就有了判断。

"Epilepsis."女急救员简单跟柏昌意和庭霜说明。

男急救员把还扶着桌子的女孩抱为侧卧的姿势，这时候庭霜才意识到，原来女孩不是在摇晃桌子，也不是在发抖，而是在抽搐。

只是她抽搐的幅度很小，之前完全看不出来。

没过多久，女孩停止了抽搐，渐渐恢复意识，对周围的事物也有了反应。

"……发生什么了？"她记不起刚才发生了什么。

柏昌意简单描述了一下急救员来之前发生的事，然后就领着庭霜出去了，好把咖啡馆的谈话空间让出来。

庭霜站在咖啡馆门口，下意识地摸了摸口袋，找烟。

烟和打火机都放在休息间的储物柜里了。

柏昌意看出他的小动作，说："原地等我。"

一分钟以后，柏昌意买回一盒棒棒糖。

庭霜拆了一根，刚要塞进嘴里，就看见马路对面有个不超过6岁的小朋友也在吃棒棒糖。

"这是小孩吃的。"庭霜把棒棒糖举到柏昌意鼻子前面。

柏昌意张嘴。

庭霜把棒棒糖塞进柏昌意嘴里，然后忍不住低头笑起来。

"不怕了？"柏昌意看着庭霜笑，眼底也有了笑意。

"……嗯，不怕了。"庭霜低头拆第二根棒棒糖，"Epilepsis……是癫痫的意思吧？"

柏昌意："嗯。"

"我一开始根本没看出来……"庭霜把棒棒糖塞进嘴里，"跟我以前认知里的癫痫症状完全不一样……"

"我也没有看出来。"柏昌意说，"一开始我怀疑是滥用药物，但是不能确定。"

"嗯……"庭霜想了一会儿，说，"我发现……就是不知道怎么回事，所以我才怕……知道是怎么回事就一点都不怕了……其实那个反应，谁都知道不是食物中毒……何况，她跟你吃的还是一样的东西……"

说着说着，他顿了一顿，问柏昌意："我刚才那样……是不是特傻啊？"

柏昌意笑了一下，说："没事。"

没事？什么叫没事？？？

你还挺大度？还在包容我？

庭霜刚要爹毛，一位急救员就推门出来了。

柏昌意拿出嘴里的棒棒糖，优雅转身，恢复斯文："请问需要帮助吗？"

"一切都很好。情况不严重，不需要去医院。"急救员伸出右手，"谢谢您刚才打来的电话。"

柏昌意十分自然地把右手上的棒棒糖递到左手，然后跟急救员握手："不用谢。"

急救员看了一眼柏昌意和庭霜手上的棒棒糖，调侃："看起来很好吃。"

柏昌意回以玩笑："我们需要压惊，糖果是不错的安慰品。"

庭霜非常大方地打开棒棒糖盒子："吃吗？"

急救员笑着摇头："谢谢，我就不靠糖果压惊了，否则这份职业已经消耗掉我所有的牙齿了。"

接着，另一位急救员和女孩也一起出来了。

两位救护员乘救护车而去，女孩道完谢，给庭霜留了姓名和电话，以便咖啡馆这边给她寄她损坏餐具的索赔账单。

紧急情况处理完毕，而咖啡馆门上的暂停营业牌还没有摘下来。

"要不……过一会儿再摘吧？过太久也不行……"庭霜看着柏昌意，眼睛发亮，"要不然，10分钟？"

"嗯，10分钟。"柏昌意做认真思考状，"干点什么好呢？"

庭霜一下子觉得10分钟时间好多，不知道该干什么好，一下子又觉得10分钟时间好少，还没想出来干什么就已经过了。

"快想快想，"庭霜坐在吧台上催促，"再不想马上就上班了，那就只能等下班回家——"

庭霜的话戛然而止，脸上的笑意也不见了。

下班回家。

回家……

庭霜彻底安静下来，不吭声了。

柏昌意也没有讲话，就静静地看着庭霜。

墙上的钟在一秒一秒地走，窗外照进来的阳光在一点一点地流动，门外经过的行人在地板上留下一道一道的影子。

他们度过了无声的10分钟。

"Ting，你在害怕吗？"柏昌意打破了寂静。

怕？

庭霜不说话。

他下意识地就想否认，有什么好怕的？

但同时，他心里又翻涌起了一点什么。

就在早上，他想问柏昌意，是不是来找他搬回去的。但是他不敢问。因为他不知道柏昌意的答案，就像他不知道刚才那女孩到底怎么了，所以害怕。

如果那女孩不是癫痫，而确认是食物中毒，那他还会怕吗？

应该不会。

因为如果确认是食物中毒，那他应该就已经在焦头烂额想方设法地解决问题了，根本没有恐惧的时间。

那，如果已经知道了柏昌意的答案，他还会怕吗？

假设，柏昌意的答案就是不想跟他住在一起……

他还是会怕。

庭霜发现，他还是会怕。

因为他不知道别人为什么不想跟他住在一起。

如果这个问题也知道答案，他还会怕吗？

假设，别人因为不喜欢他这个人，比如因为他性格太差？所以不想跟他住在一起。

那他也还是会怕。

这个问题可以无限地问下去，只要他还有对未知的恐惧。

只要他不想知道这些问题的答案。

他跟柏昌意认识之前，不会这样一层一层地把问题问下去，不会这样一层一层地把自己剥开。

他突然看见了一个以前没见过的自己。

但是他有点不敢继续往下剥了，因为不知道会剥出什么来。

"……10分钟到了。"良久，他动了一下，"我要开门营业了，要不店里就亏死了。"

柏昌意把钱包放到吧台上："不要逃避。"

庭霜不动了，可也不说话。

柏昌意一直耐心等着。

终于，庭霜低声说："……我是在怕。"

"我感觉得到。"柏昌意说。

"因为不知道……所以怕……"庭霜说,"就像刚才一样……"

柏昌意安抚道:"知道了就不怕了。"

是,知道了就不怕了。

但是万一知道了以后还要继续往下问,他该怎么办?

庭霜看了一会儿柏昌意的眼睛,又低下头,过了一会儿,又去看柏昌意的眼睛,就这么来回反复好几次,才鼓足了勇气,轻声问:"你……不想跟我住一起吗?"

柏昌意的手在空中僵了半天,才轻轻落到庭霜的头发上。

原来庭霜怕的是这个。

一瞬间,从庭霜接到的那个租房电话,到之后两天找过的别扭、闹过的脾气,到出差前夜他们的沟通失败,再到他出差回来的人去楼空……所有事情都串成了一条线。

回过头看,这条线实在太明显。

柏昌意自认很少犯错,却没想到还有犯这种错误的时候。

"……你能不能快点回答我啊?"庭霜把脑袋埋着,声音发闷。

"想。"

"啊?"庭霜不相信似的抬起头,整个人都发起光来。

"我说,我想。"柏昌意重复。

庭霜呆了一下,高兴得只能傻乎乎地看了柏昌意半天,突然想到什么,转过身翻到吧台里面去,拿出一个最大的杯子,做了一杯拉花卡布奇诺。

那是一个眼镜图案,并花体的三个字母:BAI。

/人类先锋的距离/

一天的工作时间庭霜都在脑内撒花，能拉花的咖啡他一律拉花，一天送出去不知道多少颗爱心。

他现在心情好得不得了，怎么拉花也不嫌多。

他也不盼着下班。

上班的时候，他做咖啡，柏昌意就坐在距离他两米的位置上看书，偶尔抬眼看他一下，四目相对，两人都朝对方笑一笑。

下午下班以后，他换完衣服出来，柏昌意正在咖啡馆门口等他。

那身影让他想起了当初莽莽撞撞推门进 S17 教室的时候，也是这么一个背影。

只不过现在柏昌意已经脱下了春天的外套，那条金色的细眼镜链落在夏天的衬衣领子后面。

当时他推完门战战兢兢，现在推完门却可以自然地走上前。

"柏——"

就在庭霜推开门准备从柏昌意背后来个突然袭击的时候，他瞥见了一个人。

周六，市中心，人人都能来，宋歆也不例外。

宋歆同学刚从市中心的大超市里买了不少生活用品，提着东西从 Freesia 门口路过，正好看见柏教授站在门口，就准备打招呼："Profe——"最后一个音节堵在嘴里。

因为他看见一个眼熟的人影从侧面推门出来，眼看着那运动轨迹像是要从背后偷袭教授。

"庭霜？！"画面无比惊悚。

那是极其漫长的一秒。

就在庭霜由于惯性的作用就要接触到柏昌意的一刹那，他把原本想要从背后推柏昌意一把的动作改成了揪住柏昌意的领子。

但从人身后揪领子也很奇怪……而且柏昌意岿然不动。

庭霜飞速思考，这个场景应该配什么台词……

说柏昌意喝了咖啡没付钱？

不行，咖啡馆的工作服都脱了。

但是不说这个，他还能说什么……

算了，来不及了，工作服脱了就脱了吧，让柏老板背了这口黑锅！

正在庭霜要开口之际，宋歆把手上提的东西往地上一扔，一个箭步飞奔过去，大力地把庭霜给拉开了。

"庭霜，你喝假酒了？这是咖啡馆不是酒吧啊！"宋歆抬头看了一眼Freesia的招牌，小声训斥庭霜，"就算他让你重修，你也不能找他打架啊！你还想不想毕业了？"

找他打架？

庭霜心说：要不是你，小爷现在都跟教授相谈甚欢了。

"你听到我说话没？"宋歆怕庭霜真把教授给得罪了，用胳膊肘顶了一下庭霜，小声提醒，"跟教授道歉啊。"

"……对不起。"庭霜低下头，用德语对柏昌意说。

他必须低下头，否则会被人看见他在忍笑。

柏昌意的定力好得多，八风吹不动。

他波澜不惊地整了整被庭霜弄皱的衣领，说："没事。"

说完话，柏昌意没有动，庭霜也没有动。

宋歆急了：这俩人怎么都不肯走呢？

不行，他得把庭霜拉走，否则再闹出什么事来就收不了场了。

"再见，Professor。"宋歆说完，一只手提起地上的东西，另一只手拉庭霜："走了走了，回家了。"

庭霜觉得莫名其妙。

被宋歆拖着走了两米以后才反应过来的庭霜，扭过头去看还站在咖啡馆门口的柏昌意，反被宋歆又拉了一把："庭霜，你还想找事儿？快快快，趁他没找你麻烦赶快走。"

走到一个十字路口，转了个弯，庭霜说："你赶紧把我放开。"

宋歆放了手，说："你以为我乐意这么拉着你？沉死了，我另外一只手上还有两袋东西呢。还不是怕你闹事？你刚怎么回事啊？真喝酒了？"

"没有。"庭霜说，"就是……看他有点不顺眼。"当然是假话。

"你之前不是还在群里讲他的好话吗？我知道这周五可以开始注册考试资格了，他真不让你考啊？"宋歆说，"其实吧，我觉得他就是德国人那套，定了规则在那里就是死的，碰一下都不行……变态是变态，不过也没恶意，你看他上课还经常点你回答问题……"

"……我知道他没恶意。我刚才……就一下没控制住。"庭霜急于离开，"我先走了啊，还有事。"

"你去哪儿啊？"宋歆说，"一起走呗。"

"我跟你不顺路。"庭霜敷衍。

宋歆："你都没问我去哪儿，怎么就不顺路了？"

庭霜把目光投向宋歆手上的两袋东西："你刚从超市买了东西准备回家吧？"

宋歆点头："是啊。"

庭霜摊出空空的两手："可我要买的东西还没买。"

宋歆这才肯放人："噢，那行吧。你可千万别再去找人麻烦了啊。"

庭霜心说：我那哪儿是去找麻烦啊，我那是去找人类先锋。

这不，他原路返回，人类先锋还在原地等着。

"咯——"庭霜隔着两步远，用咳嗽提醒柏昌意：你被俘的乖学生被放回来了。

"先上车。"柏昌意说。

庭霜点点头，手脚规规矩矩。

做人确实不能太得意忘形，一个城市遇见熟人的概率还是挺大的。

等两人上了车，庭霜才凑近了问："歆，柏老板，你说，要是我刚才反应不及时，被宋歆看见你和你的学生有说有笑地打闹，那你的形象可怎么办啊？"

柏昌意笑了一下，说："那我只能转身告诉你：'先生您认错人了。'"

庭霜跟着笑了一会儿，又问："那如果被别的学生知道了咱俩关系比较好呢？会不会怀疑你给我走后门之类的？"

柏昌意假装考虑了一下，说："那就只好把唯一的 1.0 给那个学生了。"

"好啊，你居然用满分贿赂？"庭霜知道柏昌意在开玩笑，"不过说真的，是该注意点，我怕给你造成什么不好的影响。"

"今晚我们可以讨论一下。"柏昌意说。

庭霜："嗯？"

"你搬过来合伙住的事。"柏昌意说完，见庭霜没说话，马上就察觉到了小朋友的情绪，"不是讨论这个决定。我的意思是，讨论一下合伙住需要考虑的一些事。"

　　合伙住需要考虑的一些事？

　　庭霜想了一阵，没想出来有什么要考虑的，如果实在要考虑的话……

　　要不他跟柏老板两人合伙养条狗吧？

　　想想之前的狗被前妻带走了，柏老板连抚养权都没有也挺可怜的……

　　柏昌意看了一眼庭霜，见他沉思不语，就说："你看，就像你刚才提到的那样，我们需要考虑如果你的同学想拜访你，这种情况怎么处理……还有一些琐事，门牌和信箱上需要加上你的名字；你要去市政厅修改地址，所有涉及地址的信息都应该变更；你还要取消广播电视费的账户，跟我共用一个账户；还有……"

　　车内陷入了死寂。

　　"Ting？"

　　"那个……"庭霜犹犹豫豫，愁眉苦脸，"要不……要不还是……"

　　柏昌意淡淡地瞥了一眼庭霜："还是什么？"

　　"要不我们还是今天一回家就开始认真处理这些事吧，不必等到晚上了！"庭霜用十分振奋的口气说。

　　柏昌意笑了："嗯。"

　　听起来很麻烦的事，两个人一起做竟然觉得很快乐。

　　晚上他们讨论完了，就去院子里聊天。

　　庭霜去冰箱里拿了冰镇好的西瓜出来，切作两半，分别插两把勺子，一手一半抱出来。

　　柏昌意坐在院子里的椅子上。

　　庭霜走过去，把一半西瓜放在柏昌意面前的桌子上。其实还有空椅子，但庭霜没有坐。他抱着西瓜，坐在了草地上，背靠着柏昌意坐的那把椅子的侧边。

　　"夏天晚上这样是不是很好？"庭霜挖了一勺西瓜送进嘴里，"我小时候就会这样，坐在地上吃西瓜，靠着我爸妈的腿。抬起头，天上好多星星。"

　　他说完，安静了一会儿，又挖了一勺西瓜，却迟迟没有送进嘴里，而是仰起头来看着柏昌意："柏老板……你为什么从来不跟我讲你以前的事啊？"

　　柏昌意低沉的声音里带了一点笑意："想听什么？"

"什么都行？"庭霜说。

"什么都行。"柏昌意说。

"那我要听——"庭霜说，"情史。"

柏昌意笑了出来："情史，嗯。"

"有什么好笑的啊？"庭霜挥舞着勺子作势要戳柏昌意，"说不说？不说算了，小爷还不稀罕听呢。"

柏昌意举起双手，做投降状："说，当然可以说。但是先——"

"不准但是，没有但是。"庭霜打断道。

柏昌意笑着说："你先定义一下情史。"

庭霜还记得上次柏昌意说过他从14岁开始就基本一直处于有对象状态："就从你14岁算起，拣重点讲。"

柏昌意忍不住一直笑："22年前。"

庭霜一想，也觉得年代过于久远："那就说时间长的吧……嗯……比如……跟你同居过的？"

柏昌意说："前妻。"

庭霜："没了？"

柏昌意："没了。"

"那……"其实庭霜也不是真的想听情史，"那她比其他人优秀在哪儿？"

柏昌意想了一下，并没有回答这个问题，而是坐到了草地上，望着庭霜："还在怕？"

庭霜一下被说中了："……也不算。"

"这次的事，是我没有处理好。"柏昌意轻声说，"我跟你道歉，对不起。"

"不是你的问题……"庭霜用勺子去戳西瓜，就像在戳醒自己，逼迫自己去直面这个问题，"我知道，是我自己没有安全感。"

"那你有没有想过，为什么没有安全感？"柏昌意问。

"因为没底气吧……无能……性格也不怎么好……"庭霜一口气把刚才戳下来的西瓜全吃了，才鼓足勇气剖开自己，"你知道为什么我老跟你开玩笑，说你老，炫耀我年轻吗……其实，那是因为除了年轻，我什么都没有。说真的，我都想象不出来你看重我什么，也没想到会跟你成为朋友……你那么优秀……"

夏夜寂寂，不远处熟透了的樱桃大片大片地落在地上。

空气中蒸腾着甜味。

"那你知不知道？其实看着你和你的同学在一起，我也会想回到二十四岁，哪怕什么都没有。"

庭霜一怔。

次日。

庭霜再次上网查了一下柏昌意的百科介绍，想看看柏老板一无所有的 24 岁。

是的，没错，24 岁的柏老板的确一无所有，除了一个博士学位和需要滑半天手机才能看完的研究成果。

最近庭霜一直在网上看"狗片"。

他在研究养哪种狗比较好。

首先，要帅；其次，要聪明，就像柏老板那样。

"柏老板，你觉得你像哪种狗？"庭霜问柏昌意。

正在看书的柏昌意闻言抬眼："我觉得你想挨打。"

"别呀，你快想一下回答我。"庭霜把鼠标一扔，走到柏昌意跟前，"我说真的。"

"我也说真的。"柏昌意说。

"那我自己想。"庭霜溜回电脑前面，"……本来还想跟你商量商量。"

电脑屏幕的光一直变化，映在他眼睛里面，给人一种他在期待着什么的感觉。

柏昌意看了一会儿庭霜，说："这件事交给你，我不管。"

"嗯？哪件事？"庭霜的眼睛还盯着屏幕上的狗。

"养狗前的事。"柏昌意走过去，交给庭霜一张信用卡，"决定养什么品种，从什么渠道购买或者领养，怎么打疫苗和芯片，怎么给狗交税，怎么给狗购买保险……这些事都由你来负责。"

责任让人成长。

在柏昌意看来，自我效能感应该通过不断地努力做成一件又一件事来建立。如果说有什么摆脱自我感觉无能的方式，那就是成功的经验，哪怕只是一次小小的成功，都会作为重要的人生体验刻进骨子里。

小孩嘛，就应该多锻炼。

成功的次数多了，就有了底气，有了安全感。

"啊？我一点经验都没有……"庭霜仰头望着柏昌意。

柏昌意顺了一下庭霜的毛："这之后你就有了。"

一个多月之后，庭霜搞定了养狗的所有手续。

在某个阳光明媚的周一下午，他抱回了一只两个月大的魏玛犬。

傍晚柏昌意到家的时候，庭霜正在缝沙发，那模样辛酸得就像个在油灯下为儿缝衣的老母亲。沙发前面的地毯鼓起来一团，并且那团东西还在地毯里钻来钻去。

"Ting，家里发生什么事了？"柏昌意的目光跟随着地毯上的凸起移动。

"我把儿子领回来了。"庭霜转过身，就像给什么伟大的艺术品揭幕似的，非常自豪地将地毯一掀——

"嗷呜。"

大耳朵的幼犬伏在地上，亮圆的蓝灰眼睛看着柏昌意。

柏昌意站在离地毯几米远的地方，俯视着幼犬。

人狗对望了三秒。

庭霜跟狗介绍柏昌意："这是 Papa[①]。"

幼犬摆了摆尾巴，亲热地跑过去用头蹭柏昌意的裤脚。

庭霜跟柏昌意介绍狗："这是 Vico。"

柏昌意手法熟练地抱起幼犬，问庭霜："我是他的 Papa，那你是什么？"

庭霜用播音腔郑重宣布："我是他的父亲。"

"这位父亲。"柏昌意扫视了一圈客厅里惨不忍睹的家具们，"你给你儿子报狗学校了吗？"

"我刚正在网上看学校……"庭霜中气十足的播音腔顿时偃旗息鼓，"等我从书房出来……家里就成这样了。还有……这也是你儿子。"

"嗯。"柏昌意笑着说，"我也有责任。"

让儿子入学的事需要尽快提上日程，庭霜又花了两天来选狗学校。

选学校的时候他就像学龄儿童的父母那样，认真考察，精挑细选，最终选了一个四狗小班课程。这个小班比较特殊，要求养狗的是一对朋友或情侣，课程介绍上非常温馨地写着：两位家长一起参与狗狗的教育，陪伴狗狗成长。

简而言之，两人一狗，一起上课，共同学习，共同进步。

上课时间定在每周一下午，从下周开始。

去狗学校第一次上课的那天上午，庭霜上完柏昌意的课，一直留到所有学生都走了，才去提醒柏昌意："Papa，别忘了下午过来上课。"

[①] 德国儿童对爸爸的称呼。

他这几天这么喊柏昌意喊顺了口。

只要不被别人听见，他这么叫也没什么。

还有一个喊顺了口的就比较麻烦。他下午带 Vico 去狗学校，学校里的老师怎么叫 Vico 的名字，Vico 都没有反应。

老师问庭霜："他真的叫 Vico 吗？"

庭霜想了想，用中文叫了一句："儿子？"

Vico 欢天喜地地跑过来，用头拱庭霜的小腿。

老师："……"

老师："您教教我怎么发音……鹅？子？"

庭霜："儿子。"

老师努力卷舌："Errrrrr？Zi？"

庭霜："非常好。"

在旁边围观的三对德国情侣一起鼓起掌来。

"好了。"老师拍拍手，示意开始上课，"我们今天先要学习狗狗的肢体语言和表情，了解它们的肢体语言、表情和人类之间的区别，然后学习一些口令，练习让狗狗遵从这些口令行动。"

第一部分的学习形式和庭霜平时上课差不多，不过内容简单得多，所以什么问题都没有。

到了第二部分的实践，问题就来了。

刚带着狗练习完"坐下"等几个动作的四组"家长"牵着狗站在草地上。

"现在我们要练习，让狗狗从那一边，跑回到这一边。"老师比了个手势，"来，现在，爸爸站在我这里，妈妈牵着狗狗去 50 米之外，那里有一个标记。"

三位女性牵着狗往 50 米之外的标记处走。

庭霜和柏昌意站在原地。

老师看着庭霜和柏昌意没动，突然意识到了称呼的问题。她以前上课的时候，遇到的都是夫妻，所以习惯了用爸爸妈妈来区分两位家长。

"……你过去。"庭霜对柏昌意说，"我要在爸爸组。"

柏老板何许人也，才不在乎这种称呼问题，当即就牵着狗向妈妈们那边走去。

"请您等等。"老师叫住柏昌意，"抱歉，我之前没有遇到过这种情况。我认为，我们应该选择另外一种分组方式。"

老师思考了一会儿，想出一个令除了柏昌意以外的人满意的方法："这样，妈妈们先回来。现在，两位家长中比较年轻的那位站在我这里，比较年长的那位牵着狗狗到 50 米之外。这边是年轻组，那边是年长组。"

柏昌意："……"

"你过去。"柏昌意对庭霜说，"我要在年轻组。"

庭霜看着柏昌意，嘴角翘起来。

柏昌意说："笑什么？"

庭霜拍了拍柏昌意的肩膀："你真可爱。"

然后他就牵着狗往年长组走了。

晚上回到家，庭霜和柏昌意精神都不错，狗精疲力竭。

本来魏玛犬比较好动，每天晚上不折腾一番都不消停，今天 Vico 因为在草地上和同伴一起撒欢太过，回家没多久就歇了。

蹲着听了两分钟狗呼噜声的庭霜跑去书房，用老父亲的口吻说："儿子睡了。"

柏昌意正在例行公事地回复邮件："等一下。"

庭霜一看柏昌意还在工作，索性自己也打开了笔记本电脑，顺手查了邮箱。

这一查，他发现从这周一开始，一直到下周五，这两周都是课程评价时间，虽然离真正的期末结课还有几周，但是他已经可以给这学期修的所有课程打分了，不管参不参加最后的考试。

修了好几门课，他先评哪位教授好呢……

喀。为公平起见，他按照字母顺序来吧。

按德语三十个字母顺序排列的第一个显然是……B。

按英文二十六个字母顺序排列的第一个显然也是……B。

没错。很巧，正好姓由 B 打头的教授第一个就是 Prof. Bai。

庭霜点开 Robotik 评价页面。

上个学期他做课程评价的时候觉得这问卷又臭又长，填一页都嫌烦，现在他恨不得这问卷设计得再长一点，最好再多来点主观题，好让他写一篇关于柏昌意的小论文。

评价第一部分：课程内容。

该教授是否将课程内容很好地结合了实际？

当然是。

该教授讲述的课程内容是否陈旧过时？

当然不。

该教授的课程内容是否与其他课程的内容相协调？

当然是。

该教授是否对学生有过高的要求？

当然是。

等等。这条应该怎么评价……

庭霜纠结起来。

"在看什么？"柏昌意的声音从庭霜身后传来。

庭霜正想把笔记本电脑合上，柏昌意就已经把屏幕上的字念了出来："该教授是否对学生有过高的要求？ Ting，你填了'是'。"

"嗯……没有……"庭霜没敢转头，"我还在考虑……"

柏昌意："考虑什么？"

庭霜："……考虑身旁的教授和内心的正义哪个更重要。"

柏昌意："好好考虑。"

"……你，当然是你。"庭霜立即将"是"改成了"否"。

到了课程内容部分的最后一题：该课程难度如何？

选项一共有五个档次：太容易，比较容易，适中，比较难，太难。

庭霜缓缓将光标移动到"太难"。

他转过头看柏昌意一眼，柏昌意眼神和善。

庭霜缓缓将光标从"太难"移动到"比较难"。

他再转过头看柏昌意一眼，柏昌意眼神依旧和善。

庭霜缓缓将光标从"比较难"移动到"适中"，点击"确定"。

庭霜有预感，他这一生中最昧着良心的两个问题在今天就已经回答完了。

今后的人生就只剩下坦荡了。

问卷接下来的部分都很好评价，教学结构、教学理论与方法、教授专业水平、教学态度、人格魅力……柏老板和正义完全一致。

怎么完美怎么填就行了。

庭霜继续往后翻问卷。

欸？怎么不只有关于教授的问题，还有关于学生的问题？

难道是这个学期的问卷改版了……

第一题：你平时会对该门课程进行预习吗？

选项：从不，偶尔，经常，总是。

庭霜心里一凉。

"怎么不选？"柏昌意在庭霜耳边说，"我也很想知道。"

"Professor，这是匿名评价。"庭霜终于忍不住，决定推翻柏昌意的暴政，"你走开，我要自己填。"

柏昌意点点头，非常大方地走出书房："我不影响你。"

庭霜耳朵竖起，确认柏昌意走远了，才敢填问卷。

第一题：你平时会对该门课程进行预习吗？

从不。

第二题：你平时会对该门课程进行复习吗？

……偶尔。

…………

庭霜以飞快的速度填完了一堆"送命题"，又在主观问题中将柏昌意夸得天上有地下无，就在正准备要提交评价结果的时候，他的良心忽然感觉在受谴责。

其实现在柏老板也不在，要不然……返回把刚才昧着良心回答的两个问题的答案给改了？

柏老板诚可贵，但是现在柏老板本人都出去了，还是遵从一下内心的秩序和正义吧。

反正柏老板一个终身教授，也不会受学生评价的影响。

反正是匿名评价，Robotik 有一百多个学生，他的答案到时候隐藏在芸芸众答案中，柏老板也不会知道他改了答案。

庭霜同学继续竖着耳朵关注着四周的动静，同时手疾眼快地返回问卷的第一部分。

该教授是否对学生有过高的要求？

将"否"改成"是"。

该课程难度如何？

将"适中"改成"太难"。

是否确认提交评价结果？

"确认。"

这一刻，庭霜的内心获得了安宁。

匿名评价之所以叫匿名评价，就是因为教授并不能看到每个人的评价结果。

教授收到的评价结果主要是由统计图表组成的。

比如前面调查课程难度的选择题，柏昌意就只能看到班上有多少人选择了"太难"，多少人选择了"比较难"，多少人选择了"适中"，以此类推。每道选择题都有一幅各个选项选择人数的分布图。

而最后的主观问题,所有学生对同一个问题的回答都集中放在一张表格里,所有回答也都匿名。

学生评价的结果确实不会对柏昌意造成任何影响,但是他会认真看。而且他有一个很"风骚"的习惯,评价结果出来以后,他不会在第一时间独自点开看,会在某节课的最后15分钟,当着所有学生的面点开,跟学生一起看评价结果。

两周以后的周三,就是这么一个"风骚"的日子。

柏昌意讲完课,打开笔记本电脑,连上投影仪。

"这是我每年最紧张的时刻,没有之一。"他笑着对下面的学生这么说,可是谁都看得出来,他连一星半点紧张的意思都没有。

坐在第一排正中间的庭霜在心里暗骂。

柏昌意带着笑意点开了评价结果。

图表显示了出来。

"还不错。"柏昌意挑了一下眉,那表情有点受宠若惊的意味。

第一幅图表里,关于"该教授是否将课程内容很好地结合了实际",参与评价的120个学生都选择了"是"。

往下翻,第二、第三幅图表也都是压倒性的好评。

再往下一幅。

该教授是否对学生有过高的要求?

120个参与评价的学生中,有120个选择了"是"。

选择"否"的人数:0。

柏昌意的视线缓缓地落在庭霜身上。

他记得庭霜当时当着他的面选了"否"。

庭霜难以置信地看着投影仪,几欲自杀。

全班没有一个人选"否"?

这真是……不畏强权的典范。

强权确实不能对这120个学生中的119个做什么,但是剩下的那一位今天回家恐怕就……

庭霜简直想死,哪怕有一个人选了"否"也好啊!

柏昌意的神情看起来依然非常和蔼可亲:"我们继续。"

自觉性命危在旦夕的庭霜默默祈求:后面那道题,千万要有人昧着良心选一下"适中"啊……

该课程难度如何？

当这幅图表标题显示出来的时候，庭霜马上闭上了眼，不敢直视整幅图表的全貌。

做了一点心理建设，他眼睛睁开一条缝，看第一行——

选择"太难"的人数：78。

完了。人好多。

120 减 78 等于多少……42……

诸神保佑，下一行人数一定要少于 42……

庭霜往下一行一看——

选择"比较难"的人数：42。

他自暴自弃地把眼睛全部睁开去看整幅图表——

选择"适中"的人数：0。

选择"比较容易"的人数：0。

选择"太容易"的人数：0。

学渣嘛，要是卷子上的客观题答得一塌糊涂，就会寄希望于主观题老师能多给点步骤分。

但是成也匿名，败也匿名，主观评价才是真的百花齐放，百家争鸣，庭霜的赞美混迹在各色赞美中，很快就被柏昌意翻过去了。

"嗯。"柏昌意翻页的手顿了一下，念出其中一条评价，"Professor 讲课的声音很……性感？"

讲台下发出一阵笑声，还有个别不老实的吹口哨。

"这是谁写的？"柏昌意扫视了一圈教室里的学生们，视线在经过庭霜的时候多停留了半秒。

庭霜顿时有种替人背锅的感觉。

这不要脸的评价可不是他写的。

他写的评价特别正经，特别专业，特别尊师重道。

"Professor。"有个笑得不怀好意的女生举手，揭发她旁边的另一个女生，"这个评价是 Anna 写的。"

周围的人立马开始起哄。

柏昌意看向 Anna，用他那低沉的声音说："谢谢。"

谢完以后，他又用幽默的口气说："我应该保持现在的音色，以吸引更多的学生来听课。"

庭霜想用手上的钢笔砸柏昌意。

下课的时候庭霜直接收拾东西走人。

这就属于十分不健康的学渣心态了，自己考得不好，还怪别的同学太优秀。

他在去图书馆的路上给柏昌意发消息：有女生夸你声音性感，你是不是很高兴？

柏昌意刚回到 LRM 系所，正准备去会议室开组会。

他看见庭霜的信息，回：没有。我不高兴。

柏昌意：在看到有两个选项的选择人数等于 0 之后。

屏幕上寂静了几秒，然后显示庭霜正在输入。

柏昌意走到会议室，坐定，手机屏幕上显示：庭霜正在输入。

柏昌意把手机静音，放到一边，勾唇，开会。

今天几个博士生要展示阶段性研究成果。

Elias 对着投影仪讲了一会儿以后，有点不确定地问柏昌意："Professor，有什么问题吗？"

柏昌意说："没有，继续。"

Elias 又讲了两分钟以后，再次停了下来："Professor，您在笑什么？"

柏昌意说："我没有笑。"然后不着痕迹地把嘴角放下来。

等他开完会，再去看手机，锁屏上有几排新消息。

[58 分钟前] 庭霜：那个……咱们扯平了，行不行？

[42 分钟前] 庭霜：……不行吗？

[41 分钟前] 庭霜：不行的话……那个……我答应你一件我能办到的事？

[41 分钟前] 庭霜：只要是我能办到的事……都行。

[23 分钟前] 庭霜：好吧，三件事不能再多了！

[1 分钟前] 庭霜：柏老板……

[现在] 庭霜：柏昌意，我生气了。

柏昌意看着消息笑起来，回：中午一起吃饭。

刚还表示在生气的庭霜立马狗腿地回：年轻教授，想吃什么？小的这就去给您买。

还是中午，还是 LRM 系所楼顶。

夏天如期而至。

两人吃了三明治，在围栏边吹风。

围栏台子上现在摆着一盆仙人掌，这是几个星期前庭霜偷偷开始养在楼顶的，至今也没被人发现。

"欸，我突然想到一个碰头暗号。"庭霜摆弄了一下那盆仙人掌，"你不在楼顶的时候就把这盆仙人掌放地上，如果你有空到楼上来了，就把它放到台子上。这样我要是路过 LRM 系所，抬头看到这盆仙人掌，就上去找你，怎么样？"

柏昌意问："那手机是用来干什么的？"

庭霜默了两秒，感受到了自己智商的缺陷："……也是。"

智商的距离让他想起了课程难度评价的 78 个"太难"和 42 个"比较难"，以及所有学生都认为柏昌意要求过高。

这个数据很能说明问题。

之前郭凭在"Robotik 必过"群里说"毕不了业才没意思"的时候，庭霜就想跟柏昌意谈谈他们人类后腿的生存问题了，只是一直没找着机会。

从今天的评价结果来看，人类后腿并不止群里的几个人，人类后腿占全班比例的百分之百。

这不行啊，这么一来，人类就只剩下后腿了。

"柏老板……我想跟你讨论一个严肃的问题。"

又来了。

小朋友极喜欢把午休时间变成答疑时间，明目张胆地薅教授的羊毛。

今天倒是不答疑，小朋友直接开起研讨课了。

柏昌意说："Ting，我希望你能够认识到，在这个时间，我不是你的教授。"

庭霜看着远处，浑身带着那么一股年轻的放肆劲儿。

"柏昌意，我也希望你能够认识到，在所有时间，我想要你是教授，你就得是教授。"

都是惯的。

"来吧，说。"柏昌意笑说。

"你们人类先锋……是怎么看待我们这些人类后腿的？"庭霜没等柏昌意回答，就继续说，"柏老板，我知道你在很年轻的时候就很厉害了，但是像你这样的人很少，不，是很少很少。今天你看了我们的评价，应该也知道，绝大多数人是普通人。我不是只考虑我自己，我也能站在你的角度理解你。我今天又跟你说这个，是因为我在想……"

庭霜想了一会儿，才找到他想说的那句话："我知道你关心人类。既然你已经关心了几十亿人，那么何妨再多 120 个？"

柏昌意连眉毛都没有抬一下："你怎么知道我不关心你们？"

庭霜转身面对柏昌意，眼睛里几乎有点请求的意味："我的意思是，你可以对我们，不，不包括我，你对我很好很有耐心，我觉得，你可以对他们再好一点。真的。"

"我哪里对他们不好？"柏昌意的神情和语气都很淡。

"我没有说不好……"庭霜怕被柏昌意误会，"我就是觉得……你可以再宽容一点，再多讲一点，再慢一点……别那么苛刻……"

"Ting，知识不可能俯身去够人类，只有人类踮脚去够知识。我不接受因为学生不行，就降低标准。这是一种下沉。我不希望这种下沉在我这里发生。"

"唉，也不是，我可能表达得不好。"庭霜抓了抓头发，想了一会儿，才说，"要求高、考得难，那是你的坚持，你上次也跟我讲了，我理解，你想往前走。可关键是……我觉得你可以再努力帮一下他们，尽力让他们达到你的要求。对，不是降低要求，而是带更多的人达到你的要求。"

柏昌意笑了笑："Ting，资源是有限的，我的工作不只是教学。我不可能像教你一样去教所有人。"

庭霜有点丧气，刚才那股劲儿也没了。

半晌，他说："那……你就眼睁睁地看着那么多人毕不了业？"

柏昌意说："考试的机会有三次，毕不了业就代表这条路不适合。"

庭霜说："可是，不是所有人都有那么多时间，也不是所有人运气都那么好，这条路走不通就换一条……"

柏昌意说："你知不知道在全德国范围内几乎所有理工科专业本科辍学率都在40%以上？硕士辍学率相对较低，但也有不少的一部分人不能毕业。这些人都会选择换一条路、换一个领域，这很正常。"

"我知道……"庭霜说，"但是……可能因为以前一直都在那种绝大多数人能毕业的学校里学习，所以我觉得那才是正常的……只有很失败的人才会毕不了业。"

柏昌意说："那你们这么多毕业生，都热爱你们所在的领域吗？"

庭霜说："……没有吧，很多还是不喜欢。"

柏昌意说："一直做不喜欢的事，不是更失败吗？"

庭霜一愣。

柏昌意说："毕业率高会让很多人勉强继续留在不喜欢、不擅长的领域，毕业率低反而留下了最合适的人。"

明明本来是想要说服柏昌意的,可是这一刻,庭霜自己突然动摇了一下。

他也是那么多不喜欢自己专业的人之一。

"一直做不喜欢的事,不是更失败吗……"庭霜低声地重复着那句话。

"以前我也认为喜欢没那么重要。"柏昌意说,"但现在我已经不那么想了。"

/ 星河的距离 /

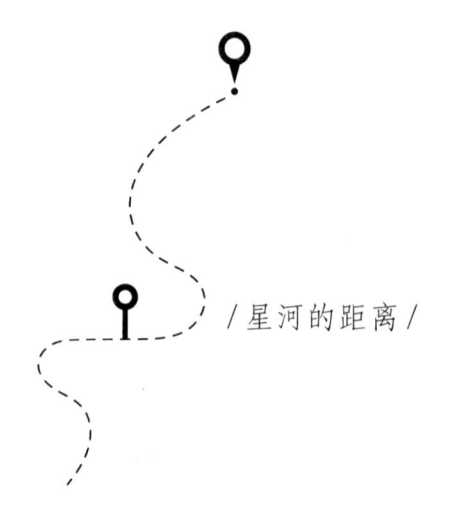

　　对于还不知道自己喜欢做什么的庭霜来说，他和柏昌意那天在楼顶的对话带来的影响，他还可以慢慢思考和探索。

　　而他有两个当务之急。

　　首先，柏老板的生日快到了。

　　其次，考期也快到了，他有几门考试在 8 月初，还有几门考试在秋假结束以后的 9 月底和 10 月初。

　　对于第一件事，庭霜同学是这样想的——

　　过生日嘛，主要是体现"孝心"，给家里的老人大操大办一下也是应该的。

　　他提前看了一下日历，7 月 27 日是周六。周六的优点就在于柏昌意通常有空，而且他打工的咖啡馆也可以请假。不过周六的缺点同样在于柏昌意有空，因为这样一来他就不方便给柏昌意准备惊喜了。

　　这么一想，唯一的机会在周六早晨，有了 Vico 以后，他们早、晚都会带 Vico 出门散步。

　　庭霜决定，7 月 27 日早上打发柏昌意一个人出门。

　　7 月 26 日晚上，庭霜装作什么都不知道的样子，在书房复习了一晚 8 月初的第一门考试。到 11 点的时候，他跟柏昌意说学得很困，就去睡觉了。

　　7 月 27 日早上，柏昌意叫他起床，被他无情地拒绝："嗯……Papa，今天你带儿子出去玩……我要再睡一会儿。"

　　柏昌意低声说："有什么想吃的？我一起带回来。"

　　庭霜装作睡不醒的样子，翻了个身，用被子蒙住头："随便……别讲话……

我要睡觉……"

柏昌意动作很轻地出了卧室，没有发出一点声音。

庭霜在被子里等了半天都不知道人到底出去没有，过了好几分钟，他才试探性地揭开一点被子，观察四周敌情。

很好，目标人物已经离开卧室。

庭霜蹑手蹑脚地下床，背靠在卧室门边，向外探出一个头。

旁边的浴室门开着，但里面没有任何动静，目标人物应该已经下楼了。

庭霜快速溜到楼梯边，隔着楼梯的扶手栏杆观察楼下的情况，目标人物在喝水。

庭霜往后退了一点，以免被发现。

楼下传来轻微的抽屉响动的声音，应该是目标人物在取牵引绳。

"汪。"

Vico 一看柏昌意取绳子就知道要出门，很兴奋。

"安静。"柏昌意轻声说。

Vico 不叫了。

过了几分钟，庭霜才伸出一点脑袋，继续观察楼下，因为他知道柏昌意会等 Vico 完全冷静下来才出门。

目标人物在朝门口走了，接着，楼下响起很轻的开门声和关门声。

庭霜就像所有等爸妈出门上班以后偷偷摸摸看电视的小孩那样，悄悄去一楼的窗户边，偷看外面，确认柏昌意真的走了。

等柏昌意的背影消失在院门外，庭霜立马拿起手机设置倒计时，现在是 7 点差 5 分，他大约有一个小时的时间。他没有告诉柏昌意今天他请假了，所以柏昌意为了跟他一起吃早餐、再送他去 Freesia，一定会在 8 点前回来。

庭霜在心里为自己的机智推理喝了一声彩，然后跑到衣帽间，从柏昌意放冬季衣物的衣柜里取出一个藏得很深的袋子。

里面除了生日礼物，还有一张生日贺卡，上面写着：Professor，生日快乐。

太幼稚了。

之前他从没做过这么幼稚的事。

手机的第一个闹钟响了，时间已经过去了 20 分钟。

来不及了，庭霜拿起生日贺卡就往厨房走。

他要在柏昌意回来之前把早餐准备好，然后跟早餐一起等柏昌意回来。

烤好的面包放在竹篮子里，煮好的鸡蛋放在白色瓷质的鸡蛋座上，三种果酱各一小碟，咖啡和牛奶也都准备好。

早餐就是平时的样子，柏昌意的口味一直比较固定。

他没有做蛋糕，柏昌意不喜欢吃甜食。

第二个闹钟在刚才准备食物的时候就已经响过，庭霜看一眼手机，7点49分了。

他把所有食物连同生日贺卡一起放进托盘里，端去餐厅。

就在他刚踏进餐厅的时候，外面响起一声开门声——还好，赶上了。

这时候，只听一道陌生的女声传来："昌意应该起床了吧？"

接着，一道陌生的男声也响了起来："我觉得来之前还是应该先给他打个电话，你知道，他从小就喜欢提前把时间安排好。"

女声说："提前说了就不惊喜了。他今天过生日，他爸爸妈妈来看看他还要跟他的秘书预约吗？"

完了。目标人物没回来，目标人物的高堂来了。

客厅里的脚步声和讲话声越来越近了，但他还不知道该怎么独自面对柏昌意的亲人。

为今之计——

脑子里转了好几转，其实也就那么短短几秒，庭霜飞速地、悄无声息地把餐厅的门关上，反锁了。

他背靠着餐厅门坐在地上，过了几秒才想到拿手机给柏昌意发消息求救：柏昌意你快点回来，你爸妈来了。

他发完，又意识到柏昌意肯定想不到现在的情况是什么样的，赶紧补了一条：我现在躲在餐厅里。你快回来！

这条消息刚发过去，柏昌意就回了：等我一分钟。

庭霜把手机放到一边，等柏昌意回来。

"昌意不在家，还是在吃早餐？我去餐厅看看。"

庭霜感觉那声音就在门外很近的地方。他的心跳更快了，肌肉紧绷着，手上全是汗。

"咔。"

门把手转动了一下。

虽然明知门从外面打不开，但庭霜还是不由自主地跟着那声机械声瑟缩了一下。

"嗯？门怎么打不开？"

"屏屏，昌意现在人不在，我们——"

"爸，妈。"柏昌意的声音远远地响起。

庭霜的心突然变得安定，就像盛夏滚烫喧嚣了一天的大地在月色与晚风中渐渐变得清凉寂静。

"昌意回来了。"

脚步声响起，隔着一扇门的声音总算远去了。

庭霜捂着嘴，等几乎听不见门外的声音了，才敢稍微大声一点地喘息。

柏昌意是跑步回来的，额发上还带着薄汗。

"这个小甜心是谁？"苏屏蹲下来，抱起筋疲力尽但仍然很兴奋的Vico，对柏昌意说，"昌意，你把我们的小甜心都给累坏了。"

这怪不得柏昌意，再不快点回来，他担心他们四个人这辈子都将留下抹不去的心理阴影。

"爸，妈，你们在这里等一下。"柏昌意把路上给庭霜买的咖啡蛋糕放到一边，"家里不止我一个人。"

"你找了个室友？"苏屏好奇道。

"嗯。"柏昌意斟酌了一下，觉得这个时候直接表达他的想法比较好，"你们这样直接进来可能会吓到他，我不想看到这样的事发生。"

柏仲衍意识到他们的到来带来的不便："需要我们出去等吗？"

"不用。"柏昌意说，"在客厅就行。"出去的话，在院子里更容易通过窗户看到餐厅里的情况。

说完，他走到餐厅门口，轻声喊："Ting？"

许久，餐厅门才缓缓开了一条缝，柏昌意推门进去，把门从身后关上。

庭霜面对柏昌意站着，看起来像受了天大的委屈。

柏昌意瞥见他身后的一桌早餐，视线往下，桌角边的地上落了一张卡片，写着：Professor，生日快乐。

庭霜怕柏昌意的父母听见，只敢很小声地骂："你居然把我一个人留在这么不安全的地方！你答应过我这里不会有其他人来的！"

之前，他们对于合伙住后如何处理彼此的社交问题，讨论出来的结果是：在庭霜毕业以前，两人都不能把其他人带到家里来，所有社交活动一律在外面进行。

今天的事纯属意外。

柏昌意的父母常年生活在柏林，平时从不过来，通常都是每隔两个月柏昌意去看他们一次。

柏昌意把家门的密码告诉父母、添加父母指纹信息，只是为了有备无患。因为他离婚以后过了一段时间不短的单身生活，一般独自生活的人都会多备一套钥匙给信得过的亲友，为以防万一。

但他没有料到父母会不打招呼突然过来，是他考虑不周。

"是我的错。"柏昌意轻轻地拍着庭霜的肩，让人平静下来，"没事了，不怕了……"

庭霜还是很气，抬起头瞪柏昌意，瞪着瞪着想到外面还有人等着，又紧张起来，很小声地说："他们是不是还在外面……"

柏昌意点点头，说："不急，等你准备好我们再出去。"

庭霜摇头："我们还是快点出去吧……我怕给他们留下不好的印象……"

"嗯。"

"嗯……生日快乐。"庭霜轻声说。

庭霜有点不安。

那点不安，柏昌意一眼就看了出来。

他轻摸小孩的头发："生日祝福收到了。"

庭霜："……我们出去吧。"

"嗯。"柏昌意捡起地上的生日贺卡，收进自己的口袋里。

庭霜小声说："你爸妈会不会不喜欢我啊……我好像不太招长辈喜欢……"

柏昌意说："怎么会有人不喜欢你？"

庭霜说："真的有人不喜欢我……"

柏昌意说："不喜欢你的不算人。"

庭霜还是紧张。

他走到苏屏和柏仲衍面前的时候连呼吸都怕太大声。

苏屏和柏仲衍都六十多岁了，但是看起来并没有显老态。苏屏太漂亮，漂亮得有点不亲民。相比之下，柏仲衍就显得比较温和、好说话，不像柏昌意。柏昌意也温和，但并不是出于性格而更像是出于礼仪，所以总给第一次见面的人一种距离感，高高在上，不近人情。

庭霜想，柏老板可能是随母亲。

这么一想，他就更怕苏屏了。

而且他觉得苏屏现在的脸色也不太对劲。

"过来坐。"柏仲衍笑着说。

"我、我去泡壶茶过来吧……"庭霜发现两个长辈进门这么久连杯水都没喝上,心想这下惨了,他们对他的第一印象肯定已经不好了。

"不用。"柏昌意说。

"不行不行,我还是去泡壶茶……"庭霜掉头往厨房跑,跑到半路又折回来,特别难以启齿地问柏昌意,"那个……茶叶放在哪里啊?"

柏昌意说:"家里没有茶叶,你和我都没有喝茶的习惯。"

"啊……"庭霜简直想扇自己两下,还泡茶,泡个鬼的茶,现在暴露了吧,"那我去倒点水过来……"

苏屏皱眉看着庭霜的背影进了厨房,压低声音对柏昌意说:"昌意,你这是在干什么?你把人关在餐厅里?"

刚才的情况,明显就是柏昌意把人关在家里,这根本就是虐待。

庭霜端着水回来的时候,发现苏屏一直盯着自己看。

"阿姨,喝水……"他赶紧先把第一杯水放到苏屏面前,再把剩下的两杯水分别放到柏仲衍和柏昌意面前。

只有三杯水,他忘记把自己算上了。

"到阿姨这里来。"苏屏拍拍自己身侧的沙发。

"噢……"庭霜觑了一眼柏昌意,坐到苏屏身边,屁股沾沙发一条边,腰杆挺得直直的,看起来很乖。

"你不用看他的脸色。"苏屏握住庭霜的手,心疼道,"庭庭,你老实跟阿姨说,昌意是不是欺负你了?"

庭霜下意识地又看了柏昌意一眼,说:"没有啊……"

苏屏把柏昌意面前的杯子拿过来,递到庭霜手上:"你喝水。"

庭霜转头对柏仲衍微笑:"那 Papa——"

糟糕。他顺嘴就这么喊出来了。

怎么办……他感觉四周的气氛瞬间奇怪了起来。

庭霜僵硬地继续微笑:"Papa……昌意的 Papa 多喝水。"说完他又对苏屏微笑:"昌意的 Mama 也多喝水。"

救场这个事分两种结局,一种是"事了拂衣去,事过了无痕"型,还有一种可以称为——

尬救。

庭霜现在就属于后者。

尬救的特点是,救不救得成场完全不取决于救场者的行动,而是取决于在场的其他人给不给面子。

柏仲衍喝了一口水,说:"好,好,喝水。"

苏屏也喝了一口水,说:"嗯,嗯,喝水。"

喝水的同时,他们复杂的目光不约而同地投向了柏昌意。

柏昌意尽量维持着严肃的表情,说:"Ting,这样不太合适。"

庭霜赶紧跟随柏昌意递过来的台阶往下走:"是……不太合适,Professor也喝水。"

"柏昌意,你少吓唬小孩。"苏屏瞪了一眼柏昌意,对庭霜和蔼道:"庭庭,你想怎么叫就怎么叫,不用管他。"

庭霜连忙应道:"嗯……"

苏屏满意地点点头,问:"庭庭,你和昌意是怎么认识的?"

苏屏从来不打听柏昌意的社交和朋友,但是这一次情况太特殊,儿子这么欺负一个小孩算怎么回事。

在苏屏的记忆里,她儿子完全不是现在这样的。柏昌意对待每个人都绅士,体贴有礼,哪像现在,板着个脸,把人家小孩吓得战战兢兢的。

"我们是……"庭霜犹豫着回答,"我们是在社交网络上认识的……"

网络?苏屏第一时间联想到的是她最近看到的人口买卖的新闻。

这孩子……应该不至于吧。

苏屏正要再说什么,只听见"咕噜"一声,响彻客厅,声源是庭霜的肚子。

他有点脸红:"不好意思……"

一早上惊心动魄,直到现在他都还没吃上早饭。

苏屏不能再忍:"柏昌意,你连饭都不给他吃?"

柏昌意心说:这不是你们来了吗?您儿子也没吃。

"没有没有,我做了早饭,等昌意回来一起吃。要不然……"庭霜看看苏屏,又看看柏仲衍,"阿姨叔叔,还有昌意,咱们四个人一起去吃点儿?"

"昌意,你不是买了蛋糕回来吗?去厨房把蛋糕切一下。"苏屏把柏昌意支走,拉着庭霜一起去餐厅:"庭庭,现在昌意不在,你告诉阿姨,昌意平时到底有没有欺负你?你不要怕,要是他欺负你了,你就跟阿姨说。"

庭霜还从没有跟长辈像这样聊过。

他爸一向跟他聊不到一起,虽然上一次见面的时候对他的态度已经松动了一些,但也远没有到可以聊具体生活的地步;他妈又有了新家庭,过得也很幸福,所以他从来不上门去打扰,在国外的时候给她打个视频电话、在国内的时候一起出去吃个饭,他也永远都是报喜不报忧,怕她担心。

他没想到才第一次见面的苏屏会问柏昌意有没有欺负他。

本来面对苏屏和柏仲衍还很紧张,但现在,他一边想着自己的日常生活,一边如实说来,说着说着,也就不紧张了。

"他人很好……"庭霜抿了一下唇,眼睛里有夏日的太阳从树叶缝隙中落下来的光,"周一到周五我都要去学校上课,天气好的时候,我们会早点出门,两个人骑车去学校。我们常会搭伙一起吃饭,一般都是他做饭。他做饭特别好吃,我就不太会做……周日要是他有时间,我们就带 Vico 出去玩。有一次在树林里,Vico 看见一根很长的树枝,想把树枝叼回来给我们,但那根树枝太长了,他跑回来的时候被卡在两棵树中间过不来,然后我和柏……昌意就一起过去救他……嗯。"

说到这里,庭霜的声音渐渐变小,然后有点难为情地停了下来。

苏屏和柏仲衍都笑眯眯地看着他,眼神非常慈祥。

庭霜低下头,掩饰性地拿起咖啡壶,太丢脸了,他居然没忍住在柏老板爸妈面前讲起这些日常小事。

这时候,他忽然发现,其实他一直都很想跟人聊这些有意思的小事,只是没有合适的人可以讲。

"怎么了?"端着蛋糕过来的柏昌意问,"拿着咖啡壶干什么?"

"噢……我准备倒咖啡,四个人,少了两个杯子,我去柜子里拿两个出来……"庭霜放下咖啡壶,起身走向柜子。

不好。刚走了两步,他忽然想起来,他送给柏昌意的生日礼物现在就躺在那个放各类杯子的柜子里。

这柜门要是一开……

那他想送给柏昌意的惊喜就完全没有了。

"怎么了?是这个柜子吗?"苏屏正好坐在那个柜子旁边,看庭霜为难,就自己动手了,"我来拿吧。"

庭霜大惊失色:"等等——"

一切发生得实在太快。

连无所不能的柏昌意都回天乏术,他最后进的餐厅,坐在最外侧,离柜子太远。

庭霜咽了一口唾沫。

柏昌意扶了一下眼镜。

柏仲衍的注意力跟随其他人的目光也转向了柜子，但视线被苏屏挡住了，看不到柜子里的东西。

苏屏的目光落在柜子里。

柏昌意给了他一个含笑的眼神，然后若无其事地走到柜子边，看了一眼柜子里的东西，淡淡地说："Ting，你怎么又乱放东西？"

乱放东西？

庭霜还没反应过来要怎么接话，柏昌意就像拿一摞教学资料那样坦然地把那身衣服拿了出来，并用教育小孩的口吻对庭霜说："你不是说等你考完八月初的考试，就要去汉堡参加游行活动吗？游行穿戴的衣服和头饰随手乱放，到时候怎么找得到？"

柏昌意看了庭霜一眼，提醒道："还不去把东西收好？"

庭霜收到柏昌意的眼色："嗯……我马上收好，我以后一定不乱放东西了。"

柏昌意点点头，看着庭霜出去，才跟苏屏和柏仲衍解释道："是这样的，这是 Ting 给游行准备的服饰。今年德国有一场庆祝游行，从 6 月底持续到 8 月初，8 月初之前他都要准备考试，我没同意他去。他拿着衣服跟我闹过两次，说准备了很久，他们同学都要去，他也一定要去。我看汉堡那场游行的最后一天正好在他考完试之后，就同意了。小孩嘛，想去就让他去吧，稍微穿得出格点也没什么，何况还是跟同学一起，你们平时在柏林也知道，年年夏天这个时候都有游行，街上穿什么的都有。妈，刚才没吓到吧？"

等庭霜放完东西回餐厅，柏昌意已经在跟苏屏和柏仲衍聊最近的新闻了。庭霜坐到柏昌意身边。

"先吃东西。"柏昌意说。

"噢。"庭霜停下小动作，去拿蛋糕吃。

几个人吃着甜点，喝着咖啡，聊了些时事，又聊了聊庭霜的留学生活。

苏屏一听庭霜一个人在国外，又要独立养活自己，心里就泛起了母爱。毕竟柏昌意十三四岁以后就很少给她这样心疼的机会了。她当即选了一家餐厅，打电话订位子，打算中午带庭霜，顺便带上丈夫和儿子去吃饭。

挂了电话，她又问："昌意，现在都七月底了，你们买秋天的衣服了吗？"

天可怜见，柏大教授原本认为自己这个"家长"当得还不错，但他母亲一来，生生将他从优秀家长变成了不及格家长。

"没有。"柏昌意承认。

"那下午我带你们去买衣服。"苏屏对庭霜说："庭庭有时间吧？昌意说你最近要考试，复习忙不忙？"

"还好还好……"庭霜哪儿敢拒绝，"今天给他过生日，本来我也没打算复习。"

苏屏点点头，想到什么，问："欸，庭庭，我忘了问，你是学什么专业的？"

来了。

一波刚平，一波又起，过山车人生。

"嗯……"庭霜举着叉子，蛋糕悬在嘴边，"我是学……那个……"

他非常隐晦地暗示："嗯……阿姨看过《机器人总动员》吗？英文叫 *WALL-E*。"

"看过。"苏屏点点头，理解了，"庭庭是学影视动画的？"

"喀、喀……"庭霜捂住嘴，"喀，今天的蛋糕怎么回事？意外地呛人。"

柏昌意看不下去，把餐巾递给庭霜，说："他是学机器人专业的，这学期修我的课。"

庭霜低头吃蛋糕，不敢看苏屏和柏仲衍："……嗯，在网上认识一段时间以后，我才发现他是我教授。"

苏屏和柏仲衍的神情都稍微严肃了一些。

柏昌意喝了一口咖啡，等着父母接下来的话。

柏仲衍没有多说什么，苏屏倒也没有什么别的想法，她只担心师生之间有天然的权利不对等。柏昌意本来就年长，又强势，现在还加上教授的身份，想欺负小孩实在太容易。

"庭庭。"

庭霜心虚地抬头，看向苏屏："嗯？"

苏屏问："昌意有没有用不让你通过考试这件事来威胁你？"

庭霜看了一眼柏昌意。

这个问题是该如实回答呢，还是如实回答呢……

柏昌意看出庭霜的意图，镜片后的眼睛里流露出一点警告的意味。

"阿姨……"庭霜放下叉子，挪到旁边的椅子上，挨着苏屏，委屈地说，"这个学期开学的时候，我们之间闹了一点小小的不愉快……然后他就让我明年重修……您能不能跟他说说，不要让我重修……"

这状告得，简直春秋笔法，要说他说谎吧，他话里还找不到一点虚构的成分。

小浑蛋。

柏昌意不知道是该气还是该笑。

苏屏看着庭霜那可怜样，心都要化了，当即批评柏昌意："你怎么能让庭庭重修呢？他一个人在国外留学多不容易。你这个学期让他把考试过了，听到没有？"

庭霜眼睛里有一点藏不住的得意，同时还很坏地在桌子下面踢了柏昌意一脚。其实知道柏昌意不可能因为这样就改变原则，但他很乐意看柏昌意无可奈何。

柏昌意看了一眼庭霜，无奈地对苏屏说："这件事我之后跟他'讨论'。"

本命年凶险，这话是真的。

三十六岁生日这天，柏大教授领教了这句话的威力。

庭霜这有恃无恐的小崽子，从上午在家里到中午出去吃饭，告状的嘴巴就没有停过，一会儿"他老是摆架子吓我"，一会儿"他说如果我不听话，他就要把我一个人扔在家里"。

柏昌意活了三十六年受到的批评教育还没有今天一天多。

到了下午，柏大教授本想着，陪着父母以及庭霜这只小崽子逛街，开个车、拎个袋子，总不至于招致什么灾祸了，没想到——

"庭庭，你和昌意今年都是本命年，你们秋假不是要去海边玩吗？每人买一套大红色的泳衣吧。"苏屏摸了摸男模特身上的泳衣布料，觉得很不错。

"我有泳衣。"柏昌意转开视线。

庭霜也不愿意穿红泳衣，便有样学样地推托："我也——"

"他没有。"柏昌意说。

庭霜气死，他才不要一个人穿红泳衣。

他眼睛一转，特别乖巧地跟苏屏说："阿姨……我想要昌意也穿红泳衣。"

柏昌意："……"

5分钟以后，柏昌意手上多了一个购物袋，里面是两套不同尺寸的红色泳衣。

逛了一下午，庭霜收获了一套红泳衣和至少可以穿三个秋天的新衣服，柏昌意则只收获了一套红泳衣。

临到傍晚，苏屏和柏仲衍要回柏林了，走之前，苏屏拉着庭霜单独说话。

他们两个走到一座雕塑喷泉旁边，不远处有流浪艺人在弹着吉他，唱着一首德语民歌《最后一晚》[1]。

---

[1] 歌曲原名 *Der Letzte Abend*，德国中部民谣。

流水汩汩，琴弦轻拨，歌声浑厚。

歌词里唱着："你是我的珍宝，你永远是我的珍宝……"

"庭庭。"苏屏坐到喷泉旁边的石凳上，阳光照出了她眼角的皱纹，新长的几根白发，还有眼里的纯真。

"嗯。"庭霜坐到她身边。

"这两三年来，我最高兴的就是今天。"苏屏笑说，"昌意能遇见你，真是好运气。"

"没有没有……"庭霜连连摇头，觉得自己受不起这么大的一句夸奖，"能遇到他，我才是真的运气好……"

"我不是讲客套话。"苏屏看了一眼在远处树下等着的柏昌意，"我的儿子，优点、缺点，我都是清楚的。我一直担心他没有牵挂，没有生活热情。"

没有生活热情？

庭霜不是很理解："阿姨，我不觉得他没有生活热情……我觉得他特别会生活。他会做各种各样的吃的，几乎每周都会学新的菜式，我们有时候跟 Vico 去散步的时候，他会带无人机拍照，拍得特别好看，我们还一起买了种子，在院子里新种了红莓和蓝莓，他种的比我种的长得好……"

苏屏一直笑着听庭霜讲，越听笑意越浓："他之前不是这样。他一直会照顾人，这没错，但那是因为他要求自己做个绅士。如果你见过他以前的样子，就会知道区别。昌意他……太聪明了，他很早就确定了人生的重点，然后把其余的部分全部当作吃饭睡觉这样的事来做——不感兴趣，但必须做好。就像今天，陪人逛街这样的事，他以前也会做，但是从来没有这么高兴过。"

庭霜忽然想起了第一次去柏昌意家时，房子里那种空空荡荡的、整洁到几乎没有生活痕迹的感觉。

他住进去以后，家里的东西才一点一点多了起来。庭霜有时候会觉得自己把家里搞得乱七八糟，但现在一想，那其实也是烟火气。

"庭庭，很多人都觉得昌意过得很好，他们很羡慕他，想成为他，或者希望自己的孩子成为他。"苏屏的目光变深了一些，"事实是，如果你欣赏他，仰慕他，那么你希望他成功，希望他快乐。我不知道他有没有跟你讲过他的一些想法……可能没有，他已经过了跟别人讲理想的年纪。他把大学看得太浪漫，太理想，可能这辈子，世界上绝大部分的大学也不会变成他想要的样子。或者，我更悲观一点，这个世界也不会变成他想要的样子。他在这个年纪，已经有很多成果，但是他好像有一个太高的目标，我在想，要是他达不到那个目标，很多年以后,会不会后悔,会不会不高兴。"

"他跟我说过这些……"庭霜去看远处的柏昌意,柏昌意喝了一口他之前喝剩的冷饮,好像是嫌太甜,皱了一下眉,没有继续喝了,"我能理解他。走在最前面的人,都是与众不同的,别人会说他们不切实际。可是……实际的人组成了现有的世界,不实际的人才能创造新世界。总有那么几个人吧,如果他们都被理解了,也就不是走在前面的了。"

"他竟然会愿说这些。"苏屏稍微有点惊讶,可惊讶过后,又觉得柏昌意理应跟庭霜聊这些。

"不是他主动说的……我碰巧问了他。"庭霜笑起来,"我挺傻的,如果不问,就不知道他在想什么。搞不清楚,我就会一直问,他还挺有……耐心的,每次都肯跟我说。这个问题我后来想了很久,我说说自己的看法吧……可能是错的。就,我觉得理想这个东西,其实没有太理想、太不切实际、太不顺应历史潮流一说。所有引领潮流的人都不顺应潮流,他们就是潮流本身。被引领的人,等待潮流的到来,然后顺势而为。阿姨……虽然他比我大了十多岁,但是有些时候,我觉得他才活出了少年气。很多人……一早就老了。"

苏屏想了想,说:"我也不是不理解他、不尊重他,我只是不希望他只有事业。事业只需要一个结果,但人拥有无数个瞬间。我希望他每分每秒都快乐。"

"他会的。"庭霜笑了一下。

斜阳下,喷泉流淌,流浪艺人还在弹唱着他的歌:"永恒的生命,无穷的幸福与快乐,请你都拥有,我为此祈求千万遍。"

庭霜从石凳上站起来,回头对苏屏一笑,然后跑向柏昌意。

"生日快乐!"

柏仲衍和苏屏离开了。

"上车。"柏昌意说。

庭霜忽然意识到,此时此刻,他已经失去了保护伞。

他很快就要"被讨论"了。

"那个,咱们去哪儿啊?"他站在原地不肯动。

柏昌意:"回家。"

大事不妙。Ting命休矣。

"不行,我们还不能回家。"庭霜摆上认真的表情,"我还有要紧事没办。"

柏昌意:"哦?什么事?"

庭霜想了想，说："你看，阿姨给我买了这么多东西，我也应该给阿姨和叔叔买点礼物寄过去吧？趁着现在商场还没关门，咱们去挑礼物嘛，明天周日商场不开门，之后工作日，你就更没空了。"

柏昌意："这事不急，等你考完试再说。"

庭霜："那，我还想……"

柏昌意："还想什么？"

庭霜："还想……"

柏昌意："说。"

"我还想……"庭霜支吾了一会儿，突然特别诚恳地说，"我还想重修！我特别喜欢重修，真的。我觉得关于这一点，已经讨论过很多次了，没意思，咱们不用再讨论了。而且——"

他变守为攻，占领受害者的高地："都是你，今天早上我都差点吓出毛病了，你要赔偿我的精神损失。"

"怎么赔偿？"柏昌意问。

怎么赔偿……

庭霜问："我说什么你都答应？"

柏昌意低声笑："嗯。"

这机会千载难逢，必须好好把握。

庭霜冥思苦想，生怕亏了。

柏昌意看他那样，觉得好笑："先上车，在车上想。我跑不了。"

平时在车上，庭霜总是说个不停，今天一声不吭，有如沉思者雕塑，就为了想怎么占柏昌意一个大便宜，最好是能来个"割地赔款丧权辱柏"一条龙。

快到家的时候，他才想出一个自认为绝妙的主意："那今晚你什么都要听我的。"

柏昌意笑说："想了半天，就这么点要求？"

"这么点要求？"庭霜得意地想，之后有你跟小爷求饶的时候。

庭小爷想得特别美。

柏昌意一贯强势，每次他都得乖乖听话，受制于人，今晚他要当家做主，掌握全局。

两人到家，庭霜立马开始行使刚刚获得的权利："第一件事，我要把大门密码改成我住进来那天的日期。"

本来也要换密码，柏昌意信守承诺，改了。

庭霜又说："我要吃你第一次给我煎的那种牛排。"

柏昌意系上围裙，煎牛排。

吃饭的时候，庭霜把刀叉一放，说："我要你给我切。"

柏昌意算是明白了，他今晚得伺候这位小爷。

小事，反正他平时也伺候惯了。

吃完饭带 Vico 散完步，庭霜送完柏昌意生日礼物以后，又问了一次："今晚是不是什么都听我的？"

柏昌意说："当然。"

庭霜说："我还要你给我煲汤。"

"折腾人。"柏昌意笑着骂了一句，站起来，准备去厨房煲汤，"去多穿件衣服，晚上凉。"

庭霜"嗯"了一声，去拿了件睡衣外套，然后就站在冰箱旁边看柏昌意挑食材。

"我要喝排骨汤，排骨冬瓜。"他伸着头，想在冰箱里找到冬瓜，"不然排骨莲藕也行。"

"两样都没有。"柏昌意说，"排骨萝卜和排骨玉米选一个。"

"那排骨玉米吧。"庭霜说。

柏昌意切排骨，庭霜就在一边眼巴巴地看着。

"还要什么？"柏昌意看他一眼，语带笑意，"早点说。"

庭霜开玩笑说："我还要星星，还要月亮。"

"倒是比找冬瓜、莲藕容易。"柏昌意准备好排骨和玉米，把汤煲上，"走，带你去找星星和月亮。"

"还真有啊？"庭霜跟着柏昌意出去。

柏昌意说："去院子里等。"

庭霜等了一会儿，等来一架天文望远镜。

"你从哪儿弄来的？"庭霜惊了。

"仓库，前段时间买的，本来想等你考完试再告诉你，你上次不是说小时候夏天晚上就喜欢吃西瓜看星星吗？"柏昌意把望远镜架好，"这里光污染少，肉眼也能看见不少，但还是用望远镜看得清楚点。反正在等汤，不急，先玩一会儿。"

"我就是随口一说……"庭霜都不知道该说什么了，"你这都记着……"

"你可以先肉眼找一下夏季大三角。天琴座的织女星，天鹰座的牛郎星，天鹅座的天津四,构成一个三角形。"柏昌意边调望远镜边说,"那个方向,织女星最亮,先找织女星。"

"……找到了。"庭霜仰头看着深空上的星点。

"往下看,还有蛇夫座和半人马座。"柏昌意调好了望远镜,"过来看。"

庭霜过去,透过望远镜,骤然眼前的整个夜空都不同了。

星河如此壮丽,原来还有这么多他从前没有看到过的星辰。

"银河好亮……"庭霜赞叹。

"找到夏季大三角,沿着这条银河往下,就是蛇夫座。"柏昌意握着庭霜的肩,"看到了吗?"

"嗯……"庭霜说,"好多不同颜色的星星……一想到我现在看到的这些光,是很久很久之前的光,就觉得很神奇。"

"牛郎星距地球只有 16 光年。"柏昌意笑说,"你现在看到的是你 8 岁时的牛郎星。"

"所以我看到的是你 20 岁时候的星星……"星辰的光从遥远的时空进入庭霜眼里,他一下看得入了迷,柏昌意也不说话,就笑着站在一边看他。

不知道过了多久,空气中飘来排骨和玉米煲出来的浓浓香味。

繁星和烟火,都有了。

"今晚是不是什么都听我的?"庭霜转过头,看向柏昌意,又问了同一个问题。

"当然。"柏昌意笑着说,"还要什么?"

"那我……"庭霜说出了他之前就想说的话,"我还要你永远年轻,永远快乐。"

/十二年光阴的距离/

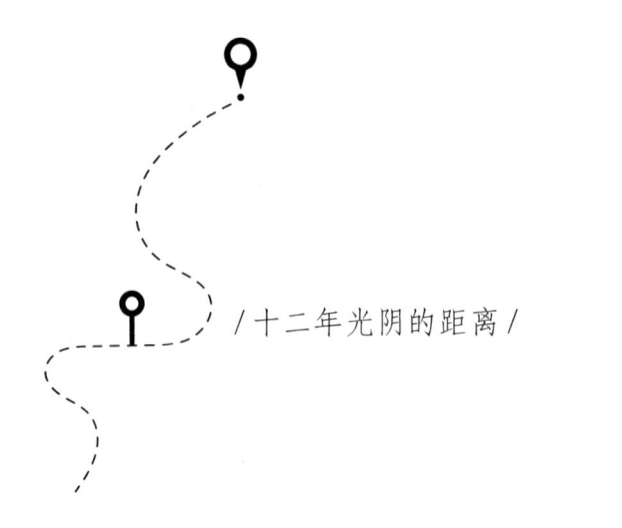

　　过完柏昌意的生日，庭霜又开始为8月初的考试焦虑。这份焦虑已经持续了一个月，越临近考试焦虑就越严重。之前考试的焦虑还有柏昌意生日这件大事挡在前面，等大事结束，焦虑直接决堤。

　　焦虑是压力带来的。

　　有些人会因为考试压力而越发努力复习，有些人却会因为考试压力而越发热爱一切跟学习无关的事物。

　　庭霜是后者。

　　他的第一门考试就有近三千页的课件要复习，令人欣慰的是距离考试还有三天的时候，他看完了最后一页课件，可更令人觉得心酸的是在看完最后一页的时候，他已经忘了前面的两千多页。

　　他自暴自弃地从书房出来，怀着慌张的心情撸狗、看动画、打游戏、抽烟。

　　柏昌意下午回来的时候，家里一股烟味。

　　庭霜正拿着铅笔和草稿本窝在沙发上临摹一页漫画。

　　"Ting，你抽了多少烟？"柏昌意走近了，看见茶几上的烟灰缸里堆满了烟头和烟灰。

　　庭霜一身颓废气："抽得烟雾报警器都响了。"

　　"然后？"柏昌意把茶几上的烟盒拿起来，一看，空的。

　　庭霜："然后我就把烟雾报警器给关了。"

　　柏昌意走到他身后，看着他用一种极其暴躁的态度画画："复习不下去了？"

　　"何止？我人生都继续不下去了。"庭霜用铅笔狠戳本子，赌气说，"我不做人了。"

柏昌意低声笑："那做什么？做小狗小猫小兔子？"

庭霜转过头，很不高兴："我都这样了，你还逗我。"

"好，不逗你。"柏昌意坐到庭霜身边，"我们来解决问题。你现在是什么情况？"

庭霜描述了一下那三千页课件的惨案，说："我感觉脑子里都塞满了，真的不能再继续往里面塞东西了，但如果你要我回想一下我脑子里有什么，我又什么都想不起来。"

"什么都想不起来？"柏昌意加重了"什么"二字。

"……嗯。"庭霜点头。

柏昌意随口问了一个概念。

庭霜想了一下，很快答上来了。

"欸？"他都没想到自己能答上来，"我以为我什么都不记得了。"

柏昌意说："你连问题都不提，怎么会有答案？"

"原来是这样啊……"庭霜思考了一下，"好像是啊。我每次自己闷头复习，都挺虚的，但是上了考场回答具体问题吧，又还行。哎，柏老板你说，我是不是境界太高了？就，虚怀若谷那种，其实知道很多，却以为自己不知道。"

柏昌意："你这叫没有知识体系。"

庭霜："……哦。"

柏昌意拿过庭霜的草稿本，画知识树："你要弄清楚现在你学的东西处在你知识体系的哪个位置。同时你还要清楚，哪个位置是缺失的，哪个位置你已经掌握了，掌握到哪种程度。"

他一边画，一边跟庭霜讲，很快，一棵枝叶繁茂的知识树出现在纸张上。

这棵知识树的某些末端枝叶无法再继续往下延伸，那就是人类现在的知识边界。

"你看，这是我的知识体系。你也可以试着这样做，这样你就知道自己掌握了什么，还欠缺什么，不会什么都想不起来。"

"嗯，我试试看……"庭霜点点头，拿着柏昌意那张图做参考，来画自己的知识树。

他画了又擦，擦了又画，犹犹豫豫，好半天才画出一棵只有四根孤零零分枝的知识树。

他看看自己这棵光秃秃的知识树，再看看柏昌意那棵繁盛得惊人的知识树，这么来回看了好几遍，终于绝望了。

"……我真的不知道我的知识体系应该是什么样的。"庭霜整个人看起来都灰掉了，"……我好像只会考试。"

柏昌意想了想，在纸上写下如"运动与路径规划""学习和适应系统"等二十个机器人领域的不同研究方向："有感兴趣的吗？"

庭霜一行一行地往下看，看到最后一行也没有一个喜欢的，只好沮丧地摇头。

柏昌意沉思了一阵，说："走，我们出去玩。"

"啊？"庭霜以为自己听错了，"出去玩？现在？"

"嗯。"柏昌意说，"现在。"

"你是教授啊……"庭霜反应不过来，"哪有考期带头出去玩的……"

柏昌意揉了一把庭霜的头发："你都不喜欢，我还当什么教授？"

庭霜还是担心考试："可是我还没复习好。"

"那你现在学得进去吗？"柏昌意说。

庭霜摇了摇头，也想开了："行吧，反正也学不进去，出去玩吧，就当是减压了……玩什么？"

"你想玩什么？"柏昌意把重音放在"你"上。

庭霜想了一会儿，说："……我不知道。"

柏昌意说："不知道就继续想。"

庭霜说："那……有什么备选项吗？"

柏昌意笑说："没有。"

庭霜不满地说："哎，是你说带我出去玩的，你连个备选项都没有，也太不负责任了吧？"

柏昌意拍了拍庭霜的后背，说："我负责'带你'，剩下的你来负责。"

庭霜说："我不知道能玩什么……"

柏昌意说："能不能是我该考虑的事，你只要考虑想不想。"

庭霜说："什么都行？"

柏昌意说："行不行再说。现在，不考虑任何其他因素，你想玩什么？"

庭霜望了一阵天花板，突发奇想："我想……飙车，不限速那种，谁都追不上我；踢足球，大杀四方，德国人也不是我的对手；出海航行，乘风破浪，跟鲨鱼搏斗；组乐队弹吉他唱歌，台下万人狂欢；穿上立体机动装置在城市里飞来飞去砍巨人；黑了所有教授的电脑，窃取考——喀，刚说到哪儿了，哦，飞来飞去砍巨人……欸，最后这个飞来飞去砍巨人是不是太不现实了？"

柏昌意边听边笑："前几个也不能算非常现实。"

庭霜也觉得有点好笑："我知道……所以我也没想着真去做……"

可没想到柏昌意话锋一转："不现实不代表不能做。"

"可是……"庭霜想不出来要怎么做。

"我说了，能不能做，我来考虑。"柏昌意撸了一把庭霜的后脑勺，"换衣服出门，裤子穿短一点。"

"那我穿短裤吧。"庭霜边找衣服边问，"是因为要踢足球吗？"

柏昌意点头："部分是。"

庭霜套上一条薄荷绿短裤，对自己的身材满意得不得了："你说我这么好看，等会儿我们出去了，其他人看见我站在你旁边，会不会想：哎，这个糟老头子的儿子还蛮帅的。"

他说完就往外跑，跟刚揭了瓦的小孩似的，生怕挨打。

"驾照。"柏昌意在后面提醒。

庭霜脚步一顿，转身溜回来，凑到柏昌意旁边，赔笑："驾照我放书房了……我去拿一下哈……你真帅。"

庭霜挺久没开车了。他的驾照是在高考完的那个暑假考的，跟他爸闹翻后就没开过家里的车，来德国之后倒是考了试，换了德国驾照，但是拿到德国驾照以后除了出去旅游租过一次车，也没有再开过车。

取了驾照坐到副驾驶座上，他问："我们去哪儿？"

柏昌意说："出城，找条不限速的高速。"

庭霜心跳快起来，既兴奋又紧张："咱们要上传说中不限速的德国高速公路啦？"

"也不是所有高速公路都不限速。"柏昌意转头看庭霜一眼，觉得他那激动样特别可爱，"一部分。"

庭霜拿出手机："我要建个飙车歌单，这样才有感觉。"

"要感觉。"柏昌意想了一下，打方向盘掉头，"那先去租车公司吧。"

庭霜："为什么啊？不是有车吗？"

柏昌意笑了一下："不一样。"

到了租车公司，庭霜才知道是哪里不一样。

柏昌意租了一辆特别骚的复古敞篷跑车。他现在当然早过了开这种车的年纪，但20岁以前也免不了俗，经常开着敞篷车载着最火辣的女生（那时候他交的女朋友通常都是最火辣的女生）到处跑。

"你来开。"柏昌意坐上副驾驶座,"掉头出城。"

庭霜往驾驶座椅背上一靠,手握上方向盘:"哎,过了几年自己讨生活的日子,一穷二白,胆小怕事,差点忘了小爷曾经也算半个富二代。"

那模样又骄矜又痞气,看得柏昌意好笑:"差不多就行了,开车。"

庭霜也笑起来:"其实我爸管得挺严的,没让我乱飙过车。"

掉完头,斜阳正照着眼睛,庭霜戴上太阳镜,正准备放歌,突然瞥见了车里的旧唱片。

"柏老板,你看一下是什么唱片。"他对柏昌意说。

柏昌意看了一下:"*Hunting High and Low*(《四处狩猎》),1985 年的专辑。有 *Take On Me*(《带上我》)。"

庭霜:"来来来,就放这张。"

经典的前奏响起,车向城外驶去。

快要上高速的时候,遇上一个红灯,庭霜停下车,好奇地打量着四周。

绿灯了,后方传来喇叭声,庭霜回过头去。

跟在他们后面的也是一辆敞篷车,司机也是个年轻气盛的小伙,他向庭霜比了个侮辱性手势。

庭霜本来还想说声抱歉,一看对方那个态度,立马回了个侮辱性手势。

柏昌意:"……"

头疼。

"开车的时候比侮辱性手势是违法的。"等庭霜启动了车,柏昌意才说。

庭霜很不平,就像他跟别的同学打了架,老师却只批评他一个人一样不平:"是他先比的。"

"我知道。"柏昌意说,"但更好的解决方式是让他支付 4000 欧元罚金。"

"……知道了。"庭霜小声咕哝了一句,"就知道教训我。"

柏昌意淡淡地说:"教训你一下怎么了?"

庭霜一愣,马上嘿嘿笑起来:"应该的,教训我应该的。"

车上了高速,庭霜一脚油门踩到底,时速一下飙上 200 公里。

疾风呼啸,四周一片浮光掠影,世界只有前方。

只有前方。

专注,沉浸,心无杂念。

没有阳光,没有黑暗。

只有前方。

"柏昌意。"庭霜眼睛看着前方的公路，没头没脑地问，"你为什么要留在大学里当教授？"

"其他的没意思。"柏昌意口气平淡。

"你试过其他的？"庭霜说。

"试过。"柏昌意说。

庭霜不说话了，踩油门，时速达到240公里，又一辆车被他甩在身后。

"柏昌意。"他又突然开口，"如果我从明天开始就不当你的学生了，你打算怎么办？"

柏昌意说："那我就把教过你的教授全部请到家里来吃饭。"

庭霜嘴角扬起来，笑了半天。

笑完之后，他问："如果我一直不喜欢，但还是非要强行把这个硕士念完，你会鄙视我吗？"

"不会。"柏昌意说，"我尊重你的决定。"

庭霜："那，你会收我在你那里写毕业论文吗？如果你指导的话，其他教授肯定不会为难我。"

柏昌意看了一眼仪表盘："我们一定要在时速240公里的时候讨论这个问题吗？"

庭霜把时速加到270公里："现在呢？"

柏昌意："我会把你这个小王八蛋打发给我最讨厌的博士生来带，作为对他的惩罚。"

庭霜的嘴角再次扬起来："感谢你，Professor。"

柏昌意点头："我暂时消受得起。"

庭霜的嘴角就一直翘着。

过了一会儿，他又问柏昌意："那如果我要一个人开车环游欧洲，去尝试不同的东西，去思考我到底喜欢什么，你会尊重我的决定吗？"

"当然会。"柏昌意想了想，说，"我会很高兴。"

前方的车不停地被甩在身后。

庭霜不关心那些车在被超过时，车中不同的人投向他的各色目光。

他轻松地握着方向盘，看着前方。

只有前方。

一望无际的，风景未知的前方。

直到远方出现一个路口，一块公路牌，他们到另一个城市了。

庭霜减速，下了高速公路。

"返程吗？"他问。

柏昌意看了一下地图："不返，前面2公里有所中学。"

"中学？"庭霜照着地图开车，"去干吗？"

柏昌意笑着学庭霜说："踢足球，大杀四方，德国人也不是你的对手。"

庭霜瞟到地图上中学的足球场，懂了："你让我去跟高中生踢球？其实我之前每次路过我们那儿的学校，看见有人踢球，都想去一起踢。但是我又怕他们嫌我老不愿意带我玩。"

柏昌意说："放心，他们长得比你老。"

车开到足球场外面，庭霜一看，果然那些高中生成熟得就跟二十多岁似的。

"你打算怎么跟他们说啊……"庭霜下了车，站在足球场门口，不好意思直接进去。

"我不跟他们说。"柏昌意说，"你自己去跟他们说。"

庭霜："那我，我应该说什么？"

柏昌意不假思索："说你刚从中国来德国没多久，正在考虑转到哪所中学，所以过来看看。你特别喜欢足球，看见他们在踢，就想一起踢一场。男孩嘛，踢几分钟球就熟了。"

"你也太不要脸了吧？这种瞎话我可说不出口……"

庭霜话音未落，足球场里就有一个金色卷毛的男生跑了过来，看看庭霜，又看看柏昌意，说："请问有什么可以帮您的吗？"

柏昌意笑而不语。

"呃……"庭霜僵了一会儿，最终只能选择继承柏昌意的不要脸，"我想转学来你们学校，我们可以一起踢球吗？"

金色卷毛特别单纯地笑着点头："好啊，Marco生病了，我们正好少一个人。跟我来吧。"

庭霜跟着卷毛跑进足球场，跑了几步回过头，冲柏昌意眨了眨眼："等我。"

柏昌意走到观众席坐下，远远地看着庭霜跟其他小孩一起挥汗如雨。

足球场的灯一盏盏亮起，他满眼笑意。

庭霜踢球踢得满身大汗，蹭得鞋上、腿上、裤子上都脏兮兮的。他自己全然没有意识到，他只有快乐，只有胜利，只想在跟队友拥抱后奔向看台的观众席——跟其他踢球的男孩一样。

其他男孩奔向的是他们的女朋友,他们擦着汗,喝着水,跟女朋友吹牛,说自己刚才有多厉害。

庭霜也擦着汗,喝着水,在柏昌意面前手舞足蹈地分析他们刚才的战术。

柏昌意笑着听了半天,说:"他们要走了,在等你。"

庭霜转过身,看见其他男孩和他们的女朋友站在看台下面。

他笑着挥挥手,大声地跟他们说再见。

告别完,他转回来,两人看着对方,相视而笑,然后在空旷的看台上坐了一会儿。

风吹过草地,吹动他们的头发和衣衫。

"冷不冷?"柏昌意说,"一身的汗。我给你带了件长袖,在车上,走,去换衣服。"

庭霜点点头,换了衣服,开车出发。

路灯通明,但天还没有全黑,远方的云霞层层叠叠,金色、玫瑰色、灰紫色、深蓝色,从地平线延伸向天顶。

车上的音响里开始播放 *Love Is Reason*(《爱是理由》)。

"我们下一站去干什么?"庭霜跟着唱片里的节奏前后摆动,非常惬意。

"你说的,出海航行,乘风破浪,跟鲨鱼搏斗。"柏昌意说这话的时候,语气就像在说"找个餐馆吃饭,回家睡觉"。

有了之前的疯狂,庭霜听了这话竟也不觉得特别惊讶:"行,往哪儿开?"

"一路往北。"柏昌意指了一条高速线,"开到吕贝克。"

庭霜瞟了一眼地图:"老天,咱们这是要穿越半个德国一路开到波罗的海?这得开多久啊?"

柏昌意说:"凌晨两点前能到。租车公司是连锁的,明早我们在吕贝克还车,坐飞机返程。你儿子还在家里等着。"

"这么熟练?"庭霜好奇,"你以前也这么干过?"

"十多年前。"柏昌意说,"先去加油站。"

庭霜把车停在加油站,去 24 小时便利店里买了水和不少吃的,边吃边等柏昌意给车加满油。

"你十多年前是不是特别酷?"庭霜坐到车的引擎盖上,想象了一下,"就,一张地图,一辆车,一个漂亮女朋友,一块欧洲大陆。世界都是你的,所有男孩都羡慕你。"

柏昌意就笑:"实际情况是,每到一个地方,有一半时间在打工。"

庭霜来了兴趣："哎，你都打过什么工啊？"

"保护海龟，陪老人说话，帮人修屋子刷墙，给艺术生当模特……"柏昌意加完油了，"好了，准备走。"

"当模特？"庭霜上车，饶有兴致地追问。

"开车。"柏昌意目视前方，面无表情。

"噢噢……开车开车。"庭霜慌忙应道。

西南的色彩一点点被晚风吹散，车一路向北，穿越群山与河流，经过城市和田野，开入深寂的星空。

聚散不一的小镇屋子坐落在道路两侧，灯火点缀着丘陵与平原，教堂顶上金色的风向标在月光中缓缓转动。

柏昌意调小了车上的音响音量。

近处的鼓点声小了，远方的歌声渐渐响了。

"那边有人唱歌？"庭霜望了一眼歌声来的方向，看不清具体是什么情况，只觉得那边比他们途经的其他小镇更亮些，灯光闪耀处，还有人群的喧嚣。

"想不想去看？"柏昌意把音响关了，远处的音乐变得清晰，有人声，有吉他，有键盘，有小号，还有鼓。

"当然。"庭霜减速，留心着公路牌，找去镇上的岔路，"说不定运气好，真能让我弹吉他唱歌。"

柏昌意笑着接后半句："台下万人狂欢。"

"不。"庭霜打方向盘，驶进只有两车道的小路，"你一个人为我狂欢就够了。"

循着音乐，他们寻到了一座建在小丘上的啤酒花园。

花园中，一棵棵巨树如云如雾，如遮如盖。数不清的星灯交织串联，从一根树干到另一根树干。人们围坐在树下的木头桌子边，拿着一升装的玻璃彩绘啤酒杯，吃烧烤、喝酒、聊天。花园一角搭了舞台，乐队在上面演奏《伟大的自由》[①]。

庭霜去买了两瓶冰汽水，随便找了个空桌子坐下。

"好像有人点歌。"庭霜伸着脑袋看了一会儿，"我也想点，就怕他们不会。"

"你不是要自弹自唱吗？"柏昌意说，"借把吉他就行。"

"嗯……是自弹自唱……可是吧……"庭霜突然意识到一件非常现实的事，"我会弹的就那么一首……具体哪首我就不说了……"

---

① 歌曲原名 *Große Freiheit*，原唱为德国电子哥特乐团 Unheilig。

柏昌意笑了一下："嗯，我知道是哪首。"

四周仍然欢声笑语，他们这桌在这句话后安静下来。

庭霜看着金黄灯光下的柏昌意，没有白发，也没有皱纹，但他们还是不一样。

十二年的距离，并不只是容貌的区别。

他正在经历的，柏昌意都已经经历过了。柏昌意流金的三十六岁，是他不知该如何才能到达的山顶。他平凡的二十四岁，是柏昌意永远回不去的青春。

二十四岁和三十六岁，当然都是好年纪。

可是……

等到他四十八岁的时候呢？

他竟不敢去想那个具体的、他必将抵达的四十八岁。

十二年。

光阴不可平。

"怎么这么看着我？"柏昌意问。

庭霜沉默了几秒，说："不为什么，就看看。"

他说完，大口地灌汽水，灌得五脏六腑都有点疼。

"还唱歌吗？"柏昌意眼里都是鼓励，"唱你唯一会的那首也行。"

他们不能在这里耽搁太久，否则到吕贝克的时候就太晚了。

庭霜看着柏昌意的眼睛，许久，说："等会儿你来开车，行吗？"

柏昌意笑说："当然。"

"你等我一下。"庭霜跑去买了一大杯啤酒，仰头一饮而尽。

周围的声音一下子远去了。

周围的景色也跟着虚化了。

庭霜将酒杯重重地一放，借着酒劲，跑上舞台，问乐手借吉他和话筒。

"我想唱首歌。"他的脸颊因为微醺而泛着潮红，他的眼睛因为胸膛发热而湿润，"这首歌只有我会。"

乐手们让出舞台，聚光灯洒下来。

庭霜一个人抱着吉他坐在舞台中央，望着台下。

他的吉他弹得并不好，手指轻拨，只有几个简单的和弦。

他也没有什么文才，嘴唇轻启，只有几句平庸的话，甚至算不上歌词。

二零一九年的夏天

我开车去北方
开过山河
开向大海
开往你的三十六岁

啊……
光阴不可平
光阴不可平

二零一九年的夏天
你开车去北方
开过黄昏
开向日出
开往我的二十四岁

啊……
光阴不可平
光阴不可平

两行泪水从庭霜的眼眶里流出来，顺着下巴落到吉他上。
他的眼泪比聚光灯更亮。
柏昌意站起身，望着庭霜，有些发怔。
庭霜随手抹了一把脸，换了个和弦。

二零一九年的夏天
我没见过你的二十四岁
二零一九年的夏天
我不敢想我的三十六岁
我只敢开车去北方
不为山河
不为大海
不为黄昏

不为日出
为了你的二十四岁
我开车去北方

为了看看你的二十四岁
我开车去北方

他们就这么一路开车去了北方,带着庭霜的 24 岁,奔向柏昌意的 24 岁。

途经无人的河岸,他们靠在车身上分吃一个八字面包,喝同一瓶水,聊面前的河流曾让哪些文明崛起,如今又将会流入哪片海域;途经无人的山脉,他们遥望满天繁星,约定等到冬季的晴夜再来拍星轨。

他们终于到了吕贝克。

睡了不到 3 个小时,柏昌意喊庭霜起床,跟船出海。

他们乘的是一艘规模不大的捕鱼船。船上还有七八位游客,都是为了一早跟船去看海,看日出,看看捕鱼的过程。

天还没有亮,海面上一片黑暗。

滚滚的海浪从船两侧分开,呼啸的海风从耳边擦过。

他们真的是在乘风破浪。

天边慢慢亮了起来,一个白色的点,一圈金色的毛边,两抹橙色的天际。

忽然间,离渔船很近的海面上升起了一座小丘,伴随着巨响,高高的水雾从小丘顶上喷出来,有如帘幕。金灿灿的晨曦从天边而来,穿过水帘,架起一座彩虹桥。

转眼,小丘降了下去,一条巨大的尾巴摆出水面。

是鲸。

"……这是我第一次在海上看到——"

庭霜的话音戛然而止。

原来不止一座小丘,而是几十座小丘。

是鲸群。

它们接二连三地浮出水面,喷出水雾,让一座又一座彩虹桥降临海面。

四周传来其他人的惊叹,庭霜却说不出话来。

一座座彩虹桥架起,又消失。一条条巨大的尾巴摆上来,又沉入水下。

鲸群远去,海上恢复风平浪静,好像什么也没发生过。

庭霜看看周围，所有人都跟他一样，还沉浸在刚才壮美的景象之中，没有人想起来要拍照。

这一刻，他蓦地理解了柏昌意母亲所说的——不是站在别人的角度去理解，而是发自他内心地真正理解——瞬间。

刚才海上的那一幕，就是他们拥有的无数个瞬间中的一个。

庭霜看向柏昌意，说："这么多鲸……你以前见过吗？是不是早就见过了？"

"没有。"柏昌意笑了起来，"你不要觉得年纪大就什么都见过。"

"那就好。"庭霜也跟着笑了起来，"我就怕我现在经历的，你以前都经历过了，觉得没意思。"

一个小时以后，返航的渔船到达了码头，游客们在船上一直没有信号的手机也都有了信号。

刚结束无服务状态没多久，庭霜的手机就响了，他一看屏幕，祝文嘉。

柏昌意看他，他说："我弟。"

他接起电话，两人一起往停车点走。

"哥，我要来投奔你了。"祝文嘉的声音听起来有种忍辱负重的感觉，好像到庭霜这里来是他穷途末路的迫不得已。

"你怎么了？"庭霜说，"你还没来吧？我没在家。"

"我还没来，来不成，老头子把我的卡全给停了，你给我订张机票吧，我在阿姆斯特丹。"祝文嘉说完，又提了一堆要求，好些航空公司的航班都不肯坐，时间点不好的也不要，至于不要经济舱这一点，他倒是没提，因为从没人给他订过经济舱的机票。

"他为什么停你卡啊？"庭霜被祝文嘉那些要求搞得有点头大，"你也跟他闹翻了？"

"我可没那么想不开。"祝文嘉气势汹汹，"这事儿你也有责任。就是有了对比，老头子才停了我的卡。我就是上个礼拜多花了点钱，老头子就给我打电话，说什么'你哥像你这个年纪的时候都不问家里要钱了'……"

"他是你爸，不就停了你几张卡吗？别满口'老头子、老头子'地叫。"庭霜问，"你上个星期花了多少钱？"

祝文嘉："20多万吧。"

庭霜："人民币？"

祝文嘉的声势弱了一点："……欧元。"

庭霜难以置信："祝文嘉你把钱都花哪儿了？老子三年都花不了这么多钱。"

祝文嘉很小声地说："……夜店。"

庭霜不信："哪个夜店要花这么多钱？你还干什么别的了？"

祝文嘉说："……我还租了个城堡，跟朋友一起玩了几天。"

庭霜："……"

祝文嘉："哥，总之在爸回心转意之前，你先收留我一下吧，我现在钱包里只剩下……我数数……35 欧元加俩 5 分钱的硬币。我连饭都吃不起了。"

庭霜看了一眼柏昌意，说："嗯……我最近还有考试，挺忙的，不然这样吧，我给你买张回国的机票，你回家，阿姨肯定不会不管你。"

"我妈你又不是不知道，我妈就听我爸的，到时候肯定又威胁我要么去读书，要么给公司干活儿，我不回去。哥，我只有你了……"祝文嘉软磨硬泡，连不知是猴年马月的事都搬出来了，"你记不记得我小时候，你推了我一跟头，我现在头上都有块疤……你要是开视频，我马上把刘海掀起来给你看……"

庭霜实在被磨得没办法："你让我想想……你要是过来住……"

他用眼神询问柏昌意：行不行？

柏昌意点头。

"那行吧，我给你订机票。"庭霜想了一下，决定打个预防针，"有个事我得提前跟你说，我不是一个人住，嗯……你稍微注意点。"

"你找到新室友啦？"祝文嘉没当一回事，更没往他上次来帮庭霜在网络上认识的 C 先生身上想。

"嗯。"庭霜警告祝文嘉，"他不是你平时经常打交道的那种乱七八糟的人……你见了人不要乱说话，礼貌点，听到没有？"

"我知道我知道，我还能给你丢脸吗？"祝文嘉很自信，"你就放心吧，我到时候把全套传统美德都拿出来展示一遍，包你满意。"

庭霜不太放心地挂了电话，问柏昌意："你真的不介意？如果你觉得不方便，我这两天就再给他租个房子。"

柏昌意问："他一个人住行吗？"

庭霜头疼："……估计还得给他请个保姆。"

柏昌意说："先让他住下，有问题再解决。"

庭霜有点感到抱歉："……我们之前还定了规矩，说好不带其他人回来。"

柏昌意笑说："没事，规矩主要是给我定的。"

祝文嘉的飞机晚上 7 点到。

在去接人的时候庭霜担心了一路，就怕祝文嘉平时一张嘴跑火车跑习惯了，惹柏昌意不高兴。

到了机场出口，庭霜一直看表。

柏昌意说："飞机正点降落，应该快出来了。"

话音刚落，庭霜就看见远处一个人在朝这边招手。

祝文嘉一头及肩的白毛，一件白T恤，一条麻布裤子，一双人字拖，脸色憔悴。

他一过来，先忍不住控诉庭霜给他买了经济舱的暴行，但一看见戴着眼镜看起来斯文的柏昌意，立马就想起了庭霜的警告——要礼貌。

于是祝文嘉特别有风度地握了一下柏昌意的手，殷勤地问候道："这位帅哥就是我哥电话里提到的那位室友吧？帅哥你好。"

庭霜一巴掌拍到祝文嘉脑袋上："乱喊什么呢你？"

祝文嘉揉了下眼睛，仔细看了看柏昌意，说："噢，原来这大叔不是你电话里提的那个人啊，我就说嘛，你怎么会跟一个大叔住在一起。那他人呢？"

这下庭霜真的不敢去看柏昌意的脸色了。他把祝文嘉拎到一边，压低声音说："那就是我跟你说的人，虽然他年纪是可以做你叔，但是你不能叫他大叔，更不许油嘴滑舌的，你叫他……你叫他柏哥吧。"

祝文嘉还想发表什么个人观点，庭霜警告说："你下个月的零用钱我来发，发多少，看你表现。"

祝文嘉说："哥，你怎么跟我爸似的，老喜欢谈钱啊？你把我们之间的亲情放哪儿了？"

庭霜说："行，那我下个月不给你发钱，我给你发亲情，行吗？"

"那你还是给我发钱吧。"祝文嘉被拿住死穴，老老实实地去跟柏昌意打招呼："大——柏哥，刚才不好意思啊，我刚下飞机还有点晕机。"

柏昌意也没有不高兴，说先去吃饭。

到了餐厅，柏昌意去停车的时候，祝文嘉跟庭霜说："哎，哥，我柏哥是干什么的啊？看起来还挺高岭之花。"

庭霜说："大学教授。"

"我的妈。"祝文嘉说，"你生活得可真够学术的。"

庭霜说："你在他面前老实点，别皮。你会玩的、不会玩的，他都早玩过了。"

祝文嘉嘴上答应得好好的，实践起来却完全不是那么回事。

饭桌上他刚跟柏昌意聊熟了点，就开始打听这边有没有什么好玩的地方。

柏昌意推荐了几个博物馆，祝文嘉摆手："不是这种地方，我说的是那种成年人——"

"祝文嘉。"庭霜打断道，"从现在开始，我这里只报销你去餐馆、超市、博物馆、书店、游泳馆、健身房等场所的正常花费，你愿意报个班去学点什么，我也给你交钱。至于其他的，你就别想了。"

祝文嘉扭头对柏昌意说："柏哥，你看我哥，他虐待我，你得管管他。"

柏昌意想笑，但是忍住了："这事我管不了。"

祝文嘉只能暂时偃旗息鼓。

晚上到了家，庭霜给祝文嘉收拾了一间卧室出来。

"我跟你说说要注意的事。"庭霜说，"你别像之前在我家那么随便。"

祝文嘉摊在床上玩手机："我现在就是小白菜，寄人篱下，老子不疼哥哥不爱。"

"真哥哥不爱，我就把你扔在餐馆后厨洗盘子了。"庭霜把祝文嘉揪起来，"你认真听我说。你的浴室就在你卧室隔壁，这俩地方是你的，没人进去，你爱干什么就干什么。别的地方，除了其他卧室，你也都能去，但是得穿好衣服，不许衣衫不整地在你柏哥面前晃悠。我的东西你随便用，但是你柏哥的东西都不许乱动，还有，你柏哥有事的时候也不许吵。噢，对了，家里不许带一切包括但不限于人在内的动物进来，也不许乱给狗喂吃的。尽量别熬夜，起晚了没人给你做饭。到了睡觉时间家里就断网，别想着半夜打游戏。"

"你们家规矩怎么这么多啊？"祝文嘉说，"住你们家跟住和尚庙里似的。"

"我也没求你住。"庭霜看了一圈卧室，应该没缺什么东西了，"我这几天要考试，陪不了你，你安分点。"

接下来几天祝文嘉确实比较安分，也不是他自己想安分，主要是没钱，就连在家打个游戏他哥都不给他充钱。

而且他发现，他哥定的那些规矩真的不是说说而已。有天早上起来，他还没睡醒，所以也没注意，穿着内裤就去厨房倒咖啡了，结果正好撞上准备出门的柏昌意。

柏昌意倒是跟平时一样，跟他点了一下头就出门了。可等柏昌意一走，庭霜立马扣了他一半的零用钱。

祝文嘉的瞌睡一下子全醒了，抗议道："这也扣太多了吧？"

庭霜连考了两天试，暴躁得很："不多。你这什么习惯？我没把你打一顿都算便宜你。快回卧室把衣服给我穿上再出来。"

祝文嘉被这么治了几周以后，竟然也适应了，渐渐过上了他从前认为惨无人道的规规矩矩、早睡早起的生活。他日常出入的场所由夜店变为博物馆和网球场，由于实在没钱，夜里还断网，他连游戏也提不起兴趣打了，后来甚至还时不时地翻翻柏昌意给庭霜订的英文科技杂志和天文杂志——至少看这些杂志不用花钱，也不用网。

已经到了秋假，庭霜考完试之后就一直在家里梳理和总结他的知识体系。一个专业背后的知识体系是庞大而复杂的，不可能一两天就全部搞定，何况他要整理的不止他的专业知识体系，他要整理的是他整个人拥有的全部知识的体系。

他要借此了解和审视他自己。

这是他最近想明白的事。

他要向外，走向世界深处，也要向内，走向自我深处，这样才可能知道他到底站在哪里，他到底要往哪里去。

此外，他还同时在做动力学分析、画设计图——柏昌意答应在假期陪他做一套立体机动装置实物出来，让他飞来飞去，想砍什么就砍什么。

祝文嘉对庭霜的设计图垂涎不已。

"哥，我什么时候也能弄这么一套东西出来？"

庭霜正在电脑上模拟他穿着立体机动装置飞来飞去时的风阻，闻言连头都没抬："要不你申请个学校去读工程类的专业吧？比如飞行器设计什么的。"

祝文嘉陷入了思考。

他在英国读完高中之后决定间隔一年再读大学，结果这一间隔就没完没了，玩了都超过两年了他也没开始申请大学。

以前他觉得庭霜的生活特别水深火热，又穷又苦，整天上课，现在倒有点羡慕了。主要还是因为他现在经济受到管制，意识到自己没点本事还是不行。

"哥，那你觉得学这个有意思吗？"祝文嘉凑到庭霜身边，去看电脑屏幕上的数据图，看了半天也没看懂，"难学吗？"

"不是特别有意思。"庭霜发现计算出来的风阻误差太大，简化模型要重做，"但是一旦开始了吧，还是想把它做完。"

"不是特别有意思，你还想把它做完？"祝文嘉不理解，他一向是想干什么就干什么，不想干什么也是说不干就不干了。

"嗯……我最近也在想这个问题。"庭霜揉了揉太阳穴，决定先把模型放到一边，休息一会儿再继续算，"你刚问我难不难，我觉得难，你问我有没有意思，我也觉得没什么意思。但是吧，我就在想，是不是就是因为它难，我才觉得没意思，我才不喜欢。毕竟吧，人都喜欢做简单的事。这个简单也不是绝对的，擅长了，就觉得简单。我就是不想把'困难'和'不喜欢'搞混了，所以想坚持把它做完，把它学会，要是还是不喜欢，那就是真的不喜欢，不是我意志力有问题。"

祝文嘉听了，不知道该说什么，半晌才说了句："哥，你脑子也太绕了，你以前不这样，估计是被柏哥带的。"

庭霜眼底溢出一点笑意："嗯，是他带的。"

柏昌意总能让他不确定，让他不停留在某个观点里，让他不狭隘地认为自己总是对的，让他站在不同的角度思考，看到不同的可能性。

跟庭霜聊完之后，祝文嘉一直在想要不要申请几所大学去试试学点什么，但是又打不定主意到底要学什么专业。

庭霜难得看见失足少年祝文嘉一副要走正道的样子，就去问柏昌意怎么办。

柏昌意说："8月底有校园开放日，可以让他去不同院系参观一下。"

于是校园开放日那天庭霜就陪祝文嘉去参观了一下学校。本来他也没对祝文嘉抱多大希望，没想到祝文嘉竟然真的有了几个想继续深入了解的专业。

下午回家，祝文嘉一看时间，正好是国内的晚上10点，他爸妈应该都还没睡，于是发了个视频电话申请过去，打算告诉二老自己决定读大学的喜讯，让他们在精神和物质上支持一下，同时由衷地期望他爸在喜悦之后顺便把他的经济自由也给一并恢复了。

视频一接通，祝敖第一句话就是："祝文嘉，你怎么一脑袋白毛？明天就给我染回去。"

在祝敖面前，祝文嘉和庭霜不是一个性子，要是庭霜听到这话，肯定直接就一句："我花自己钱染的，跟你有什么关系？"

但是祝文嘉不能这么说，他这头白毛就是花祝敖的钱染的，他还指着祝敖继续给他钱让他染红毛绿毛彩虹毛呢。

"爸，我也想染回去，可我卡不是被你停了吗？没钱染。我这是心有余而力不足啊。"祝文嘉说着，往四周看了看，拿起一顶庭霜的帽子往头上一戴，希望祝敖能眼不见心不烦，"我妈在吗？我有重大决定要跟你们说。"

祝敖脸色一变。

重大决定？难道这臭小子也要学庭霜那一套？

"你先跟我说说是哪方面的事。"祝敖说,"别气你妈。"

"我能气我妈吗?"祝文嘉说,"我直接说了吧,我想上大学。"

"什么?"祝敖过于惊喜,甚至因为不相信这是祝文嘉能说出来的话而显得像在质问,"你?想上大学?"

"是小嘉吗?"翁韵宜的脸出现在祝敖身后,"小嘉说什么?"

祝文嘉表情认真地说:"妈,我说我想申请几所大学。"

和祝敖不同,翁韵宜一直都不认为自己儿子是烂泥扶不上墙。她觉得祝文嘉是个男孩,从小又没吃过苦,肯定懂事晚,以前年纪小,爱玩,现在不给他钱乱玩,他突然开了窍,想学东西,再正常不过。

所以她也没有祝敖那么惊讶,更多的是高兴:"那好啊,你想去哪所学校?妈妈让人帮你申请。"

"让他自己申请。"祝敖说,"庭霜当时不也是自己申请的吗?"

"庭霜当时申请的是硕士呀,小嘉才多大?小嘉现在申请的是本科。"翁韵宜劝祝敖,"小嘉好不容易想读书了,你干吗要给他设置阻碍啊?我们辛辛苦苦,不就是为了给他创造好的条件吗?"

祝敖说:"这阻碍是我设置的吗?这阻碍是环境给他设置的。这点阻碍都克服不了,还读什么书?"

"这事我来给小嘉办,不用你管。"翁韵宜见一时半会儿说服不了祝敖,索性不说了,说别的:"小嘉,你现在这是在哪儿呀?还在荷兰吗?"

"噢,没有,我不是没钱了嘛,房租都交不起,所以我跑德国投奔我哥来了,现在正在我哥家里呢。"祝文嘉切换了一下摄像头,让摄像头对着庭霜,"我哥也在,他今天陪我去他们学校参观了,他们学校可好了,有个实验室里——"

"那是谁?"祝敖眉头一皱。

祝文嘉抬眼一看,庭霜背后不远处的大门开了,柏昌意正推门进来,便随口答道:"噢,柏哥下班回来了。"

"柏哥?"祝敖盯着视频里的人,他不可能看错,那是他"柏老弟",这才几个月没见,他"柏老弟"怎么就跟庭霜住一起了?

他们之间有这么熟?

那之前柏昌意对他说的那些话,请他看心理医生什么的,难道是……

祝敖说:"祝文嘉,你给我把话说清楚了,这是你哪个柏哥?"

祝文嘉说:"还能是哪个柏哥,我就一个——"

庭霜一把夺过祝文嘉的手机,迅速挂断了视频。

祝文嘉还没反应过来出了什么事:"哥,你抢我手机干吗?"

"你剩下那一半零用钱也没了。"庭霜说。

祝文嘉极其冤枉:"我干什么了,你又扣我钱?"

"……算了。"庭霜很快冷静下来,这事怪祝文嘉也没用。

他一向是这样,大小事分得清。

祝文嘉没穿好衣服在柏昌意面前乱晃,他能把人骂个半死,但现在这情况显然不是把祝文嘉训一顿就能解决的,不如不训。

这时候祝文嘉的手机又响了,不用看,还是祝敖。

庭霜再次挂断了电话,关机,顺便把自己的手机也给关了。

"到底怎么回事啊?"祝文嘉看看庭霜,又看看朝这边走来的柏昌意。

柏昌意讲得比较委婉:"祝先生是我工作上的伙伴。"

"那又怎么了?"祝文嘉还是蒙的。

庭霜也不知道该怎么解释这事:"……就,那个,唉,其实吧,你柏哥是咱爸在酒桌上认的兄弟……也不是,他们这个兄弟没有真结拜成……但是吧,在爸的心里,辈分这个事肯定早就定了——"

"等等,我柏哥是我爸的弟弟?"祝文嘉琢磨了半天,脑子完全不够用,他两只手在空中比画来比画去,差点拿纸当场画出一张家谱世系图来,"……哥,你的意思是,我柏哥……其实是我叔?"

紧接着,他又进一步推理说:"那……那哥,你不就也得管人叫叔了?"

庭霜张了张口,竟然觉得祝文嘉这个逻辑没毛病,好半天也不知道该怎么反驳。

"……我不跟你扯这些,你先回你自己房里去。"他丢下一句话把祝文嘉打发走,然后问柏昌意:"我们现在怎么办?要不要给我爸回个电话?"

"不要拖。"柏昌意说,"我马上给他回电话。他再次打电话过来,说明他现在就想了解你的情况,拖着不谈显得我们既急慢又心虚。你换位思考一下,如果是你,你也想立即谈。"

庭霜想了想,觉得确实也是,说不定越拖他爸越火大:"那现在回电话吧,我跟你一起。"

"刚从外面回来,我先去洗个手。"柏昌意去了卫生间。

庭霜给柏昌意倒了杯水,走到卫生间门口,看见柏昌意摘下了眼镜,在洗脸。

"好了。"柏昌意戴上眼镜,换了副神色,像是要开会,"去换件衣服,准备视频。"

庭霜低头看了眼自己宽松随意的 T 恤，再一抬头对比柏昌意的衬衣领带，悟了，跟他爸视频，万不能输了阵势。

"是在客厅还是去书房？"庭霜一边打领带一边问，"要不还是去书房吧？"

虽然书房没有大屏幕，但气氛比较严肃。

柏昌意："嗯。"

到了书房，庭霜俨然一副即将进行视频面试的姿态。他先给笔记本电脑找了一个好角度，背景选取摆满学术书籍的书架，又在摄像头可以拍到的桌面上放上两本柏昌意的著作和一支钢笔，最后还找了两颗长得差不多的核桃过来放在旁边。

瞧瞧这场面，哪个长辈不喜欢？

"我们一会儿怎么说啊？"庭霜问，"是不是要制定个战术？"

柏昌意理了理庭霜略微凌乱的头发，说了个思路。

庭霜沉思了一下，点点头，说："那我发视频请求过去了？"

他食指放在鼠标左键上，严阵以待。

柏昌意："嗯。"

鼠标左键一沉，呼叫声响起，等待对方接通。

一秒。

两秒。

三秒。

"庭霜——"祝敖的声音戛然而止。

他本来以为对面是他儿子，没想到对面坐了俩规格挺高的外交部发言人。

祝敖自己还穿着家居服。

开局不利。

不过祝敖这辈子什么逆风球没打过，自然更不拘此等小节，当即就正襟危坐，稳如泰山，对屏幕上的柏昌意微微颔首，说："柏教授，好久不见。"

庭霜心里微讶，他爸居然没发火，不过转念一想，觉得也正常，人跟人之间的相处有了固定的模式以后就很难改变，祝敖一向习惯了对柏昌意尊重客气，现在也拿不出另一副态度来。

柏昌意开门见山："祝先生，好久不见，我和庭霜想跟你谈谈。"

祝敖顿了一下，转头说，"韵宜，把我的速效救心丸拿过来。"

庭霜着急了："爸，你没事吧？"

祝敖说："暂时没有，我血压有点高，为以防万一。"

庭霜以前特别敢和祝敖吵，他越是站在弱势的位置上，祝敖越是强，他越是敢吵，大概也是知道无论怎么吵，他都没能耐真把祝敖怎么样，只能气一下祝敖，争取他自己想要的。可是自从上次见面，他发现祝敖明显衰老了一些以后，就没几年前那么敢吵了。

现在发现祝敖居然常备速效救心丸，他更不敢硬来："爸，我们慢点说。"

祝敖拿起茶杯，喝了口茶缓缓，才说："你们说吧。"

柏昌意说："祝先生，上次我推荐的心理医生，你觉得如何？"

不提心理医生还好，一提心理医生祝敖就觉得柏昌意一早打好了算盘，于是语气也带上了明显的不悦："柏教授，你上次给我推荐心理医生，就是等着今天？你先前就是站在庭霜那一边的，亏我还认真向你请教——"

柏昌意的态度依然很温和："不，祝先生，出于我们之间的友谊，你向我倾诉你遇到的困难，我当然有义务提供力所能及的帮助。"

倾诉？

祝敖回想了一下，好像确实是他先问了柏昌意，儿子太过叛逆应该怎么办。而且，在他看心理医生的这几个月里，虽然情感上还是没有办法克服那个难受劲儿，但理智上也认识到了自己同儿子相处模式的错误之处。

可是现在问题的关键是，他儿子已经不是普通的"叛逆"了。

"友谊？"祝敖质问道，"你也知道我们之间有友谊？出于我们之间的友谊，你也不能同庭霜沆瀣一气，由着他耍性子！"

庭霜插话道："爸，你肯定希望我过得好吧？"

祝敖不搭理他，拿起杯子埋头喝茶。

庭霜换了个说法："爸，你也不想我过得差吧？"

"你这是说的什么话？"祝敖从杯子后面抬起眼来，没好气儿，"我是你亲爹，我还能盼着你过得差吗？"

庭霜立马说："那当然、那当然……"

附和了两句，他话锋一转："不过，爸，你说，这个过得好不好，谁说了算？归根结底，是不是还是如人饮水，冷暖自知？"

"是，过得好不好，是你自己说了算。"祝敖点上一支烟，还没等庭霜高兴，紧接着就说，"但不是现在的你说了算，人要往长远看。小年轻喜欢凡事由着自己，是，你现在是高兴了，我也年轻过，我知道年轻的时候怎么混都高兴，可等你老了总有一天会后悔的！"

庭霜正欲反驳，祝敖沉了声："到时候我也死了，眼不见心不烦，剩下你自己一个人,谁愿意管你?"

这话说得重了,不管是明面上说出来的,还是明面上没说的,都太重了。

"庭霜,你不要跟我讲什么等你老了有钱,钱不是什么都买得到的。"祝敖吐出一口烟,眼角的皱纹更深了些,"你以为我管得了你几年?我管不了你几年。柏教授——"

他看向柏昌意:"你给我介绍的心理医生是不错,但医生只能告诉我什么是病,什么不是病。治病,他是权威,至于怎么过日子,我活了大半辈子,不用他来教。柏教授,你跟我,当不成兄弟就不当,今后我们只谈工作,公事私事,我祝敖分得清楚。今天这种谈话,以后就不必了。"

说罢,他没给柏昌意和庭霜再开口的机会,直接挂断了视频。

视频结束后许久,祝敖都一直坐在沙发上抽烟,一言不发。

翁韵宜坐到他身边,温言劝他:"其实……孩子的事,就让孩子自己决定吧。儿孙自有儿孙福,你管多了,最后要是结果好也就罢了,结果不好,还招他恨呢。"

祝敖转头看着翁韵宜,问:"那要是今天视频那头的是祝文嘉呢?你也这么说?"

翁韵宜一愣,片刻后笑起来:"小嘉——小嘉不会的,他跟庭霜不一样。哎,对了,咱们上次吃饭,那个林总的女儿不是英国帝国理工学院毕业的吗?要不咱们让小嘉回来,再请林总他们一起吃个饭?"

"……你安排吧。"祝敖按熄手上的烟,起身,"我去洗个澡。"

祝文嘉开机,看到他妈给他发的消息:小嘉,你住在你哥那儿也不方便,学校在哪里都能申请,你先回国吧,妈妈这里有人要介绍给你认识。

祝文嘉回:不,我要自己去看我想申请的学校。

他回完消息,把手机扔到一边,玩了一会儿狗,回过头看见庭霜的脸色还是那样,只好继续撸狗。

家里的气氛不怎么好,柏昌意在厨房里做饭,庭霜靠在厨房门框上出神。

"来,尝一口。"柏昌意说。

"嗯……"庭霜拿过勺子,喝了一口汤。

"怎么样?"柏昌意问。

庭霜点头:"……好喝。"

柏昌意正要收勺子,庭霜头一低,显得很沮丧。

"怎么了？"柏昌意拍了拍庭霜的肩膀。

庭霜半天也不说话。

柏昌意说："还在想刚才的事？"

"我没想到他会那么说……"庭霜闷声说。

柏昌意说："他说的是事实。"

"他说的不是事实！"庭霜说，"那只是他的想法，我不那么想。"

"我知道。"柏昌意说，"但人的观念没那么容易改变。如果一次谈话就能消除已经存在了几十年的分歧，那世界上怎么会有战争？"

"可是，我本来以为……"庭霜沮丧地说，"我本来以为我们能解决得更好一点……视频之前我们说得那么好……我以为……"

柏昌意沉默了一会儿，说："Ting，你不能接受我失败吗？"

庭霜猛然抬起头，看向柏昌意的眼睛："我没有——"

"我也有解决不了的问题。"柏昌意垂下眼眸，看进庭霜眼底，"就像我不能阻止衰老。"

煲着汤的锅盖颤颤悠悠地动，白汽从盖孔中冒出来。

窗外，院子里的树悄然开始落叶。

夏天已经过了，不知道到底是哪天过的，曾经落了满地的樱桃不剩一点痕迹。

/生与死的距离/

第二天，庭霜收到了苏屏从柏林寄来的礼物。

他上次挑了几罐特别的咖啡豆，加上他跟柏昌意一起种的蓝莓，并着他们的合照一起寄给苏屏。这次苏屏回寄了两瓶黑加仑酒、一盒她亲手烤的饼干、两罐她做的果酱，还有一本相册和几本附着笔记的旧书。

书里的笔记是十几岁的柏昌意留下的。

那本布封的相册里收藏着柏昌意从小到大的相片，十岁以前的最多，越往后越少。庭霜一页一页地看下去，目光落在一张柏昌意打网球的照片上，久久没有翻页。

那张照片下方注明了时间：2003年6月21日。

柏昌意快满二十岁了。

"我天……"路过的祝文嘉也一眼被那张照片吸引了，站在庭霜背后感叹，"柏哥年轻的时候真帅啊。"

"他现在也年轻。"庭霜翻过那一页，"现在更帅。"

"行，我闭嘴。柏哥永远年轻。"祝文嘉想起什么，说，"噢，哥，爸对我的经济制裁结束了。我往后一个月要去看学校，我想看的学校挺多的，就不每次看完再往你这儿飞了，飞来飞去的，麻烦。"

"行，你自己看着办吧。"庭霜看着网球照的反面一页，不知道在哪片沙漠里，二十岁的柏昌意和朋友一起，坐在一辆吉普车顶上，身后一轮巨日，沉入无尽黄沙里。

祝文嘉当天就订机票飞走了，卧室里留下一万欧元的现金。

庭霜发现以后打电话问祝文嘉怎么回事，祝文嘉大大咧咧地说："哥，我不是拿你和柏哥家当酒店，那是给你的，你打工一小时就赚个20欧元，太惨了，这几十天我吃你的、用你的都于心不忍。"

庭霜听了就笑："得了吧，于心不忍也没见你少吃。"

"那是，住你那儿我还胖了两斤。"祝文嘉笑说，"没事我就先挂了啊，要登机了，代我问柏哥好。"

"嗯，你注意点。"庭霜挂了电话，视线落回桌面，那里摊着他还没看完的相册，还有苏屏寄来的其他大大小小的东西。

庭霜躺到院子里的草地上，望了一会儿天空，给祝敖发了条消息：爸，我们再找个时间谈谈吧，就我们俩单独谈。

慢慢来，他想，不能一次性到位就一步一步来。

等了一阵，祝敖回复了：我昨天说的话，你好好想想，不要急着反驳，想个十天半个月，再跟我谈。

庭霜举着手机，盯着屏幕，半天打出几个字，又删了。

柏昌意回家的时候正好看到这一幕，庭霜手一个不稳，手机砸到鼻梁上，痛得他直吸凉气。

"你还笑？"庭霜看见柏昌意，蹦起来就作势要打。

柏昌意顺势握住庭霜的胳膊，低头开门的时候不小心瞥见庭霜手机屏幕上的字："想好怎么说了？"

"……没有。"庭霜说，"我总不能跟我爸说，别说孤独终老了，说不定我英年早逝，明天就死了。我到底是他儿子，要是这么说，非把他气死不可。"

"Ting，"柏昌意放开庭霜，"我们出去一趟。"

庭霜问："去哪儿？"

"中央公墓。"柏昌意说，"我昨天就想带你去，但是那里晚上八点关门，昨天来不及。"

"公墓？"庭霜问，"为什么要去公墓？是谁的忌日吗？"

"不是。"柏昌意说，"就是去散个步。"

庭霜："那，为什么要去墓地散步啊……"

"去看看死亡。"柏昌意说，"去谈论衰老，谈论死亡。"

庭霜一怔。

"我早就该带你去。"柏昌意淡淡说道，"衰老和死亡就像玫瑰一样随处可见。

我不希望你害怕它们,我不希望当你遇到它们的时候不知所措。"

车开到中央公墓外,庭霜才发现,原来公墓就在老城的教堂背面的不远处。他其实常常经过这里,只是从来没有注意过。墓园的大理石围墙只及人腰,围墙内有一圈一人高的绿色灌木,站在墙外透过灌木可以隐约看见林立的墓碑与碑前的鲜花。

"这里修得真漂亮,像……花园。"进了墓园,四周静谧,庭霜不自觉放低了声音。

他第一次见到这么多墓碑。

长方形的、十字架形的、椭圆形的……一座座墓碑前都种着花,有些还摆了《圣经》或天使的雕塑。远处有人在给墓碑前的鲜花浇水,还有人坐在长椅上看着墓碑出神。

整个墓园里没有一点恐怖的气氛,只让人觉得平静。

庭霜停下脚步去看墓碑上的字——1911—1951,一个叫 Günter 的人已经在此地长眠了 68 年。

年代久远,墓志铭又是用哥特体写就,难以辨认。庭霜看了半天,才试着翻译那句话:"他有 40 年……陡峭……而不平凡的时光。"

"峥嵘。"柏昌意选了个简明的译法,"他拥有 40 年峥嵘岁月。"

"他拥有 40 年峥嵘岁月。"庭霜缓缓默念了好几遍,突然为这句话所触动,为这句话里的"拥有"二字所触动。

他不知道这个名叫 Günter 的人,年轻时是否也设想过 50 岁后的生活,是否也设想过余生应该如何度过。

可其实人从来没有真正拥有过什么未来,人也没有所谓的余生,余生只是愿景,只是想象,人实实在在拥有的,是已经度过的岁月,还有当下这一瞬间。

庭霜静静地站立在那块墓碑前,心胸忽然开阔。

微风吹来,秋日清朗。

"继续走吗?"庭霜问。

"嗯。"柏昌意应一声,两人并肩往前走。

走了几步,柏昌意说:"如果我明天死去,我的墓志铭也可以这样写——"

"'他拥有 36 年峥嵘岁月,和一位名叫庭霜的年轻知交。'"

他的语气那么自然寻常,庭霜感觉不出一丝阴影。

"不可怕吧?"柏昌意笑了笑,幽默道,"运气好的话,墓志铭的前半句也可能是:'他拥有百年峥嵘岁月'。"

庭霜也笑了："那到时候我也是个88岁的帅老头儿，抽烟，开敞篷车，等红绿灯的时候还得跟那天一样，谁敢朝我比不雅手势，我就比回去，反正到那个时候，别管什么年轻人，那都是我孙子。"

从中央公墓回来以后，庭霜的情绪就一直很平稳，稳中带乐，不时写个小论文，研究下次视频的时候怎么跟他爸取得共识。

光搞理论研究他还嫌不够，非要拉着柏昌意实践，即模拟他届时舌战祝敖的现场——家里就俩人，谁来饰演祝敖不言自明。

庭霜搬了把椅子，请柏昌意坐在他对面，两人隔着一张书桌。

"可以开始了吗？"庭霜摆出肃然的神色。

柏昌意："嗯。"

庭霜低头看一眼手上的草稿纸："爸，上次你要我好好想想我们之间的问题……我想了……爸，你生我，就是为了让我听你的，让我给你养老吗？"

柏昌意："对，我生你，就是为了让你给我养老。难道你还不打算给我养老了？"

"什么？"庭霜傻眼，又低头对了半天草稿，"你怎么不按我们说好的来啊？"

柏昌意："我现在是你爸，你爸会按说好的来吗？"

"也是……"庭霜清了清嗓子，重整旗鼓，"爸，那如果我不给你养老呢？"

柏昌意："你有赡养我的义务，如果你不履行，我将诉诸法律。如果你的子女不履行赡养义务，你也可以诉诸法律。"

庭霜："但是法律只能让子女支付赡养费而已，法律换不来感情。"

柏昌意："所以你现在应该抓紧时间和你的父亲培养感情。"

庭霜一噎："……柏昌意，你比我爸难缠多了。"

"我想想怎么说……"他思来想去也想不出一个有力的反驳，"算了，我一开始就不应该说那个点。我们重新开始——

"爸，你担心我老了后总有一天会后悔，但谁知道我活不活得到七老八十？"

柏昌意皱眉，用祝敖的口气说："庭霜，你这个不孝子，敢在你亲爹面前说这种话？"

话音还没落，庭霜就笑喷出来。

柏昌意也忍不住笑起来。

8月就要结束,"Robotik 必过"群以及学校论坛的 Robotik 学习群组活跃了起来,因为离大型杀手考试 Prof. Bai 的 Robotik 口试只剩一个月了。

群里有人问庭霜要不要一起组队复习,庭霜悲痛至极地回:我不考。

几个人纷纷劝说:别放弃啊,等明年说不定更难。

并附上教授"死神俯视众生"的表情包。

庭霜在心里咆哮:难道我不知道明年更难吗?今年你们考试降低难度的提议还是小爷我发起的。小爷就是 Robotik 教学史上的活雷锋,牺牲自己,成全别人,做好事不留名。

了解内情的宋歆说:不是他不想考,是教授不让他考。

并同情地附上"天凉了,是时候把这个学生的名字从上面划掉了"的表情包。

窝在书房一角的圈椅上的庭霜恨恨地抬头,看向正在工作的柏昌意,找碴:"你在干什么?怎么还不做饭?吃完饭还要收拾行李。"

他们明天一早要组队出发去海边度假,为期一周,确实需要花点时间做出行前的准备,但现在才下午 3 点。

"排考试时间,马上。"柏昌意说,"想吃什么?"

庭霜跑过去一看,9 月末有一整个星期都是 Robotik 的考试时间,柏昌意给每个学生 30 分钟,那一个星期他都得从早考学生考到晚。

庭霜没看到这份考试安排的时候,还不觉得有什么,现在看到熟悉的同学的名字纷纷出现在考试安排上,可名单里唯独没有自己,顿时就对那些有资格被 Prof. Bai 拷问 30 分钟的同学艳羡不已。

去他的原则,小爷要考试。

"我也想考……"庭霜拖着声音说。

柏昌意:"嗯。"

庭霜坐到柏昌意的身边:"我也想考……"

柏昌意:"嗯,我知道。"

庭霜不停地央求:"我也想考……"

柏昌意的手覆上鼠标。

庭霜一看有戏,便再接再厉:"我……"

下一秒,柏昌意调出一张会议照片,把祝敖的脸放到最大:"你爸爸在这里。"

庭霜:"……"

"柏昌意,你这个月都不会有平静的生活了。"庭霜放完狠话,离开书房,去收拾行李。

收拾行李看似是件辛苦差事,暗地里却有不少文章可做。

比如,只给柏昌意带那条大红色泳裤,让他没有其他泳裤可穿。

算盘打得是响,可当真到了海边,庭霜才突然发现,泳裤这个东西,主要还是看身材,身材不好,什么款式和颜色都拯救不了,身材好的话……大红泳裤简直是加分项。

总之,截至目前,穿着红泳裤游完泳、此时正在躺椅上晒着太阳戴着太阳镜看书的柏昌意已经被三个人搭讪了。

庭霜本来还在远处堆沙雕,堆得正欢乐,一看这势头,丢下沙雕,跑去租了辆沙滩越野车,自认为非常拉风地开过来,停在柏昌意的躺椅前方,按了两下喇叭,引得沙滩上的人都往这边看。

"嘿,那边那位帅哥,去玩儿吗?"庭霜架势十足地摘下太阳镜,朝柏昌意喊。

柏昌意放下书,起身。

海风阵阵,车沿着海岸线一路向前。

离他们几米远的地方,海潮一阵一阵地涌上来,不断带走海滩上的脚印和车辙,留下无数颜色各异的贝壳和碎珊瑚。

"哎,帮我装一下自拍杆。"庭霜从口袋里拿出手机给柏昌意,"架在前面,拍我们俩兜风的样子。"

沙滩车没有挡风玻璃,自拍杆从前方伸出车头,手机前置摄像头正好将两个人都推进屏幕里。

庭霜抓抓被风吹乱的头发,看着摄像头,模仿记者报道的口吻说:"2029年的柏昌意和庭霜你们好,这里是2019年的庭霜。"

说完,他给柏昌意使眼色:到你了。

柏昌意想笑,于是把头转向一边,看海。

庭霜催促:"喀。"

柏昌意无奈,只好配合:"……这里是2019年的柏昌意。"

庭霜继续用播音腔:"现在是西欧时间的下午……不知道几点,我们在南荷兰的——嗯,一个我不会荷兰语发音所以说不出名字的海滩上。目前我穿着白色的T恤和蓝色的沙滩裤。"

庭霜再次给柏昌意使眼色:到你了。

柏昌意："……"

庭霜："喀。"

柏昌意："……我穿着泳裤。"

庭霜对着摄像头声情并茂地补充："他穿着大红色的泳裤并招来了许多条件一般的搭讪者。"

柏昌意忍不住笑。

庭霜也跟着笑了一会儿，才开始说正题："拍这段视频主要目的是：我要告诉 2029 年的柏昌意，我——"

手机屏幕一黑，祝文嘉的名字出现在屏幕上。

庭霜骂了一句，挂掉了祝文嘉的电话。

他正录到关键时刻，就这么断了。

"重录吧。"庭霜去相册里看了一下，刚才的视频还在，重录一个，把两个视频剪辑到一起就行。

他刚要开始录像，祝文嘉又打电话过来了。

柏昌意说："先接电话。"

庭霜接起电话，口气有点冲："祝文嘉，你是又跑夜店去了还是又租城堡刷爆卡了？"

电话那头半天没声响。

"说话啊？"庭霜说，"不说话，我挂了啊。"

祝文嘉还是没说话，对面只有呼吸声。

庭霜有点不好的感觉。他没有真把电话给挂了，而是重复道："祝文嘉，说话。"

良久，祝文嘉才喊了一声："……哥。"

"嗯。"庭霜说，"我听着。"

祝文嘉又不吭声了。

"你是不是闯什么祸了？"庭霜放缓了语气，"没事，你跟我说，别怕。"

"……不是。"祝文嘉说，"是……爸。上个周末，他出去吃饭，喝了酒……不知道怎么回事突然脑出血……不知道什么时候能醒，医生说可能、可能……"

庭霜的耳朵里有一块什么东西堵了一下，突然感觉听不见了。他甩了甩头，跳下车走了两步，然后一屁股坐在了被海水浸湿的沙子上。

"哦，你在哪儿？英国吗？"他机械地说，"快订机票回去，我也订最早的机票回去。"

"……我在医院。"祝文嘉说。

"你在医院？"庭霜感觉脑子有点木，"你回国了？"

问完他才渐渐反应过来，上个周末出的事……今天都周三了。

"怎么没人告诉我？"庭霜说，"为什么你都回国了才告诉我？"

祝文嘉："我——"

没等祝文嘉讲完，庭霜就挂了电话。

"我要回去。"他站起来，像只没头苍蝇似的转了半圈才发现柏昌意就站在他身后。

"机票订了，今晚10点的航班。"柏昌意说。

回到酒店，庭霜冲掉身上的沙子，去收拾行李。

"箱子你带回家吧，我只带手机钱包证件就行。"庭霜看了看房间里的东西，"还有充电器。"

"我跟你一起走。"柏昌意说，"东西我来收。"

庭霜呆了一下，说："噢……"从沙滩上回来以后他的反应就有点迟钝。

手机屏幕上有祝文嘉发来的解释信息：我也是回了国才知道的。

庭霜坐在地上，看了屏幕好久，才打下一行字：有什么情况随时告诉我。

他打完却又删了，改成：等我回来。

发完消息，他点开浏览器，搜索：脑出血。

无数词汇没有章法地涌进他的眼睛里：急性期病死率，高血压，吸烟，情绪激动，后遗症，突发，去世。

"准备走了。"柏昌意把手伸到庭霜面前。

"……嗯。"庭霜把手递给柏昌意，让他把自己拉起来。

坐车去机场，一路上的时间很难挨。

候机的时间也很难挨。

庭霜想去抽根烟，想到刚才查脑出血的时候看到的内容又忍住了。

"我后悔了。"他忽然对柏昌意说。

柏昌意没有说话，等他继续。

"我突然想起很多以前的事。"庭霜低头看着自己双脚间的地面，"我后悔出国读书了。我也不该气他。"

他说几句，安静一阵，柏昌意一直听着，什么也没有说。

"我去下洗手间。"庭霜说。

他去了挺久，回来的时候手上拎着一个纸袋子。

"我买了双鞋。"他对柏昌意扯出一个笑，眼睛里带着一点希冀，好像他的命都悬在这个问题上，"你说他能穿上吗？"

柏昌意看着他："能，当然能。"

庭霜把袋子往地上一扔："我连他穿多大码的鞋都不知道。我一年就给他打一个电话，现在在这儿难过给谁看？他出了事，不怪人家不告诉我。"

他发了一通火，也不知道是对自己还是对别人。火发完，没有了愤怒做掩饰，脆弱便再也隐藏不住，他把头埋着，低声说"对不起"。

柏昌意摸了摸他的头："去吃点东西。"

庭霜摇头。他没胃口。

在飞机上的十一个小时他几乎什么都没吃，也睡不着，就一直望着窗外的一片漆黑，直到太阳从东方升起，升到看不见的地方。

柏昌意知道他需要的不是食物，也不是睡眠，他需要一个人去想一些事情，然后成长，不管他自己愿不愿意。

祝文嘉和司机在机场等他们。

"爸怎么样？"一见面庭霜就问。

祝文嘉说："还没醒。"

不是好消息，至少也不是更坏的消息。

祝文嘉看了一眼柏昌意，问庭霜："你们吃饭了吗？我们是先去医院还是——"

"去医院。"庭霜说。

"我也这么想的，估计你也没心思去其他地方。现在2点半。"祝文嘉看了一下时间，对司机说，"我们快一点。"

ICU探视规定严格，只在每天下午开放1个小时的探视时间，从3点到4点，一次最多2个人探视。

车上，祝文嘉坐在副驾驶座上，庭霜和柏昌意坐在后排。庭霜看见车上放的照片，一张小小的合照，祝敖、翁韵宜，中间是小时候的祝文嘉。祝文嘉出生以后，每年他们都要拍全家福，庭霜从小就不肯去，祝敖怎么威逼利诱他都不肯去。后来他长大了一些，和翁韵宜关系缓和了，也愿意跟祝文嘉玩了，但他们都习惯他不去照相了，没人再问他要不要去拍全家福，连他自己都觉得全家福里加了他反而别扭。

现在他看到车上的全家福，突然感觉自己像个没有家的人。他父亲有自己的家庭，他母亲也有自己的家庭……

"Ting。"柏昌意喊。

祝文嘉也注意到了车上的照片，把全家福拿下来，放进车上的储物柜里。

"祝文嘉，你干吗？"庭霜笑了一下，"没必要。"

"这两天我妈……把这种照片摆得到处都是，还一直哭。"祝文嘉摆弄了一下储物柜的把手，"我看了更难受。"

庭霜沉默了一会儿，才说："……可以理解，她肯定难过。"

"我不想看她哭。"祝文嘉说。

庭霜说："你少给她惹事就行了。"

车开得很快，他们到医院的时候才3点过几分。

"我们快点。"祝文嘉走在前面。

到了ICU外面，祝文嘉让庭霜和柏昌意等一下，他去请护士带他们去换进ICU要穿戴的隔离衣、口罩、帽子和鞋套。

"祝先生吗？"护士看了一下探视记录，"今天已经有人在探视了。"

"有人在探视？现在？"祝文嘉说，"现在刚3点出头，谁在探视？不是说了只允许家属探视吗？"

护士说："是家属，就是祝先生的夫人在探视。她还带了一位祝先生的朋友一起。"

"我妈？"祝文嘉说，"我跟她说了我今天要接我哥来……怎么回事啊？"

"怎么了？"庭霜见祝文嘉一副交涉不顺的样子，上前问道。

"……我妈在探视。"祝文嘉有点烦躁，"我们只能明天再来了。"

庭霜想了一下，说："我在这里等。"

"等什么？"祝文嘉说，"他们出来了你也进不去，探视时间很短。等在这里你又见不到人。"

"没事，在这里我觉得安心点。"庭霜说，"再说，我也该跟阿姨打声招呼。对了，医生在吗？我想跟医生聊聊。"

住院医生姓程，眼下两个硕大的黑眼圈，庭霜进来的时候她正在写病历，一听对方是祝敖的亲属心里就烦。

最近几天已经有太多人跑来关心祝敖的病况，给她的工作带来了很大的困扰，她背后吐槽了无数遍，可当着亲属的面还是要回归职业身份。她放下鼠标，转过身，认真跟庭霜解释病情。

她从祝敖的高血压病史开始讲，接着讲到病人因为酒后情绪激动造成血压突然升高，大脑中的小血管破裂，引起的脑出血。

"这也就是我们平常说的中风的一种。"她说。

庭霜嘴唇动了动，无声地重复："中风……那，他什么时候能醒？"

"这个很难说。"程医生顿了一下，继续解释脑出血后如何引起脑水肿，现在的脑水肿又可能造成脑疝，"然后呼吸中枢受到抑制，人随时都有生命危险，我们要预防脑疝的发生。目前病人状况不稳定，还需要密切观察。"

庭霜一路听下来，很久都没说话，半晌，才说："他不是那种喝酒不知道节制或者特别容易情绪激动的人。他知道自己有高血压，他身边备着药，他也怕自己出事。"

这是要问病人是怎么被送进来的了，但这事医生也只能听病人家属描述，毕竟医生没跟祝敖一起吃饭喝酒。

程医生只能治病，没法解庭霜这种惑。

庭霜看程医生不说话，也意识到跟医生说这种话没有用，于是只好说句"谢谢"，然后起身离开。

他回到 ICU 外，没多久，翁韵宜出来了，红着眼睛。

陪在她身边的男人庭霜有印象，那是他爸的好友，也是 RoboRun 的股东之一。

祝文嘉说："妈，我不是说了今天——"

"小嘉，这是严伯伯，叫人。"翁韵宜说，"严伯伯老远地过来看你爸爸，我是一定要带他来的。"

她说完，看向庭霜，抹了抹眼角的残泪，像是不知道怎么开口似的："你……你说你为什么非要气你爸爸呢？唉……平时一个电话也不打，一打就伤他的心……这几年他都平平安安的，可自从你那次……算了、算了，一家人，一家人没什么过不去的，你也不是故意的，不知道是谁造的孽……今天回来还住家里吗？我下厨，一起吃晚饭。"

"阿姨，您说话我听不太懂。"庭霜拿出手机，"这是我爸给我发的最近一条消息，他还等着跟我视频。我一个人在外面读书，把我爸托付给您，以为您能照顾好他，没想到……算了，一家人，一家人没什么过不去的，您也不是故意的，不知道是谁造的孽……家我就不回去了，饭也不吃了。我爸都这样了，亏您还吃得下……"

他说完，没等翁韵宜说话，又看向他爸的好友严立谦："严伯伯，谢谢您来看我爸。我还记得小时候我爸跟我说，您跟他，还有我妈，你们这些长辈怎么一起创业……我们这代人真是羡慕你们那个时代啊，遍地机会，人也勤奋，最关键是纯良，人和人之间能相互信任，我们这代人再想做出那种成绩，难了……您肯定忘不了那时候，光辉岁月……突然想起来，我小时候您还抱过我呢，您记得吗？"

严立谦点头，眼角的笑纹漫开来："一晃这么多年了，小霜毕业了吗？毕业了进公司，研发部有很多你这样的年轻小孩。"

"快毕业了，现在正好放假，加上我爸现在这样，我也放不下心回去读书。"庭霜想了想，"我在考虑，要不然我休一学期假，进公司实习半年，顺便也能常来看我爸，等他好了，还能陪陪他……噢，对了。"

他跟严立谦介绍柏昌意："看我，见到您太高兴，我都忘了介绍重要人物了。柏教授，跟RoboRun合作了好几个项目，RoboRun欧洲伙伴中的半壁江山，您不负责那边的业务，但是肯定也知道。这次他来，一是来看我爸，二也是带着新项目来的。"

严立谦的目光立马就不同了，伸手去跟柏昌意握手。

双方寒暄一阵，留了联系方式，庭霜和柏昌意离开医院，庭霜自己叫的出租车，没有让司机送。祝文嘉跟出来，欲言又止："哥，我……"

"你知道的，我性格差，讲话难听。"庭霜笑了笑，"你回去陪阿姨吧，我想跟你柏哥单独待着。"

"……哥，你以后真的都不回家吃饭了？"祝文嘉夹在中间实在不好受。

"你想什么呢？"庭霜拍了一下祝文嘉的后背，"等爸好了，咱们肯定得一起吃饭。"

祝文嘉这才好过了一些："那就快了，说不定下个礼拜爸就好了。"

"我觉得也是。"庭霜笑说。

上了出租车，庭霜脸上的笑才彻底淡下来。

十几个小时的飞行和没吃没睡的消耗感一下子袭上来，庭霜身心俱疲。

大概是因为刚才在医院里精神太紧绷，现在他头闷闷地痛，可就是睡不着。

"……柏昌意，我是不是挺坏的？"他低声说，"会不会太有心机了？我都觉得自己阴险。"

"还好。"柏昌意的声音也很低，"气人高手。"

"……是。"庭霜承认，"这方面我是行家。"

其实现在回想起来，他刚才应该克制一下的，气人不过是出一口气，爽一下，起不到什么实际作用。

"我还有一个疑问。"柏昌意语带一丝隐约笑意,"我带来的新项目是什么?"

"新项目你赶紧想。"庭霜也有点想笑,可没有笑出来,"尽快想一个出来,不然我就露馅儿了。"

"你就喜欢抓免费劳动力。"柏昌意说。

"不过……"庭霜顿了一下,语气认真起来,"剩下的事,都让我自己来处理,行吗?你……你看着我就行,我想自己来,我不想你掺和进这些乱七八糟的事里。可能我在你面前的时候,什么都不用想,所以看起来挺傻,但其实我一个人的时候……我还是得自己想挺多事。"

"我感觉得到。"柏昌意说。

如果庭霜真的从小无忧无虑地长大,什么也不用想,那也不会有那么多恐惧,那么缺乏安全感。

两人说了一会儿话,柏昌意的声音越来越轻,庭霜不知不觉地就靠着他睡着了。

柏昌意低头看着庭霜的睡颜,好像一天之间,小孩就长大了。

柏昌意原本只休一周的假,因为陪庭霜回国,把所有不能远距离完成的工作全部推迟了两周,可以远距离完成的工作则提前到了接下来的两周,这样不会太耽误工作。

到酒店以后,庭霜倒头睡到晚上 10 点才醒,醒来冲个澡,说要出去吃夜宵。他没那么多时间去难过,或者胡思乱想。他需要打起精神,需要食物,需要弄清楚现在到底是个什么情况。

"你吃过路边摊吗?"下电梯的时候庭霜问柏昌意。

柏昌意想了一下:"圣诞市场那种算吗?"

"嗯……也算吧,不过比国内的差远了。"庭霜趿着人字拖往前走,东张西望地找东西吃。柏昌意落后他半步,看着他,怕他不留心脚下。

"前面有个小区,旁边应该有挺多吃的。"庭霜说,"再往前是高新科技园,公司总部就在那里。"他指了一下远处,"你能看到那栋高楼上的牌子吗?"

"嗯。"柏昌意看见牌子上亮着的蓝色的字:RoboRun。

"哎,那儿有卖铁板鱿鱼的。"庭霜过去买了十串,让柏昌意拿着九串,自己负责吃,吃完一串再去柏昌意的手里拿下一串。

"那边还有羊肉串。"鱿鱼还没吃完,他又去买了二十串羊肉串。

"欸,手抓饼。"

"你再帮我买碗麻辣烫。"

他就这么边走边吃了一路。

走到街尾的时候,他忽然脚步一顿。

"不吃了?"

"……RoboRun 的员工。"

柏昌意顺着庭霜的视线看过去,两个穿着工作服、戴着胸牌的年轻人正在奶茶店门口买奶茶。

"咱们去买两杯奶茶。"庭霜说。

这个点奶茶店没人排队,他和柏昌意就站在那两个 RoboRun 员工的后面。庭霜经过时看见他们胸牌上的"研发部"三个字,又看他们点了二十多杯奶茶,就随口说:"呦,加班啊。买这么多杯,怎么不点外卖?"

"这家没外卖,正好也下楼休息会儿。"其中一个员工转头对庭霜说,"不好意思啊,二十六杯,你们得等会儿了。要不然让他们先给你们做吧?"

庭霜连忙说:"不用不用,我们不急。"

他还等着偷听人聊天,万不能先走。

那人对庭霜笑了一下,又转过头去跟他同事继续说话:"FND 那个芯片已经连着报废好多个了,这么短的时间弄得出来吗?"

"我怎么知道?非要下周一之前弄出来……哎,你听说了吗?这么赶好像是因为下周一他们股东临时开会。"

"临时开会?我感觉咱们大老板平时不是这个作风啊……"

"那我就不清楚了。说起来,FND 那个……"

庭霜边听边吃东西,这样就不会显得太像在偷听。等那两个员工拎着奶茶走远的时候,他终于忍不住打了一个饱嗝。

"你知道 FND 是什么吗?"他吸了一口奶茶,问柏昌意。

柏昌意说:"不知道,可能是某种产品的型号。"

庭霜走了几步,靠在一根路灯柱子上:"股东临时开会……"

他掏出手机,翻到严立谦的手机号码,看了一会儿,还是决定不发消息问情况。

在这个关头,谁都算不上可靠,除了……

"如果你是我,你现在会干什么?"庭霜看向柏昌意。

柏昌意思考两秒,说:"如果我是你,那我今晚就查一下 RoboRun 的高层组成,再看一下中国的《公司法》。周末的时候,逼迫我的教授写项目计划书,并用恰当的方式慰劳他，然后周一带着他大摇大摆进公司谈新项目。"

庭霜难以置信："你真是……"

柏昌意："阴险？"

庭霜喝完最后一口奶茶，捏扁了纸杯，扬手远远一投——正中垃圾桶。

"不，睿智。"他说。

"现在这样像我本科的时候，考前突击。"庭霜对着笔记本电脑做笔记，"我其实修过《经济管理》，还选修过《国际商法》，当时觉得以后会用到，不过学得很粗浅，现在都不太记得了……"

他讲话的声音渐渐弱下去，盯着电脑屏幕半天，突然："啊。"

柏昌意："怎么了？"

庭霜震惊地看着屏幕上的字："……我妈居然现在还是 RoboRun 的股东，有 15% 的股份。他们离婚之后我妈就再也没有管过公司的事，连我爸的面都不见，我还以为她那个时候就把股份全卖给其他股东了……我得问一下她。"

他拿起手机，一看已经凌晨 2 点了："现在她肯定睡了，白天再问吧。"

"你也睡觉。"柏昌意说，"倒一下时差。"

"嗯。"庭霜合上电脑，走到柏昌意的椅背后，半是玩笑、半是监工，"敬爱的柏老板，你的项目计划书写得怎么样了？"

柏昌意说："你要是老板，一定是最会压榨员工的老板。"

第二天早上，庭霜醒来的时候发现柏昌意已经在工作。

他也不说话，就一直看着。

"过来吃早餐。"柏昌意看他一眼，视线又转回电脑屏幕上，"有小笼包、烧卖、油条和豆浆，都是热的。不想吃的话楼下也有别的。"

庭霜走过去，也不刷牙，直接就拿起一个小笼包塞进嘴里，顿时香汁四溢。

食物和幸福一个味道。

"为什么我现在每天就总觉得这么……就……每天醒来的时候我都对刚刚开始的这一天期待得不得了。"他吃完小笼包又叼了根油条，去拉窗帘，"你明白这种感觉吗？"

晨光扑面而来，洒满他的手臂、胸膛、双腿，还有光着的脚背。

满室明媚。

他坐到窗台上，啃着油条，看看楼下的行人与车辆，再转头看看正在工作的柏昌意："就，特别强烈地感觉到……活着。"

就像阳光，就像夏天，就像不尽的野草，年复一年地旺盛。

柏昌意抬眼看庭霜："我明白。"

庭霜对柏昌意笑，然后又去看窗外。

吃完东西，他打电话给庭芸，讲了这几天发生的事，约她一起吃午饭。

"啊。"他挂了电话才想起来，忘了问柏昌意的意见，"你想跟我一起去吗？"

"看你。"柏昌意说。

"我想要你去。"庭霜说，"你放心，我妈不会像我爸那么难沟通。我和我妈的关系……怎么说，不是很像母子，因为我不是跟着她一起长大的……"

庭芸和祝敖离婚的时候庭霜还很小，有很长一段时间他都见不到庭芸，就有点忘了庭芸的长相。庭芸离婚后第一次来看他的时候，带他去游乐园，庭芸去给他买冰激凌，他在旁边乱跑，走丢了，还抓着别的阿姨的衣角一个劲儿地叫妈妈。

"她一直拿这件事笑我。"庭霜跟柏昌意讲这事，讲着讲着自己也觉得很好笑，"所以后来我都不叫她妈，我叫她庭芸女士。"

而庭芸女士叫庭霜："小庭先生。"像跟老朋友会面那样。

庭霜上前跟她拥抱，然后介绍柏昌意。

"小庭先生择友眼光很高嘛。"庭芸笑着调侃完庭霜，去跟柏昌意握了一下手。

之后她对待柏昌意，就像对待庭霜的同辈那样，没有好奇心，不打听任何事，礼貌地保持适当的距离。

进了包间，点好菜，庭霜边给庭芸添茶边说："今天下午我打算去看看我爸。"

"嗯。"庭芸应一声。

"你要跟我一起去吗？"庭霜问。

"不了吧。"庭芸笑了一下，说话很直接，"我不想他死，但是这离'我想去看他'还远得很。好了，小庭先生，我们谈正事，你想要我干什么？"

"那行。"庭霜直奔正题，"电话里我也说了，RoboRun 周一有临时股东会议，你也是股东，他们没通知你吗？"

"没有。"庭芸抿了一口茶，"二十年前我就跟祝敖说了，公司的事不要找我，分红打到我的账户里就行。"

庭霜想了想，问："那你们当时有签什么书面协议吗？比如说，你允许他们在你不知情的情况下开股东会，或者修改公司章程……这之类的。"

"没有，就是口头说了一下。"庭芸回忆了一下，"二十年前 RoboRun 根本没发展成现在这个样子。那时候，一些小民企的做事方式还很原始，风格也比较粗犷，我记得当时公司连法务部都没有。"

形势有利。

庭霜拿出上午准备好的委托书，递给庭芸："那，你能不能暂时委托我来代你行使部分股东权益？"

她浏览了一遍委托书，在末尾签了字："你还在上学，我都没跟你聊过这些，其实这些以后也都是你的。之前的分红我都帮你做了投资，大部分是不动产，准备等你单独立户以后再转到你名下。"

"啊？"庭霜指了一下自己，"给我？那你怎么办？"

他一直都怕庭芸生活得不好。

"什么怎么办？"庭芸好笑，"这些本来就是准备给你的。"

庭霜说："但是我有能力养活自己。"

"我知道，你从没让我担心过，但是……"庭芸想了一下，"有代际积累还是不一样。我和你爸是白手起家的，所以当时的选择少很多。"

聊了几句，菜上来，每人有一盅红枣桂圆鸡汤。

"这家的招牌。"庭芸笑说，"我想你们在德国应该挺少喝到这种的，尝尝。"

"好……"庭霜拿起汤匙搅了搅汤。

他不吃红枣。

柏昌意什么也没说，只是一边聊天一边不着痕迹地把庭霜那盅汤也给喝完了。

饭吃到后半段，庭芸接了个电话，庭霜隐约听到电话里有小女孩在娇滴滴地叫"妈妈"，庭芸温声细语地哄，像一团正在融化的棉花糖："妈妈就回来，你先跟姐姐玩，妈妈在给你买冰激凌。"

庭霜觉得庭芸应该想尽快回家，于是等她挂了电话，他说："你们先吃，旁边有超市，我去买冰激凌，我知道小孩喜欢吃什么样的。"

说完，他站起身，搭了一下柏昌意的肩，低声说："柏老板，你结一下账。"

庭芸离开以后，庭霜站在马路边发了一会儿呆。

"吃冰激凌吗？"柏昌意说。

"你快去买，电话里那个幸福的小孩马上就要拥有八盒冰激凌了，我要比她拥有更多。"庭霜说。

"好。"柏昌意笑。

最后柏昌意还是只买了一盒，因为没地方放。

庭霜坐在车上挖冰激凌吃，车开向医院。

他们2点半就到了ICU门口，准备等着3点一到，就进去探视。

庭霜没有让柏昌意陪。

他有很多话要单独对祝敖讲。一些隐秘的，他连对自己都不想讲的话，他决定默默地蹲在祝敖病床边讲。

"爸。"

庭霜戴着口罩，只有眼睛露在外面。

"咱们俩好像没怎么谈过心，对吧？当男的挺惨的，多讲两句心里话人家就说你娘们儿唧唧。"

他扯了一下嘴角，被口罩遮着，看不出来在笑。

"这两天我想了很多，比之前二十多年想得都多。你知道吗？昨天站在ICU门口，阿姨跟我说，是我把你气成这样的时候，我有一瞬间特恨自己没长成你想要的那个样子。那一瞬间……我觉得我有罪，这辈子都洗不掉的那种罪。"他说这话的时候低着头，都不敢去看祝敖苍白衰老的脸。

"那一瞬间我脑子里出现了一个平行时空，那个平行时空里的我听了你的话，成家立业，按照你想要的那种方式生活。你也没躺在这儿，你做爷爷了，高兴着呢。"他的手抖了一下，下意识地想去摸烟。

"这里不能抽烟。"他吸了吸鼻子，又笑了一下，"而且我也决定戒烟了。我想活久点儿，还有，也不想让身边的人吸二手烟。你以后醒了，也别抽烟了，抽那玩意儿有什么意思？早上醒来老嗓子疼。嘴里没味儿，叼根棒棒糖也挺好的，不丢人。"

"我昨天晚上加今天上午，把《公司法》给看完了。我还看了……"虽然祝敖什么也听不见，虽然房间里再没有别人，庭霜的声音还是更低了，低若蚊吟，"我还看了《继承法》……在他不知道的时候。我是不是很卑鄙？"

一滴泪打在隔离衣上，庭霜很快用手抹去。

"我希望用不上……我希望永远用不上。"

沉默了很久，他换上一种刻意轻松的口气："怎么办？爸，我不是你最想要的那种儿子。不过……你这个爹，也没有当得特别好，是吧？咱们要不然……之后凑合凑合再当几十年父子得了，谁也别嫌弃谁。"

祝敖的眼皮儿不可见地动了一下。

/ 成长的距离 /

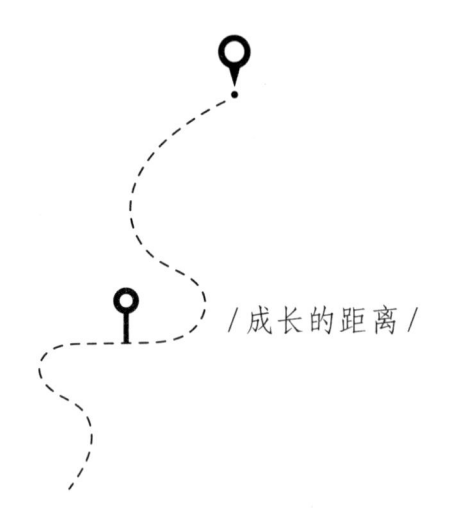

　　接到医院电话的时候是傍晚，庭霜正坐在街边的小店里，一边胡乱吃两口东西，一边跟上次在汉诺威见到的王阿姨打字聊天。她是祝敖的秘书，也是最早进入 RoboRun 的老员工之一，庭霜觉得她肯定知道点什么。
　　但是当他问起他爸出事以后公司的情况，她只说一切正常，和以前一样。
　　正在庭霜思考要不要提周一临时股东会议的时候，医院的电话打了进来。
　　"我爸醒了？"庭霜猛地站起来，被桌角撞了大腿，"我马上过来。"
　　护士说祝敖还太虚弱，还要观察几天，不能转到普通病房，所以当晚还不能探视，只能第二天去。
　　之前庭霜对"虚弱"二字没有太多概念，他有概念的是生死。
　　醒得来，就是生；醒不来，就是死。
　　生就是他爸睁开眼睛中气十足地骂人，跟以前一样；死就是他爸闭嘴了，再也不说话了。
　　而"虚弱"这个词，在他脑子里无非就是电视里演的那样，有气无力，面无血色，再虚弱，那也是生，还能笑，还能骂。但当真的再次面对醒过来的祝敖时，他才知道原来事实不是那样。
　　脑出血的后遗症很严重，他爸的右半边身体瘫痪，动弹不了，右侧半身深、浅感觉消失，右半视野缺损，张嘴讲话也讲不清楚。
　　原来虚弱是个半死不活的状态。
　　祝敖看着庭霜，眼神混浊，嘴唇开开合合，嘴里"呼噜呼噜"地不知道在说些什么。

庭霜脑子里突然出现了"废人"这个词,他的五脏六腑像被捏了一把,想从脑子里赶走这两个字,赶不走。

祝文嘉也在旁边,看了祝敖好久,才用几不可闻的声音说了一句:"哥……爸他,以后都这样了吗?"

现在的祝敖根本不像他印象里说一不二的父亲。

两行泪水从祝敖眼睛里流出来,从眼角流到耳朵孔里。

庭霜惊醒过来,对祝文嘉说:"你给我出去。"

祝文嘉:"我——"

"你先出去,我有话单独跟爸说。"庭霜转过身,在祝敖看不到的地方跟祝文嘉比口型:他听得见,他脑子清醒,他知道你在说什么。

庭霜懂祝敖那两行眼泪。

人可以死,但不能窝囊地活。

祝文嘉出去了,庭霜蹲到祝敖身边,说:"程医生说了,刚醒来都这样,爸,你这情况还算好的了,等以后咱们做做复健什么的,肯定还跟以前一样。"

可能是知道自己说不清楚话,祝敖没有开口。

"哎,爸,你就听我说吧,难得我能一个劲儿地说,你还不能还嘴,是吧?"庭霜故意开玩笑。

祝敖动了一下半边嘴角。

"笑啦?"庭霜也笑,特别阳光,"你想好出去以后第一顿吃什么了吗?咱们去喝汤怎么样?我有个现成的厨子,排骨玉米汤煲得特别好。"

祝敖发出一声"嗯",然后说了些什么,唔唔啊啊的,听不懂。

庭霜想了想,说:"你是想问什么吗?我暂时在放秋假,不在学校也没事。然后……我弟也挺好的,阿姨有点伤心,但看起来挺健康。"

祝敖好像不是想问这些。

"那,爸你是担心公司?"

这回问对了,但庭霜不敢把自己的怀疑和推测都说出来,因为本来祝敖的血压就需要控制,万一再情绪激动出什么意外……

"都什么时候了还担心公司?公司能有什么事?"庭霜笑说,"手下招那么多人都是光吃饭不干活儿的?公司的事就让他们忙去吧,你就操心操心自己,专心养病,身体第一。"

他为了宽祝敖的心,又讲了几件趣事,快结束探视的时候才小心地提了一句:"爸,有件事我还是得问问。你进医院之前……是跟谁在一起吃饭啊?要是桌上有人乱劝酒，那可得负这个责，搞不好我得起诉他，再不济，他也得来赔礼道歉吧。"

"咱们逐步缩小范围吧。"祝敖回答不了，庭霜想了个办法，"我问，要是对，你就吱一声，不对就不吭声。"

"跟你吃饭的是跟工作有关的人，不是没有利益关系的单纯朋友，是吗？"

"对了？好，那是公司内部的人还是合作伙伴？是合作伙伴吗？谈事儿的时候喝多了？"

"不是，那就是公司内部的人。"

"爸，你怎么这么看着我啊？"庭霜说，"你是不是觉得我特傻，我应该直接去问阿姨？"

祝敖应了一声，闭了闭眼。以他现在的身体状况，保持清醒这么久已经费了很大的力气。

"我跟阿姨就是表面客气，实际上谁也不爱搭理谁，你又不是不知道。"庭霜笑了笑，继续刚才的提问，"跟公司的人吃饭……要是普通员工，我觉得也没人敢劝你酒吧？肯定是老朋友，又是高层……是严立谦，还是其他股东？"

祝敖已经睡着了。

从医院出来以后，庭霜一个人坐车到市中心的广场上晒了一会儿太阳，自己消化掉那点从病房里带出来的难过情绪，然后买了热咖啡回酒店，慰劳全天都在工作的柏昌意。

"柏老板。"庭霜过去殷勤地为免费劳动力捏肩，"进度怎么样？是不是想起了你曾经申请科研经费的峥嵘岁月？"

"不一样。"柏昌意调出文档，"以前没人监工，效率不如现在高。"

"你就写完了？你是哪个世界来的神仙？"庭霜惊叹，"不过，为什么是用英文写的？"

问完他就马上想明白了，柏昌意平时写教材、发论文、写项目计划书，但凡涉及专业写作的，都是用英文和德文，现在改用中文写，肯定速度就慢了，说不定还不如用英文那么准确。

庭霜一边翻页快速浏览大概内容，一边说："要不我来翻译吧？你去休息一会儿。"

"你不是专业翻译。"柏昌意说，"RoboRun 有专业翻译，直接给他们英文版。LRM 系所跟他们交流一向直接用英文。"

"嗯。"庭霜应一声,坐到柏昌意身边,抱着笔记本电脑继续看文档。

"你爸怎么样?"柏昌意问。

进门以后庭霜还没有提过祝敖。

"……不太好。"庭霜说,"醒是醒了,不过不太可能恢复得跟以前一样。我今天哄他说可以完全恢复,但其实医生说之后可能挺长一段时间都要坐轮椅,康复以后走路比起普通人肯定也差不少,可能得拄拐杖。"

说到这个,庭霜放下电脑,转过身:"还有十天,十天以后你就要回德国了。"

"你怎么打算?"柏昌意说。

"我想……我们之后就不是那么容易见面了。"庭霜说。

"好,我知道了。"柏昌意说。

庭霜靠了一下柏昌意的肩膀:"你没问题吗?"

"没有。"柏昌意回庭霜,"我相信你也没有问题。"

两人结束对话后,又分头去工作。

柏昌意还有 LRM 系所里的事要处理,庭霜则要整理他关于 RoboRun 情况的推测,并思考相应的解决方案。

"跟'人学'一比,我突然觉得机器人学不难了。"庭霜写写画画几个小时,突然吐槽,"人真的太复杂了。"

柏昌意过去一看,庭霜竟然画了一张交织纵横的利益关系网,中心人物是祝敖,周边人物全部标明了相关利益和为获取利益而可能动用的手段。

"王阿姨还是不肯见我,也不肯跟我说什么有用的东西。"庭霜指了指关系网上的"秘书王爱青","按理说这不应该,她是看着我长大的,一直挺喜欢我,小时候还替我爸参加过我的家长会,她应该是向着我爸的才对。如果她是那种能在危急关头被随便收买的人,我爸也不会放她在身边这么多年……我还试着联系了其他几个认识我的老员工,他们都表示不太清楚情况,不知道是真的都不知道还是集体在替什么人隐瞒……想不通,头疼。"

天色已黑,柏昌意看一眼表,8点了:"先出门吃饭,回来再想。多穿件衣服。"

"嗯。"庭霜随便抓了件外套,俩袖子往脖子上一系,蹬上球鞋,跟着柏昌意下楼,"找个地方吃馄饨吧。"

两人打车去了庭霜的中学。

他的母校门口有一家馄饨店,从他入学起就在那里,不知道已经开了多少年。

"来啦？"店老板熟稔地招呼庭霜，"开学就高三了吧？"

"嗯，开学就高三了。"庭霜笑应，"带我叔叔来吃馄饨。"

点完馄饨，庭霜找了个角落的位置坐下来，低声对柏昌意说："我高中毕业以后，每年暑假回来吃馄饨，这老板都这么问我，这可是第六年了，我实在懒得纠正他了。"

柏昌意说："我侄子长得嫩。"

庭霜笑："我柏叔也不老啊。"

两大碗馄饨上来，汤汁香辣，夹起一个馄饨，汁水从馄饨皮上淌下，咬一口，馄饨皮筋道，肉馅儿细腻鲜美，再喝口汤，绝了。

"我从小就来吃，这么多年，一直一个味儿，没变。"庭霜又吃了一个馄饨，"所以我觉得吧，是这老板的日子没变，一年一年的，对他来说，都跟我要进高三的那个暑假一样，没区别，也挺好的。"

馄饨吃到一半，柏昌意的手机响了。

他瞥了一眼就把手机屏幕给庭霜看。

屏幕上消息的发件人是严立谦，问柏昌意现在是否方便接电话。

"严立谦找你？估计是之前见那一面之后他还一直想着你带来的新项目。"庭霜保持着夹馄饨的姿势想了想，"你跟他说你在剧院看芭蕾舞剧，接下来的两个小时都接不了电话，让他打字。"

"芭蕾舞剧？"柏昌意看一眼他们身在的馄饨店，"你倒是会编。"

"我没编，今天下午我在市中心看到海报了，今晚大剧院里确实演芭蕾舞剧，《茶花女》。"庭霜把馄饨塞嘴里，"放心吧，坏不了你柏大教授的名声。"

柏昌意回复完，严立谦的消息很快又传过来，问柏昌意明天有没有空一起吃早午餐。

"明天是周日，早午餐……这么赶……"庭霜琢磨了一下，"这样，你跟他说你挺久没来中国了，原定的计划是这几天先游览一下周边的景点，等下周再开始谈工作上的事，如果他不急的话，可否下周三再一起吃饭，到时候你请他。"

柏昌意说："他可能更希望赶在周一前。"

"对。"庭霜说，"看他怎么回。"

等了十分钟，两人的馄饨都吃完了，严立谦还没有回。

"鱼不好钓啊。"庭霜用手指敲了敲桌子，"但是如果真的像我猜的那样，研发部一定要在周一前赶出来的那个FND——虽然我们目前还不知道它到底是个什么玩意儿——是作为他们在股东会会议上进行某种谈判所仰仗的技术资本，那么，严立谦肯定会坚持在周日跟你谈新项目。我们且等着吧。"

结完账，出了馄饨店，庭霜去旁边的小超市里买了根棒棒糖叼着，问柏昌意："回了吗？"

柏昌意："没有。"

"这么久不回……他在顾忌什么……"庭霜在校门口走来走去，"如果他真的着急，那坚持要求明天见面也行啊……为什么不回呢……"

柏昌意思忖片刻："可能他怀疑我知道些什么，或者他已经知道了……"

他跟庭霜对视了一眼。

"严立谦到哪里去知道……啊。"庭霜脑子里灵光一闪，一直想不通的一个关节刹那间打通了，"我早应该想到的。翁韵宜当着我面说话那么难听我还没想太多，只想着出口气就算了，毕竟她当时也没把话说透……我以为她不会什么都跟严立谦说。"

可要是翁韵宜早就把什么都跟严立谦说了呢？

或者情况更坏一些，不只严立谦，翁韵宜说不定早就给了RoboRun的所有高层和老员工一个所谓的"真相"。毕竟除了翁韵宜，还有被翁韵宜带进ICU的严立谦，其他人连祝敖的面都见不到，他们只能相信她。

她常年陪伴祝敖左右，他们会相信她也是理所当然的。

怪不得，怪不得他爸的老秘书和其他老员工不愿意理他。要是他们真的认为是他把他爸给气成这样，还回来争家产，那他们会理他才怪。

"我太蠢了，我还一直在想那几个老员工总不至于全都背叛我爸，想他们谁是好人，谁是反派。"庭霜踢了一脚马路牙子，爆了句粗口，"搞了半天，原来我才是反派。"

那他周一去公司的时候岂不是如过街老鼠？

他爸现在又讲不了话……

他还有一堆没想清楚的事。他爸出事那晚，到底跟哪个或哪几个高层吃了饭？其中有严立谦吗？严立谦到底想干什么？

他思来想去，没有结果。说到底，现在的一切不过都是他的推测，是不是他把翁韵宜想得太坏了？

一团乱麻。

压力陡然增大，庭霜的烟瘾蓦地又上来了，吃糖不顶用。

但他真的不想再抽烟。

烦躁。

他得发泄一下压力，他得放空一下自己。

"我要进去。"庭霜看着学校的黑色铁门，视线好像穿过了树木、绕过了教学楼、跟着笔直的道路与一层一层的台阶到达了塑胶跑道边，"我要去操场。"

这个时候从校门进去根本不可能，他们只能翻墙。

国，柏昌意陪他回了；馄饨，柏昌意陪他吃了；校墙，柏昌意竟也陪他翻了。

空无一人的操场，夜里按时自动亮起的路灯。

庭霜把外套解下来扔给柏昌意："等我。"

然后他开跑，耳边疾风呼啸。

第一圈，他眼前出现了一些碎片。

二十年前，他视野低矮，偷偷透过门缝仰视庭芸的背影。

"祝敖，你的小孩，我一个也不要。"庭芸声音冷冽。

"好，正好我想养。"祝敖抽了口烟，说。

不久后，家里住进了别的女人，还有一个保姆。

"你管管庭霜好不好？"翁韵宜面对祝敖，声音柔软又难过，"他叫我阿姨，管保姆也叫阿姨。我是你老婆，肚子里有你儿子，不是你们家的保姆。"

"他不愿意叫你妈，我有什么办法？"祝敖说，"你把他当儿子，对他好，时间久了，他自然愿意管你叫妈了。"

小学的时候，祝文嘉一直缠着他，他不耐烦地推了祝文嘉一下，没想到祝文嘉的头就直直地撞到了大理石的台阶上。

他背着祝文嘉去找医生。

"小嘉额头上缝了五针。"翁韵宜心疼得直掉眼泪，"这还是额头，要是撞到的是眼睛呢？"

"啪"。

祝敖一巴掌扇到他脸上："谁教你以大欺小的？"

"我没有！"他捂着脸朝祝敖吼。

之后很多天他都没跟祝敖说过一句话。

某天晚上，祝敖拿着一个足球敲他的房门，说："你是不是一直想要这个？咱们明天去踢球，怎么样？就我们爷俩儿。"

他盯着祝敖："……我不要足球，我要你道歉。"

"好了。"祝敖笑说，"男孩子受点委屈怎么了？胸怀宽广点。"

他红着眼睛坚持："我、要、你、道、歉。"

祝敖在门边站了一会儿,叹了口气:"你跟你妈一样得理不饶人。"

这话很耳熟。

有一次庭芸答应带他去海洋馆,却因为临时有事没来。

他在电话里发脾气。

庭芸有点无奈:"你怎么跟你爸脾气一样差?"

胃痛,庭霜感觉到胃剧烈地痛,可能是刚刚吃完馄饨就跑步的缘故。

可是他停不下脚步。

他拼命地跑,好像这样就可以甩掉那些没意义的碎片。

第二圈,终于他跑离了他的童年,跑进了他的少年。

还是这条塑胶跑道,跑道中央还是这片绿茵场。

"梁正宣你会不会守门啊?!"他大骂。

输了球。

"你刚刚到底在干吗?"他在校门口的馄饨店里吃馄饨、喝汽水、生气。

梁正宣笑着回答他:"……在欣赏你的英姿啊。"

"闭嘴。"庭霜低头,"你再这样我不跟你一起踢球了。"

胃里翻涌得厉害,庭霜忍不住冲到操场边的垃圾桶前,将刚刚吃的馄饨全部吐了出来,连同他从小到大、年复一年经历过的所有不值一提的小风波一起,全部吐了出来。

吐完,他去水池边漱口洗脸,然后继续跑。

第三圈……

第四圈……

庭霜越跑越快,快得身边纷杂的人事都变了形,然后就都不见了,四周只有黑暗。

好像所有人和事都是这样,一开始的样子总是最好的,跑着跑着,就变得面目全非,或者,跑着跑着,就不见了,不知道跑到哪里去了。

第五圈……

第六圈……渐渐有依稀的光出现。

第七圈……

第八圈……

不知到第几圈的时候,他发现柏昌意在陪他一起跑。

就这么又跑了五圈,柏昌意超前一步拦在他前面:"好了。"

"我还能继续跑……"他喘着粗气说,"我感觉像在飞。"

"我知道。"柏昌意垂眼看着他,"但是你得顾及我,我年纪大了,想早点回去睡觉。"

"噢……"庭霜不由自主地变得温和,"那我们快点回去。"

"刚才严立谦回消息了。"柏昌意说。

庭霜:"他说什么?"

柏昌意把手机递给庭霜。

周日下午 2 点,柏昌意还没有回来,也没有新消息。

庭霜打开他和柏昌意的聊天界面,对话还停留在 3 个多小时以前。

[10:19] 庭霜:柏老板,见到严立谦了吗?

[10:22] 柏昌意:和严先生聊了 15 分钟芭蕾舞剧。

[10:22] 庭霜:?

[10:22] 庭霜:他还真问啊?你没暴露吧?

[10:23] 柏昌意:没有。

[10:23] 庭霜:你看过小仲马的原著?

[10:23] 柏昌意:没有,我瞎扯了半天芭蕾技巧。

[10:23] 庭霜:教授的嘴。

[10:23] 庭霜:对了,翁韵宜在吗?

[10:23] 柏昌意:不在。

[10:23] 柏昌意:还有,这位严先生身边的人我以前都没见过。

[10:23] 柏昌意:先不说了。

[10:23] 庭霜:[OK]

[10:40] 柏昌意:HAAS 的人到了,应该是直接从机场过来的。

[10:40] 庭霜:HAAS 来谈什么?

[10:58] 柏昌意:暂时不知。

[10:58] 柏昌意:我在签保密协议。

[10:58] 庭霜:保密协议?谈什么需要签保密协议?

聊天记录就到这里。

庭霜理了一下思路,前一晚严立谦跟柏昌意说,德国 HAAS 那边的相关人员将在周日早上抵达中国,RoboRun、HAAS,还有 LRM 系所,三方一直到现在都保持友好的合作关系,所以希望柏昌意能在周日一同会面。

这话里倒找不出伪处来。

确实，汉诺威的机器人工业展，他们就是三方联合参展，这两年也持续有项目合作，如果 HAAS 那边有代表来中国，柏昌意又刚好也在国内，那么三方进行个早午餐会确实很正常。

不正常的是，欧洲业务根本不归严立谦管。

RoboRun 有专门负责欧洲业务的部门，但柏昌意说严立谦身边的人他都没见过，那就很有可能，严立谦带去的人也根本不是公司里一直负责欧洲业务的员工。

所以严立谦到底想跟 HAAS 的人谈什么……

庭霜看一眼手机上的时间，14:10，他要去医院了。

到医院的时候离探视开始时间还有 20 分钟，翁韵宜和祝文嘉都在。

三个人，最多只能进去两个。

如果是从前，庭霜大概不好意思争抢，会让翁韵宜和祝文嘉进去，但现在——

"祝文嘉，昨天我出来之前，爸说他还有话要跟我们兄弟俩说，等会儿一起进去吧？"庭霜勾上祝文嘉的肩，想把人往一边带。

"庭霜。"翁韵宜说，"你爸爸醒来之后，我还没见过他。"

"阿姨。"庭霜笑了笑，"我爸没醒之前，您见得还不够多吗？光您一个人见了，别人想见都见不到。"

"哥——"祝文嘉喊了一声，让庭霜别对翁韵宜开火，"妈，哥，要不然你们俩进去吧，我在外面待着就行。"

庭霜要问祝敖的事不方便当着翁韵宜的面问，翁韵宜心里藏着事，也不愿意跟庭霜一道进 ICU。

直到三点两人都还僵持不下，护士在一边看着，一点办法都没有。

接下来的场面就变得很可笑，庭霜眼睁睁地看着探视时间一分一秒地流逝，他和翁韵宜在 ICU 外面互不相让，谁都进去不了。

"阿姨，这么下去不是办法。"庭霜说，"要是天天下午这么闹，那谁也见不到我爸。要不咱们都委屈一下，一起进去得了？"

翁韵宜有些神思不定，犹豫了一阵才答应。

她得进去。不见见祝敖现在什么样，她就做不了接下来的决定。

庭霜昨天已经见过祝敖，所以这次进去并没有什么难以接受的，他坐到祝敖病床前，说："爸，阿姨也来了。"

祝敖看见翁韵宜，说了几句含混不清的话。

半死不活。

翁韵宜没有马上走近，低下头去看自己的指甲，把眼神隐藏在被化妆品包裹的浓密睫毛之下。

她比祝敖年轻不少，这些年保养得也好，她一进来就衬得祝敖更老了。

"阿姨，您想什么呢？"庭霜说，"要说什么赶紧说吧，不然一会儿我爸就困了。"

祝敖瞪庭霜一眼，没什么威慑力。

庭霜把椅子让出来给翁韵宜坐，自己则站到墙角，将整个房间纳入视野范围内。

翁韵宜红着眼睛讲了一些无关紧要的熨帖话，还细心体贴地帮祝敖擦了擦一边嘴角的口水。

她已经有了决定。

她可以像今天这样给祝敖擦20分钟的口水，但绝不能给祝敖擦一辈子的口水。

她很爱RoboRun的创始人，如果祝敖活得好好的，那么她很乐意在公司年会上挽着祝敖的手臂，做与他恩爱的妻子；如果祝敖死了，那么她也很乐意做他悲痛的遗孀，接手他的未竟之业；但是现在这样不行，她最不想做的就是保姆。

何况她还有小嘉。小嘉太单纯，她得为他打算。每次想到儿子，她柔弱纤细的身体就充满了力量，为母则刚。

"阿姨说完了吗？"庭霜说，"说完就轮到我了。"

翁韵宜站起来，却没有要出去的意思。

"我有些话要单独跟我爸说。"庭霜坐到床头，回头对翁韵宜笑了笑，"男人话题。"

翁韵宜没挪步子，只抹了一下眼角，说："我想多看看你爸。没事，你们说吧，我不碍事。"

您还不碍事？庭霜在心里翻白眼，就数您最碍事。

"爸，你第一次谈恋爱是什么时候？"庭霜像个小流氓似的。

"喀、喀……"翁韵宜被呛到。

庭霜像是完全听不到翁韵宜的咳嗽声："祝文嘉说他第一次谈恋爱是在英国，高中毕业舞会上，他特别喜欢成熟的那种。"

翁韵宜终于忍不了，再也听不下去，出去了。

"爸，别激动，别激动……"见翁韵宜一走，庭霜赶紧安慰祝敖，"祝文嘉喜欢年轻的,不喜欢年纪大的。你放心吧。"

祝敖的胡子抖了抖,口齿不清地骂了一句。

庭霜大概能猜到,老子骂儿子,也就那么几个词。

"爸,我问了程医生,她说你的情况比昨天好,过几天应该能转到普通病房去了。"庭霜收起刚才的痞气,语气平静而可靠,"有些事我本来想等你身体更好点再说,但是我有一些问题想不明白,所以现在就得跟你说了,你做一下心理准备,不管怎么样都不要激动。"

祝敖应一声,勉强打起精神。

庭霜说:"三件事。第一,明天公司召开临时股东会议,目前我还不知道会议是哪位股东发起的,也不知道会议目的。第二,有人要求研发部在临时股东会议开始前开发出 FND。第三,严立谦不管欧洲业务,今天却见了 HAAS 派来的代表。"

他说完,以为祝敖会有比较大的反应,没想到祝敖只是闭了闭眼,"嗯"了一声。

"爸,这些事你都想到了?"庭霜说,"你知道他们想干什么?"

祝敖点了一下头,想说什么,却说不清楚。

庭霜在病床边来回走了两步,想了想,从口袋里掏出手机,调出手写键盘,举到祝敖左手边。

祝敖艰难地移动手指,频频出错,花了半天时间才写出两个字:收购。

收购……

这两个字有如一道惊雷,砸穿庭霜眼前的一团迷雾。

怪不得上午柏昌意说他在签保密协议……原来是收购。

那么……FND 和柏昌意的项目就是抬高收购价格的技术资本,而 HAAS 很有可能就是严立谦选择的买方。

庭霜继续往下猜测:"所以,爸,你上次就是跟严立谦一起吃的饭,吃饭的时候他就提出要把 RoboRun 给卖了?"

祝敖点了一下头,又疲惫地摇了一下头。

"也是,他拿着 30% 的股份也卖不了公司,他顶多转让他自己的那部分股权。"庭霜本来只是在自言自语,却看见祝敖点了一下头,"他要转让他的股权?我记得股东之间是可以互相转让股权的,他想转让给谁?是他要转让给别人,但你不同意,所以就在酒桌上吵起来了吗?"

祝敖点头。

庭霜马上去翻他之前做的笔记，祝敖毫无疑问是持有 RoboRun 股份最多的股东，但没有半数以上，只有 36%，严立谦如果将那 30% 的股权转让给其他任意持股 6% 以上的股东，祝敖就会丧失对 RoboRun 的控制权。

"不同意严立谦转让股权给别人，你就得自己买下他那 30% 股份。"庭霜估计了一下，"那是很大一笔钱……他急着要那么大一笔钱？现金？这，谁一下子都拿不出这么多现钱吧？"

这时候，护士进来提醒，探视时间结束了。

庭霜看一眼手表："还没到时间，还有两分钟，两分钟一到我马上出去。"

护士出去，庭霜面朝墙壁，飞速思考。

在他爸妈离婚前，他们的股份加在一起就是 51%，对公司有绝对的控制权。现在他有庭芸 15% 股权的委托书，只要再拿到祝敖那 36% 的股权委托就行，但现在他没有带委托书在身上，等到明天再来，不知道事情又会有什么变数。

"爸。"庭霜转过身来，"你的私章放在哪儿？"

"阿姨走了？"庭霜从病房出来，只看见正在走廊上听歌的祝文嘉。

祝文嘉摘下耳机："嗯，我妈说她还有事。"

"哦，她有事，我没事。"庭霜将手搭上祝文嘉的肩，极温柔可亲地说，"小嘉，我陪你。"

"哥，你还是叫我全名吧。"祝文嘉鸡皮疙瘩都起来了，"这么肉麻我受不了。"

"行，你想让我怎么叫我就怎么叫。"庭霜特别好说话，"让我叫你哥也没问题。"

"哥……你别这样。"祝文嘉扯了半天嘴角，扯不出一个笑来，"自从爸这次出事以后，我觉得咱们俩跟以前都有点儿不一样了。"

"咱们俩以前也没多好啊。"庭霜笑说。

祝文嘉说："得了吧，你就是刀子嘴，其实谁也放不下。"

庭霜收起笑容，不说话了。

兄弟俩沉默着，朝医院外走。

医院里的行道树笔直地立在人行道正中央，把庭霜和祝文嘉分开。

"哥，你知道我刚在听什么歌吗？"祝文嘉说。

庭霜说："不知道。"

祝文嘉戴上一只蓝牙耳机，把另一只耳机递给庭霜。

一首庭霜很久没有听过的歌从耳机里流出来，但是听到前奏的一瞬间他就记起了这首歌,是俄语的《兄弟》。

他第一次听这首歌是在《钢炼》动画里,看完动画之后他就开始对祝文嘉不错了,觉得有兄弟特好,还叫祝文嘉跟他一起看第二遍,两个人还啃了好久的俄语发音去学唱《兄弟》。

听到那句"我的兄弟,都是我的错,但我们应该怎么办"时,庭霜去看祝文嘉,觉得他好像也跟从前完全不一样了,不知道是不是因为他把那一头白毛染回了黑色。

"你去哪儿?"走到医院门口,庭霜问。

祝文嘉指了一下右边:"司机把车停那儿了。"

庭霜指了下左边:"我走这边。"说着就把耳机递还给祝文嘉。

祝文嘉没接,跟着庭霜一起往左拐。

"你干吗?"庭霜又把耳机戴回去,《兄弟》再次在他耳边响起。

祝文嘉说:"我想跟你待一会儿。"

走了一阵,庭霜说:"你怎么想的?"

祝文嘉说:"什么怎么想的?"

庭霜说:"阿姨没跟你说什么?"

"还不就那些。"祝文嘉笑了笑,学翁韵宜讲话,"'你哥趁你爸卧病在床,回来抢公司。'我都听烦了,巴不得你回来抢公司,你对我多好啊,每个月给我发钱,还不让我干活儿。"

庭霜哼笑一声,说:"要是你归我管,我每个月发你2000欧元封顶了,你就给我老老实实在学校里待着吧。"

祝文嘉笑了一会儿,说:"咱们找个清吧喝两杯?"

"刚从医院出来,还喝。"庭霜找了个奶茶店,"喝这个吧,你付钱。"

祝文嘉买了两杯珍珠奶茶,两人边喝边在城市里乱走,还特无聊地比赛用吸管喷射珍珠果,看谁射得远。

"哥,你刚在医院里对我那么亲热,是不是有什么事儿让我干啊?"走了一会儿,祝文嘉说。

"嗯。"庭霜说,"不是什么好事。"

祝文嘉追问:"什么事啊?"

庭霜说:"都说了不是什么好事,还问。"

"你说呗。"祝文嘉说,"反正我也不一定干。"

庭霜停下脚步,叼着吸管,说:"我想让你从咱爸书房保险柜里拿个东西

·239·

出来。"

"什么东西？金条，传家宝？"祝文嘉说，"我不知道保险柜密码。"

"我知道密码。"庭霜说，"不是什么值钱的东西，就一个木头盒子。"

祝文嘉问："盒子里是什么？"

庭霜不语。

"爸让你拿的？"祝文嘉又问。

"要不我怎么知道保险柜密码？"庭霜说。

"爸让你拿，那你就跟我一块儿去拿呗，又不是什么偷鸡摸狗的事。"祝文嘉说着，忽然意识到什么，"你怕跟我回家，保姆和司机知道了，告诉我妈？你不想我妈知道？"

半晌，庭霜"嗯"一声。

"……哥。"祝文嘉低着头，"你不信我妈，爸他，也不信我妈啊？"

庭霜光喝奶茶，不说话。

"那……"祝文嘉抬头去看庭霜的眼睛，"你会做什么对我妈不好的事吗？"

不会。

庭霜正要回答，这时候感觉到口袋里的手机振了一下。

他拿出来一看，屏幕上有柏昌意发来的消息：翁女士也来了，5分钟前。

庭霜收起手机，看向祝文嘉。

兄弟俩四目相对。

庭霜把那句"不会"咽了回去，说："……我不知道。"

兄弟俩都沉默了一阵。

他们一人靠在一棵行道树的树干上，相对而立。

奶茶喝完了，耳机里的歌还在响。

"哥，你要我回家拿的东西……会伤害到我妈吗？"祝文嘉先开了口。

"不会。"庭霜已经在心里分析完了情况，如果拿到他爸的私章，51%的股权在手，翁韵宜就算真想干点什么，估计也翻不出太大的浪来，"只要公司不出事，阿姨也出不了事。"

祝文嘉看着庭霜，说："哥，那你答应我，不能让我妈出什么事。"

庭霜说："我尽量。"

"不行。"祝文嘉说，"不能尽量。你要保证。"

庭霜说："……我保证不了。"

祝文嘉两步跑上前，站在离庭霜只有十厘米的地方："你保证得了。我去拿

·240·

你要的盒子，你保证所有人都没事，一切都跟以前一样。"

庭霜烦躁道："祝文嘉，你讲不讲道理？"

祝文嘉拥住庭霜。

"你够了啊。"庭霜说。

"哥……"祝文嘉喊。

庭霜深吸了一口气，说："……行，你放开我吧。"

祝文嘉松开手臂，对庭霜笑。

"你跟司机说不用接你了。"庭霜叫了辆出租车，"等会儿我在车上等你，你拿完东西出来给我。"

祝文嘉点点头，给司机打电话。

出租车开到一半，庭霜突然意识到什么，说："祝文嘉，你是不是从小到大都没挨过打？"

祝文嘉回忆了一下："好像是。"

庭霜笑了一声，说："我小时候经常挨打。以前还不知道为什么，现在明白了。我每次都跟咱爸硬'刚'，脾气臭得很，你每次都抱着人求饶，嘴又甜，你说，他不打我打谁？我还是太笨了，没你机灵。"

也因为这一点，他小时候想要的，不一定能得到，但祝文嘉不管想要什么，通常都能得到。

祝文嘉说："那你干吗不学我？"

庭霜摇头笑笑："学不来，这事儿也要天赋。"

出租车停在住宅区外面，祝文嘉下车，要关车门的时候想起什么，对庭霜说："你还没给我保险柜密码。"

庭霜拿出手机，准备把密码发到祝文嘉手机上，可顿了两秒，又把手机收起来，说："你到书房以后，跟我视频，我告诉你怎么找保险柜，怎么打开。"

祝文嘉看着庭霜的动作，愣了一下，迟疑说："……哥，你连我也不信？"

"没有。"庭霜面色如常，"那保险柜操作有点复杂，我嫌打字麻烦。快进去吧。"

祝文嘉走了，庭霜那边蓝牙耳机里的《兄弟》也跟着停了，这时他才想起来要把耳机还给祝文嘉。

他一个人坐在出租车后排，远远地看着祝文嘉的背影，还有那个他多年未回的家，凝起了眼眸。

不知道是不是这几天他算计得太多……

从刚才上出租车开始，他就越来越发觉祝文嘉可能也没那么简单。如果祝文嘉真的那么在乎翁韵宜，那即便翁韵宜私下说过"你哥趁你爸卧病在床，回来抢公司"这样的话，祝文嘉也不该转头就告诉他。

还有翁韵宜在家里摆全家福的事，祝文嘉也大可不必告诉他。

他以前觉得祝文嘉傻，才把翁韵宜说过的话、做过的事都往他这里倒，现在他突然发现，祝文嘉其实不傻，祝文嘉比谁都清楚，想在这个家里过好日子，要怎么做人……

停。别再想了。

庭霜闭了闭眼，逼迫自己把这些思绪赶到脑子外面去。

自己心思复杂了，看什么都复杂，肯定是最近他想得太多，才觉得谁都不可靠。

他打开手机相册，翻到一张跟柏昌意的合照，心略微安定下来。

过了一会儿，祝文嘉发来视频请求，庭霜接起来。

祝文嘉调到后置摄像头，说："我到书房了，保险柜在哪儿？墙上那幅山水画后面不会有什么机关吧？"

"没有，就在书桌下面右边的柜子里，很好找。"庭霜说，"里面没什么值钱的东西，就是爸的一点私人物品。值钱的都在银行里。"

"噢……"祝文嘉去开柜门，手机摄像头对着地板。

"摄像头跟着你的眼睛。"庭霜说，"你看哪里，摄像头拍哪里。"

"噢，我没注意。"祝文嘉把摄像头对着柜门。

书桌下的木制柜门打开，露出嵌在书桌内部无法移动的金属色转盘式密码保险柜。

"好了。"祝文嘉说。

"转盘归零。左转，刻度转到95。"庭霜说。

祝文嘉照着庭霜的指示一步一步做，三个密码全转完，他才发现这三个数字，95、04、12，正好是庭霜的生日。

"行了。"庭霜见祝文嘉没动，便提醒道，"拧一下把手，门就开了。"

祝文嘉打开保险柜，只见里面有几摞纸、几个信封，还有一个带铜扣的木盒，铜扣挂着，却没有上锁。

"就是这个？"祝文嘉把木盒拿出来。

"嗯。"庭霜说，"你拿出来给我吧。"

祝文嘉说:"行,我赶紧。"

庭霜刚想说话,祝文嘉就把视频挂了。

他再发视频请求过去,那边就没人接了。

等了十来分钟,祝文嘉才跑出来,把盒子递给他,说:"我的妈,刚要出门,就被保姆叫住了,非让我喝什么老鸭海参汤,汤又烫,吹了半天才能喝。"

"没事,没那么急。"庭霜接过盒子,拨开铜扣,掀起盒盖——

黄色软缎中央缺了一块,本应放着私章的地方是空的。

"对的吧?"祝文嘉准备走,"没事儿我就回去了啊。"

庭霜抬眼,端详祝文嘉的表情:"你没打开看?"

"没有啊。"祝文嘉说,"你不是不想让我知道嘛。"

"你拿错了。"庭霜把盒子盖上,"我要的不是这个。"

"啊?"祝文嘉说,"可是保险柜里只有这一个盒子,刚才视频里你也看到了。"

庭霜把车费付给出租车司机,推门下车:"我再去找一次。"

祝文嘉说:"可你不是怕——"

"本来我就做好了你不愿意去,我得自己去的准备。"庭霜说。

"我没不愿意去啊。"祝文嘉说。

"我没说你不愿意去。"庭霜笑了笑,"不过爸那个情况你又不是不知道,他醒是醒了,但跟以前还是没法比,我怀疑他记错了,我再找找吧。"

祝文嘉说:"那我妈……"

"她知道就知道吧。"庭霜加快脚步,"我也没其他办法了。"

保姆来开门,生面孔,只认识祝文嘉,不认识庭霜。

"您好。"庭霜打了个招呼,"好几年没回家了,怪想的。阿姨,老鸭海参汤也给我来一碗吧。"

他说罢就径直往书房走,一点儿也看不出来对这地方有半分想念的样子。

保姆哪儿见过这架势,当即就要拦,庭霜停下脚步,回过头说:"祝文嘉,你跟这位阿姨解释一下吧,不能跟我和谐共处的阿姨以后进不了这个家的门。"

其实自从庭霜上初中以后就没再叫过家里的保姆"阿姨",因为知道翁韵宜不高兴,但他也没法改口叫翁韵宜"妈",所以只好改口管保姆叫"姐",无论保姆多大年纪,他都叫"姐"。

这时候刻意这么叫,祝文嘉觉出不对,便追上庭霜,说:"哥,我——"

"我自己进去找就行了。"庭霜关上书房门,把祝文嘉留在外面。

祝敖的书房布置不复杂,墙上挂着一幅山水画,中央是一套书桌椅,椅子边是一个垃圾桶、一台小型碎纸机，再旁边的矮柜上立着盆景松树和打印机，书柜里摆着成套无人翻阅的精装书，书桌上一电脑、一笔筒、一茶杯、一烟灰缸，角落还放着两颗一模一样的核桃，供祝敖闲时盘一盘。

庭霜很快把书房上下都翻了一遍，没有找到私章。

他又打开保险柜，里面确实像刚才视频里那样，没有其他盒子。

私章到底在哪里……被祝文嘉拿走了？

还是在祝文嘉打开保险柜之前，私章就已经不在了？

如果私章早就不在了，那是祝敖记错地方，还是被翁韵宜拿走了？

庭霜坐在转椅上，一边盘他爸的核桃一边思索。

他没怎么盘过核桃，一不留神一颗核桃就脱了手。

糟糕！这可不是普通核桃，一对贵得要死，要是磕坏了、碰缺了，他都不知道上哪儿再找这么一对一模一样的给他爸。

就在核桃脱手的一瞬间，他迅速伸长了另一只手去接，这一接，眼明手捷，虽然把垃圾桶和碎纸机都给碰倒了，但好在是接住了。核桃毫发无损，他松一大口气，赶忙把两颗核桃都放回原位，不敢再盘。

他这才去扶垃圾桶和碎纸机。

把碎纸机翻过来的一刹那，他发现碎纸机的电源是开着的。

这碎纸机有人刚用过，还是一直没关电源？

庭霜摸了摸碎纸机表面，没有电器长时间使用产生的温度，那应该是不久前才有人用过。

难道是祝文嘉刚刚用了？

不一定，说不定这碎纸机性能特好，开一整天也不发热。

他打开碎纸机机箱，翻出里面的碎纸条来，真的好碎。

他花了很久也没有拼出一张完整的纸来，只找到一些关键词。但关键词也够了，至少他知道被碎掉的纸张里有什么。

那里面有一份遗嘱，好像还有别的什么，但是他一时分辨不出来。

他得把这些碎纸带走。

不过，被碎掉的遗嘱本来是放在哪儿的？

庭霜看向保险柜的方向。

他刚刚打开保险柜以后也只是再检查了一次有没有别的盒子，而没有去注意里面的其他东西。毕竟那些是他爸的私人物品，他不方便看，也不想看。但是现在，他可能得翻翻那些东西了。

他先打开了一个信封，发现里面是他小时候的照片。他打开第二封，里面竟然是一封写给庭芸的情书，祝敖居然一直留着这样的东西。庭霜不好意思继续看，只看了个抬头就塞回了信封里，也不打开其他几个信封了。

信封底下的几沓纸是文件，放在最上面的是一份婚前协议。

庭霜草草翻阅，发现翁韵宜在这段婚姻里其实得不到什么，如果离婚的话，祝敖什么都不会给她，只保证会抚养子女。

又翻了一下下面的几份文件，没有什么值得细看的，他便关上了保险柜。

现在该想的是私章的下落……还有这份遗嘱，到底是谁放进碎纸机的？

"咚咚"，敲门声。

"哥，你找到没有？"祝文嘉的声音从门外传来，"汤放桌上好久了，都凉了。"

"就出来。"庭霜边应声边给柏昌意发消息：翁女士带了什么文件去吗？比如盖了我爸私章的文件？

等了两分钟，柏昌意没有回，庭霜便抱着碎纸机出了书房。

"哥，你这是干吗？"祝文嘉吓了一跳。

"哦，酒店房间里没有这玩意儿，我想爸暂时也用不上，就打算借去用用。"庭霜说，"你没意见吧？"

"我有什么意见？反正我也不用。"祝文嘉坐到桌边喝汤，"快来喝，刚给你换了热的。"

庭霜走到桌边，却没有坐下。他一手抱着碎纸机，一手将汤碗里的勺子拿出来，放到一边，然后像干掉一碗酒似的干了这碗汤。

"……耳机，你的。"他啪的一声放下碗，抹了一下嘴，从口袋里掏出蓝牙耳机放在桌上。

"弟弟。"他第一次这么喊祝文嘉，"这个家，也是你的。公司，你乐意管，也是你的，你不乐意管，我找职业经理人来管，公司，还是你的。"

"哥……"祝文嘉皱着眉头说，"你干吗突然跟我说这种话？"

"没什么。"庭霜说，"我就想告诉你，没人跟你争。"

"我也从来没觉得有人跟我争啊，"祝文嘉说，"哥，你这几天到底怎么了？"

"没事。"庭霜说，"我走了。"

回到酒店，庭霜觉得疲惫异常，却没心思睡觉。他给碎纸机插上电，算是做实验研究它多久才会发热，然后逼着自己静下心去拼那些碎纸条。可他每拼一会儿就忍不住要去查一下手机，怕错过了柏昌意的回复。

终于，他的手机振了两下。

柏昌意：翁女士带来了祝先生36%股权的委托书，委托书上盖有祝先生的私章。

柏昌意：我二十分钟后回来。

庭霜久久地盯着手机屏幕上的消息，知道这回他已经赢了，却没有觉得多高兴。

他摸了摸碎纸机，热的。

祝文嘉答应他的事，没有做到；他答应祝文嘉的事，也做不到了。

"在想什么？"柏昌意回来的时候发现庭霜脸色不好看。

庭霜没有跟柏昌意说他叫祝文嘉去拿私章的事，只说："想公司的事。但是你签了保密协议，我就不跟你聊了，剩下的事我自己来。"

虽然有些事他还没有想通，但是明天以后，所有的事情都会结束。

周一，暴雨。

窗外电闪雷鸣，早晨的天黑得像夜晚。

庭霜换上正装，打好领带，拿起文件袋，对柏昌意说："我在酒店顶层订了位子，今晚7点。等我回来。"

"真的不用我一起？"因为时差，柏昌意一早就在和手下的研究生开视频会议，现在见庭霜要出门，便暂停了会议。

"不用。"庭霜开玩笑说，"你太帅，容易抢我风头。"

柏昌意已经为他蹚了太多浑水，够了。

下楼，路面积水不浅，雨又大，他的裤脚很快就被打湿了，有点冷，有点脏。他仰头去看酒店窗户，心想，此时柏昌意的双脚应该干燥温暖。

他想到几个月前他们站在LRM系所楼顶，彼时夏日正好，柏昌意问他，大学是什么。

——人类先锋。

理想的帅老头儿啊，不是所有人都能活成人类先锋。

雨太大，庭霜打了辆车到RoboRun总部门口。

9点差2分。

"请问您找哪位？"前台问。

"我来开会。"庭霜从文件袋内拿出庭芸的委托书，"我是这位股东的委托人。"

前台看了一下，说："您稍等，我给王秘书打个电话。"

"王秘书说这位股东不参与任何公司事务。"前台对庭霜说。

庭霜说："那么就请王秘书拿出书面文件来，证明我的委托人确实放弃了相关权益。还有，请转告王秘书，我姓庭。"

没过多久，王爱青从电梯里出来。

"……小霜。"王爱青说，"阿姨跟你说句心里话，上学的时候就好好上学，大人的事有大人来管。"

大人？大人是指现在躺在ICU里的祝敖，还是指拿着假委托书准备卖公司的翁韵宜？

庭霜礼貌地笑了一下，将委托书递给王爱青，并用柏昌意惯用的那种表面极有修养而实际毫无感情的语气说："王秘书，我是股东庭芸女士的委托人，您无权干涉我行使我的权益。如果您代表RoboRun阻止我的委托人行使她的权益，那么我将起诉您和RoboRun。"

王爱青看了一会儿庭霜，叹了口气，刷卡带庭霜进翼闸。

两人搭乘同一部电梯上楼，王爱青说："小霜长大了，和以前不一样了。"

"我觉得长大更好。"庭霜对着电梯里的镜子整了整领带上的金色领带夹，"毕竟没人听小孩说话，不是吗？"

"叮"。

电梯门开了，十八楼。

庭霜走到大门紧闭的会议室外，听到里面隐约有人声传来。他敲了敲门，门内讲话的声音顿了一下，却没有人开门，过了几秒，讲话声复又响起。他拧了拧门把手，门应该从里面反锁了，外面打不开。

砸门的话就太野蛮了，他清了清嗓子，大声喊："着火啦——"

整层楼的门全开了，包括会议室。

"怎么回事？"

"哪儿着火了？"

"按火警按钮了吗？"

"不好意思，看错了。"庭霜若无其事地说完，阔步走进会议室，出示庭芸的委托书，"抱歉各位，我迟到了。"

"你来干什么？这里正在开会，很重要的会。"翁韵宜像在教育不懂事的小孩，"胡闹也要有个限度。把你爸气病还不够吗？"

"翁女士，我也想对您说一句，胡闹也要有个限度。"庭霜尽量无视翁韵宜的最后一句话，"召开临时股东会会议应该至少提前15天通知所有股东，可我的委托人没有收到任何通知。所以按理说，今天这个会议上做的任何决定，都是无效决定。这不是浪费大家时间吗？"

股东们面面相觑。

翁韵宜说："20年来，庭芸从没有参加过任何股东会会议，之前所有临时会议，也都没有人通知过她。难道之前所有会议上的决议就都不算数了吗？"

庭霜说："依照《公司法》，时间太远的我是管不了，但60天内的会议，我确实可以提起诉讼，撤销决议。比如今天的会议决议。"

翁韵宜恼道："你——"

严立谦朝翁韵宜摆摆手，又安抚地看了看其他股东，然后笑呵呵地站起来，语气和蔼地对庭霜说："小霜啊，你妈妈一向不参与公司事务，这一点，大家都是知道的。你喜欢钻研法律，这是好事，但是也不要死抠字眼。虽然你妈妈当年没有签书面协议，但是她做决定说不参与公司事务的时候，在场的见证人可不少。不是只有书面的文件才有法律效力，如果你去法院提起诉讼，那么在场的股东可都是见证人。"

他走到庭霜身边，拍了拍庭霜的肩膀，亲切道："小霜啊，你妈妈已经不了解公司现状了，你人在国外，也不了解情况，对不对？你还年轻，现在去研发部参观参观，跟其他年轻人一起学习学习，会议室呢，暂时就留给我们这些了解公司情况的老家伙，好不好？"

庭霜像感觉被严立谦拍过的肩头有什么脏东西似的，拿手拂了拂，才慢条斯理地说："严先生，您的意思是，我拿着15%股权的委托书，参加不了今天的会议，而并非股东的翁女士，却有权参加今天的股东会会议？"

"我有你爸爸36%股权的委托书。"翁韵宜说。

庭霜说："哦？是吗？能让我看看吗？"

翁韵宜说："凭什么？我已经向全体股东出示过我的委托书，难道还会有假吗？"

庭霜见她不肯拿出委托书，便从文件袋里拿出一份文件来："我不想怀疑您，可我这儿刚好也有一份我爸的股权委托书。"

翁韵宜一愣，霎时间瞪大了眼睛："不可能。"

庭霜正对着她，不放过她的一丝表情变化："您怎么知道不可能？因为我爸的私章在您手里吗？"

翁韵宜眼神闪烁了一下："因为我这份委托书是你爸爸亲口交代我写的。"

"是吗？"庭霜翻开他刚从文件袋里取出来的委托书，"可我这份委托书上有我爸的亲笔签名。"

"不可能，这不可能。"翁韵宜看着委托书，从昨天到今天，庭霜根本不可能有机会拿到祝赦的签名，"签名肯定是假的，委托书也是假的。你敢去做笔迹鉴定吗？"

庭霜也看了一眼那签名。

当然是假的，那是他头天晚上自己签的，上一次他学祝赦签名还是某次考砸了，老师让家长在试卷上签字的时候。这次他费了老大的劲儿，练废了好几张纸，才签出这么一个名来。

他能瞒天过海才奇怪了。

"做不了笔迹鉴定。"庭霜没等翁韵宜高兴，接着说，"您又不是不知道，我爸现在偏瘫，右边身子动不了，这字，他是拿左手写的，跟以前写字都不是用的同一只手，您说，这怎么做笔迹鉴定？"

"你的委托书做不了鉴定，但我的可以。"翁韵宜忍不住拿出了她的那份委托书，展示上面的印章，"你可以指定任何鉴定机构，鉴定我的委托书上盖的章是不是伪章。"

庭霜拿过那份委托书，看了看，说："就算章是真的，也不能代表盖章的人就是我爸，对吧？不管是盖章还是签字，关键是要代表委托人的真实意图。现在我爸都醒了，只要问问他，不就知道哪份委托书是真，哪份委托书是假了吗？"

翁韵宜噎了一下，一时说不出话。

"话不能这么说。"严立谦笑眯眯地说，"文书上为什么要签字、盖章？不就是为了不生变数吗？签过的字、盖过的章，都是具有法律效力的，不是签完字、盖完章以后用嘴随便说一说就可以反悔的。"

他说完，想从庭霜手中拿过翁韵宜的那份委托书："委托书就暂时交给股东会保管吧。"

庭霜退后一步："交给股东会之前，至少先得弄清楚真假吧？"

翁韵宜见庭霜竟攥着那份委托书不肯放手，便打电话给安保部："安保部吗？这里有人抢夺公司重要文件，影响股东会会议，马上派人上来，把人带走。"

"哎，用不着、用不着。"翁韵宜电话都打完了，严立谦才开始做和事佬，"自家小孩，叫什么保安？"

很快，十几个保安拥到十八楼，到了会议室门口却不知道该如何动作。

会议室里面个个穿着斯文，哪个人看着都不像是来捣乱的。

翁韵宜用眼神指了一下庭霜，对保安们说："还愣着干什么？"

"慢着。"庭霜像柏昌意那样姿态极高贵优雅地比了个手势，镇得一帮保安犹豫不定。

就在保安还未动作之际，他拿出手机按下三个键，拨号："公安局吗？这里有人伪造文书，进行经济诈骗，请马上派人过来，把人带走。"

方才还稳如泰山的严立谦一下子变了脸色，立时就要来夺庭霜手上的委托书。

"都别动。"庭霜指了指自己的领带夹，微笑，"带 Wi-Fi 的摄像头，全网直播。"

2019 年，已经没有人不知道摄像头和互联网的分量。

严立谦的面色在镜头前变了好几次，最后只余笑纹在他的眼角和嘴角漾开。

"这里是会议室。"他说着，缓缓走到投影控制台前，找到了一台设备，按下按钮，"会议室都是带信号屏蔽器的。"

不好。庭霜一看手机，果然显示"无服务"了。

那摄像头……肯定也没网络了。

不过存储卡还会继续存储已经录下的视频。

而且只要他手上还有翁韵宜这份假委托书……他将委托书收进文件袋里。

"剩下的事我们就私下解决吧。"严立谦看着庭霜的文件袋，笑着说。

"这事没法私下解决，我已经报警了。"庭霜也笑，姿态从容，"屏蔽了信号也好，我们就一起聊聊天，等着警察来吧。毕竟今后聊天的机会也不多了，探监不方便，对吧？"

"报警？报什么警？RoboRun 是做实业的，哪里来的经济诈骗？诈骗了谁？只是一点口头上的小摩擦，不至于劳动公安。"严立谦跟立在一旁的秘书使了个眼色，这秘书跟随严立谦多年，替严立谦挡人之类的事没少做，当即便心领神会，迅速出了会议室。

庭霜一眼就察觉出那秘书要干什么，要真放人这么下楼去了，估计他就是等到明天，也等不到警察来这十八楼的会议室了。

这么一想，他便要跟上那秘书。

"拦住他。"严立谦命令保安，"他拿了公司的重要文件，偷拍了公司的会议视频。"

几个人高马大的保安把会议室的门口堵住，庭霜知道硬拼不过，于是转过身，对严立谦说："严先生，您还能把我一辈子关在这里吗？"

严立谦笑了笑，慈眉善目："当然不会。把你的文件袋，还有你的领带夹留下，你就可以马上离开。"

庭霜摩挲了一会儿领带夹,有点不舍似的说:"我这领带夹可是纯金的呢……还挺贵的。"

严立谦笑着说:"小霜在意这么点黄金吗?"

庭霜把文件袋夹到腋下,然后慢慢地取下领带夹,在手里把玩,像是爱不释手:"当然在意,我又不像严伯伯这么有钱。不过,这几天我一直有个想不通的地方……严伯伯都这么有钱了,为什么还想把公司股份一次性全部换成钱放进银行账户……"

他一边玩领带夹一边若无其事地问:"是突然缺钱了吗?"

其他股东纷纷看向严立谦,严立谦带着笑纹的嘴角动了一下。

庭霜盯住严立谦的眼睛:"还是……这样逃到国外比较容易?"

四目相对,他看见严立谦的瞳孔微微一缩。

他等的就是这一瞬间,严立谦还没来得及掩饰生理反应的这一瞬间。

他竟然猜对了。

"别当真,我开玩笑的。"庭霜笑了两声,把刚才说话间从领带夹上拆下来的摄像头放在严立谦面前的桌子上,"摄像头留下,领带夹我总可以带走吧?我是真舍不得这点黄金。"

他边说边将领带夹放进了西装裤的口袋里,同时滑进裤子口袋的,还有藏在他指缝间的视频存储卡。

严立谦怕他玩什么把戏,便对保安说:"看看他口袋里还有没有别的东西。"

庭霜退后一步,说:"搜身就不太文明了吧?"

严立谦看着桌上的摄像头,说:"我是技术出身,难免想得多一点。这样的摄像头,应该有存储卡吧?"

存储卡是留不住了,严立谦下一个要的就是文件袋。

文件袋绝不能交出去。

怎么办……有没有可行的解决方案?

庭霜假装犹豫着要不要交出存储卡,实际上已经在想怎么保住文件袋。

在这个关头,他竟然不合时宜地想到了柏昌意,带他做立体机动装置的柏昌意。

"看起来很难,但是你一旦知道了它的原理,一切就会变得容易。"柏昌意曾经这么说。

万物皆有原理,这间密不透风的会议室也一样。

庭霜不动声色地用余光瞥了一眼投影控制台的方向,心里默默计算了一下那台子的高度。

接着,他无奈地叹了一口气,从口袋里拿出视频存储卡,放到摄像头旁边:"这样总行了吧?"

严立谦看了看那张存储卡,抬眼:"还有文件袋。"

"文件袋……"庭霜在会议室的长桌边踱来踱去,像是在斟酌。

经过这么几回合的较量,严立谦知道他花样不少,于是也不肯耐心再等,怕多生事端:"对,文件袋。要保安来帮你拿吗?"

庭霜踱到离投影控制台最近的地方,不紧不慢地说:"那我还是自己——"

话说到一半,就在众人完全反应不及之际,庭霜像跨栏一般,瞬间从长桌这边的投影控制台背面直接翻到了投影控制台的正面,然后将上面的信号屏蔽器的电源线、正连着投影仪的笔记本电脑的电源线一拨。

"摄像头在桌上,你关了信号屏蔽器也没用。"严立谦说罢就指挥保安:"把他手上的公司文件拿回来。"

保安一拥而上,朝控制台而来。

庭霜迅速摸出口袋里的纯金领带夹,往信号屏蔽器电源插头的两极上一夹,将两极同时夹住。

严立谦和另外几个股东脸色大变。

"可惜,我也是技术出身。"庭霜对严立谦龇牙一笑,同时将两极连通的电源插头用力插进了控制台的插座里!

霎时间一阵巨大的电火花迸溅,浓重的烧焦味传来。

插座短路,整栋楼的电路全部跳闸。

会议室陷入黑暗,什么都看不见。

"保安,赶紧检查电闸!"

"保安,手电筒!"

白天工作的保安根本没带手电筒。

"拿手机照!"

会议室外也是一片混乱。

"怎么回事?!"

"我电脑里的文档都没保存!"

"停电了?备用电源怎么没有运行?!"

翁韵宜刚拿出手机打算照明,就被撞了一下,手机摔出去,不知道掉到了黑暗中的哪个角落。

陆陆续续几台手机屏幕的光在会议室中晃动，很微弱，终于，有人调出了手机自带的手电筒，这回光线强了。

强光先照到会议室的一头：一个保安站在门口的走廊上，一个保安还在会议室里，另外几个可能去看电闸的情况或者去拿手电筒了。

光继续往会议室的另一头照：翁韵宜扶着桌子，寻找被撞掉的手机，有些狼狈；严立谦紧紧捏着桌子上的视频存储卡，眉头紧皱，双眼微眯；另外几个股东的脸色也十分难看。

"把手机给我。"严立谦拿过手机，将整个会议室全照了一遍，包括桌椅下。

不见了。

庭霜不见了。

但这还不是最糟的，最糟的是，和庭霜一起不见的，除了装着委托书的文件袋，还有投影控制台上那台存储着他所有商业机密的笔记本电脑。

比起那台笔记本电脑，他手上这块视频存储卡，根本一文不值。

"通知安保部，封锁 RoboRun 大楼，一个人也不许放出去！"严立谦将存储卡往桌子上一扔，厉声喝道。

/九千公里的距离/

　　此时庭霜正抱着严立谦的笔记本电脑和他的文件袋沿着紧急通道往楼下跑，除了标志着"安全出口"的荧光牌，四周没有一点儿光亮。
　　不知道跑到第几层的时候，楼梯上方的灯忽然全亮了，应该是电路恢复了。
　　庭霜一看墙上的标志，五层。
　　他继续往下跑，跑到第三层的时候听到保安的对讲机声，大楼正门关闭，车库进出口也全部关闭。同时，楼梯上下方都传来脚步声。
　　现在他该往哪儿？
　　虽然三层楼听起来不算高，但大楼层高太高，这高度直接跳下去估计得骨折。
　　他只能先去办公区了。
　　二层到六层都是研发部，里面的职员正在抱怨刚才断电造成的损失，不过好在重要文档随时保存，损失不大。
　　庭霜看见一个熟悉面孔，正是在汉诺威机器人展上和他一起吃过饭的年轻员工，不过他一时间记不起名字了。
　　"哥。"庭霜笑着走过去，"上班啊？"
　　那员工看见庭霜，一下便想起来这是老板的儿子。他作为技术人员，不仅对祝敖出事一无所知，更不知道刚才十八楼发生了什么，只当庭霜是来公司随便看看。
　　"对啊，上班的点嘛。"他跟庭霜开玩笑，"来研发部视察工作啊？"
　　庭霜看见他胸口的工作牌，研发部，窦杰，有印象了。
　　"说视察不敢，来学习学习。"庭霜边胡扯边四处看，走到窗户边时，看见

RoboRun 大门前的大理石台阶下，停着一辆警车。

暴雨已经停了，严立谦的秘书正站在警车边跟两个警察赔笑脸，但警察没有要走的意思。

庭霜赶紧打开窗户，边招手边用最大的声音朝警察喊："警察叔叔！这里有坏人要抓我！"

两个警察同时抬起头，朝三层窗户那边看去。

严立谦的秘书立马拿出手机打电话。

窦杰和其他同事都吓了一跳："发生什么事了？"

"窦哥，"庭霜摸了摸窗边立着的一台巨型机器人，"这是 C 型可升降的那种机器人吧？这个机械臂放直了多长啊？"

窦杰不知道庭霜问这个干什么："得有十米吧。这是放工厂里的那种，在办公室里肯定展不开，放这儿是给来总部的客户看的。"

庭霜打开控制面板："能用吧？"

"别，别动。"窦杰连忙说，"理论上是能用，但是在这儿随便动一下就撞着地板了。你要看什么？我来。"

"别担心。我，柏大教授的得意门生，能写那种撞地板的代码吗？"庭霜把笔记本电脑和文件袋夹在双腿之间，腾出双手写程序。

窦杰越看程序眉头越皱："这是什么运动路径？你要干什么？"

庭霜闷声敲代码，不讲话，一群保安出现在了三层研发部的门口。

庭霜敲完最后一行代码，众保安已经围住了他。

严立谦和翁韵宜后一步也赶到了研发部门口，严立谦说："庭霜，马上把我的电脑放下。"

"快了。"庭霜按下运行键，程序启动——

巨大的机械臂上端开始旋转，要不是围着的保安躲得快，都差点被掀倒。

"这是在干什么？！"

一时无人敢靠近。

机械臂就像失控了一般，全无阻碍地旋转，前进，接着，突然伸出窗口。从外面看来，整座大楼好像张开了嘴，伸出了舌头，要向这个狰狞的世界扮一个不在乎的鬼脸。

就在机械舌头吐出的一刻，庭霜左手抱起笔记本电脑和文件袋，从窗台上纵身一跃。

站在研发部内的所有人都难以置信地看着这一幕，几乎连他们此时为什么会站在这里都忘了。

身体腾空的那一瞬间,庭霜的时间被拉得很长,长得像几个月,或者十几年。

他在空中看到了他曾在海上见过的鲸群与彩虹桥,听见了他抱着吉他站在舞台上唱的歌,闻见了樱桃落满一地的气味。

他甚至还看到了年轻的柏昌意坐在画室里,一束阳光自天窗漏下来,如蜂蜜般缓缓流满肌肤。

然后,他的右手牢牢抓住了机械臂下部。

重回现实。

现实的引力拉得他右臂几乎脱臼。

他在剧烈的疼痛中回过头,朝严立谦和翁韵宜潇洒道:"拜拜,公安局见——"他们还没来得及反应,庭霜的身影就消失在了窗外。

折叠的机械臂跟随程序,如有生命般在大楼外迅速展开,短短几秒,机械臂的最后一个关节离地面只有不到两米。

庭霜松开右手,落地。

"嘶——痛死小爷了。"他甩甩已经没有知觉的右手,跑到警车旁边,对刚刚目睹了他如何从大楼里出来的警察说,"我就是刚报警说有人伪造文书进行经济诈骗的那个人,证据都在这儿,涉案金额巨大。咱们快点吧,我下午还有事。"

交代案情很快,庭霜早已写好陈述词,相关的文件也一应准备俱全,都放在他的文件袋里,连同证据一起上交。至于后续的法律程序,他就全部交给律师代劳。

庭霜从派出所出来的时候,灰色的天空顶端裂开了一丝缝隙,阳光从缝隙中透下来,打在他肩头。

"啊,放晴了。"他伸了个懒腰。他刚才在派出所想抽烟了。

当时警察笑他说:"都是犯了事被抓进来的,交代案情的时候扛不住压力要抽烟,你一个报案的,抽烟干吗?"

"把人送进牢里压力也挺大的",他说完,闻了闻烟,继续讲案情,一直到最后也没把烟点燃。

现在,他站在派出所门口,再次闻了闻那烟,还是没点燃,又放回了兜里,然后给祝文嘉发了一条消息:答应你的事我没做到,给你妈请个好律师吧。

消息发出去,他关闭手机,叫了辆车,先去了一趟商场,再去医院看他爸。

他本以为今天下午只会有他一个人来探视,没想到三点差几分的时候,祝文嘉来了。

两人隔着十来步远，相顾无言。偶有医生或护士从他们中间经过，使他们在彼此视线中消失，然后又突兀地出现。

庭霜率先收回了目光，看向另一边。

祝文嘉在原地站了几秒，走上前，说："我打电话问过我妈怎么回事了。"

庭霜说："嗯。"

祝文嘉顿了一下，说："可能要判刑。"

庭霜说："我知道。"

"你知道？"祝文嘉一拳打在庭霜脸上。

你知道还报案？

下一秒，庭霜回了一拳到祝文嘉脸上："你不知道？"

你不知道那根本就是该判刑的事？

"干什么呢？这里是医院。"护士快步走过来，"你们是来探视的还是来打架的？"

"他欠揍。"庭霜说。

"你才欠揍。"祝文嘉捂着脸说。

"要打出去打。"护士说。

"没事，打完了。"庭霜冷着脸跟祝文嘉确认，"是吧？"

祝文嘉不情不愿地说："……嗯。"

各挨一拳以后，好像两人积在心里的东西都少了点。

护士看了一下时间，说："可以进去探视了。"

庭霜和祝文嘉都没动。

"这两天的事，进去以后讲不讲，讲多少，先说好了再进去。"庭霜怕说得太具体刺激到祝敖。

祝文嘉语气嘲讽："你还怕我进去跟老头子告状吗？反正他眼睛里只有你。"

"所以你把他的遗嘱，还有我的奖状一起扔碎纸机里了？"庭霜的声音一点波澜都没有。

"如果保险柜里有哪怕一个关于我的东西，我也让你随便扔。"祝文嘉想起那个以庭霜生日为密码的保险柜，里面放着庭霜小时候的照片、写着将名下所有财产全部交由庭霜继承的遗嘱、庭霜高中时获得的一张足球比赛第二名的奖状……

好像他爸就只有庭霜一个儿子。

其实他知道把遗嘱丢进碎纸机没有任何好处，那是一式多份的遗嘱，律师事务所、银行保险柜都有备份，何况他爸现在都已经醒了，根本用不到遗嘱。他也知道把庭霜高中的奖状丢进碎纸机更没有好处，但就是忍不住。

"我不进去了。"祝文嘉说，"你自己进去吧。"

庭霜沉默了一下，说："那你到这里来干什么？"

"不知道。"祝文嘉想了想，说，"不来这里，不知道还能去哪儿。"

他是真的没地方可去，在国外混了几年，乍一回来身边没一个真朋友，他妈那边他既见不着人又帮不上忙。

庭霜在病房里陪了祝敖近一个小时，出来的时候祝文嘉还站在走廊上。

"他怎么样？"祝文嘉问。

"他？"庭霜说，"你说谁？"

"你知道我在说谁。"祝文嘉声音低了点，"爸。"

"清醒的时间长了点，从我进去到走他都没睡着。"庭霜往外面走，"过两天应该能转普通病房了。这两天的事我都没跟他说，我跟他说什么事也没出，让他放心。"

祝文嘉跟在庭霜身后，不吭声。

两人走了一段路，又像上次那样走到了行道树的两侧，庭霜说："刚在病房里，我问爸，为什么保险柜里没有你的东西。"

祝文嘉默默地走了十几米，才咧开嘴嗤笑了一声，说："因为你牛呗。你像他，我不像他，我就是个只会败家的废物。"

庭霜也像祝文嘉刚才那样，默默地走了十几米，才说："如果我告诉你，书桌下面的另一侧还有一个柜子，柜子里有一个一模一样的保险柜，密码是你生日，你会后悔吗？"

祝文嘉僵在了原地。

"啪"。

雨后的树叶上还有积水，一大滴水突然落下来，砸在他脸上，响亮如耳光。

"这两个保险柜的密码，你妈都不知道。"庭霜的余光察觉到祝文嘉不动了，却没有停下脚步等待。

如果你早知道还有一个属于你的保险柜，你的选择会不一样吗？

庭霜想这么问，但是没有问。他只背对着祝文嘉说："去打开看看吧。"

祝文嘉不知道自己是怎么到家的。

他飞奔进书房，找到另一个放着保险柜的柜子，打开，像上次庭霜教他的那样，按照他的生日去转保险柜的密码转盘。

他转动把手，密码对了，门开了。

和庭霜那个保险柜一样，这个保险柜里也有一些文件，几个信封。祝文嘉打开一个厚信封，发现里面全是他的照片，而且大概因为他从小拍照就多，他的照片比庭霜那边的照片多得多。

他再去看那些文件，发现大多是他爸以他的名字购置的资产。好像他爸也知道他烂泥扶不上墙，没人管就得饿死，留公司给他估计也得赔光，不如留点钱让他去作。

一阵剧烈的后悔袭上来。

他想起昨天，他挂断庭霜的视频后，看到保险柜里的那些东西，惊觉这个家里会全心全意为他考虑的只有翁韵宜，唯一不用讨好也会无条件对他好的也只有翁韵宜。他便给她打电话，说："妈，我哥要我在我爸的保险柜里拿个盒子给他，盒子里装的好像是爸的印章。盒子旁边还有我爸的遗嘱，遗嘱上的继承人只有我哥一个人。"

如果早知道其实事实不是他想的那样……

一切可以重来吗？

想到这里，他立马拿出手机，给庭霜打电话。

庭霜没有开机。

此时的他正在商场美妆专柜的镜子前看自己挨了一拳的脸，这么大一块瘀青，还怎么回去见人？家里的老头儿看了不得心疼死？

"请问，你们这儿有那种能遮瑕的东西吗？"他跟柜员指了指自己的脸。

柜员帮他上了妆，效果还挺不错，他说："就这个吧。"

"还需要什么别的吗？"柜员问。

庭霜想了想，说："有延缓衰老的产品吗？给三十多岁的美男子用的那种。"

柜员询问了一番该美男子的具体状况，然后推荐了几种。

庭霜于是刷卡，拎东西，回酒店。

"我回来了。"他就像刚下班回家似的，朝房间里喊，"猜猜我给你买了什么？"

正在书桌前办公的柏昌意看了一眼自己的手机，上面有一条今天下午收到的信息，通知他，他的同一张卡在某百货商店的某品牌专柜有一笔消费。

"喀，猜不到。"柏昌意想笑。

"一会儿给你看。"庭霜跑到柏昌意跟前,迎面跨坐到柏昌意面前的椅子上。他没有跟柏昌意提起今天发生的任何事。

就在坐在柏昌意面前的时候,他似乎切身体会到了从前柏昌意令他觉得惊讶而十分有魅力的那种不动声色是从何而来。

"我给你买了这些……"庭霜从袋子里拿出几样护肤品,"慰劳柏大教授这段时间的辛苦。"

柏昌意一看包装上的字,不知道该气还是该笑:"修复皱纹?我有皱纹可修复吗?"

"当然没有,一条也没有。"庭霜边解释边笑,"主要是预防、预防。"

笑了一会儿,他安静下来,好像在此刻才面对这一天经历的所有疲惫:"其实今晚订位子吃饭,是想跟你聊一下之后的事……因为现在还不能确定我要在国内待多久。我想等我爸身体好了再走。"

柏昌意听了,问:"事情办得怎么样?"

"差不多解决了。"庭霜简单地讲了一下事情的处理结果,"估计之后一两个月,RoboRun 会处于半关停状态。生产和销售基本能维持原状,研发也尽量不动吧,其余部门得配合调查。事情不少。"

"辛苦了。"柏昌意摸摸庭霜的后脑勺。

晚上两人坐在顶楼餐厅窗边的位置吃饭。

上方,巨大的透明穹顶连接着四周的落地窗,夜色从天空中落进来。餐厅的灯光幽暗得恰到好处,中央的黑色三角钢琴缓缓流淌出音乐。不同的桌子之间隔得很远,所有人的交谈声都很低。

桌上立着烛台,蜡烛燃烧出一丝香气。

庭霜说:"如果我以后去干我想干的事,也得像过几天你回德国以后那样,跟你隔着九千公里,怎么办?"

柏昌意说:"我说过,我尊重你的决定。"

庭霜说:"但是隔那么远,我怕……"

柏昌意说:"怕什么?"

庭霜想了一下,笑起来:"也是,没什么好怕的。"

"不过就是——"柏昌意把切好的一盘牛肉放到庭霜面前,"到时候,这个你得自己切。"

庭霜拿叉子戳了戳牛肉,说:"……哦。"

柏昌意看庭霜那样，低声笑："除了这一点，其他的和以前没有区别。"

庭霜说："……是吗？"

"嗯。"柏昌意的语气听起来很可靠，就像在描述他已经见到的事实。

分别之前，他在RoboRun总部附近的小区里租了一间公寓，收拾干净，过了两天居家生活，之后就送柏昌意去机场了。

送完人回到租的房子里，他看见书桌上放着一支钢笔，是柏昌意借过他的那支。

想到这笔柏昌意通常随身带着，他发消息过去：你登机了吗？你的钢笔忘拿了。

消息刚发完，他就意识到柏昌意根本不是那种会落下东西的人，于是又补了一句：还是送我的？

十二个小时以后，他才收到柏昌意的回复：留着给你用的。

此时他们已经相距九千公里山海了。

发现庭霜不对劲的那天，祝敖已经转到了普通病房。当时庭霜正在剥橙子，在祝敖眼前晃个不停，异于往常的神色一下就闪着了祝敖的眼睛。

祝敖当即就对此发表了几句看法。

他讲话比之前稍微好了点，但一般人还是听不懂，庭霜天天晚上来医院，跟他待在一起的时候多，比一般人能听懂得多一点，水平跟管床的护士差不多，但也经常有听不明白的时候。比如现在，庭霜就以为祝敖在说不要吃橙子，于是回答说："我这是给自己剥的。"

祝敖说："你每天光来这里吃水果。"

这句庭霜一半听一半猜，懂了意思，说："我一会儿再带点回去。这几天好多人来看你，水果放着吃不完，我带回去还能分点给邻居，别浪费了。"

祝敖说："你戴的什么玩意儿？"

"爸，当时的情况是这样的。"庭霜把没吃完的橙子放到一边，"你当时醒不过来，我真的是求神拜佛都不知道去哪里求、去哪里拜，实在走投无路了，就怕你有个闪失，这算是我当时求的'幸运符'吧，帮为我驱散灾厄的。爸，说真的，这段时间咱们家……发生不少变故。我想了挺多，你之前让我考虑的那些问题，我也都考虑过了。"

自从祝敖转到普通病房，庭霜就循序渐进地跟他说了翁韵宜和严立谦的事，加上公司有人来探望，也免不了提到公司近况，所以祝敖对自己病后的变故也了解了个大概。但他到底是从大风大浪里走过来的，听了那些事竟也没有太大的反应，只是沉默了挺久，后来又问起祝文嘉怎么样。

庭霜斟酌了一下，说："祝文嘉能知道什么？那小子什么都不懂，还在家里想要上哪所大学呢。"

祝敖挺费劲地说："你看着他点，那傻小子干什么都不靠谱。"

庭霜说："那肯定的，再不靠谱也是我弟嘛。"

祝敖便稍微放了心。

之后，庭霜每天来看祝敖，就会说 RoboRun 最近运转得如何，翁韵宜和严立谦的官司如何，祝文嘉忙着准备申请学校又如何……也说他自己。他取消了这学期剩下的考试，跟教务申请了休学半年，在公司实习。实习能学挺多东西，他不算浪费时间。

"爸，你现在还觉得你曾经对我说的那些话，都绝对正确吗？你觉得我还会老了后为曾经的年少轻狂后悔吗？"庭霜说，"关键还是看人吧。"

祝敖想到翁韵宜，哼了一声，没有说话。

"我这时候说这话确实不太合适，但没办法。"庭霜把手里的杯子放好，拉近了椅子，坐到祝敖身边，"爸，经历这次这件事，你还去想七老八十的时候吗？你离七老八十还有二十年，我离七老八十还有五十年，谁知道以后是个什么光景？你去喝酒那天白天，连当天晚上要出什么事都想不到。所以，咱们都别想太远了，就想现在吧。"

祝敖闭上眼睛，久久没有说话。

"真非要说七老八十的事……"庭霜想象了一下，脸上泛起淡淡的笑，"我觉得，我老了以后的生活，也会非常幸福的，怎么非把这事讲得那么惨……"

祝敖睁开眼睛看庭霜，那眼神像是在说：你倒是想得开。

庭霜说："你还老担心我老了没有人伺候，说真的，别说谁伺候谁了，我觉得俩人光是能相守到需要人伺候的年纪，都是件特了不起的事。"

他爸和他妈，他爸和翁韵宜，不都没能相守到那个年纪吗？

祝敖听了这话，发了一会儿怔，回过神来以后口齿不清地骂庭霜："讲道理讲到你老子头上来了。"

可等庭霜一走，他便望着病房的天花板长长地叹了一口气，彻底松动了。

庭霜出了医院以后，在路上给柏昌意打语音电话，他的晚上，正好是柏昌意的下午。

电话一接通，他字正腔圆地说："Professor，晚上好。"

柏昌意低声笑："晚上好。"

庭霜嘴角翘得老高，声音里还强装严肃："证明一下你今晚很好。"

柏昌意说："Vico."

Vico："汪。"

庭霜表扬说："柏昌意，你表现可以啊，每天下午按时回家。"

柏昌意说："留守老人嘛。"

庭霜笑了好一会儿，说："你别装可怜啊。"

柏昌意说："Vico 很想你。"

庭霜问："怎么想的？"

柏昌意说："外面有自行车经过，Vico 就会跑出去看。它总以为是你。"

"你这么一说，我感觉我儿子也成留守儿童了。"庭霜问，"我不在的时候，还有什么事发生吗？"

柏昌意想了想，说："Freesia 的咖啡不如以前。"

庭霜："还有呢？"

柏昌意："拉花也不如以前。"

庭霜想笑："嗯，那店员呢？是不是也不如以前？"

柏昌意说："是大不如前。"

庭霜的嘴角已经不能翘得更高。

过了几天，庭霜收到快递，寄件人是柏昌意。

他拆开，盒子里的东西很简单，两本柏昌意刚看完的书，德语的，书里夹了便笺。

  别把德语忘了。

柏

庭霜念了几遍便笺上的字，也去书店买了两本中文书，回寄给柏昌意，书中也附上一张便笺。

  别把中文忘了。

庭

·263·

又过几天，庭霜收到一张明信片，正面是莱茵河风景，背面除了收信地址和邮编，就三个字。

出差。

柏

庭霜拍了一张自己的工作照，印成明信片寄过去，明信片背面写——

实习。

庭

（P.S. Professor，能劳烦您多写几个字吗？）

有一次，庭霜中午在公司吃饭，那时候正好也是柏昌意吃早饭的点。
庭霜边吃边跟柏昌意打字聊天：你在吃什么？
柏昌意：牛排。
庭霜：你经常给我煎的那种？
柏昌意：嗯。
庭霜：我也想吃。
庭霜：我现在在吃公司食堂，免费的，我们公司的伙食真的有待提高，资本家抠死了。
庭霜：唉，其实也还行，我可能是吃习惯了你做的。
柏昌意：还有什么想吃的？
庭霜：冰激凌。
柏昌意：还有吗？
庭霜：你煲的排骨玉米汤，糖醋排骨也行。
柏昌意：还有吗？
庭霜：咖啡蛋糕。
庭霜：前两天我们部门一个同事过生日，请我们吃蛋糕，我觉得没有你生日那次买的咖啡蛋糕好吃。
庭霜：唉，不说了，说了也吃不到。
庭霜：我准备去搬砖了。
上了两个小时的班，庭霜听见研发部门口传来外卖小哥的声音："庭先生的外卖。"

庭霜根本没往自己身上想,还是有同事喊了声:"庭霜,是你点的外卖吧?"

庭霜在计算机上模拟机器人运动路径,连头都没抬:"我没点啊。"

那同事对外卖小哥说:"是不是送错了?这儿没其他姓庭的人了。"

外卖小哥看了看单子上的地址,又看了看点的餐,说:"没错啊,就是这里,RoboRun大厦六层,让我跑了几家地方,买牛排、排骨玉米汤、糖醋排骨、冰激凌、蛋糕……"

庭霜一呆,站起来:"……好像是我的。"

外卖小哥把手上提的、背上背的一大堆东西放下来,同事揶揄说:"怎么?吃不惯食堂啊?"

"没有,那个……"庭霜挺不好意思地压低了声音说,"都是我一朋友买的,我不知道。"

他边说边拆外卖包装,发现里面除了他中午说想吃的那些东西,还有几十杯奶茶,正好够办公室里的同事分。

几个同事帮庭霜一起把奶茶和蛋糕分了,分的时候还调侃庭霜,说:"什么朋友这么会关心人啊?不然也给兄弟们介绍一个?研发部这群找不着对象的单身汉,每天除了加班就是加班,别的倒不缺,就缺个人来关心。"

庭霜只是笑,随他们调侃,不接话。

要是以祝敖的儿子的身份来公司,肯定没人这么当面八卦,但庭霜不是,他是以普通学生的身份来实习的。他特地选了研发部六楼,这里的同事都没见过他,虽然背后有各种传言,大家多多少少也都听过一些,但庭霜一不姓祝,二不提自己的事,每天就跟大家一样上班下班、去食堂吃饭,还什么活儿都肯干,时间一长,大家就都把他当自己人了。

研发部大多是些年轻小伙子,比庭霜大不了几岁,平时谁找了女朋友都得请吃饭,顺便看看女方还有没有闺密可以介绍给其他人。现在他们误以为庭霜有个"仙女"对象,哪里肯放过此等机会?

当即就有人说:"真的,咱部门男的不差,就是平时见不着几个女生,真见着了女生,弄个机器人什么的,人家还是挺崇拜的。"

崇拜?庭霜看着那哥们儿,心说:你要是给柏老板弄个机器人,别说崇拜,他能给你个及格分都算你厉害。

好不容易应付完同事,庭霜回到自己的工位吃冰激凌,并给柏昌意发消息:你怎么隔了这么远还能这么受欢迎?

柏昌意回：怎么？

庭霜把刚才同事的八卦说了：他们还指望你帮他们解决个人问题，幸亏我机智，才得以脱身。

柏昌意：嗯？

庭霜：我跟他们说，你年近四十，体重150斤，拥有工学博士学位，他们立马就对你和你的"闺密们"失去了兴趣。

柏昌意：对于年近四十这个说法，我保留意见。

庭霜：那是那是，三十六和年近四十的区别是巨大的，二者是绝不可以混淆的。

庭霜：不过我认为，年近四十也特别年轻。不，应该说是太过年轻了，四十岁，人生才刚刚开始嘛。

柏昌意：是吗？

庭霜：当然了！

庭霜：噢，对了，柏老板，我送你的抗衰老面膜你用了吗？

柏昌意：开会。

柏昌意：回聊。

庭霜：哎，别走啊。

柏昌意没回。

庭霜又发了好几句好听的过去，没人理他。

庭霜：柏昌意，你这个骗子，我刚检查了一遍你早上给我发的消息，你今天根本没有任何会要开。

还是没人回。

庭霜：[视频请求]

柏昌意：Ting，你在影响我工作。

庭霜心里一动，回：柏老板，不如你陪我翘班吧。

庭霜：我还没翘过班[搓手]。

柏昌意：我才到办公室一小时，今天还有很多工作。

庭霜：[视频请求]

庭霜：工作有什么意思？

柏昌意：Ting，我这里才早上9点半。

庭霜：你要陪我一起翘班吗？

庭霜：[视频请求]

·266·

庭霜：快回答我。

庭霜：人呢？？？

柏昌意：我在准备下班。

庭霜：嘿嘿，等我一下，我也准备下班。

柏昌意：下班了。

柏昌意：我去开车。

正当柏昌意打开车门，准备开车回家的时候，庭霜发来了新消息：那个……柏老板……

柏昌意：嗯。

庭霜：你还在学校吧……

柏昌意：嗯。

庭霜：要不然你还是继续回去上班吧……

柏昌意：怎么了？

庭霜：那个……我们组长说活儿没干完不让我提前走……

柏昌意：……

庭霜：[可怜]

十分钟后，柏昌意回到办公室，秘书 Marie 说："您有什么东西落在办公室了吗？您不舒服的话，可以打电话叫我送下去的。"

柏昌意面无表情地说："谢谢，没有落东西，是我的头痛突然好了，决定回来继续工作。"

Marie："您真敬业。"

柏昌意："谢谢，我也这么认为。"

庭霜再次跟祝文嘉坐在一起吃饭，是在祝敖出院那天。

"我答应过的。"庭霜推着轮椅，说。

祝文嘉跟在庭霜后面，想起庭霜说过的话：等爸好了，咱们肯定得一起吃饭。

行道树的叶子落了下来，祝文嘉裹紧了自己的衣服，不知道该说什么，就"嗯"一声。

庭霜回头看一眼祝文嘉，说："你怎么穿这么少？"

祝文嘉吸了吸鼻子，说："……好看。"

其实不是为了好看，是他太多天没有出门，不知道在一场场秋雨里天气早已变冷。

一顿饭吃得很安静，安静到几乎有点尴尬。

吃完饭，庭霜跟护工和保姆交代了照顾祝敖的注意事项，就去了自己房里。

他房间的地板上还堆着本科毕业后寄回家的行李，那些行李都没有拆，连快递单都还贴在纸箱子上。一个吉他盒竖在箱子边。

庭霜抱起吉他，随便找了个快递箱坐下，弹了一个和弦。

他想起那首德国民谣《最后一晚》，也想起了柏昌意。

"咚咚"，有人敲门。

"门没锁。"庭霜继续摸索和弦，想那首民谣怎么唱。

祝文嘉推开门，进来，关上门，然后就站在门边看着庭霜磕磕巴巴地练吉他。半晌，他才开口，没话找话："刚才你唱的那句，是什么意思？"

"'Großer Reichtum bringt uns keine Ehr'……财富并不给我们带来尊严。下一句是，贫穷也并不带来耻辱。"庭霜拨了两下琴弦，低头笑了一声，"歌词都是放屁，对吧？你来找我干吗？"

"……我不知道。"祝文嘉也坐到一个快递箱上，手不知道往哪里放，就按了按箱子表面，"这里面是什么？"

"忘了。"庭霜把吉他放到一边，找裁纸刀，"打开看看。"

祝文嘉看着庭霜翻抽屉："你在找什么？"

"刀之类的。"庭霜找到一把剪刀，过去开纸箱。

祝文嘉连忙挪到旁边，腾出纸箱表面来。

"别紧张。"庭霜用剪刀划开箱子上的胶带，边划边开祝文嘉的玩笑，"虽然我们关系不怎么样，但我也不至于拿剪刀捅你。"胶带被划开，他顺手把剪刀递给祝文嘉。

祝文嘉在空气中比画了一下剪刀，说："要是我现在拿这玩意儿捅我自己一下，我们能当作之前什么都没发生吗？"

"当然不能，所以你最好别捅。"庭霜打开箱子，发现里面是他本科时候的衣服，秋冬季节的，他从里面拽出一件外套丢给衣着单薄的祝文嘉，"我的旧衣服，你要试试吗？"

祝文嘉套上那件衣服，把手缩在袖子里，觉得很暖和，穿了一会儿，甚至还有点热。

"这什么破衣服？也太丑了。"他闻了闻衣袖，"这是什么料子的？"

"嫌丑你别穿。"庭霜说。

祝文嘉不吭声，把脖子和下巴也缩进外套里，只露出一个头顶和半张脸。

庭霜拿过剪刀，继续去拆其他几个纸箱。

祝文嘉在一边看庭霜动作，问："你搬回来住吗？"

"不吧。"庭霜拆开一箱子旧教材和漫画，一本一本往外拿，"租的房子离公司近。"

"但是离家远。"祝文嘉说。

庭霜没说话。

祝文嘉又说："爸希望你住家里。"

庭霜指了一下地上的漫画书："你要吗？"

祝文嘉看了一眼房里的书架："放你房里放我房里不都一样吗？"

"也是。"庭霜说完，去拆下一个箱子，拆开发现里面是一些杂物，其中有个扁了的足球。他拿起来颠了颠，又去箱子里找充气泵。

"搬回来吧。"祝文嘉走到庭霜身边，喊了一声，"……哥。"

庭霜给足球充完气，才说："我住家里，你不难受吗？"

案子还在侦查阶段，翁韵宜还在被羁押期里。

"难受。"祝文嘉顿了一下，说，"你住不住家里，我都难受。"

"我知道。"庭霜说。

他们一人坐一个纸箱子，都沉默着。

庭霜抛了很多下球，然后开口："出去踢球吗？"

祝文嘉张了张嘴，干巴巴地说："我不会。"

庭霜把球丢给祝文嘉，说："我教你。"

天黑着，院子里的灯全部亮起，草坪宽阔。

庭霜从颠球教起，祝文嘉学了半天，连手也一起用上，最多只能颠三个，姿态极其狼狈。

"能不练这个吗？"祝文嘉满头大汗，抱着球坐到台阶上，"我们就不能直接开始踢吗？"他指了指院子两端的树，"那个当你的球门，这个当我的球门，看谁进得多。"

庭霜站在祝文嘉面前，说："得了吧，跟我踢，你连球都抢不到。"

"要是我能抢到呢？"祝文嘉把被汗浸得半湿的头发扎起来，抬头看庭霜。

"那也没奖励。"庭霜往祝文嘉腿上踢一脚，"起来踢球，这才哪儿到哪儿啊。"

祝文嘉站起来，说："要是我抢到球，你就搬回来住。不然我今晚直接跟你回你租的房子里。"

"祝文嘉，你又开始了是吧？"庭霜说，"那你抢一个试试。"

两人踢球一直踢到很晚，护工出来跟庭霜说，祝敖在窗边看他们踢了一晚上球，看得挺高兴的，现在已经睡了。

"睡了就好。"庭霜转过头，对祝文嘉说，"我得走了，明天还要上班。"

"你得搬回来。"祝文嘉叉着腰，气喘吁吁，"我不但抢到球了，还进了一个球。"

庭霜点点头，说："嗯，通过扒我的裤子。"

他说完这句话就笑了出来。

祝文嘉也咧开嘴笑了，笑着笑着眼睛就红了。

"你干吗？"庭霜看祝文嘉要哭，就逗他，"爸已经睡了，你哭他也不会出来帮你训我。"

"……哥。"祝文嘉缓缓蹲下来，把头埋进膝盖，草地的味道钻进他鼻子里。

"嗯。"庭霜应一声。

良久，祝文嘉的声音才闷闷地从底下传出来："这是第一次，闯祸以后……没人给我兜底。"

"也……不算闯祸吧。"庭霜在祝文嘉身边坐下来，有一下没一下地抛球玩，足球一次一次地飞向天空，变得很小，像要就此消失，可就在眼睛以为它要消失的时候，它反而从空中落下来，越落越快，稳稳当当地落回手心，"有时候，事情就是会变成那样。不是因为你，是因为……我也是第一次遇上这种事，可能是我没处理好。"

祝文嘉埋着头，不说话。

"天塌不了。"庭霜的声音听起来很可靠。

祝文嘉把头抬起来一点，露出满是泪痕的脸："……是吗？"

"你还真哭啊？"庭霜去裤子口袋里摸餐巾纸，没想到餐巾纸没摸到，却摸出一块皱巴巴的、角落绣了"BAI"的手帕。

他愣了一下，想了一会儿才想起来这块手帕为什么会在他口袋里。

那个月夜，柏昌意骑车载他去市中心，他在路上摘了一串樱桃吃，柏昌意给他递一块手帕擦手。

当时他说要洗干净再还，结果一直忘在了口袋里。

他忽然闻到了一点夏天开始之前的味道，那味道把他带回为重修忧虑的简单日子。

好像已经过了很久,久到他有点恍惚。

"行了,别哭了,我没带纸。"庭霜把手帕塞回口袋里,想了一会儿,说,"我妈离开这个家的时候,我以为天会塌,但其实过了一段时间我就习惯了。还有很多事也一样,比如跟梁正宣闹掰,比如爸生病。之前我还觉得要重修一门课是很大的事,回头看,那简直连个坎都算不上。"

庭霜站起来,一边颠球一边继续对祝文嘉说:"其实吧,过日子比较像颠球,接到球的那一瞬间你觉得成功了,但是成功很快就离开了,你要挣扎着去接下一个球,球很容易掉,一掉你就感觉自己失败了,而且失败比成功容易得多,不过失败和成功一样,都是一阵子的事,你把球捡起来,挣扎着继续颠就行了。"

他说完,一手抱起足球,一手把祝文嘉从地上拉起来:"走吧,进去,今天我住家里,明天下班就搬回来。"

深夜,庭霜躺在床上,跟手机那头的柏昌意讲话。
"你有没有发现你丢了一块手帕?"庭霜手里拿着那块忘还的手帕。
柏昌意说:"没有。"
庭霜把手帕举到摄像头前面:"这个一直在我这儿。"
柏昌意笑说:"嗯,我知道。"
"哦?"庭霜说,"你刚还说没发现丢了。"
柏昌意说:"在你那里怎么能算丢?"
好像是不算。
庭霜把手机放到一边,在床上翻滚了好几下,翻完才拿起手机,轻描淡写地对柏昌意说:"我要睡觉了。"
"嗯。"柏昌意笑了一下,低声说,"晚安。"
"晚安。"庭霜正要挂断视频,想到什么,又问柏昌意,"你那边天黑了吗?"
柏昌意走到窗边:"正在落日。"
庭霜赤脚下床,走到窗边,拉开窗帘:"我这里凌晨了,天上有很多星星。"
他想起和柏昌意在院子里、在山间、在漆黑的海面上看过的繁星。
柏昌意说:"我这里也有很多星星。"
庭霜说:"你那里看不到,你那里还没天黑。"
"是看不到。"柏昌意看着明亮的天边,依旧耀眼的阳光遮过了其他星子,"但我知道它们在天上。"

庭霜心里忽然变得宁静。一天中的大多数时候他也看不到柏昌意，但他知道柏昌意就在那儿。他坐到窗台上，跟柏昌意说起祝文嘉的事。他一边回忆一边说，从他们小时候的琐事一直说到一个小时前他们一起踢足球，全程都是轻声低语，安静得像树叶在微风中摇曳。

"你知道吗？今天我看见我弟穿着我以前的衣服，就像看着以前的我自己。我不知道该怎么说那种感觉……"庭霜转过头，看了一会儿窗外的夜空，才将目光重新落回手机屏幕。

柏昌意看着庭霜，眼里有浅浅的笑意，他明白庭霜在说什么。

"我会想起我们有矛盾的时候，或者我搞砸什么事——我知道我经常这样——"庭霜顿了一下，"你从来没怪过我，也从来没发过火。今天祝文嘉来找我的时候，我突然明白了……站在你那个位置是什么感觉。"

原来那种不动声色不只是修养，而是真的认为，没什么。

好像没有大事，包括生老病死。

那感觉很复杂，庭霜一时说不清楚。

可能是因为柏昌意的影响，也可能是跋山涉水之后，他再回头去看，视角已经变得不一样。他知道缺乏安全感的小孩长什么样；他知道后悔究竟是怎么回事；他知道很多事都不容易，也没有正确或错误可言。

还可能，只是单纯地因为他的心中已经拥有了足够多的爱，多到他不想再去计较任何东西。

就像蜇人的烈酒，酸苦的醋，混着霜雪，熬成一坛温柔。

/ 跨越一切距离 /

庭霜搬回家住以后，陪祝敖的时间更多了。

他跟柏昌意讲起他和祝敖之间关系的变化，主要用两句老话来说明，第一句叫：虎父犬子。

这是他和祝敖以前。

第二句叫：虎落平阳被犬欺。

这是他和祝敖现在。

柏昌意听了想笑："你干什么了？"

"也没干什么。"秋日，窗外落叶纷飞，庭霜悠闲地给自己倒了一杯咖啡，把脚支在桌子上，"我小时候，他老是不让我吃我想吃的东西，比如冰激凌什么的，也不让我跟同学去打游戏。所以现在，他也不能跟他的朋友出去吃饭喝酒打牌，他得像我小时候一样，吃健康食物，努力学习——他最近在练习走路，虽然大多数时候还是坐在轮椅上。"

在人生的某个节点上，父子之间的权利和义务关系会突然发生转变。

大多数父子会如此。

那个节点应该就是父子之间必有的一战，一战之后儿子会意识到父亲已然变成了一个老人，或者说，再次变成了一个儿童。

庭霜和祝敖的那一战是在医院病房里进行的。庭霜在那一战中和祝敖交换了位置，就像他小时候，会让祝敖看到他的眼泪，在病房里，他也看到了祝敖的眼泪。现在他还要看祝敖练习走路，练习说话，练习拿筷子和笔。

一切颠倒过来。

"我感觉我成了一家之长。"庭霜跷着脚总结。

柏昌意说："我已经看见了你未来的生活。"

"是吗？"

庭霜正要说什么，身后传来敲门声。

"谁啊？门锁了，等一下。"他拿着手机去开门。

"我。"祝敖的声音在门外响起。

庭霜本来想在开门前挂断视频，但转念一想，他爸总不能因为跟对方吵了一架就永远不见柏昌意，何况柏昌意还是在学业和生活上都给了庭霜许多指导的人，现在正好让他爸了解一下这个人。

"不挂？"柏昌意说。

庭霜说："小时候我爸一直让我努力适应他的生活，现在风水轮流转，是时候让他努力适应一下我的生活了。"

柏昌意好笑，提醒："别过火。"

"我知道。"庭霜打开门，看见护工推着祝敖，就问："爸，怎么了？"

"叫你吃饭。"祝敖看见庭霜的手机屏幕，"你在干什么？"

"我在跟我——"庭霜本来在祝敖面前一直叫柏昌意"我教授"，但是为了纠正祝敖的辈分问题，改口道，"我在跟柏昌意视频。"

祝敖的脸色没有变，只有视线缓缓地从庭霜脸上移动到屏幕上的柏昌意脸上。

远在九千公里外的柏昌意隔着屏幕都感觉到了气氛的凝重，便用警告的语气喊了一声："Ting。"

庭霜应道："哎。"

祝敖偏头对护工说："回房，我头痛。"

护工："那饭……？"

祝敖："不吃了。"

庭霜跟着轮椅走了两步，悄声对护工说："把饭送到我爸房里去，记得给他量血压。"

等护工推着轮椅走远，庭霜才对柏昌意说："好像是有点过了，但是我觉得整体思路是没错的。我三天两头地像这样给他一点刺激，他慢慢就习惯了。"

当然，也不能只给刺激，刺激的同时还要送一些温暖。

第二天，庭霜拿出他回国时在机场买的鞋子，要祝敖试试合不合脚。祝敖穿着拖鞋，坐在轮椅上，一脸不配合。

庭霜于是把鞋子放到鞋柜里，说："那算了，反正你鞋子多。我去上班了。"

等庭霜出了门，祝敖才叫护工把鞋子拿过来，一试，能穿，就一直没离脚了。

他出院以后，除了在康复医生的指导下做康复治疗，其他时间一般就待在家里。经此一病，他的生活一下子慢了下来，仿佛退休。以前家里添置了什么、淘汰了什么他根本不管，也察觉不到，现在，就连家里多收了一张明信片都逃不过他的眼睛。

保姆收了寄到家里的信件，拿进来，放到桌上。

祝敖一眼就看到了那张从德国寄来的明信片。明信片正面是科隆大教堂，背面写满了字，但是除了一句"应你要求多写两句"和收件地址是中文，其余都是德语，祝敖一个单词都看不懂。

除了明信片，家里还时不时地多出一些别的东西。

有时候是一本随意放在茶几上作者署名为"柏昌意"的书，有时候是一个自动翻书架。庭霜说是柏昌意买的，这样祝敖就不用自己翻书了。

有一天，祝敖甚至透过窗户看见庭霜和两个工人在院子栽一棵修剪得异常高挑俊美的柏树。

等反应过来庭霜在打什么算盘的时候，祝敖发现自己真的已经渐渐没什么感觉了。

一个周日清早，他在餐厅等庭霜和祝文嘉一起吃早饭，并准备在饭桌上告诉庭霜，不用再一天到晚地做些小动作，他受够了。

等了一会儿，庭霜和祝文嘉都没出卧室，祝敖估计俩儿子要睡懒觉，就先自己吃了。自己吃饭比较无聊，祝敖让护工打开放在桌上的蓝牙小音箱。

那音箱是庭霜前两天买的，长得像祝敖年轻时候经常听的那种旧式收音机，他很喜欢。

护工打开音箱，正准备帮祝敖连接手机，听听晨间新闻什么的，音箱就传出一声："蓝牙已连接。"

护工诧异道："我还没连——"

话还没说完，音箱里传出柏昌意的低沉声音："摄像头再往下一点。"

与此同时，在卧室里的庭霜对屏幕上的柏昌意说："为什么我听不到你的声音了？我看看……好像是蓝牙连到别的设备了，我关一下蓝牙。好了，你刚说什么？"

柏昌意说："我说，摄像头再往下一点，我现在只能看到一点树梢。"

"噢噢……我没注意……"庭霜对着窗外的院子，把手机摄像头的角度往下调，"现在你能看到整棵柏树了吗？"

· 275 ·

另一边，祝敖开口了："把庭霜叫下来吃早饭。"

没想到，还没等护工上楼，庭霜就神清气爽地进了餐厅。

"今天吃早茶啊？在家里就是吃得好。"庭霜大大咧咧地坐到祝敖旁边，拿筷子夹起一个豉汁鸡爪来啃。

以前他不愿意跟祝敖待在一块儿，因为祝敖喜欢说教，他嫌烦，总感觉像下属挨领导训似的，现在倒挺乐在其中。早茶吃了大半个上午，他就陪了祝敖大半个上午。等到他们都吃完了，祝文嘉才下楼，看起来没什么精神。

祝敖说："熬夜了？"

祝文嘉坐下来发了一会儿呆，才应一声："嗯。"

正是个好天气，秋高气爽，吃过饭，护工推祝敖出去散步。

祝文嘉远远地看着院子里护工和祝敖的侧影，对庭霜说："我接到我妈律师的电话了，下周三开庭。"

"嗯。"庭霜说，"你去看吗？"

"嗯。"祝文嘉说，"哥，你呢？"

"我不能去。"庭霜往茶壶里添了水，要保姆把蒸笼里热着的茶点拿出来，让祝文嘉吃东西，"我要上班。"

上班总不至于提前请一天的假也请不到，但祝文嘉没有追问，只应了一声"嗯"就埋头去吃东西。他这段时间一直挺闷，不提翁韵宜的时候还能跟庭霜开玩笑，提起翁韵宜话就少了。

他还是不知道要怎么面对。

他本来也不知道怎么面对祝敖。之前出了私章的事以后他就不敢进病房看祝敖，祝敖回了家他也经常躲着，直到庭霜跟他说："爸出事以后的事，无论是关于公司的，关于你妈的，还是关于我的，你什么都不知道。这段时间，你一直在准备申请学校的材料，其他什么事也没做。"

他当时听愣了："你没有告诉爸……"

没有。庭霜心想，没必要，也不值得。

"所以你最好真的给我申请上个正经大学。"庭霜对祝文嘉说。

开庭的前一晚，祝文嘉睡不着，去敲庭霜的门。

庭霜正穿着睡衣坐在窗边看书，夜风吹得窗外的柏树发出一阵一阵沙沙的轻响。

听到敲门声的时候，庭霜还去看了一眼电脑上的时间，他看书没注意，没想到都快一点了。

庭霜去开卧室门,只见祝文嘉蔫不拉几地站在门口。

"你干吗?大半夜不睡觉跑过来。"庭霜让祝文嘉进来。

他记得明天上午庭审。

祝文嘉进来了既不坐下也不说话,就直愣愣地站着,半天才说了句:"哥,你也没睡啊。"

"我正准备睡。"庭霜说,"你还不睡?明天不能晚起。"

祝文嘉站了许久,才像一只被丢进热锅里的虾一般慢慢地把自己蜷缩起来:"……我睡不着。"

庭霜安静地在他身边坐下,不说话。

"我一直想……如果……"祝文嘉把脸埋进膝盖里,声音越来越小,"如果我……"

"即使你不拿私章,她也会想别的办法。"庭霜把手掌放到祝文嘉头顶上,难得地摸了两下,"好了,别给自己找这么多负担。"

"……不是。"祝文嘉从喉咙里挤出两个字,许久才又挤出几个字,"……不是那个。"

庭霜不知道祝文嘉想说什么,但也没有问,只"嗯"了一声表示他在听。

他比以前要耐心很多。

不知道过了多久,他才听见祝文嘉有点语无伦次地说:"我是一直在想……如果我以前……我以前没有跟你,还有我妈……"

好像被吹进卧室的风冻着了似的,祝文嘉微微瑟缩了一下。庭霜起身去关上窗户,坐回祝文嘉身边。

"家里有酒吗?"祝文嘉突然说。

"没有。"庭霜说,"烟酒之类的都没有。"

"等我一下。"祝文嘉缓缓站起身,拖着还在发麻的腿下楼,回来的时候手里拿着半瓶料酒。

"哥,你坐那儿。"祝文嘉指了指窗边的高脚椅。

庭霜本来想拿走祝文嘉手上的那半瓶料酒,结果祝文嘉一开口,一嘴的酒味。庭霜想他多半在路上已经喝了不少,心说:算了,喝就喝吧,喝了正好睡觉。

等庭霜坐到窗边,祝文嘉坐到庭霜旁边的一把高脚椅上,庭霜忽然想起他跟梁正宣闹掰后不久,祝文嘉来德国找他,那时候他还想强装出体面和尊严,结果两口酒下去,体面和尊严统统都不要了。

祝文嘉硬灌完剩下半瓶料酒，等着酒精的作用渐渐上来，蒸得他眼睛发红，脏腑发烫。

他现在好开口了。

"我在想，如果我没有跟我妈说你……的不好，她是不是就不会为了我……做那些事？"祝文嘉低头盯着手里的瓶子，打了一个酒嗝，"如果我没有跟你说我妈……你们会不会……"

酒是空腹喝的，他很快就醉了。

"我……哥你说我是不是特……特恶心……"他呼出浊重滚烫的气，"我……我从小就这样……我想让我妈只喜欢我，我想让爸也只喜欢我，我想让……想让你……也只喜欢我……后来想改……可是已经习惯了……为什么会变成这样……"

他往前一栽，倒在庭霜的胸膛上，嘴里还在意识不清地说个不停："哥……我好怕……我好羡慕你……小时候他们都骂我……说我是小三儿的私生子……说都是因为我搞得你没妈了……他们都喜欢你……你知道吗……有一回我居然听到爸说他跟我妈结婚，只是为了证明他当年没错，换个人他也照样过……这么多年……哥……我好怕……我怕爸只喜欢你……我怕我妈也跟着爸一起向着你……我怕你因为我妈就不喜欢我了……你能不能只讨厌她一个人，不要讨厌我啊……"

他说得越来越慢，声音越来越弱，直到只剩下均匀的呼吸声。

庭霜扶着他，就近把他放到了自己床上。

哥你说……我是不是特恶心……

恶心吗……

庭霜在床边站了一阵，才出了卧室，带上房门。

他想去客房，但不知怎么就走到了院子里，抬头望向天空，今夜无星无月。于是他走到那棵柏树下，躺下来，树盖如云，遮住了天空。

他再闭眼，满天繁星。

不，不恶心，庭霜在心里回答。你不恶心，你只是个普通人，就像一个没有星辰的普通的夜。

后来有一次视频，庭霜问柏昌意："你在背后说过人坏话吗？"

柏昌意想了一下，说："比如，背后骂教授变态？"

庭霜："……"

庭霜："当我没问。"

过了一会儿，他还是忍不住说："我的意思是——虽然我知道你不会——但如果你想抱怨我，不能跟别人抱怨，你只能在我面前抱怨。"

他边说边观察柏昌意的表情："你不会真有什么可抱怨的吧？我多好啊！"

"我知道。"柏昌意说，"所以我不得不经常想到你这位优秀的学生。这句话你可以当作抱怨来听。"

庭霜嘴角弯了起来。

自从庭审后祝文嘉就一副自暴自弃的状态，庭霜也没有管。这种事得靠自己。祝文嘉能给他下载个软件交友，但他没法给祝文嘉下载个软件找妈。

他甚至不想知道翁韵宜的判决结果。

宣判当天律师给他打电话，还没等律师说判决结果，他就先说："您说我听了这结果，是会高兴呢，还是难受呢？"

律师想了想，说："不好说。"

庭霜一笑，说："我想也是。不管是个什么结果吧，站在我这个位置都是高兴也不合适，难受也不合适。"

律师顿了一下，说："那您还听判决结果不听？"

"不听了。"庭霜半开玩笑似的说，"冗余信息占内存。"

他确实感觉到这些东西在慢慢地跟他脱离关系。

他像躺在海底逐渐上升的人，只要等待最后一层覆在他体表的水膜脱离他的身体、断裂成水珠落向海面，他就可以完完整整地回到阳光下。

他每天非常规律地早起，陪祝敖吃早饭，然后去公司上班，努力做好那些他至今也没能喜欢上的工作。傍晚回家，他仍旧是陪祝敖吃饭，要是天气好，还会陪祝敖散步。

他有时候还一个人去母校操场跑步，跑完步去校门外吃馄饨。

应该是某一个周六，自他和柏昌意一起去吃馄饨后一个多月的光景，他自己一个人再次去馄饨店。

正好是中午饭点，店里人多，排在庭霜前面的是一个穿校服的男生，店老板一见他，就亲热地招呼道："也是高三补课的吧？"

"对，就高三的星期六还在这儿。"男生笑着点头，然后催促道，"老板快点哈，我吃完还想去踢会儿球。"

"放心，这份就是你的。"店老板说着还给那男生多下了两个馄饨，"高三辛苦，多吃点。"

轮到庭霜的时候，店老板稍作打量，少了方才的熟稔，多了几分客气："先生您吃什么？"

先生？庭霜微愣，可也只一瞬。

大概人做过的事都会在身上留下痕迹，今后应该再也不会有人误认为他是个高中生了。

他看了一眼前面那个男生，笑说："跟他一样。"

店小人多，吃的时候他也不讲究，就和其他高中生拼在一桌，听着他们说月考成绩、讨论高考改革、吐槽做不完的作业。

"我太难了。"有个学生搞笑地模仿电影里的台词，"只有高三这样，还是人生都这样？"

"当然只有高三这样。"庭霜边吃边搭腔。

店老板也鼓励说："对，考完就好了。"

庭霜笑眯眯地补充说："因为以后的人生只会更难啦。"

刚一说完他就被心系考生的店老板赶到店外摆在路边的空桌上，一个人在萧瑟的秋风里吃完了剩下的馄饨。

他也经常在午休的时候一个人跑到RoboRun总部大楼的楼顶上去。

那里很像LRM系所的楼顶，同样没有其他人，同样可以看到很远的风景。

他在上面吃过午饭，睡过午觉，养过不怕冻的仙人掌，思考过一些有意义或没意义的问题，也偶尔靠在围栏上打电话把柏昌意叫醒，看着很高很高的天，说："Professor，我有个东西不会，你给我讲讲。"

柏昌意看一眼钟，说："Ting，现在才5点半，德国开始用冬令时了，我们的时差从6小时变成7小时了。"

庭霜对着手机那头喊："Professor，我的Professor。"

柏昌意只好纵容说："好吧，你哪里不会？"

庭霜还喜欢躺在院子里的那棵柏树下。

被柏树遮住的天空斗转星移，好像每一次他躺下去再起来的时候，都有旧的星子落下，又有新的星子升起。

他身边的落叶积得越来越厚，然后干枯、被踩碎、被清走，院子里的植物都换了样貌，除了那棵柏树。

冬天到了。

猎户座升上顶空，东南方，天狼星亮得像夜归人的指路灯。

祝敖康复得还不错，大部分时候不用再坐轮椅，在专人的指导和努力练习下，缓慢而艰难地习惯了拄着拐杖走路，就像他缓慢而艰难地理解了遇到柏昌意这位教授对于庭霜的意义。

12月的时候，祝敖重返RoboRun总部，庭霜陪同。

同一天下午，庭霜递交了结束实习的申请书。

那天傍晚，祝敖第一次带庭霜一起站上RoboRun大楼的楼顶。

他拄着拐杖，一步一步地走到围栏边，看见那盆不知是谁放的仙人掌，说："没想到还有其他人上来。"

庭霜说："那是我的仙人掌。"

其实他心里觉得，当他一个人的时候，这个楼顶也是他的。

楼顶来往的风和可以看到的景色，也都是他的。

"研发部的人都很喜欢你。"祝敖说，"RoboRun最重要的部门就是研发部。"

庭霜明白祝敖的言下之意，但他已经没有那个意愿："是挺重要的，所以我提议今年的年终奖公司给研发部的骨干们发对象。"

祝敖在这不着边际的回答中收到了庭霜的拒绝。

"你以前不是这么想的。"祝敖记得庭霜以前不管跟家里闹成什么样，对于要回来接手公司这件事，都从来没有动摇过，"至少在今年5月之前，你不是这么想的。"

庭霜看着正在往下沉的斜阳，没说话。

祝敖沉默了一阵，说："十六年前我第一次站在这里的时候，这栋楼还在施工，地上到处都是沙子和水泥。RoboRun只买下了其中一层。"

庭霜突然说了一句听起来全然不相干的话："LRM系现在所在的那栋楼毁于二战，重建于1946年。"

祝敖看了庭霜一眼，继续说："当时我站在这里，担心下个月发不出员工的工资。我就在想，公司到底是什么。"

庭霜也自顾自地继续说："六个月前我第一次站在那栋楼的楼顶，想，大学到底是什么。"

祝敖没有往下说了。

庭霜也停了下来。

站得太久，祝敖换了一只手去撑拐杖，庭霜想扶他一把，却被他挡开了。

"我祝敖这辈子，有不少对不起的人。"他低头看了一眼手上的拐杖，"你妈，你阿姨，你弟，还有你。"

庭霜没有接话。

祝敖望向那轮沉了一半的红日，眯起了眼："但我只要想到 RoboRun 在最艰难的时候养活了多少个家，用 RoboRun 设备制造东西的企业又养活了多少个家，我这辈子就没什么后悔的。你明不明白？它改了无数人的命，它救了无数人的命。"他转过头看向站在他身侧的庭霜，"你也有这个机会，可能还能比我做得更多。"

庭霜感觉到了祝敖的目光，却没有转头。

"我的教授——"他又把对柏昌意的称呼改了回去，带着天然的尊敬还有这个称呼下诚挚的情感，"我的教授也说过，天才的一点灵光，改变所有人的命运。他说大学是人类先锋。"

祝敖以为庭霜是想跟柏昌意走，庭霜接着却说："但我觉得不是。大学不是人类先锋，他才是。爸，公司也不想救谁的命、养着谁，是你想。爸，你明白吗？我仰慕他，但我不会为了他永远站在 LRM 系所楼顶，我只会经常上去，陪他吹吹风。"

夕阳越来越沉，越来越暗，映在祝敖脸上的光也一点点暗淡下去。

"然后——"庭霜想了一下，说，"等我有了我自己的那栋楼，我也会请他，爸，还有你，上楼顶去看看。"

祝敖的嘴唇紧紧闭着，绷成一条线。

庭霜等了一阵，哈出一口白气，说："天黑了，咱们回家吧。"

祝敖站着不动："你自己先走。"

庭霜犹豫片刻，转身朝出口走去，转身时瞥见祝敖拄拐杖的手微微颤抖。跟着惯性走了几步后，他脚步一顿，又把身子转回去。

祝敖还以同一个姿势站在那里，好像已经站了很多年。

"怎么，不走？"祝敖对庭霜说。

"我忘拿仙人掌了。"庭霜抱起那盆仙人掌，转身离开。从楼顶出口出去的时候他回过头，太阳的最后一丝光芒也沉到了地下。

三天后的早晨，柏昌意去上班。德国的冬季黑夜很长，他在黑暗中开车，车窗前大雪纷飞，他被堵在路上，车里音响放着庭霜给他录的一些吉他弹唱。

等他到 LRM 系所楼下时，第一缕阳光才升起来，他在那缕光中看见积了厚厚一层雪的楼顶围栏上摆着一盆仙人掌。

他想起庭霜曾经站在楼顶上提议："你不在楼顶的时候就把这盆仙人掌放地上，如果你有空到楼上来了，就把它放到台子上。这样我要是路过 LRM 系所，抬头看到这盆仙人掌，就上去找你，怎么样？"

柏昌意抖了抖肩上与鞋底沾的雪，走进 LRM 系所大楼，就像一个寻常的夏日午后般，倒两杯咖啡，端上楼顶。

柏昌意走到被白雪覆盖的楼顶，只看到远处围栏台子上的仙人掌，还有从门口延伸到围栏边的一串脚印，没有其他人。

他往前走了两步，忽然手臂上一紧，有人从身后拉住了他，温暖的呼吸落在他颈边。他转过身，看见庭霜头上、身上落满了雪，鼻尖冻得发红，眼睛却很亮。

那亮光中同时带着温和与锐意，像晨曦里的冬风。

两人看着对方，重逢让分别的那段时间不再像是一种失去，反而更像是得到。他们之间的某种东西突然丰厚起来，宽阔起来，再相见，仿佛已经相识好多年。

庭霜拿过柏昌意手里的咖啡，调侃说："工作时间溜出来，不太好吧，Professor？"

柏昌意笑了一声，说："把工作时间花在学生身上是我的职责。"

说罢他拍了拍庭霜的脑袋。

庭霜对柏昌意这学期的基本日程很熟悉，今天上午柏昌意有一节研讨课。如果上学期把 Robotik 给过了的话，他本来这个学期也可以选这门容纳人数仅为 20 人的高级研讨课。

"快去吧。"他看了一眼表，对柏昌意说，"再过 10 分钟就上课了。"

柏昌意也看了一眼表，说："实际上是 20 分钟。"

"咦？"庭霜去看柏昌意的手表，上面的时间跟他的一样，"现在已经 8 点过 5 分了。"

柏昌意说："我决定迟到 10 分钟，让他们等着。"

"啧啧，我们柏大教授也会迟到？"庭霜戏谑道。

柏昌意垂眸看着庭霜，笑说："没办法，大雪堵车。"

"那……"庭霜期待地问，"我能跟着你吗？你能跟你的学生说我是你新研发出来的机器人吗？"

柏昌意想笑，摸摸庭霜的头毛，说："Ting，我想他们都是你的同学。"

庭霜低下头："……我知道。"

柏昌意说："而且我的自理能力还没有差到需要机器人。"

庭霜笑起来："我知道。"

"那，你上课的时候我在哪儿等你？"他问柏昌意。

柏昌意想了一下："我让 Marie 去实验室拷贝一份资料。"

庭霜问："然后我去你办公室？"

两人一前一后下楼，柏昌意支开秘书，庭霜随后溜进柏昌意的办公室。

可是办公室的门也很快被人敲响了。

"Professor？"Marie 的声音从门外传来。

柏昌意坐好之后说："请进。"

Marie 推门进来，把 U 盘放到柏昌意的办公桌上，说："您还不去上课吗？"

柏昌意纹丝不动地坐着，说："我正要——嗯。"

Marie 说："您怎么了？"

"没什么。"

等 Marie 出去，柏昌意指了一下刚才 Marie 送来的 U 盘："这里面的实验数据，在我上课回来之前处理完，有哪里不会的自己查。"

庭霜心想：算了算了，搬砖就搬砖，反正是给自己教授搬。

搬完砖，柏昌意还没回来，庭霜闲着无事，在办公室里转了一圈，没发现什么好玩的，忽然，一个邪念鬼使神差袭上心头。

不知道柏昌意平时一个人在办公室的时候会上网干些什么……

庭霜偷偷摸摸地打开浏览器，点击历史记录。

期刊文章。

论文数据库。

学校官网的学术新闻。

这种浏览记录也太正常了吧……

庭霜不放弃地继续按照日期往前翻。

嗯，申请科研经费所需材料……原来柏老板这种大佬也需要申请科研经费啊……也是，所有教授都要申请科研经费，何况柏老板管整个系所，估计需要不少钱……

他不会还要陪什么科研基金捐赠人吃饭吧？

那柏老板还不如以后陪他吃饭，他把庭芸给他的股份和资产捐给柏老板做研究……

决定以后，庭霜就关了那一页，继续看别的。

但柏昌意办公室电脑的浏览记录实在很正常，他一连跳着看了好多页，都没看到跟工作无关的东西。

他又去看几个月前的记录。

10月。

中国某外卖平台软件下载页面。

9月。

异国注意事项。

7月。

【家庭教育】如何激发孩子的学习兴趣？

【家庭教育】如何发现孩子真正的兴趣与天赋？

6月。

天文望远镜订购。

5月。

如何向非医学生解释远视眼和老花眼的区别？

【图解】如何做一碗好吃的馄饨？好的馄饨皮是关键！

二十四岁的男生是一种什么样的生物？

4月。

学校官网校规。

柏昌意回来的时候拿着一袋饼干，说是圣诞要到了，教室外有人在发饼干和热红酒。

庭霜把浏览器关了，若无其事地去拆饼干吃："柏昌意，你圣诞节是不是也有两周假？"

"今年有17天。"柏昌意就那么站着看庭霜吃饼干，"你想去哪儿？"

"我不知道。"庭霜吃了两块饼干，忽然反问柏昌意，"你为什么这么好？"

这句话来得没头没脑，柏昌意笑说："你刚发现？"

庭霜不说话，只不停地看柏昌意。

"想想你等会儿想干什么。"柏昌意拿起这周的日程安排，打算改一下工作时间。

"你准备翘班了吗？"庭霜去看柏昌意手上的日程，只见这周一数条复杂的备忘事项里夹着一条很简单的：还 Prof. Weller 50 欧元。

柏老板这种人竟然还会欠人家钱？

庭霜指着那条备忘揶揄说："你居然欠人家教授50块钱？你干什么了？"

柏昌意说："Ting，你还记得上周五送了我一件礼物吗？"

庭霜："嗯？"

柏昌意："到付。当时正要开会，我身上没带现金。"

到付。

到……付……

"当时很多教授在吗……"庭霜想象了一下柏昌意拿着礼物到处问其他教授借钱的画面，几乎要窒息了，"那，那 Prof. Weller 人还挺好的……嘿……嘿嘿……他是不是也是咱们 LRM 系所的教授啊？我总觉得 Weller 这个姓看着挺眼熟……"

柏昌意沉默了一下，说："Ting，Prof. Weller 是你现在所在大学的校长。"

办公室瞬间陷入诡异的寂静。

庭霜看了看日程，又看了看柏昌意，突然指了一下桌上的饼干，生硬地说："那个还挺好吃的。"

柏昌意笑了一声，把饼干拿过来给庭霜。

两人出了学校，柏昌意问他想好去哪里没有。

庭霜在车上又想了一会儿，说还是想回家，想吃柏昌意做的饭。

就像以前任何一个工作日那样，两人一起去超市买菜，然后回家。柏昌意去做饭，庭霜抱起 Vico 跟在柏昌意身后说："天哪，我是一个不负责任的父亲。我儿子长成大狗了，我错过了它的童年。"

柏昌意笑说："你不是经常在视频里看见它吗？"

"视频里没显得这么高啊……它的腿好长……随我们俩，一看就不是别人的狗。"庭霜边揉 Vico 边说："Vico，好儿子，你告诉爸爸，爸爸不在家的这段时间里，Papa 有没有偷偷做什么坏事？"

Vico："汪呜。"

柏昌意好笑地看了一眼庭霜。

"喀。"庭霜放开 Vico，板起脸，"柏昌意，自觉啊。"

柏昌意边笑边继续料理食材。

午后。

窗外还在下雪，柏昌意生起壁炉的火，庭霜窝在壁炉边的沙发上，哑着嗓子说："我好饿。"

柏昌意说："我就去做饭。"

庭霜浑身舒坦，舒坦到有一丝倦意："那一会儿你叫我。"

刚说完他又突然想起什么："对了，今天想起来一件事，差点忘了。"

说着他就从沙发上起来，去丢到一边的外套口袋里拿了钱包出来，打开，取出一张卡给柏昌意："给你。"

柏昌意接过："这是什么？"

庭霜说："我记得这里面大概有两百万欧元的样子，其他资产我没动，如果钱不够的话我把它们卖了就行。然后我想想……以后RoboRun每年的分红我也都给你，这样你就不用陪有钱……啊……科研基金捐赠人吃饭了。"

柏昌意缓缓地看向手上的卡："我，以后，不用，陪那些有钱人了？"

庭霜点点头："以后研究经费不够，尽管跟庭总说。"

深夜，庭霜在二楼卧室醒来，光着脚下楼，循着光源去找柏昌意。他依稀记得柏昌意下午叫他吃饭，他起不来，柏昌意便让他上楼去睡了。

他走到书房门口，没去打扰，就安安静静地看柏昌意工作，直到柏昌意抬头的时候看到他。

"醒了？"柏昌意放下工作，起身见庭霜没穿鞋，拿了双拖鞋给他穿上，领着人往厨房走。

庭霜坐在料理台上，喝一碗一直煨着的海鲜汤暖胃，顺便等柏昌意给他热饭菜。

雪停了，窗外积下厚厚一层白雪，被厨房灯光照亮的雪地上可以看见Vico留下的一串脚印。

冬天给人的感觉格外不一样，冬天让人倍觉温暖。

喝完汤，庭霜一颗一颗地吃汤里的蛤蜊，挑出肉，把壳远远地往垃圾桶里一扔。

"还有三个多月下个学期才开学。"他边吃边讲他考虑了几个月的事，断断续续、有一句没一句地，很随意，"这段时间，我打算像你以前那样……自己开车去不同的地方看看，去跟不同的人聊聊……我之前也跟你说过这个想法。我觉得我应该有这样的经历。"

要不然，他不知道他的那栋楼应该建在哪个地方。

他不急于把那栋楼建在某个已知的、确定的地方，也不急于在某个年龄开始建那栋楼。他只是想离开既定的轨道，四处走走，停下来喘一口气，捡两块砖头。

他是在陪柏昌意过完圣诞和新年之后出发的。

他租了一辆普通的吉普车，加满油，带上从冬季到夏季的衣服，然后去理发店剃了一个比光头强那么一点的发型，说是方便。

"是不是有点像少年犯？"庭霜照着镜子，摸自己的一头青楂。

柏昌意也跟着摸了摸庭霜的头："告诉我你被关在哪座监狱。"

庭霜开玩笑说："怎么，你要去劫狱？"

柏昌意低声笑说："我去做典狱长。"

临出门时，Vico 扑到拎着行李箱的庭霜身上，蹭个不停，庭霜摸着他儿子的头说："好儿子，爸爸现在看起来确实是有点像离家出走……但其实只是出去三个月不到，你在家好好看家，防火防盗防奇怪的陌生人。"

说完，庭霜把行李放到后备厢，上了车。

柏昌意站在车外，庭霜打开车窗，在新年的第一场雪里跟柏昌意道别。

雪很大，一会儿工夫，柏昌意的头上已经落了不少雪。

"我能想象你满头白发的样子了。"庭霜拂去那些雪，说。

柏昌意说："不要在临别的时候说这种话吓我。"

庭霜笑起来，笑完又很认真地说："我会很快回来。"

柏昌意点头，眼里都是温柔笑意："嗯。"

庭霜继续说："每到一个地方我都会给你写信或者寄明信片。"

柏昌意："嗯。"

庭霜："我会经常给你打电话。"

柏昌意："好。"

庭霜发动车："我准备走了。"

柏昌意说："注意安全。"

庭霜看了几秒道路前方，突然推门下车，紧紧拥住柏昌意，说："……谢谢。"

柏昌意捋了两下庭霜那头扎手的刺毛，说："谢什么？谢我肯放你出去疯玩三个月？"

"嗯……也不完全是这个。"庭霜不知道该怎么说。

柏昌意笑说："我懂，去吧。"

庭霜点点头，又看了一阵柏昌意，然后钻进车里。

柏昌意站在原地，看着雪地上的车辙渐渐伸长。

院门没关，Vico 跑出来，蹭柏昌意的腿，又朝车开走的方向叫了两声。

柏昌意摸了摸 Vico 的头，说："进去吧，空巢儿童。"——跟我这个空巢老人一起。

1月7日，柏昌意回学校上班，上班后没几天就收到了庭霜的第一封信，邮票和邮戳都还是德国的。

傍晚，柏昌意坐在壁炉边，用裁纸刀拆开信封，取出信来读。Vico也凑过来，用鼻子碰那页信纸。炉火明明暗暗，映得纸上的字摇摇曳曳——

敬爱的柏老板：

我到阿尔卑斯山脚下了。

我住在山下的农场里，在这里能远远看见勃朗峰的雪顶。

现在是晚上，我在炉火边给你写信，壁炉里的柴是我自己劈的，我脚边有一只——这段你不要给Vico看，以免它认为我在外面有私生子——刚满一岁的牧羊犬。

昨天我熟悉了一下农场的环境，今天跟人一起放了一天羊，休息的时候我躺在草地上，有只很大的山雀竟然飞过来踩我的脸，我跟它搏斗一番，最终败北。

离开城市的感觉很奇妙。

在人多的地方我觉得我像个必须跟周围都配得上的零部件，跑到没什么人的地方反而觉得自己更像个人。

今天白天，我看着羊群，想人跟它们的区别。

我没想出来。

羊身上有股怪味。

山里的星星很亮，很多，就像我们那次开车出去在山里看到的一样。

庭

信纸的背面还有一幅用钢笔随手画的速写，寥寥几笔勾勒出壮阔连绵的雪山，还有星星点点的，不知是天上繁星还是人间灯火。

柏昌意将信读了三四遍，方收进信封里。

约半个月后，他又收到一箱子熏香肠，箱子里附了字条，庭霜的笔迹，说是在农场里学做的香肠，让他吃。

在整个1月，柏昌意收到了十封信。庭霜几乎保持着每两天就写一封信的频率，跟柏昌意讲些琐事。

他去挤奶，挤了半天才发现那是只公羊，而且，他挤的也不是能出奶的地方……之后他洗了半个小时手。

他去登山，遇到暴风雪，和同伴被困在山上一夜，大家围在一块巨石后，强撑着精神讲话，等待希望。

清晨，暴风雪停了，他们看见声势浩大的鹿群从巨石的另一侧经过，鹿群如山脉，鹿角如山巅巨木的枝。所有人都屏住呼吸，和静止的雪山融为一体。

收到这封讲暴风雪的信后，柏昌意虽然知道庭霜早已平安下山，可还是打了个电话过去，把人训了一顿。

接那个电话时庭霜正在从奥地利穿越阿尔卑斯山脉去意大利的路上，公路两侧雪山高耸，云在山腰。他老老实实听完训话，打开车窗，让柏昌意跟他一起听窗外呼啸的风声。

"柏昌意，你以前是不是也这样一个人开车穿越阿尔卑斯山脉？"他在风中大声问。

"是。"柏昌意有点无奈地说，"Ting，但那时候我没想过，有人会为我的安全担心。"

庭霜连忙说："我绝对不做危险的事了。"

柏昌意说："做之前先想想担心你的人。"

庭霜关上车窗，放慢车速，低低"嗯"了一声。

2月的第一封信，邮戳来自佛罗伦萨。

柏昌意在早晨出门的时候从信箱里拿到信，到办公室才拆开看——

柏老板：

我在一个咖啡大师班里学习拉花设计，晚上我在咖啡馆里弹吉他，和人聊天。

我住的地方就在这家咖啡馆的楼上。我隔壁住了一个研究艺术史的学生，她带我去看了圣若翰洗礼堂门上的浮雕，比较 Pisano[①]和

[①] 安德烈·皮萨诺（Andrea Pisano, 1290—1348），意大利雕塑家、建筑师，设计了圣若翰洗者洗礼堂现在的南门。

Ghiberti①的作品有什么不同。

她自己也画画,想雇我给她做一天人体模特,我拒绝了。

我觉得我身材没你好。

我去看了很多美术馆和博物馆,但那些艺术品我都不太记得住,我记住的反而是在佛罗伦萨的街头,一个满身颜料的老太太在石头做的地面上画画,画波提切利的《维纳斯的诞生》的一个局部。

我早上从那里路过,她在画,傍晚我去河边跑步再经过那里,她还在画,好像快画完了。

等我跑步回来,地面只有洗刷后的水迹,人群散了,以后可能没人知道这块人人都能用脚踩的地方也有维纳斯诞生过。

那天晚上我在咖啡馆唱了《开车去北方》,虽然没人听得懂我在唱什么,但我把歌词里的"光阴不可平"改成了"光阴亦可平"。

我周末想去一趟罗马。

庭

果然下一张明信片就是从罗马寄来的了。

庭霜知道他看过的这些东西柏昌意都看过,但还是想再跟柏昌意讲一遍。

3月底,希腊。

经过一个月,庭霜对于这里的鱼市已经有了了解,他在三月的信里画了各种鱼类和蚌类。

他还花了两周去爱琴海观察海龟。

他的头发长回了准备出发时剪发前的长度,皮肤被海风和阳光浸成了蜜色。

他准备返程回德国的那天,附近的海岸边搁浅了一头鲸。他为了去看那头鲸,耽搁了行程。他的计划本来是开两天车,周日到家,然后第二天周一,他正好跟柏昌意一起去上这个学期的 Robotik 第一节课。

但是为了看那头鲸,他可能面临和一年前一模一样的那个问题——

---

① 洛伦佐·吉贝尔蒂(Lorenzo Ghiberti,1378—1455),意大利雕塑家,代表作为圣若翰洗者洗礼堂现在的东门,被米开朗琪罗称作"天堂之门"。

第一节课就缺席。

他想改航班，偏偏没有合适的，只能开车赶回去。

周日上午柏昌意给他打电话，问他到哪里了，他说快到了。下午柏昌意没等到人，又打了个电话，问他怎么还没到，他说就快到了。

到了晚上，还是没见到人，柏昌意沉着声音问他到底到哪里了。

他看了一眼导航地图，说："你先别生气，我真的快到了。"

柏昌意说："你先告诉我，你在哪儿。"

庭霜只好如实说："我到匈牙利境内了。"

柏昌意："……"

庭霜："柏老板……我们可以明早学校见。"

柏昌意："你打算连续开一整夜车？"

"我今天白天在车上睡了好几个小时，不会困的。"庭霜小声地转移话题，"你不知道近距离见到一头鲸有多震撼……后来我看着他们把它送回海里了。"

柏昌意一口气上不来，想说你以后再也别想这么一个人跑出去，但到底还是把这话压了下来，只说："你给我开慢点。"

庭霜在黑夜中开车，偶尔停下来休息一会儿，再继续开，直到朝阳从他的身后追上他。

他在 8 点 10 分的时候把车停到了学校门口，下车便朝 S17 教室跑去。

跑到教室门口的时候走廊上一片寂静，他看一眼手表，刚过 8:15。

他连忙推门进去。

刚进教室的柏昌意扫了一眼教室里的学生，发现庭霜不在，下一秒，教室门忽然被推开，有人撞到了他。

柏昌意回过头，一瞥之间，只见推门的男孩眼神清亮，风尘仆仆，却一点疲色也没有。

两人的目光只交会了一秒，庭霜去找座位，柏昌意走向讲台，两人擦肩的时候，碰了一下手臂，只是转瞬，没有任何人察觉。

庭霜坐下来，从口袋里拿出柏昌意给他的那支钢笔，开始听课。

番外

/ 庭之毕业 /

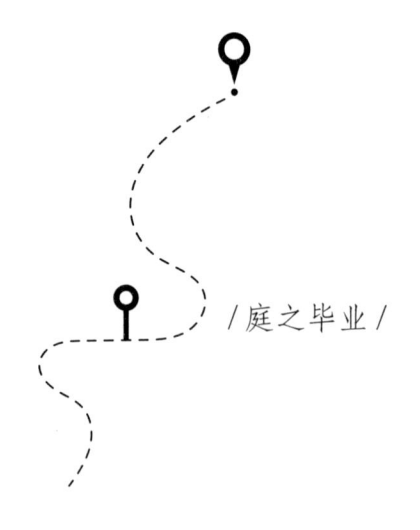

很多人想当然地认为，中年人跟一个特别年轻的男孩合伙住，就会感觉自己也年轻起来，仿佛又回到二十多岁，重拾青春。

但实际情况远不是这么回事。

事实是，两人之间的差距更像一种提醒，时刻提醒着这位没两年就要到四十岁的中年人：你的青春早就过了，你上了年纪，现在只能站在一边看着那个小男孩和他的朋友拿着水枪打仗，把家里弄得一塌糊涂。

很多人也想当然地认为，年轻的时候跟一个特别成熟的人住在一起，有人引导，自己就会跟上对方的脚步，很快也成熟起来，事事稳重。

但实际情况也远不是那么回事。

事实是，成熟的男人慢慢就把这位本来已经长大了的小朋友纵容成二十五六岁了还跟朋友一人抱一把水枪在家里打仗的幼稚男孩。

宋歆是在实习的时候收到庭霜的信息的，消息很简单，群发的：小爷我毕业了，打算找个时间庆祝一下，各位赏个脸？

庆祝是必须庆祝的，怎么庆祝？

几个相熟的同学在群里合计半天，毙了无数提案，最终决定玩枪战——何乐说他有一批闲置的水枪。

宋歆说啤酒零食归他管。

郭凭说那他就负责租场地。

大家领任务领得特别积极，轮到庭霜的时候已经没事可干，他想了想，说：

"那我负责给水枪装自来水吧。"

宋歆说:"行,弹药补给这一重任就交给你了。"

同学们都这么热情不是没道理的,他们里面跟着变态教授做毕业论文的就庭霜一个,其中艰难险阻自不必多言,被 Robotik 支配的恐惧至今历历在目,光看着 LRM 系所官网上柏昌意那张脸就能回想起来。

这事宛如一个暗号,机器人专业的学生对视一眼,上过 Prof. Bai 的课吗?

就像战争年代俩老兵对视一眼,杀过敌吗?

杀过敌,那就是兄弟了。

同理,上过 Prof. Bai 的课,那就是手足了。

如今庭霜一朝毕业,大家有如目睹从同一个战壕里爬出来的战友亲人虎口脱险,哪个不为他庆幸?

群里热闹一番,把庆祝时间定在月底那个礼拜六的上午。

本来这种休息日庭霜是要跟柏昌意一起带 Vico 出门的,但现在礼拜六柏昌意也要工作。

柏昌意已经这么忙了几个月。

他这样的教授,每三到五年可以休一个科研年的假,一整年全部用来自己做研究,或者度假、调整自身状态,总之可以放下所有学校事务,一整年不承担任何工作。他打算休这样的一年假,去思考一些尚未被解决的难题。

为了休那一年假,他有无数工作要提前完成。

到了当月下旬的时候,柏昌意的工作完成得差不多,就打算请朋友来家里吃顿晚饭。

毕竟庭霜现在也毕业了,没多久他又要休一年假,是时候与庭霜的朋友相互认识一下了。

考虑到朋友也忙,柏昌意打算把吃饭时间定在月底的礼拜六晚上。

他跟庭霜说这事的时候,庭霜正倒着躺在沙发上——背躺在沙发座位上,两条腿交叠着搭在沙发靠背上——非常悠闲地看漫画,闻言漫不经心地应了声:"昂(啊)。"

漫画看到激动处,庭霜发出一声感叹。

柏昌意看着庭霜无声地笑了一会儿,才俯身把他手里的漫画拿开:"我刚说什么了?"

庭霜答不上来,习惯性地支吾了两下才突然想起来:"我已经毕业了!"

Professor 讲话没认真听怎么了?

回答不上来问题怎么了？

小爷毕业了！

他顿时底气十足。

"对，你毕业了。"柏昌意笑着在庭霜头上摸了一下，"所以我打算周六晚上请朋友来家里吃饭，你有时间吗？"

庭霜想了一下，说："行，我约的上午跟同学出去玩，玩完就回来，肯定不耽搁。"

他倒是想得很好，以为一切都在计划之中。

可到了礼拜六中午，他都玩疯了，哪还记得晚上有顿饭要吃。场地本来确实只租了一个上午，大家一起出去吃顿午饭就要散场，但庭小爷喝啤酒喝得有点上头，上一局又被打得很惨，急于翻盘，不肯就这么认输，于是他跳上一个沙袋掩体，举起他的卡通水枪，一腔热血，万丈豪情："去小爷家！继续！"

当这拨"持械山匪"跑来家里为非作歹的时候，柏昌意刚刚开车出门。晚上请朋友吃饭，他得去购买食材。

一个多小时以后，柏大教授拎着东西回家。

刚进家门，他连手里的东西都没来得及放下，就听见远处传来一声："干掉他们！"

紧接着一道水柱袭来，打在他的衬衣前襟上，顿时衣服就湿了一大片，连眼镜上都沾了两颗飞溅的水珠。

柏昌意放下手里的东西，低头，错愕地看了一下自己的前襟，然后抬眼看向水柱射过来的方向——

地上、家具上都是水迹，连他的书都没能幸免于难。一片狼藉的后方，宋歆等几个学生抱着水枪，以沙发为掩体，仍僵硬地保持着射击姿势，仿佛石雕，不能动弹。

"干掉谁？"柏昌意弯腰捡起一本还在滴水的书，淡淡地问。

一刻钟之后，所有人的酒都醒了。

宋歆拿着拖把，埋头拖地；郭凭拿着抹布，埋头擦桌子；何乐拿着吹风机，埋头吹沙发吹书……

庭霜拿着毛巾，埋头擦狗——在之前那场血战中，Vico 也遭到了误伤，好在 Vico 毛短易干。

没人说话，客厅里只有打扫卫生的声音。

打破寂静的是柏昌意,他把买回来的食材安置好,走到客厅里,看见几个老老实实的后脑勺,问:"你们想喝什么?"

这生活问题传到宋歆等几人耳朵里直接升级成专业领域难题,谁也不敢吱声,不仅不敢吱声,还眼神躲闪,仿佛只要跟 Prof. Bai 目光相对,就马上会被点起来,单独答题。

于是,拖地的拖得更用力了,擦桌子的几乎要把桌子擦掉一层皮,吹沙发的动作仔细到仿佛在给文物除尘……

只有庭霜自然而然地回答说:"我想喝冰茶。"

他的语气里有习惯性的依赖,那种依赖在其他人听来实在诡异。

柏昌意点点头,看向其他人:"你们呢?"

宋歆在柏昌意的目光中感受到巨大的压力,不得不开口:"……我也一样。"说完还立马补了句,"谢谢,麻烦您了。"

有宋歆单枪匹马在前,其他人立马得救,异口同声:"我也一样,麻烦您了。"

于是柏昌意转身去厨房准备冰茶。

在柏昌意的身影完全消失之后,宋歆一边假装拖地一边缓慢地挪到庭霜旁边,停下,冲庭霜腿上踢了一脚。

抱着 Vico 坐在地上的庭霜抬起头,说:"干吗?"

宋歆瞪着庭霜,一脸"我还没问你为什么现在我们集体在变态教授家收拾客厅,你还有脸问我踢你干吗"的表情。

其他人也纷纷看向庭霜,眼神里也都是一个意思:兄弟,你能不能解释一下现在的状况?

庭霜继续埋头擦了几下狗,然后才抬起头,无辜地说:"你们想留下来吃晚饭吗?柏老板做饭挺好吃的。"

众人呆滞了几秒,同时缓慢地转头,看向厨房的方向——

柏老板???

接着,众人又缓慢地把头转回来,看向庭霜——

客厅里陷入了彻底的寂静。

庭霜把擦干的 Vico 放开,站起来,说:"吃不吃给句话呀,我去问问他今晚做什么……你们有什么特别想吃的吗?"

宋歆等几人——

"别别别……我们马上走……"

"对对对……不打扰了……"

"不好意思……今天真的打扰了……"

这时候，柏昌意正好从厨房里走出来，手里还用托盘端着几杯冰茶，闻言看着几人，微笑道："就要走？是我招待不周吗？"

一刻钟之后，同学们集体硬着头皮坐在院子里喝冰茶。

没有人敢告辞。

见大家都不说话，庭霜找了一个话题："我突然想起来，宋歆，你之前不是一直预约不上Professor的辅导时间吗？现在他就坐在这里，有什么想问的，你现在正好可以问啊。"

柏昌意于是笑着看向宋歆，眼神和蔼。

宋歆："……"

宋歆："不好意思，我想去一下洗手间。"

"噢，那我带你去。"庭霜起身，对即将独自面对Professor的其他同学说："你们慢慢聊哈。"

其他同学："……"

进了屋，庭霜指了一下洗手间："就那个门。"

宋歆说："我不想去，我就是想喘口气。"

庭霜想笑："嗯。"

宋歆踢庭霜："好笑？你刚那么坑我，好笑？"

庭霜笑着往旁边一躲，说："那不是跟你最熟嘛，不坑你坑谁？"

"你就专门杀熟。"宋歆靠在门框边上，琢磨了一会儿，依旧难以消化庭霜一朝跟变态教授住在了一个屋檐下这个剧情，"呃……你们……嗯……"

他比画了半天也没有找到合适的语言："……教授他平时也是像课堂上那样吗……"

庭霜笑说："你觉得呢？"

"我哪儿知道……"

庭霜逗他："那我帮你问问吧。"

宋歆一脸问号。

庭霜拔腿就往外跑，宋歆想拦都没拦住。

庭霜跑到院子里，冲柏昌意喊："哎，Professor，宋歆想问你，你是不是平时也像教课那样可怕啊！"

宋歆涨红着脸站在门口，连看都不敢往柏昌意那边看。

柏昌意站起来，跟其他几个人打了个招呼，然后捋了一下庭霜的头发，低声说："这个问题你可以替我回答一下。好了我去准备晚餐了，你跟他们玩。"

等柏昌意进屋，庭霜大大方方地坐到郭凭何乐他们旁边，问："你们刚聊什么啦？"

聊了什么？

不过是重新做了一次毕业答辩罢了。

何乐说："……没什么。"

庭霜喝了几口冰茶，想到什么，说："噢，对了，我想起来，我们不是有个群，我把柏老板也拉进来吧？"

庭霜正欲将柏昌意拉进群，却收到一条消息提醒：该群已解散。

庭霜："……"

众人交换了一个眼神：还好群主手速快。

庭霜想了想，说："那我再重新拉一个群吧？"

众人："……"

庭霜思考道："群名应该叫什么？"

宋歆说："……学术交流群吧。"

何乐暗中给宋歆发私聊消息：我觉得应该叫"狼入羊群"。

他们私聊了几句以后，宋歆干脆拉了一个没有庭霜的小群，发言：哥儿几个辛辛苦苦打了三年仗，谁能想到，最后庭霜这小子跑敌人那儿去了。

郭凭：投敌就算了，还把敌人引到我方军营里来，乱我军心。

宋歆：其实我怀疑庭霜那小子是故意的。

宋歆：估计憋了挺久，趁着毕业耀武扬威。

他在小群里发完这句，只听庭霜非常开心地说："行，把你们都拉进来了。我去让柏老板加一下你们好友哈。"

宋歆在小群里说：他绝对是故意的。

郭凭：我也觉得。

宋歆：揍他不？

何乐：揍他还是不太好吧……

何乐：我个人是反对暴力的。

庭霜继续说："欸，你们之前不是还做了柏老板的表情包吗？"

说着，他就把"死神俯视众生"和"天凉了，是时候把这个学生的名字从上面划掉了"两个表情包发到了他刚拉的大群里，还 @ 了何乐和柏昌意，说：

Professor，这俩表情包都是这位同学做的，是不是很有才华？

何乐："……"

何乐把聊天对话框切到小群，迅速撤回刚才那句"我个人是反对暴力的"，重新发送干净利落的两个字——

揍他。

两秒钟之后，庭霜被众人按倒在草地上，痛殴。

殴到一半，柏昌意正好从屋里出来，说："你们在干什么？"

所有人瞬间停手，不好，背着老师打他心爱学生的行为被发现了。

趁众人僵硬之际，庭霜艰难地把脑袋从人堆里伸出来，告状："Professor，他们打我！"

宋歆他们都以为柏昌意会严厉制止这种打架行为，没想到柏昌意只是一笑，说："那你打回去，输了就进来做饭。"

于是几个幼稚男孩又打成一团。

互殴半天，几个人打累了，决定进屋去看电影。

庭霜收了桌上的冰茶杯子，准备去厨房里跟柏昌意一起做饭。帮宋歆他们连好观影设备以后，他想起什么，嘱咐道："对了，你们留意一下，要是待会儿有人敲门，你们就帮忙开一下门哈，厨房门关着，客厅音响声音又大，我怕到时候听不见门铃声。"

"行。"宋歆他们随口就应下来了，完全没人把庭霜这个要求当回事，不就给人开个门吗？能有什么难的？

所以等到门铃响起的时候，看电影看到一半的宋歆什么也没想就去开门了。

走到大门口，开门，宋歆习惯性地询问："请问——"话音戛然而止，僵硬。

除了僵硬，还是僵硬。

"请问……今天全系教授在这里开会吗？"

不然的话，为什么现在门外站了一个毕业答辩委员会？

/ 柏之生病 /

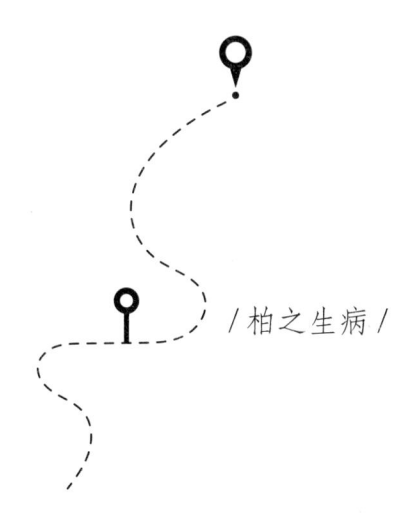

原来柏昌意也是会生病的。

这当然是一句废话，只要是人就可能生病。但自从认识柏昌意开始，就没见过柏昌意生病，所以庭霜总有一种柏昌意永远不会生病的错觉。

没想到，就在一个周日，他们带着 Vico 去森林里散步，散完步回到家，柏昌意就感冒了。

"你不舒服？"庭霜发现柏昌意脸色不太对。

柏昌意皱了一下眉，坐到沙发上，按了按眉心："头晕。"

"是不是外面风太大了？"庭霜摸了摸柏昌意的额头，感觉温度很高，"应该真的是发烧了。"

他去倒了一杯热水给柏昌意，问："家里有药吗？我记得好像有，哪个柜子里来着？"

柏昌意指了一下壁炉旁边的柜子："里面。"

"噢……"庭霜打开那个柜子，看见了里面的医药箱。

柏昌意从刚才就一直闭着眼睛等庭霜拿药过来，他的病来得急，就这么一会儿的时间，就已经不只是头晕了。他烧得厉害，头脑昏沉，浑身无力。听见庭霜走过来的动静，他才微微抬起眼。

"等一下啊，"庭霜的心思都在医药箱里那些不同的药盒上，"我在找退烧药。"

"拿过来。"柏昌意嗓音低哑，"我来看。"

"不用，你休息，喝热水，我很快……好了。"没多久，庭霜就找到了一盒退烧药、两盒感冒药，还有一支温度计，"吃药之前先量一下体温。"

他迅速把温度计塞到柏昌意嘴里。

柏昌意想说什么，庭霜制止道："先量体温，量体温的时候不要说话。"

过了一会儿，庭霜把温度计拿出来一看——

"四十五摄氏度？！"

柏昌意："……"

庭霜吓了一大跳，再去看柏昌意，顿时觉得这位柏姓老人已经危在旦夕，再不去医院就来不及了："你能站起来吗？不不不，你别动，你千万别动，我叫救护车，我马上叫救护车……"

柏昌意："……"

柏昌意："Ting……"

柏昌意的声音太低，庭霜没听到，他只顾着找手机，好不容易找到了，立马就要打急救电话。

柏昌意艰难地提高了声音，听起来还是又低又哑："Ting，那是热水的温度。"他特别无奈地抬手指了指茶几上庭霜给他倒的热水。

这种热开水，谁喝了谁口腔温度都能飙升到四十五摄氏度。

庭霜："……"

庭霜拿起杯子，喝了几口热开水，紧接着给自己量了一下口腔温度，好嘛，四十五点五摄氏度，比柏昌意还高出零点五摄氏度。

他去看柏昌意，柏昌意看着他笑了笑，无奈又纵容，眼神好像在说：你就拿我练手吧。

庭霜一向不会照顾人。

但一切"不会"，遇到柏昌意，就都变成了"我想学"。

正确量完体温，庭霜取了退烧药给柏昌意吃，又去拿毛巾，冷水浸湿、拧干，覆盖在柏昌意的额头上，以免他烧得难受。没多久，冷毛巾变成了温热的，庭霜去换，等再回来的时候，退烧药的药效上来，柏昌意已经靠在沙发上睡着了。

庭霜去拿了毛毯，怕柏昌意睡得不舒服，又小心地去把柏昌意的眼镜取下来。取的时候，他看见柏昌意鼻梁上浅浅的压痕、因为不舒服而微皱的眉心，听见柏昌意因为发烧而略沉的呼吸声……

一种平时不太会有的感觉袭来，庭霜很难说那是什么。

接近傍晚时分，斜阳从窗外照进来，落在柏昌意脚边。庭霜生起壁炉的炉火，抱着 Vico 窝进另一张沙发，用手机查生病时的食谱。

姜汁可乐、蜂蜜鸭梨汤、蛋羹、豆腐鱼汤、鸡丝粥。

庭霜把那些食谱一个个保存起来，去厨房做饭，捣鼓了一个多小时，饭做好了，柏昌意也醒了。

"你快尝尝我煮的姜汁可乐。"庭霜非常自豪地把碗端给柏昌意。

柏昌意垂眸，怀疑地看了看那碗散发着热气的深红色汤水，再抬眼看了看神情期待的庭霜，接过碗，十分谨慎地喝了一口——居然还不错。

"你那什么表情？"庭霜不满柏昌意的反应，"我好歹以前在咖啡馆打工，照着食谱煮点东西，总不至于出错吧？"

柏昌意笑着投降："好，我反省。"

庭霜强调："我现在很靠谱。"

柏昌意："嗯。"

庭霜："在你生病的时候，我完全有能力接手一切。"

柏昌意："嗯。"

庭霜："你不信吗？"

柏昌意："哪敢。"

出于对庭霜能力的信任，柏昌意吃了庭霜做的每一样食物；出于对庭霜能力的信任，柏昌意让庭霜帮自己预约了明天去看家庭医生；出于对庭霜能力的信任，柏昌意让庭霜帮自己给学生群发了邮件，通知明天的课程取消。

周二，柏昌意恢复工作。

他查邮箱的时候顺便看了一眼庭霜帮自己群发的通知，一个拼写错误，一个语法错误，整封邮件看起来是这样的——

亲爱的各位同学，

尊敬的女士们与先生们，

  由于我得到了一根纤维[①]，我们明天的机器人学课程取消。

              致以友好的问候

              Changyi Bai

---

① Fiber：（英语、德语意同）纤维；Fieber：（德语）发烧。

/ 柏之社交圈 /

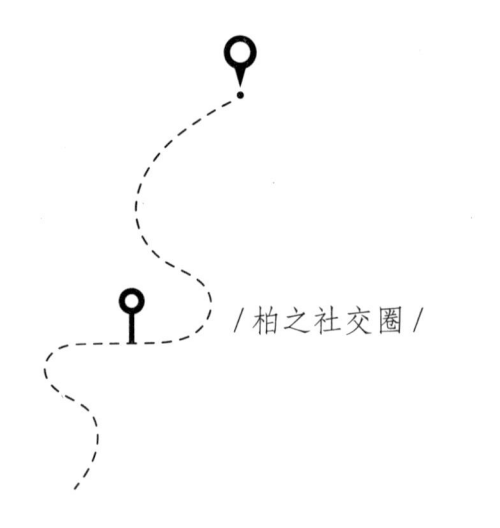

后来，庭霜认识了柏昌意社交圈里的所有人。

1. 前妻

庭霜见到孟雨融是个意外。

那时候庭霜已经不在 Freesia 打工了，但周六的时候还是经常跟柏昌意一起去那里吃早餐，甚至在那里养成了边吃早餐边看报纸的老年人习惯。

那天是个晴天，街风舒适惬意，他们坐在咖啡馆外的露天座位上，庭霜碰了碰柏昌意，说："我还想要个鸡蛋。"

柏昌意放下报纸，准备起身去找服务员说。

他站起来后，却停在了原地。庭霜顺着他的目光看去，Freesia 对面的玩具博物馆前站着一个推婴儿车的女人，女人同时也看着他们这边，还笑着朝柏昌意抬了一下手。

庭霜看向柏昌意，见柏昌意也朝她笑了一下，就问："谁呀？"

柏昌意说："我前妻。"

他们说话间，孟雨融推着婴儿车过了马路，走近了。

她笑着打招呼："早啊——"目光转到庭霜身上，"绅士们。"

"早。"柏昌意笑了一下，还没等孟雨融继续说话，就说，"不好意思，我得先去找服务员加一个鸡蛋。"

孟雨融开玩笑说："这可不像你。"把人晾在一边，先去要一个鸡蛋。

柏昌意看了一眼庭霜，眼中带笑："没办法，小孩长身体。"

庭霜有点不好意思，想说"不用"，可柏昌意已经走了，现在就剩下他和孟雨融两个人。孟雨融还带着孩子，他就去旁边搬一把空椅子，让孟雨融坐。

孟雨融笑着说："谢谢。"

"不用。"然后庭霜就不知道该说什么了，有点尴尬地转开眼，刚好看到婴儿车里的孩子，这小孩是……

她的孩子。

她是柏昌意的前妻。

所以这小孩是柏昌意前妻的孩子。

那不就是柏昌意的孩子？

庭霜有了这么一个错误的思维定式，再看那婴儿，就怎么看怎么觉得婴儿跟柏昌意长得像了。

孟雨融不知道说了句什么，他也没注意听，只能茫然地看向她："……什么？"

这时候，柏昌意回来了。他坐下来，把蛋杯放到桌上，取出鸡蛋，边娴熟地剥壳边对孟雨融说："这里早餐不错。"

孟雨融说："我吃过了。"

柏昌意说："在等博物馆开门？"

孟雨融点头："对，这两天正好有事来这边，今天上午有空，就查了一下适合带儿童去的地方，玩具博物馆评价挺高的，展品很多，几乎涵盖了欧洲玩具的发展历史。"

柏昌意把剥好的鸡蛋递给庭霜："Ting，你想去吗？"

庭霜接过鸡蛋，语气几近找碴儿："你觉得我是儿童吗？"

孟雨融还从没见过有人这么跟柏昌意讲话，但柏昌意的反应更让人吃惊。柏昌意竟然比了一个投降的手势，无奈地笑着说："当然不是。我是，行不行？"

庭霜也不好意思继续闹了，但心里又都是疑问，只好低声说："我想跟你单独说句话。"说完就往远处走。

柏昌意对孟雨融点了一下头，也跟着离席。庭霜走的时候是拿着鸡蛋的，于是柏昌意走过去的时候就看到庭霜在默默地吃鸡蛋，他有点想笑："想说什么？说吧。"

庭霜非常直接地说："你为什么不告诉我你有小孩了？"

柏昌意反应两秒，明白庭霜在说什么了，更想笑了："我也想告诉你，前提是我真的有小孩。"

庭霜看向婴儿车："不是你的，那是谁的？"

要不是怕庭霜生气，柏昌意都要笑出声来："我哪儿知道？我不认识她现在的丈夫。"

她现在的丈夫。哦。

庭霜很丢脸地转身往回走，走了两步，脚步一顿，又回过头小声警告跟在他身后的柏昌意："刚才的事不许告诉别人。"

柏昌意笑了："嗯。"

庭霜说："也不许笑。"

柏昌意："嗯，不笑。"

两人回到座位，面对孟雨融疑惑的眼神，庭霜埋头喝咖啡，假装没看到，柏昌意也拿起杯子喝了一口咖啡，说："喀，悄悄话。"

"噗——"孟雨融捂着嘴笑出来。

三个人聊天，很容易就聊到庭霜和柏昌意是怎么认识的，孟雨融讶道："Distance？你们还真是通过那个软件认识的？"

庭霜看柏昌意，用眼神表示疑惑：她怎么知道？

柏昌意坦然地为两人讲述了来龙去脉，庭霜怒道："所以，你当时点了'特别喜欢'，居然是因为一滴水？"

柏昌意说："你是自己点的'特别喜欢'？"

"不然呢？我当然是——"庭霜话音一顿。

他想起来了，他的账号也是祝文嘉帮他注册的，"特别喜欢"不但不是他自己点的，连祝文嘉点"特别喜欢"的时候，他还怪祝文嘉——

"你点个'喜欢'就行了，干吗要点'特别喜欢'？"

这是他的原话。

庭霜突然气势全无……

"嗯，那个，我觉得……"庭霜清了清嗓子，又整了整衣领，"那都是过去的事了，不值一提。"

2. 导师

庭霜见柏昌意的导师是柏昌意事先安排好的。

见之前，庭霜紧张地问柏昌意："你跟你导师提起过我吗？"

柏昌意想了一下："提起过。"

庭霜："你是怎么说我的？"

柏昌意："那个让我衣服沾灰的男孩儿。"

庭霜："……"

当庭霜跟着柏昌意走进约定好的餐馆时，那个名叫 Friedrich 的白发老头儿正在弹钢琴。他对柏昌意他们点了一下头，继续弹，等弹完那一曲才站起身，扣好西服扣子向他们走来。他用字正腔圆的中文叫柏昌意"昌意"，用德语叫庭霜"那个让昌意衣服沾灰的男孩儿"。

柏昌意就叫老头儿"Friedrich"，但是庭霜觉得自己跟人家不熟，不能这么叫，又不知道该叫人家什么，想来想去憋出一句："Professor。"

柏昌意习惯性地应："嗯？"

庭霜："……"

庭霜："……不是叫你。"

Friedrich 摊开手掌，用开玩笑的口吻说："我已经退休了，不再是 Professor，只是 Friedrich。"

来之前，庭霜以为他们会在饭桌上聊很多关于学术的话题，但其实没有，他们更像是在闲聊，各自说说自己的生活。因为工作占柏昌意生活的很大一部分，所以柏昌意会提起正在进行的研究，而 Friedrich 退休后定居在西班牙，就只讲他在西班牙的趣事。

至于庭霜……就像所有面对长辈的小孩一样，免不了被问起学业。

庭霜这个年纪的小孩，事业暂时没发展出来，那就只有学业可以问。不过 Friedrich 并不问成绩如何这样的问题，他只是笑眯眯地问庭霜："作为机器人学专业的学生，你感觉如何？"

"嗯……"庭霜组织了一下语言，"我感觉难度很大。"

Friedrich 说："那你的 Professor 一定很糟糕。"

柏昌意："……"

庭霜非常惊慌，根本不敢看柏昌意："不不不，不是这样的。是我……我可能……智力上……呃……各方面都不太适合这个专业。"

Friedrich 看向柏昌意："你告诉过我，他是你的学生。"

柏昌意："嗯。"

Friedrich 叹了口气："昌意，我早就跟你说过，你的教学方法、你对待学生的方式我一直非常不认同。"

庭霜屏住了呼吸。这个问题他跟柏昌意讨论过很多次，他没能说服柏昌意，反而基本上被柏昌意说服了，没想到现在这个问题又出现了。原来不光是他们这些学生，柏昌意的做法，连他的导师也不认同吗？

庭霜悄悄去看柏昌意，只见柏昌意不为所动地说："Friedrich，我坚持我的方式。"

"好吧。"Friedrich又叹了口气，"但我还是想再提醒你一遍。你在这些学生入学的第一个学期就应该告诉他们——

"'如果你们觉得课程内容太难，就应该选择立即退学。'

"可你，昌意，你总是给学生这样多的重修和考试机会。"

柏昌意说："我觉得应该对学生宽容一些。"

庭霜心想：这话从柏昌意嘴里说出来，怎么就这么奇怪？

这个话题显然Friedrich和柏昌意也讨论过多次，两个人都不想再多说，于是Friedrich只说了一句话作为总结："昌意，你看看我的学生水平，再看看你的学生水平。"说罢，他便优雅地拿起酒杯，送往唇边。

庭霜缓缓转头，看了看柏昌意，再低头看了看自己……

行吧。

/庭之建楼/

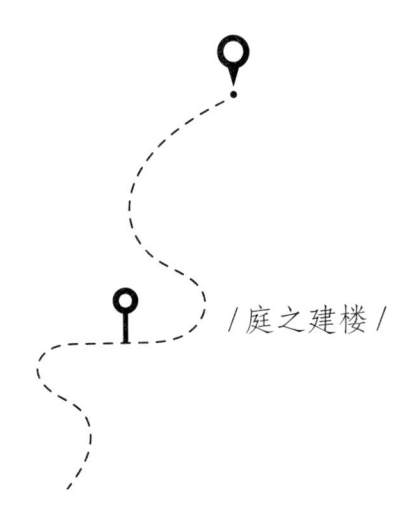

2021年，夏。

荷兰，南荷兰省。

蓝白条纹的遮阳伞下，柏昌意正戴着墨镜看书，忽而听到两声车喇叭声和一声口哨。

"喂，那边那位帅哥，上来跟我走吗？"

坐在沙滩越野车上的庭霜摘下墨镜，望着柏昌意，笑得灿烂。他还穿跟两年前一样的白色T恤和蓝色沙滩裤，露在外面的四肢修长有力，被阳光晒出蜜糖的颜色。身体还是年轻的身体，他整个人却显现出一种更加成熟的气质，仿佛身上沉淀了不少故事。

柏昌意笑着将手中的书放到一边："不上去你就要载别人了是吧？"

"哪敢？"庭霜将手伸向柏昌意，"我是您的专属司机。"

如同两年前一样，越野车迎着海风，驶过漫长的海岸线。

"还记得这个视频吗？"庭霜单手开车，另一只手从口袋里掏出手机给柏昌意，"当时没录完。"

柏昌意接过手机，视频里的他们跟今天一样，穿着一样的衣服，坐着一样的越野车，连吹过头发的海风都是一样的。屏幕上的庭霜对着镜头，装模作样地用实地报道的口吻说："2029的柏昌意和庭霜你们好，这里是2019年的庭霜。"他说完，示意旁边的柏昌意说。柏昌意转过脸，不看镜头。旁边传来庭霜催促的咳嗽声，他才看向镜头，无奈地说："……这是2019年的柏昌意。"

柏昌意边看边笑，直到视频戛然而止在庭霜的那句："拍这段视频主要目的是：我要告诉 2029 年的柏昌意，我——"

越野车上寂静下来，四周只剩滚滚的潮水声与猎猎的海风声。

"Ting，"柏昌意问，"你当时想说什么？"

"当时啊。"庭霜开着车，海风将他稍长的头发全部吹到了脑后，显得侧脸轮廓分明。他想了一阵，倏然一笑，有些不羁的味道。

"想不起来了。大概是些要么中二要么肉麻的话吧，'我要告诉 2029 年的柏昌意，我已经毕业了，你再也管不了我了'之类的。"

柏昌意低声笑了几声，说："今天把上次没录完的视频给录完吧。"

庭霜转头看柏昌意一眼："你现在这么自觉了？"

柏昌意笑了一声，说："连好了。"

视频录制开始，庭霜对着镜头理了理领口，假装系了领带，一本正经道："2031 的柏昌意和庭霜你们好，这里是 2021 年的庭霜。"

柏昌意十分配合地说："这里是 2021 年的柏昌意。"

庭霜看一眼柏昌意的手表，接着播报："现在是西欧时间下午 2 点 06 分，我们在南荷兰省的——这回我学习了一下荷兰语的正确发音——诺德韦克海滨。目前我穿着跟两年前一样的白色 T 恤和蓝色沙滩裤。"

庭霜刻意瞄了一眼柏昌意的下半身，以眼神提醒：到你了。

柏昌意一派坦然："我穿着跟两年前一样的大红色泳裤——很难想象今年 Ting 又给我买了一条一模一样的——并招来了许多条件一般的搭讪者。"

庭霜对着镜头笑喷出来。

笑了好半天，他想起拍这段视频的目的，于是又看向镜头："拍这段视频的主要目的是：把两年前没拍完的视频拍完。所以，我想对 10 年后的，也就是 2031 年的柏昌意说……"

他的神色渐渐认真起来。

好像有许多话想说，千言万语，又好像什么都不必说。

"想说什么？"柏昌意看着他。

"我想说……"

他想起了他那个跌宕起伏的 24 岁，当然，还有后来……

2020 年，春。

LRM 系所楼顶的风依旧吹着，吹过围栏上的仙人掌，吹过庭霜和柏昌意的胸膛、喉结与嘴唇，将他们的话语带往远方。

"你是什么时候发现你在机器人这个专业上的天赋的？"庭霜喝着咖啡，问柏昌意。

柏昌意说："你知道 RoboCup 吗？"

"机器人世界杯？"庭霜回忆说，"我本科的时候有同学参加过，他们队里的人都是学神级的那种牛人……所以，你是参加这场比赛的时候发现的？"

"参赛之前，是我加入学校机器人队没多久的事。"柏昌意低头晃了晃手中的咖啡，似乎也觉得往事有些好笑，"那一年我 16 岁，队里的其他人平均年龄比我大 5 岁。当时我怎么也想不通，为什么一个很简单的问题，队里的其他人都无法解决。也算是……年少轻狂吧，那时候我觉得他们都是……"

柏昌意笑着摇了摇头，没继续往下说。

人类后腿庭霜试探性地接道："废物？"

柏昌意低低地笑了一声，继而收起笑容，正色道："他们是优秀的普通人。"

庭霜能从柏昌意的语气里听出尊重之意。

"你知道吗？"庭霜望着手中已经见底的咖啡杯，说，"我在佛罗伦萨跟其他人一起学拉花设计的时候，就是你当年的感觉。"

从前他在 Freesia 拉花，总是想拉什么就拉什么，比如眼镜的图案，比如花体的"BAI"，手随心动，也没觉得有什么特别稀奇的。可到了意大利，跟其他人在一起学习的时候，他才知道，原来拉花这件事，并不是每个人都能像他一样信手拈来。别人怎么也想不出来怎么做的图案，他总是可以一眼看出步骤；别人反复练习也做不好的复杂图案，他总是可以轻而易举地做出来。

"我想去找个咖啡师的兼职，只做拉花咖啡。"庭霜对柏昌意说。

柏昌意摸了摸他的脑袋，说："你拉花的时候看起来总是很开心。"

"与其说开心，不如说是……"庭霜仰头望着天空，感受着柏昌意的手与楼顶的风，"专注，不会想别的。"

柏昌意回想起自己年少那些心无旁骛的时光，心想，小孩开始给自己的楼捡砖头了。

楼顶谈话后的周末，庭霜就去查了周边大大小小数十家咖啡馆的相关信息，最后在 Koffein[①]找到了一份咖啡师的兼职工作。与 Freesia 这种兼具各色烘焙品与咖啡饮品的咖啡馆不同，Koffein 专注于咖啡以及咖啡艺术。

每个周末的下午和晚上庭霜都去那里做咖啡，设计，思考，练习。

[①] 德语，指咖啡因，此处指咖啡馆名。

时间在指间静静流淌，他的生命一点一滴融进奶泡和咖啡里，流进其他人的生命里。

春天的时候他总穿一件长袖的白衬衫，系一条细带围裙，其实跟他在 Freesia 穿的制服差不多，可大约是他专心致志拉花的样子很吸引人，于是总有很多人过来看。

到了夏天，夜晚天空澄蓝，繁星遍布，他拉花拉累了，就随手给自己做一杯咖啡，坐到咖啡馆外无人的露天椅子上，喝着咖啡休息一会儿，然后抱起吉他，弹两首曲子。

有人看见他给自己做的咖啡上的图案，问他是什么，他笑着答说："是柏树。"

如果客人也想要一份一样的，他就会礼貌地提议："我等会儿给您做一杯'蒙娜丽莎'吧，它的观赏性更好。"

"蒙娜丽莎""熊猫""教堂"……他为那些客人做过无数高难度的图案，却从未做过哪怕一次简单的"柏树"。

当柏昌意来咖啡馆的时候，他也总会给柏昌意单独做一杯与众不同的，一杯"群鲸"，一杯"星空"，或者一杯可爱的……"Ting 兔"。

尽管朝夕相对，可柏昌意每一次去都觉得他好像又长大了一点。

2020 年，秋。

转眼又快要到 Robotik 考试的时间了。

考试的那天早上两人照常一起吃了早饭，然后在九月的好晨光中一道骑车去学校。庭霜的口试时间在 11 点半，他没什么压力，于是轮到他之前，他就躺在广场上听歌晒太阳。

忽然手机一振，他抬起手臂挡住刺眼的阳光，在阴影下看向屏幕——

宋歆的消息接二连三地跳出来：你到学校了吗？我好紧张，要是我这次又没过该怎么办？天哪，我感觉要死了。

庭霜回：我在广场上，你还有多久考试？要不过来坐会儿？

宋歆：我是 11 点的口试。

庭霜：那你就在我前面，还有两个多小时呢，不急。

宋歆：但是我根本静不下心来，心跳速率快两百了我都。

宋歆：我快到广场了，怎么没看见你？

庭霜依旧保持着躺姿，懒懒地抬起一条长手臂，在空中挥了挥。

宋歆：看见了，庭大爷。

只听一阵越来越近的脚步声，庭霜身体的一侧落下一道阴影，宋歆也学着他的样子躺了下来。

"您倒是挺悠闲的啊。"宋歆说，"也不临时抱个佛脚什么的？"

"那也得抱了有用才行啊。"庭霜扯掉一边耳机听宋歆说话，"放松点，没那么可怕，Prof. Bai 又不吃人。"

宋歆略烦躁地摆了摆手："你是没被他考过，你都不知道我去年的时候，一进考场就蒙了，他问的第一个问题我就没听明白。"然后一场口试就从那个问题开始，一垮到底。

庭霜心说：我没被他考过？他天天问些我答不上来的问题。

"其实……"庭霜想了一下，"我教你个诀窍吧。"

宋歆："什么诀窍？"

庭霜："你要是不确定他的问题到底是什么，你就用自己的话描述一遍，跟他确认他到底要问什么。有时候，反复明确一个问题到底在问什么的过程，其实也就是寻找答案的过程。"

在无数个他与柏昌意讨论问题的日子里，他都是这么做的。

宋歆不确定道："这样能行吗？"

庭霜说："至少比直接说'我不知道'强吧？你知道口试有什么好处吗？口试就意味着你可以和教授讨论，甚至反问教授问题。"

宋歆若有所思地点点头："也是……欸，要不咱们俩互相提问吧？提前练习一下。"

两人你来我往地提问，回答，再提问，再回答，直到宋歆定的闹钟响起——快要 11 点了。

Robotik 的口试考场位于 LRM 系所的一间会议室。当宋歆和庭霜到达会议室门口的时候，排在宋歆前面的那位考生正面无人色地从里面走出来。

宋歆仿佛看见了半个小时后的自己，刚刚才缓解了一些的紧张情绪立马又卷土重来。

"我不想进去……"宋歆哭丧着脸对庭霜说。

"Herr Song[①]，您准备好了吗？"一块阴影从上方压下来，笼罩了宋歆和庭霜。

宋歆抬起头，只见 Prof. Bai 正十分和善地看着自己。他沉痛地点点头："准

[①] 德语，指宋先生。

备好了，Professor。"

庭霜还得等半个小时，也没地方好去，于是在 LRM 系所里闲逛。

LRM 系所是个大所，走廊两侧悬挂有许多艺术家的画作，当然，画作不占多数，占多数的还是 LRM 系所的研究介绍，一些玻璃橱里还有 LRM 系所的研究成果展示，各类机器人令人目不暇接。

庭霜走到一块张贴栏前，停下了脚步。

那上面都是关于 LRM 系所的课题介绍，课题项目从本科的到博士的应有尽有，硕士的毕业设计就可以从这些课题里找。

庭霜粗粗看去，第一眼就在一片密密麻麻的英文和德文中发现了"Prof. Bai"。

柏老板的课题……发布时间还很新，距现在不到一周，是个硕士的项目。

他走近了，一行一行仔细地看：人手运动研究……复现人手的复杂运动轨迹……建立人手模型……

庭霜低下头看了看自己的双手，十根手指，这么多个关节的运动……复现……模型……这真的不是博士的课题吗？

他不自觉地拿出手机，搜起了相关的研究论文。

柏昌意从会议室里走出来的时候，看到的就是这么一幕：庭霜坐在张贴栏下的地板上，一只手举着手机，另一只手转来转去，摆成各种手势，供他观察。

"Ting。"

庭霜听见柏昌意的声音，抬头看去，只见柏昌意旁边站着面无人色的宋歆。

"Professor，到我了吗？"庭霜立马站起来，朝柏昌意走去。

而跟柏昌意告别完了的宋歆也在朝庭霜这边走。两人擦肩而过的时候，宋歆身形一晃，几欲栽倒："庭霜……你为什么要教我那个诀窍啊？"

庭霜把人扶住："怎么了？"

"怎么了？"宋歆咬牙道，"你为什么要让我不懂就反问教授？结果口试的时候我问了教授好多问题，你知道最后教授跟我说什么吗？他说、他说……"

说到伤心处，宋歆几乎要落泪。

"他说：'Herr Song，到底您是考官，还是我是考官？'"

庭霜下意识地看了一眼不远处眼带笑意的柏昌意，忍住已经要漫上嘴角的笑，小声安慰宋歆："那他也没说你这回没通过啊……你考完就好好休息，其他的等成绩出来再说。"

宋歆两眼含怨地看了庭霜一眼："那你考完出来请我吃午饭。"

"行、行，我考完出来请你吃食堂。"

说完，庭霜就走进了会议室。

他习惯性地把门带上，柏昌意说："让门开着。"

庭霜的动作一顿，回头调侃说："Professor 从来不跟学生单独待在封闭的室内，是吗？"

柏昌意摘下眼镜，捏了捏鼻梁："Herr Ting[①]，一进来就向我提问，您也想当考官吗？"

"喀，不敢。"庭霜老老实实溜到柏昌意面前坐下，两人隔着一张桌子。

柏昌意在对面擦眼镜，庭霜就在这边偷偷瞄桌上的评分表。

"那个……敬爱的柏老板……"庭霜把德语换成中文，试探道，"刚才那位宋同学……应该过了吧？"

柏昌意把眼镜戴好，用德语说："Robotik 的考试结果需要等待考试办统一公布。我们可以开始考试了吗？"语气非常之公事公办。

庭霜马上正襟危坐："当然，Professor。"

柏昌意递了一张白纸和一支水性笔过去："需要作图解释的部分或者复杂的公式您可以写在这张纸上。"

庭霜把纸拿过来，然后从口袋里摸出柏昌意送他的那支钢笔："谢谢，不过我更习惯用自己的笔。"

柏昌意勾了一下唇，到底是没忍住，说了句："钢笔不错。"

这是在夸奖谁呢？

庭霜低头一笑："是送我这支钢笔的人不错。"

两人假模假式地客套了两句，柏昌意开始提问了。他的问题并不容易，但也没有难到庭霜答不上来的地步。毕竟庭霜是认认真真学了两遍的人，而且公式和图解也可以弥补语言上的劣势。

考试快要结束的时候，庭霜心想，这回应该可以高分通过了，即便没有1.3，至少也有个1.7吧？

"您觉得我答得怎么样？Professor？"他语气放松，甚至还有点得意。

柏昌意点点头，说："等我一下。"

柏昌意转身出去，庭霜以为柏昌意是要去办公室收拾一下，两人一起走，便用中文在后面喊："你回来的时候能给我弄杯水吗？我渴了。"

柏昌意回来得很快，一手拿着玻璃杯，一手拿着厚厚的一沓纸。

---

① 德语，指庭先生。

他先把玻璃杯放在庭霜手边，然后把纸放到庭霜面前。

"Ting，我希望您能够阅读一下这些论文。"

庭霜刚拿起水杯喝水，听见这么一句话，差点一口水呛到。

什么？

阅读论文？

"最好是写一个综述。"柏昌意的口吻跟方才考试时没有两样。

综述？

庭霜看了一眼手表，现在离考试结束不到一分钟了，柏昌意居然让他看论文？这谁看得完？还让他写综述？？？

老教授绝对是故意的。

"这些论文都是关于——"

"柏昌意。"庭霜打断柏昌意的介绍，咬牙切齿地用中文说，"你是不是故意的？"

柏昌意一愣，依旧用德语说："您想表达什么？"

庭霜再看一眼手表，已经超过12点了。

"我想我的考试时间已经结束了，Professor。"他硬邦邦地说。

"没关系，您是今天上午的最后一个考生，我们还有时间。"柏昌意耐心道。

"但是我没有时间！"庭霜愤然道，"我要去吃午饭了。"

柏昌意看着他那夯毛的样子，有点想笑，忍了几秒还是没忍住，带着笑意说："好，那我们下次再说。"

"谁要跟你再说啊？"庭霜整了整头发，"小爷要去跟同学吃饭了！"

"等我一分钟。"柏昌意开始收拾桌上的东西。

"谁要等你啊？"说是这么说，庭霜却站在门口不动了，远远地看着柏昌意收拾桌上的评分表和论文。

这一看，他觉得好像哪里有点不对？

刚才柏昌意让他看的论文上好像有张人手模型图？

他走过去一看，论文果然是关于人手运动轨迹研究的。

正好是他想做的课题。

"这个……"他指了一下论文，"是什么啊？"

柏昌意说："你不是要去吃饭了吗？"

庭霜厚着脸皮说："你不是让我等你吗？那边等边聊嘛。"

柏昌意学着庭霜的口气，用德语说："我想您的考试时间已经结束了，

Herr Ting。"

"结束了正好。"庭霜灵机一动,"现在我不是你学生了,你就当是跟我聊聊你上午的工作呗。"

柏昌意笑了一声。

"比如……"庭霜拖长了声音,"你上午那个11点半考试的学生,考得怎么样啊?"

柏昌意好笑地看看他,不说话。

见柏昌意不说,庭霜便来示范:"那我先跟你分享一下我的日常吧?今天上午我有一门考试,给我考试的那个教授长得特帅。"

庭霜觑着柏昌意的脸色,继续道:"不过那个教授,临考试结束不到一分钟的时候叫我看论文,还让我写综述……似乎有些缺乏人性?"

缺乏人性?

柏昌意挑眉:"今天上午我也遇到了一位考生。考试之前,我注意到这位学生似乎对我在张贴栏发布的课题有些兴趣,于是我在考试结束之后回办公室拿了相关论文给这位学生,希望他可以考虑来我这里做毕业课题。"

什么?毕业课题?一滴冷汗自庭霜的后颈处滑落下来。

柏昌意继续道:"可这位学生不但不领情,还对我发了一通脾气。"

柏昌意越说,庭霜越是汗如雨下:"那个……柏老板……"

柏昌意目视前方,学着庭霜的句式总结陈词:"似乎有些缺乏人性?"

庭霜:"喀,那个……亲爱的柏老板……"

柏昌意不动如山。

"不知我,呃,不,我是说……那位缺乏人性的、不知好歹的、毫无眼色的学生,还有没有机会……"庭霜讨好道,"去您这样一位宽容的、慈悲的、伟大的教授那里,做毕业项目?"

柏昌意扫了庭霜一眼:"两周内看完论文,写好综述,来我这里面试。"

庭霜马上立正站好:"遵命!"

2020年,冬。

立体世界地图上,瑞士瓦尔登乌里州的位置刚被插上了一面小旗子。

Vico正卧在炉火边的地毯上,正对着炉火的是一张长沙发,柏昌意坐在沙发的一端看书,庭霜躺在沙发上发呆。

此时正是圣诞假,庭霜已经在柏昌意手底下干了大半个学期的活儿,好不容易有了一个为期两周的假期，两人很早就定好了来这里度假。他们住在山脚下的一栋木屋里，屋前不远处就是一片湖泊，此时从窗内往外看，可以看见飘飘摇摇的雪落在平静的湖面上。

"等雪停了，我们出去堆雪人吧？"庭霜扯了一下柏昌意手中的书，说。

柏昌意看了看窗外："估计还要下一阵。"

雪确实不小，没有要停的迹象。

"那我也先找本书来看吧。"庭霜跑下沙发，去他们的行李箱里找书。

因为假期有两周，这两周都待在这里，不到别的地方去，所以两人都挑了几本书来看。庭霜带的书是直接从柏昌意的书架上拿的，他现在的德语水平和英语水平都大有长进，渐渐就啃起了柏昌意平时看的那些书。

他蹲在行李箱前，心想，先看哪一本好呢……

欸？这本 *How Democracies Die* 好像柏昌意之前看过？要不他就先看这一本吧……

这么想着，他拿出了那本书，翻开封面。

"咦？"

他看见了扉页上的标题，于是又疑惑地看回封面和书脊上的标题，怎么内外标题不一致啊……

为什么扉页上的标题赫然写着 *How to Handle a Much Younger Man Correctly* 啊？

庭霜偷偷回头瞄了一眼柏昌意，这老男人素有包书皮的习惯，难道……

他小心翼翼地将书的封面从书皮里扯出来，只见真正的书封上赫然也是 *How to Handle a Much Younger Man Correctly*。

惊涛骇浪。

庭霜胸腔中一时卷起千堆雪。

柏老板表面一副关心全世界发展与衰落的姿态，背地里关心的居然是如何与他相处？

年轻的庭霜同学在心里挣扎了一下，到底要不要揭穿柏老板呢……

还是……

他看向书本的封面，浅浅地笑了一下。

还是不揭穿了吧，他自己知道就行了。

他把手上的书放回行李箱，重拿了一本机器人领域的杂志出来，然后跑回沙发上，躺着看了起来。

柏昌意看见他拿的那本专业杂志，说："现在在放假。"

"我知道啊。"庭霜翻了一页,"放假难道就不能看这个了吗?"

柏昌意拂了一下庭霜的刘海:"有兴趣了?"

庭霜微微一愣。

有兴趣……

好像是比从前有兴趣了,不知道是因为了解得更深了,所以更有兴趣了,还是因为更有兴趣了,所以了解得更深,可他确实好像是自然而然地就拿起了这本杂志,想知道最近自己的领域又有了什么新的研究成果。

在柏昌意手下做研究之前,他并没有过这样的感觉,可现在……

"我不知道。"庭霜想了想,诚实道,"我不知道能不能算很有兴趣,可能比以前更有兴趣了吧,可是……我得承认,在这个领域里,我并不是有天赋的那一个。"

柏昌意手下厉害的博士生和硕士生那么多,就算是柏昌意,也不得不承认,他确实并不是其中最有天赋的那一批小孩中的一个。

柏昌意放下手中的书,说:"许多有天赋的人都毁于他们的天赋。"

庭霜一怔,继而笑了:"你是不是在安慰我?"

柏昌意说:"我在说实话。"

庭霜坐起来,思考了一会儿,说:"放假之前有一个周六,就是我约了志愿者在实验室里测量人手的运动轨迹的那个周六,我做完了实验,去 Koffein 做咖啡,拉花的时候我就在想,是不是我还是更适合去做咖啡师?毕竟我有天赋。

"可等周一回到实验室处理数据,我又在想,我做了这么多研究,最后要是真跑去做咖啡师,是不是有点浪费了?"

柏昌意听了,说:"你知不知道几年前的机器人展上有一种咖啡拉花机器人?"

这话的内容来得突然,庭霜反应了几秒才反应过来。

"你的意思是……我可以结合拉花艺术和人手运动轨迹研究?"

柏昌意说:"我的意思是,你不用担心浪费。"

捡砖拾瓦这个事……捡过的一砖一瓦、一草一木都不会没有用。

庭霜说:"也是……"

柏昌意转头看向窗外,雪已经停了。

星星点点的白雪落满了蓝绿的湖面,显得格外静谧。

"不是要堆雪人吗?"他把衣架上的厚外套拿给庭霜,"先去堆雪人。"

木屋外的草地上积了很厚的一层雪,庭霜用手捧了一把,想要捏一个雪人的头,可不知怎的,下意识地却捏了一栋冰雪小房子。

"我们来盖一栋雪屋吧？"庭霜突发奇想。

先从地基开始，一层一层往上建，很快建起一圈墙壁来。他给雪屋开了一扇门，Vico 感兴趣地在门里门外钻来钻去，在地上留下一串脚印。

雪屋越建越高，几乎花了整个假期庭霜才和柏昌意把整个屋子，不，应该说那是一栋楼，一栋雪楼，几乎花了整个假期他们才把那栋雪楼给建好。

那些建楼黑夜里，庭霜常和柏昌意站在未完工的楼里看天上的星星，说下一个白天的建造计划。

假期的最后一天晚上，庭霜摸了摸那栋很高很高的雪楼，忽然有些感慨："怎么就想起来建这玩意儿了？一个假期什么都没干，净干这个了。"

柏昌意笑着说："还不是因为你一开始捡了一把雪。"

因为捡了一把雪……吗？

只是因为捡了一把雪，所以建了一栋雪楼。

"是啊。"庭霜走进雪楼里，从窗口朝外看远方的山脉与灯火，"要是不捡那把雪，我也不知道我还能建一栋雪楼。"

柏昌意在楼外看着楼里的庭霜，目光温柔。

他仿佛已经可以看到，在不远的未来，小孩的楼面貌越来越清晰。

2021 年，夏。

荷兰，南荷兰省。

"所以，我想对 10 年后的，也就是 2031 年的柏昌意说……"

"想说什么？"

"我想说……"

镜头就在面前，庭霜却突然跳下越野车，跑去最近的花店里买了一盆开花的仙人掌回来。

仙人掌花瓣上细小的水珠与他的汗水同时在阳光下闪耀着，格外动人。

"我想说……2031 年的时候，我也三十六岁了。"

他把那盆仙人掌捧到柏昌意面前，说："Professor，我的楼已经落成，你抬头望望吧，楼顶上放着一盆很大的仙人掌。"

后记
^ ^
^ ^

^
^ ^

时隔一年多再回忆当初决定写《你的距离》这个故事时的心境，我想到了尼尔·盖曼的一段话——

> 丈夫跟政客私奔了？创作好的艺术。
> 腿被压烂然后还让突变的蟒蛇给吃了？创作好的艺术。
> 国税局盯上你了？创作好的艺术。
> 猫爆炸了？创作好的艺术。

《你的距离》当然算不上艺术，但的确是创作。直到今天我依然感到庆幸，一年多前处于生活低谷时，我选择了去创作一个故事，而不是自暴自弃。我的现实世界崩塌了一角，然后我在虚拟世界里思考，如何把崩坏的现实世界重建起来。

——这个过程叫成长。

所以毋庸置疑，《你的距离》是一个关于成长的故事。

在开始连载这个故事时，我并不知道它的具体走向，对于文中提出的问题，我心里也没有答案，应该说，在刚开始，我连成形的问题都没有，我有的只是许多未经整理的疑惑，还有疑惑带来的痛苦。

于是我把疑惑变成一个个问题，让庭霜去问柏老板。

柏老板是一个从来不直接给学生答案的人，有时候我觉得他就像生活本身，生活也从来不会直接给你答案，它只会偶尔给你一点线索，让你自己去琢磨。他也跟生活一样，带你思考责任与热爱，跟你讨论衰老与死亡，让你学会克服恐惧，让你成长。

就这样，我一边写，一边跟着庭霜一起思考那些绕不过去的人生命题。等故事写完时，庭霜有了他的答案，我也有了我的答案，尽管我们都不那么确定。不过接受不确定性，本来也是成长的必修课吧。

在《你的距离》中，庭霜的成长过程是如此地耀眼，所以现在我更想聊聊另外三个在文中不那么明显的成长过程。

第一个是关于祝文嘉的。

在一部分读者心里祝文嘉是有些可憎的,另一部分读者则对祝文嘉抱以理解与同情。作为作者,我对祝文嘉的感情大概属于后者。这倒不是因为我可以共情他的处境与行为,恰恰相反,因为我从未陷入过他的处境,也没有感受过他内心的恐惧,所以才试图去理解他。

他是一个不太幸运的小孩,这一点和他哥哥庭霜一样,尽管他们的不幸运并不属于同一种。我想,在不幸运与不幸运之间,并不需要区分出哪一个更不幸一些。就如痛苦,不同的痛苦似乎也不好比较,不能说,因为我更痛苦,所以我觉得你的痛苦就是无病呻吟。

祝文嘉的确做了一些错事,于是有人骂他,果然是"小三"的儿子,跟"小三"一样不是好东西。在我看来,这有些类似自证预言的循环。在最开始的时候,祝文嘉是一个没有做错过任何事的小孩,但是他身边已经有无数人在骂他了,骂他"小三的儿子没有好东西"。舆论的影响是很大的,尤其是对于很小的孩子来说。祝文嘉后来做的错事与他的童年经历脱不开关系,但是这些错事却成了印证"小三的儿子没有好东西"这个预言的依据。

聊到这里,可能有人觉得我在试图"洗白"祝文嘉了。我不太喜欢"洗白"这样简单粗暴的词语,当这类词语侵占了我们的语言,思考与交流的可能性也就被消解了。

说回祝文嘉,除了不太好的童年环境与教育方式,最后造成一系列后果,毫无疑问有他自己的原因,也是他自我选择的结果。但是,人是会成长的。我想,一直到故事的结尾,祝文嘉也没有那么讨人喜欢的原因是,他是这个故事的配角,所以他的成长过程未能在这个故事里完成。比起已经长成了一个温柔的、有担当的大人的庭霜,祝文嘉只能被定格在那个还有诸多缺陷的人生阶段,我们看不到他的岁月流金、山巅风景。虽然最后他有了一些改变,但那还远远不够。

和祝文嘉几乎完全相反的,是柏老板。

柏昌意的成长过程在故事开始之前已经基本完成,所以他才让人感觉那么地完美、那么地可望而不可即。如果把成长比作玉器的打磨过程,那么柏老板从一开始出现在我们面前的时候就是一件成品。他像是我们不小心挖到的一个宝贝,我们并不清楚他是怎么被打磨成现在这个样子的,所以很难去复制他,也不太会妄想去成为他。我们只能偶尔在他的只言片语中窥见他过去的一角,然后感叹鲜衣怒马少年时。

虽说柏老板出场时就已经站在山顶，但不可否认的是，在庭霜的影响下，他也或多或少地有了一些变化。少年时的柏昌意是有烟火气的，不过与所有一步一步走上神坛的人一样，越往上走便会越孤独。人类先锋不是那么好当的。在往上走的过程中，大部分人只会关心你是不是成功，只有爱你的人才会关心你是不是快乐。我愿意将柏老板遇见庭霜的过程视为一种下山的过程，当然，他的成就、他的事业、他能见到的风景，依然在山顶，他没有失去那些，只是他也开始学会感受人类后腿的快乐了，他不再像过去那样孤独。

第三个值得一谈的人是祝敖。

祝敖无疑不是一个好父亲，更不是一个好丈夫。但是和祝文嘉一样，他也很难被直接框定在"好人"或者"坏人"这样标签式的词语里。应该说，他是一个本应该已经完成了成长，实际上却还没有完成的人。这句话听起来拗口，其实并不复杂，简而言之就是，到了中年，临近老年，他还在学习如何做一个父亲。

这种情况并不罕见，但也不是坏事，毕竟糟糕的父亲不少，可一把年纪还愿意学习、愿意改变的父亲并不多。尤其是像祝敖这样的人，常常会有一些自我认知上的谬误。因为事业上一系列的成功，很容易让他认为，自己在与事业无关的方面也一定会是正确的。所以他能够慢慢接受不同的观念，其实是一件难能可贵的事。

同样地，我们也比较容易因为他不是一个好丈夫、不是一个好父亲而有意无意地忽视了他的所有优点，比如他是一个好企业家这个事实。

聊完了这三段成长，我得说说为什么我一直这么热爱关于成长的故事：因为成长的故事总是能让我看到人的无限可能性。

我以前说过，人有缺陷，也有温度。我相信缺陷的这一头，站着祝文嘉；温度的那一头，站着柏昌意。而许许多多的年轻人，可能就像庭霜一样，跋山涉水，从祝文嘉所在之地往柏昌意所在之地走去。而在年轻时没有走过这段路的人，也可以像祝敖那样，拄着拐杖，蹒跚着把这段路走完。

说到这里，这篇后记算是到了尾声，如果说还有什么想讲的，可能就只剩下浪漫这个词了。

一些人认为，《你的距离》中的浪漫只可能出现在书里，或者是有钱人的世界。我不这样认为。浪漫需要的是一颗自由的心，是敏锐的感受力，是丰富的想象力，还有，需要打破社会教条与偏见的勇气。"浪漫只可能出现在书里或者有钱人的世界"本身就是一种杀死浪漫的成见，它从根源上抹去了浪漫的一切可能性。

但浪漫的确难得。因为自由的心、感受力、想象力以及勇气是比金钱更难得到、同时也更容易失去的东西。

所以最后，我要感谢我的读者。是各位宽容的读者保护了我的创作欲、我的热情，还有我所有的浪漫。若非如此，《你的距离》也无法面世。

二〇二一年春

公子优

图书在版编目（CIP）数据

你的距离 / 公子优著 . — 广州 : 广东旅游出版社 , 2021.7（2022.1 重印）
ISBN 978-7-5570-2453-6

Ⅰ . ①你… Ⅱ . ①公… Ⅲ . ①长篇小说—中国—当代 Ⅳ . ① I247.5

中国版本图书馆 CIP 数据核字 (2021) 第 082222 号

你的距离
NI DE JU LI

出　版　人：刘志松
责任编辑：梅哲坤
责任校对：李瑞苑
责任技编：冼志良

广东旅游出版社出版发行
地址：广州市荔湾区沙面北街 71 号首、二层
邮编：510130
电话：020-87347732
印刷：三河市中晟雅豪印务有限公司
（地址：三河市沟阳镇错桥村）
开本：700 毫米 ×980 毫米　1/16
字数：375 千
印张：21
版次：2021 年 7 月第 1 版
印次：2022 年 1 月第 6 次印刷
定价：49.80 元

【版权所有 侵权必究】

如发现图书质量问题，可联系调换。质量投诉电话：010-82069336